**10**

**18**

12, AVENUE D'ITALIE. PARIS XIIIe

*Sur l'auteur*

Kem Nunn est né en 1948 à Pomona, Californie. Après *La Reine de Pomona* (Gallimard, La Noire, 1993), *Surf City* (Gallimard, Série Noire, 1995) et *Le Sabot du diable* (Gallimard, La Noire, 2004), *Tijuana Straits* est son quatrième roman publié en France.

# KEM NUNN

## TIJUANA STRAITS

Traduit de l'anglais (États-Unis)
par Natalie Zimmermann

**10
18**

SONATINE ÉDITIONS

Titre original :
*Tijuana Straits*

© Kem Nunn, 2004.
© Éditions Sonatine, 2011, pour la traduction française.
ISBN : 978-2-264-05539-2

*Pour Lisa Marks,*
*avec tout mon amour*

*Dans les marges de la communauté, aux portes des villes, s'ouvrent comme des grandes plages (...) [qui vont] solliciter par d'étranges incantations une nouvelle incarnation du mal...*

Michel FOUCAULT
*Histoire de la folie à l'âge classique*

*N'oubliez pas l'hospitalité ; car, en l'exerçant, quelques-uns ont logé des anges, sans le savoir.*

*Les Hébreux, 13 : 2*

*Première partie*

1

La femme surgit au petit jour, silhouette de l'Apocalypse qui peinait à franchir les dunes. Fahey la vit depuis la plage. Une meute de chiens sauvages écumait la vallée, et Fahey les pourchassait depuis près de trois jours, en vain. Pour compliquer encore les choses, il avait essayé de bosser sous méthamphétamine et ça ne l'avait pas aidé. Il se disait que ça n'avait peut-être pas été l'idée du siècle d'en avoir acheté à un gosse qui avait la tête en forme de cacahuète et un anneau dans le nez sur le parking du 7-Eleven de Palm Avenue. Il regarda la silhouette franchir le sommet d'une dune puis disparaître, encore trop éloignée pour qu'il puisse être sûr qu'il s'agissait d'une femme. Depuis la plage, elle ne semblait guère plus qu'une trouée dans l'aube, une forme noire et anguleuse contre la lumière jaune et ténue qui commençait tout juste à s'infiltrer du sommet du Cerro Colorado, du côté mexicain de la barrière qui coupait la vallée en deux, et Fahey la prit pour un de ces clandestins paumés qui se traînent vers la rivière où souvent ils connaissent le bout du voyage. Peut-être l'effarement la ferait-il pleurer lorsqu'elle découvrirait ses rives, ou bien se noieraitelle dans ses eaux toxiques. Dans l'un ou l'autre cas, il ne pourrait pas faire grand-chose car il avait accepté de se charger de la protection de certains oiseaux migrateurs, notamment le pluvier neigeux d'Occident et le râle au pied léger, et s'occuper du clandestin omniprésent n'entrait pas dans ses attributions. Cependant, le matin en question, Fahey sentit son intransigeance se mêler d'un certain soulagement. Il crut qu'il serait réconfortant de partager l'aube avec quelqu'un dont les perspectives étaient au moins aussi pourries que les siennes.

Comme pour lui donner la réplique, le cœur de Fahey se remit à cogner de façon incongrue. Un peu plus tôt, quand il était devenu évident que le cristal bon marché n'allait pas lui faire de bien, il avait envisagé de chercher de l'aide. Mais l'idée de se présenter aux urgences de San Ysidro et de devoir subir toutes les scènes d'humiliation qui ne manqueraient pas de suivre lui avait paru si terrifiante qu'il y avait aussitôt renoncé. On aurait quand même pu espérer autre chose de quelqu'un de l'âge de Fahey. Mais on aurait été déçu.

*
* *

Fahey chassa l'intruse de son esprit et s'agenouilla pour examiner les traces. À sa grande déception, les empreintes formaient des losanges et étaient espacées de telle sorte qu'elles évoquaient le pas court et régulier des coyotes et non celui des chiens. Des traces de chiens auraient été plus arrondies et écartées les unes des autres. Et il y en aurait eu davantage. La meute que Fahey pistait comptait quatre chiens. Il estima que ces empreintes-ci n'avaient pas été laissées par plus de deux bêtes. Il se releva en vacillant sur le sable meuble. Il avait repéré les traces depuis l'autre rive, à la lueur de ses phares, et avait fait tout le tour pour venir les étudier de plus près, avançant au ralenti dans l'obscurité dense de la vallée millénaire avant le lever du jour, son embrayage commençant à fumer sous les efforts du camion pour traverser la longue plage voisine de l'estuaire. Fahey contempla les traces qui prenaient la direction des dunes avant de se perdre dans la pénombre. Il se considérait comme un pisteur compétent. Le fait qu'il ait passé près d'une semaine à poursuivre ces quatre chiens ne témoignait pas d'une parfaite lucidité ni, si l'on suivait cette logique, n'augurait rien de bon pour l'avenir.

Il retourna à son pick-up garé tout près, un vieux Toyota de 1981 qui avait presque la moitié de son âge et avait pris une teinte indéterminée. L'arrière n'était qu'un fouillis d'outils en mauvais état, de pièges, filets et bâtons en tout genre, vestiges d'une époque où ce genre de virée était ce qu'il faisait pour gagner sa vie. Sa méthode de prédilection pour gérer les bêtes sauvages avait toujours été de les prendre au piège, et il avait espéré pouvoir attraper les chiens de cette façon. Il avait donc posé une vingtaine de cages et une demi-douzaine de pièges à patte. Ces pièges étaient, à proprement parler, illégaux dans l'État de Californie, mais Fahey ne craignait pas vraiment les plaintes. Ces chiens étaient particulièrement vicieux et il ne se souvenait pas d'en avoir déjà vu de pareils. Ils avaient déjà attaqué un garde-frontière et éliminé une douzaine de nids de petites sternes. Ils avaient aussi tué une vieille femelle coyote qui s'était laissé prendre dans un de ces pièges illégaux.

Fahey prit une bouteille d'eau dans la glacière qui se trouvait près du hayon, à l'arrière de son pick-up.

La drogue lui avait laissé la bouche sèche comme de l'amadou. Il ouvrit la bouteille et se désaltéra. Les lumières d'Imperial Beach scintillaient encore dans son dos, au-dessus des herbes du grand estuaire d'eau salée qui formait l'angle nord-ouest de la vallée. Devant lui, au-delà d'un vaste espace baptisé Border Field State Park, se dressaient les falaises sombres des mesas[1] mexicaines, les lumières de Las Playas de Tijuana et la grande paroi courbe des arènes de Tijuana qui, songea-t-il, auraient pu passer dans l'atmosphère humide de la côte pour le vaisseau mère d'une race extraterrestre dominatrice posé là pour surveiller ses conquêtes. Le plus gros de la vallée, encore plongé dans l'ombre, s'étendait à l'est tandis qu'à l'ouest le Pacifique rugissant commençait à s'enflammer sous les premiers rayons du soleil. Fahey regarda la mer. Il s'était remis à penser au coyote qu'il avait piégé et s'efforçait de se concentrer sur autre chose. Il fixa son attention sur la houle lisse derrière les déferlantes et ses lignes d'eaux blanches et tumultueuses qui s'abattaient vers le sud, en direction de la barrière et des plages au-delà. L'animal avait essayé sans succès de se ronger la patte pour échapper à son destin. Cherchant à chasser cette image de son esprit, Fahey s'accrocha à la recommandation de Mère Maybelle Carter, qui exhortait les amateurs de country à regarder le bon côté des choses avec son *Keep on the Sunny Side*. Malheureusement, son regard dériva vers le sud, vers les mesas et leurs canyons ensanglantés.

Putain de Mexique. Pour certains, ce n'était encore qu'une portion de Far West peuplée de cow-

1. Une mesa est un plateau constitué par les restes d'une coulée volcanique dominant les environs par inversion de relief. *(N.d.T.)*

16

boys et de prostituées. Pour Fahey, c'était un tumulte insondable de peur et de perversité, source d'histoires barbares dont aucune n'égalait la sienne en injustice. Bien entendu, la perception que Fahey avait de ce pays remontait à sa jeunesse, au lycée et à l'Island Express, une époque où son expérience lui avait appris qu'il ne se passait que de mauvaises choses au sud de la frontière. D'autres expériences lui avaient par la suite enseigné qu'il ne se passait que de mauvaises choses à peu près partout. Quoi qu'il en soit, il paraissait toujours plus terrifiant d'être dans la merde dans une langue étrangère, aussi s'en tenait-il à son côté de la vallée, aussi familière à présent que le visage d'un être aimé, même si, en fait, il y avait un bout de temps que Fahey n'aimait plus personne. Il avait fini par arriver à la conclusion que les amours étaient comme le Mexique lui-même, guère plus que des instruments de torture. Mieux valait rester seul, de son côté de la barrière, là où au moins, se disait-il, on pouvait entendre les choses venir.

Il remit la bouteille dans la glacière à l'arrière du pick-up et saisit du regard le ciel qui prenait couleur, épais voile de brouillard qui virait au rouge sombre au-dessus des collines mexicaines. Les chiens qu'il pistait venaient de là-bas, du fond des canyons. Il ne les avait aperçus qu'une fois, le premier jour, qui traversaient en file indienne le sommet de Spooner's Mesa, trois bâtards de pitbulls et un border collie. Il avait posé ses pièges le soir même et découvert le coyote le lendemain. Il n'avait pas revu les chiens depuis, rien d'autre que des traces dans le sable, et, depuis ces dernières vingt-quatre heures, même celles-ci lui échappaient. Un peu plus tôt dans la semaine, quand Bill Daniels, du département des Eaux et Forêts, était venu le voir au mobile home pour lui demander s'il accepterait de traquer des chiens nuisibles pour leur compte – le genre de mission qu'il faisait avant que ce boulot ne devienne fédéral, et n'exclue les repris de justice et les trafiquants de drogue –, il avait accepté parce qu'il avait besoin de fric. Mais, depuis quatre jours, la situation avait changé. Peut-être était-ce à cause de la vieille femelle coyote à moitié dévorée, coincée par le piège à patte qu'il avait lui-même posé. Pour Fahey, cette traque était devenue personnelle.

*

* *

Il s'apprêtait à remonter dans le Toyota pour repartir quand des oiseaux – trop petits pour être autre chose que des pluviers neigeux – décollèrent soudain du sable, près du pied des dunes, et battirent l'air en cercles affolés. Il n'avait pas entendu parler de prélèvements aussi avancés au nord de la plage, aussi se rendit-il jusqu'au sable mouillé pour suivre le rivage en espérant avoir une meilleure vue des nids et comprendre ce qui avait pu effrayer les oiseaux. C'est alors que, à sa grande consternation, le clandestin paumé qu'il avait complètement oublié réapparut, à moins de cinquante mètres de là où lui-même se tenait.

Il voyait bien maintenant qu'il s'agissait d'une femme. Sa masse de cheveux noirs soulevée par les vents de terre flottait comme un drapeau en direction de l'océan. Fahey vit avec horreur la femme lever la main et marcher vers lui, traçant un chemin qui conduirait directement à la partie de la plage d'où s'étaient envolés les oiseaux. Fahey leva les deux bras et fit mine de repousser l'intruse, lui ordonnant ainsi, dans ce qu'il estimait être un langage des signes universel, de s'arrêter et de faire demi-tour. La femme poursuivit son chemin. Fahey cria dans les rafales de vent et réitéra plusieurs fois le même geste. La marcheuse continua d'avancer vers lui d'un pas chancelant, et vers les nids fragiles qui abritaient des œufs plus fragiles encore. Les pluviers s'élevèrent au-dessus des dunes puis se laissèrent tomber à l'unisson, piquant droit sur la femme. Il est de la nature de ces oiseaux de déféquer sur les prédateurs qui approchent. La femme leva les bras et se mit à courir, toujours dans la direction de Fahey. Celui-ci jura, et se précipita sur son pick-up pour fouiller l'espace étroit entre le siège et le fond de la cabine, se cognant la main contre le montant de la portière assez fort pour s'arracher un lambeau de peau sur ses jointures. Il réussit cependant à extirper le fusil à pompe à canon scié qu'il rangeait là, puis pointa l'arme vers la ligne où la mer rencontre le ciel et tira.

La détonation parut attirer l'attention de la femme. Elle tomba à genoux, les mains sur les oreilles, puis se releva et rebroussa chemin pour disparaître dans les dunes. Fahey resta un instant immobile, la respiration sifflante. Il n'avait pas tenu d'arme depuis un bout de temps et il se rendait compte que le fait de tirer n'avait pas arrangé son état général. Le creux de sa poitrine était secoué par les battements arythmiques de son cœur tandis que les pluviers, complètement affolés par le coup de fusil, tournaient en cercles encore plus larges au-dessus de la plage, pourrissant le matin de leurs cris horribles.

Fahey s'essuya le front sur la manche de sa chemise, puis se baissa pour récupérer la cartouche vide et fut surpris de la voir s'éloigner dans un tourbillon d'écume blanche. Il lui courut après et l'arracha au reflux pour la fourrer, toute dégoulinante d'eau, dans la poche de sa chemise. Puis il se redressa et contempla les déferlantes, cherchant à établir les phases de la lune et les marées qui en découlaient, ce qui le renvoya à une époque où il n'aurait pas eu à se poser ce genre de question parce qu'il aurait connu par cœur, comme une évidence, chaque marée et ses coefficients. Et, pendant un instant fugitif, tandis que la mer s'infiltrait dans ses chaussettes, l'arme pendant mollement au creux de son bras, Fahey fut complètement transporté… et vit le garçon de 15 ans à peine accroupi au pied de ces mêmes dunes, et le vieux natif des Badlands du Dakota juste à côté de lui, les planches de surf telles des idoles de bois ou de fibre de verre dressées devant eux, leur *tail block* enfoncé dans le même sable sur lequel Fahey se tenait à présent. Le gosse regardait le vieux agiter en direction de la mer une baguette qui semblait le prolongement d'un bras noueux et musclé, brûlé par le soleil, puis tracer dans le sable le chemin qu'ils suivraient, la façon dont ils se placeraient pour évoluer parmi les sommets mouvants qui s'étiraient à l'infini vers l'océan, la crête des vagues se couvrant de langues de feu tandis qu'une brume de rebords empennés fuyait devant la lumière d'une aurore naissante… Cela se passait à une époque où la lumière était encore pure, avant le brouillard pollué, avant la barrière au cœur de la vallée, avant que ce ne soit la merde complète.

À ce moment retentit un faible cri en provenance des dunes où l'intruse avait disparu, et le présent s'imposa à nouveau à Fahey dans toute sa clarté. Il leva son arme et s'avança dans le sable sec pour jeter un coup d'œil sur les replis d'une dune. Fahey avait en général pour philosophie de ne pas s'occuper des clandestins qu'il lui arrivait de croiser, et il était à présent tenté de suivre cette ligne de conduite. Il voyait cela un peu comme la Directive Première des épisodes d'origine de *Star Trek* qu'il regardait quand il était enfant. Les formes de vie extraterrestres étaient tout simplement trop étrangères pour être parfaitement connues. Interférer dans leur développement serait revenu à induire des conséquences obligatoirement imprévues qui auraient toutes les chances de s'avérer désastreuses. La Directive Première lui dictait maintenant de retourner à son pick-up et de partir. Fahey resta là où il était. Il n'aurait su expliquer pourquoi. Une image s'imposa alors à son esprit – celle d'une jeune femme frêle, l'idée qu'il se faisait de l'Apocalypse, un bras gracieux levé au-dessus de haillons en ce qui ne pouvait être interprété que comme un geste de supplication. Les clandestins s'enfuyaient le plus souvent à l'approche des Américains, surtout quand ils portaient un uniforme. Celle-ci avait essayé d'attirer son attention, et il revit la masse de cheveux soulevée par le vent, aussi noire qu'une aile d'oiseau. Il fouilla du regard les dunes où elle avait disparu et qui, dans cette portion de sable d'à peine cinq kilomètres qui séparait Las Playas de Tijuana de la ville d'Imperial Beach, n'étaient pas très élevées. Mais il ne vit pas d'autre signe de l'intruse. Mis à part le fracas des vagues et les cris des oiseaux qui continuaient de tournoyer dans le ciel, la plage était silencieuse.

Curieux, pensa-t-il, que les oiseaux ne soient pas encore retournés à leurs nids, comme s'ils percevaient un nouveau danger imminent. Fahey scruta la plage au nord et au sud, sans rien trouver. Peut-être était-ce sa présence qui dérangeait les oiseaux.

— Je suis là pour vous aider, leur assura-t-il.

Mais les pluviers poursuivirent leurs arabesques affolées.

Fahey resta face aux dunes. Il était évidemment tout à fait possible que la femme revienne vers la plage et qu'elle continue de représenter un danger potentiel pour les nids. Les pluviers étaient de toutes petites créatures, pas plus grosses qu'un poing d'enfant. Leur méthode d'autodéfense, comme la femme avait pu s'en apercevoir, était de prendre leur essor, puis de piquer sur le prédateur menaçant, le plus souvent un coyote ou un renard, pour le bombarder de déjections jusqu'à ce que l'ennemi s'enfuie, sans doute, du moins Fahey le supposait-il, profondément dégoûté. Cette stratégie s'était visiblement révélée efficace quand les volatiles se comptaient par centaines. Mais, depuis quelques années, les pluviers neigeux avaient fait leur entrée sur la liste des espèces menacées en Californie. Jusque-là – et ils étaient déjà bien avancés dans la saison des amours –, on n'avait pas trouvé plus d'une douzaine de nids garnis d'œufs minuscules, guère plus que de petits creux dans le sable, et encore les chiens que traquait Fahey en avaient détruit la moitié. Mais voilà qu'ici, à l'embouchure de la rivière, il venait de découvrir d'autres oiseaux, qui protégeaient visiblement ce qui devait être au moins deux, peut-être trois nids, et il lui incombait à présent de les défendre du mieux qu'il pouvait ; que ce soit contre des animaux en maraude ou des clandestins paumés, d'où son hésitation. C'est en tout cas ce qu'il se dit en faisant un détour qu'il estima suffisant pour éviter les nids tout en rejoignant les replis de sable derrière lesquels la jeune femme s'était évanouie. Soit il se préoccupait des oiseaux, soit il violait sa Directive Première. Fahey considérait comme l'une des petites leçons que lui avait enseignées la vie de savoir que les gens faisaient rarement ce qu'ils prétendaient être en train de faire, même quand ils n'essayaient de convaincre qu'eux-mêmes.

Il gravit une dune et suivit la crête parsemée de ficoïdes jusqu'à l'endroit où les traces de pas de la femme étaient clairement visibles dans le sable en contrebas. Les empreintes partaient de la plage vers la vallée, s'enfonçaient profondément dans une étroite cuvette de sel encore humide dans la lumière de l'aube avant de disparaître dans un bosquet de baccharis et de saules qui poussaient au bord de la rivière, là où elle s'orientait vers le sud.

Il s'agissait maintenant de prendre une nouvelle décision. Trouver l'intruse au milieu des dunes aurait été une chose. La suivre sous les arbres en était une autre. Le hallier dans lequel elle s'était réfugiée constituait presque une aberration, comme la plupart des bois riverains qui poussaient un peu plus à l'est, au cœur de la zone inondable. Entre ce bosquet et le gros de la forêt, il y avait de la spartine et des marais saumâtres, et l'ensemble, bois et marécages, était traversé de sentiers forgés depuis des décennies par les innombrables pieds des immigrants et des trafiquants. Et même si Fahey connaissait bien la vallée, et les sentiers qui allaient avec, il n'aimait pas aller dans un endroit où il ne pouvait pas voir ce qui l'attendait. Ou peut-être était-ce justement de savoir ce qui l'attendait qui l'arrêtait, ça et le côté douteux de son entreprise. Qui aurait pu dire en effet avec certitude que la femme n'était pas un appât s'insérant dans un plan aussi élaboré que malveillant.

Un pluvier s'envola au-dessus de Fahey puis plongea vers la mer. Presque au même instant, un hélicoptère de l'aéronavale quitta le champ de manœuvres en lisière d'Imperial Beach, au nord-est de la vallée, et s'éleva au-dessus des marécages comme pour imiter son double minuscule avant de filer en vrombissant vers le nord, survolant toute la longueur de la ville, dont on encourageait les habitants à prendre ce tapage pour le bruit de la liberté. Fahey regarda l'énorme vaisseau battre paresseusement le ciel puis virer vers l'océan, où il atteignit les foyers plus aisés de Coronado Island, communauté où le son de la liberté était nettement moins bien reçu. Fahey attendit que l'hélicoptère eût disparu et profita de son absence pour entendre le cri désespéré d'un oiseau, le fracas lointain d'une grande déferlante, le martèlement de son propre cœur. Cela lui fit penser aux lamentations d'un père, personnage qu'il n'avait guère connu : « La folie est attachée au cœur de l'enfant. La verge de la correction l'éloignera de lui. » Il quitta les dunes et prit la direction de la vallée – la direction qu'avait suivie la femme – en se déplaçant de côté pour contrôler la vitesse de sa descente, en contournant la cuvette de sel pour épargner ses chaussures, et en s'engageant enfin sous les arbres où il ne parcourut pas dix mètres avant de la trouver… recroquevillée contre le pied d'un panneau métallique qui avertissait les baigneurs potentiels de la pollution de l'eau, comme si la puanteur d'égout qui montait de la rivière ne suffisait pas.

*
* *

— Je vous en prie, dit-elle dans un anglais impeccable, j'ai besoin de votre aide.

Ce n'était pas l'accueil auquel il s'attendait, et Fahey, qui passait des jours entiers sans le moindre rapport humain, se demandait encore quoi répondre quand il vit les yeux de la femme se fixer sur un point, quelque part derrière son épaule gauche, tandis que le cri d'un autre pluvier déchirait le matin. Il sut alors sans même regarder ce qui avait effrayé les oiseaux à part l'arrivée de la femme et la détonation du fusil. Il se retourna et vit les chiens – trois bâtards de pitbulls et un border collie, la meute de meurtriers qu'il avait aperçue sur Spooner's Mesa, celle-là même qui lui échappait maintenant depuis près d'une semaine, les quatre chiens, tapis comme des gargouilles dans l'ombre zébrée des arbres, la rivière derrière eux.

2

Le fusil contenait cinq cartouches. Fahey en avait gaspillé une en voulant effrayer l'intruse pour l'écarter des oiseaux. Il regarda l'un des pitbulls, une bête dépourvue de cou, aux yeux ternes et dotée d'une sorte de losange blanc sale sous la gorge, se coucher sur le ventre. Les deux autres pitbulls l'imitèrent. Le collie resta debout, juste derrière les autres, oscillant d'une patte sur l'autre, nerveux, le plus faible de la meute.

Fahey, qui n'avait pas eu à tirer sur une cible vivante depuis plus d'un an, se rapprocha d'un pas de la femme. Il passa un pouce sous la sangle de l'arme coincée sur son épaule et la laissa glisser très doucement le long de son bras tout en amenant le fusil en position de tir. Il s'adressa à la femme sans la regarder.

— Vous pouvez marcher ? demanda-t-il.

— Je ne sais pas, répondit-elle.

Il l'entendit à peine tant le sang battait à ses oreilles. La perspective de devoir abattre quatre chiens avec quatre cartouches était assez effrayante. Et les conditions n'étaient pas vraiment en sa faveur. Le soleil levant n'avait pas encore atteint les saules, et les arbres étaient encore plus denses près de l'eau. La rive boueuse sur laquelle les chiens se tenaient restait plongée dans l'ombre, la scène tout entière était baignée d'une lueur verdâtre et il émanait une puanteur abominable de ce qui s'écoulait des plateaux de Tijuana avec leur myriade d'usines étrangères polluantes, de ses collines et de ses canyons où s'entassaient les masses populaires.

Fahey ressentit une douleur dans le poignet gauche. Elle s'insinua le long de son bras et remonta jusque dans sa mâchoire. Bon Dieu, songea-t-il, je fais une crise cardiaque. Il avait l'impression de regarder les animaux depuis l'intérieur d'une lampe à lave. Il comptait cependant sur le fait que les chiens hésiteraient à s'attaquer à deux humains adultes. Il pensait que si la femme arrivait à se lever et qu'ils avançaient lentement, ils pourraient retourner sur la plage où se trouvait son pick-up. Avec un peu de chance, les chiens les suivraient peut-être de loin. Avec beaucoup de chance, Fahey se dit qu'il pourrait même leur tirer dessus une fois en sécurité dans la cabine. Mais la femme mettait du temps à se lever. Fahey lança un regard dans sa direction, juste à temps pour voir qu'elle essayait d'épargner une de ses chevilles. Et quand elle voulut s'appuyer dessus, la cheville céda complètement. Elle poussa un petit cri et perdit l'équilibre. Fahey exécuta un mouvement de côté et tendit la main pour l'aider à se redresser. Elle lui saisit le poignet d'une main glacée, et il fut surpris par sa force, mais la femme tomba de nouveau et Fahey, pris de court, dut bouger pour ne pas tomber aussi. Tout compte fait, la situation prenait un assez sale tour, et, quand il releva les yeux, les chiens approchaient.

Fahey se libéra de l'étreinte glacée de la femme, se laissa tomber sur un genou et se mit à tirer. Les chiens venaient, ramassés et rapides, rebondissant tels des grêlons, crachant du feu et des filets de bave. Fahey les atteignit de plein fouet. Au bout du compte, se dit-il, ce n'était qu'une question de temps. Le dernier pitbull s'effondra à moins de trois mètres de lui. Si la chienne collie avait été aussi assoiffée de sang que les autres, elle lui aurait sauté dessus avant qu'il n'ait le temps de tirer de nouveau. Mais, en l'occurrence, Fahey la repéra à une dizaine de mètres de lui, en train de tourner en rond, complètement effrayée, affolée par le silence qui avait succédé aux détonations, à la perte de la meute. Cette fois, il visa, tira, et manqua sa cible. L'animal le dévisagea avec incrédulité puis fila vers le cours d'eau avec des jappements plaintifs, un minuscule pluvier à ses trousses.

Fahey se releva en titubant, pris d'un vertige et le souffle court. Il contempla l'arme qu'il tenait, aussi incrédule que la chienne elle-même. Les corps des pitbulls s'espaçaient dans l'ordre où il les avait abattus, leurs blessures béantes attirant déjà les mouches. Fahey scruta l'ombre des saules dans la direction où la chienne avait disparu, puis se retourna vers la femme. Elle était par terre, tremblante, dissimulée sous une vieille bâche qu'elle avait dû dégotter quelque part au cours de son voyage, car il s'imaginait alors qu'elle était arrivée là par Yogurt Canyon – voie de passage classique dont l'entrée dans la vallée se trouvait à proximité de la plage et ainsi nommée à cause du stand de yaourts glacés qui se tenait tout au bout, à Las Playas de Tijuana, de l'autre côté de la barrière.

— Tout va bien, lui dit Fahey. Ça va aller maintenant.

Il lui vint à l'esprit qu'il cherchait tout autant à se rassurer lui-même qu'à tranquilliser l'inconnue.

La femme sortit la tête de sous la bâche et se redressa sur un coude avant de regarder autour d'elle. Il se rendit compte qu'elle avait été violemment battue. Elle avait des hématomes récents sur un côté du visage ainsi qu'une série de petites entailles qui saignaient encore un peu. La bâche dissimulait aussi les vestiges d'un pull, un jean crasseux et une seule Nike de course. Ces vêtements étaient mouillés et couverts de sable. La femme continuait de trembler dans la lumière froide du matin. Fahey pensa qu'elle avait été agressée par des bandits. Peut-être avait-elle fait partie d'un groupe dont les autres membres étaient morts ou éparpillés dans la nature. Il se demanda si elle venait de loin et si ses agresseurs se trouvaient toujours dans les parages. Les bandes qui opéraient dans la vallée pouvaient venir de l'un ou l'autre côté de la barrière, même si elles étaient le plus souvent composées de membres de gangs urbains venus de San Ysidro et de Chula Vista. Son fusil était à présent déchargé. Son pick-up attendait sans surveillance sur la plage, à la merci des malfaiteurs comme de la marée montante. Fahey consulta sa montre avant de s'accroupir près de la femme.

— Vous voulez réessayer ?

Elle jeta un regard apeuré par-dessus son épaule en direction du pays d'où elle venait puis se releva avec peine. Fahey fit de même. Debout, frêle et sombre, elle lui arrivait à l'épaule. Il la regarda arranger la bâche, l'enrouler autour de sa tête et de ses épaules pour la maintenir contre sa poitrine. Le pan était assez long pour traîner par terre, et, ainsi accoutrée, la femme redevint la silhouette biblique qu'il avait repérée depuis la plage, fille de Loth à la lisière de la plaine. Il attendit qu'elle en eût fini avec sa bâche et se tourna vers les dunes. La réaction de la femme fut de tomber dans les pommes. Elle s'écroula sur le sable parmi les plis de sa bâche tel un chapiteau de cirque qui s'effondre, la manœuvre se déroulant dans le silence le plus total.

Effaré, Fahey regarda du côté des arbres. Le sang lui martelait toujours les tempes mais, ayant survécu aux chiens, il commençait à croire qu'il survivrait sans doute aussi à la drogue. Ce ne serait après tout pas la première fois. Étant arrivé à cette conclusion, il se fit d'autres réflexions. Cela faisait deux jours qu'il n'avait pas dormi. À la ferme, il fallait absolument qu'il arrose ses andains de compost. Il devrait livrer les cadavres des chiens au bureau des Eaux et Forêts pour toucher la prime avant de s'en débarrasser au refuge pour animaux. Fahey examina le tas de chiffons devant lui. D'un côté, la femme l'avait conduit aux chiens, même si ça avait été involontairement. De l'autre, il se pouvait bien qu'elle soit impliquée dans une sale affaire, du genre qu'il avait passé la majeure partie de sa vie à éviter. Il estima qu'il ne pouvait s'attendre à moins d'une infraction à la Directive Première.

Il se tint un moment au milieu du bourdonnement des insectes, des relents de la Tijuana River, du soleil qui s'infiltrait entre les branches pour lui réchauffer les épaules, victime une fois de plus de ses propres vicissitudes. Le deuxième hélicoptère de la matinée se fit entendre au-dessus des saules, frappant le ciel de ses pales, et Fahey se dit que s'il traînait encore ici, il allait sans doute devoir s'expliquer. Il pouvait au minimum s'attendre à une visite d'une patrouille des frontières si l'une d'elles avait été postée assez près pour entendre les coups de feu. Il connaissait certains des gardes par leur nom et avait une bonne raison d'être là. Néanmoins, il n'était pas très pressé de faire la conversation vu l'état dans lequel il se trouvait. Il imaginait sans peine quelle tête il avait – le visage rouge et maculé de sueur d'un junkie sous amphètes, et les traits tirés par l'accumulation des jours sans sommeil. Généralement, Fahey ne plaisait pas beaucoup. Et puis il fallait aussi prendre l'inconnue en compte. Ce n'était pas un de ces clandestins lambda. Son anglais paraissait trop bon pour ça. Peut-être même que ce n'était pas une sans-papiers du tout mais juste une femme qui se promenait dans la vallée et avait été attaquée par des bandits. Il baissa les yeux sur le petit tas pitoyable à ses pieds. Elle n'irait visiblement nulle part par ses propres moyens. Il finit par la prendre contre sa poitrine comme on ramasse un tas de linge sale et sortit en titubant du couvert des saules pour franchir les dunes et retourner vers la plage où attendaient les pluviers.

*
\* \*

Elle reposait à côté de lui comme une enfant endormie tandis que Fahey ménageait son vieux pick-up dans le sable meuble au pied des dunes, l'embouchure de la rivière derrière eux, une dernière houle en provenance du sud s'abattant dans un fracas de mortier sur des plages escarpées aussi désertes que la lune. Les oiseaux de mer se dispersaient à leur approche. Une volée de pélicans blancs décolla maladroitement puis fila dans le bleu sur des ailes neigeuses frangées de noir. Au large, des dauphins jouaient parmi les vagues, silhouettes primordiales suspendues contre des parois translucides – telles étaient les merveilles de la vallée de la Tijuana, dont on pouvait encore découvrir le spectacle et les sons en grande partie oblitérés dans la moitié sud de l'État –, scénario du Seigneur, écrit au milieu des détritus de deux pays.

L'embrayage du Toyota s'était remis à fumer lorsqu'ils arrivèrent à l'entrée de Monument Road, à l'orée du parc national de Border Field. Les arènes de Tijuana et son phare attenant, tibia blanchi dressé contre le soleil levant, les dominaient au loin avec, au-delà, les toits de tuiles rouges et les pastels criards de Las Playas, l'un des rares quartiers à hauts loyers de la ville, qui abritait ses hommes d'affaires et parrains de la drogue. Fahey s'éloigna alors de la mer et roula à l'ombre des mesas, où la grande barrière métallique chevauchait les collines tel un parcours de parc d'attractions.

Son intention était de déposer l'inconnue aux urgences de l'hôpital de San Ysidro. Il retournerait plus tard chercher les chiens. Ils étaient à présent sur une route en terre battue et Fahey venait de passer la troisième pour la première fois depuis qu'ils avaient quitté la rivière quand la femme ouvrit un œil.

— Où m'emmenez-vous ? demanda-t-elle.

— Vous faire soigner, répondit Fahey.

Un silence s'ensuivit, puis les doigts de la femme s'agrippèrent à son bras, aussi glacés qu'ils l'avaient été sur la plage. Il sentit le froid à travers l'étoffe de sa chemise. Bon sang, se dit-il, elle doit être transie jusqu'aux os.

— C'est impossible, déclara l'inconnue.

Fahey lança un regard dans sa direction. Elle formait une vision assez inquiétante – un œil enflé presque fermé, la chair tuméfiée et noircie tout autour, le blanc virant au rouge rosé. L'autre œil était, lui, écarquillé de terreur. Fahey songea qu'elle n'avait peut-être pas toute sa raison.

— J'ai besoin de temps, murmura-t-elle, de temps… de temps pour réfléchir.

Sa tête retomba contre le dossier et roula d'un côté puis de l'autre.

— Du temps pour réfléchir, répéta-t-elle.

— Vous avez besoin de vous faire soigner.

— Non, non. Ça va. Vraiment. Si vous me renvoyez là-bas, je suis fichue.

À la consternation de Fahey, la femme se mit à pleurer.

— Vous ne pouvez pas savoir, dit-elle encore avant de passer à l'espagnol.

Le peu d'espagnol que Fahey avait pu autrefois maîtriser se réduisait à présent à presque rien, mais il lui sembla qu'elle parlait du diable. Il saisit les mots « *el diablo* », suivis d'une référence à la Mesa de Otay, mais lorsqu'il lui demanda de traduire, elle ne fit que répéter ce qu'elle avait déjà dit puis sombra de nouveau dans une sorte d'inconscience.

Fahey se dit donc que sa première intuition avait été la bonne. L'inconnue venait bien de l'autre côté de la frontière et fuyait sans demander son reste un diable de la mesa – situation pénible à laquelle il n'était pas totalement insensible. Il poursuivit sa route. Donner asile à cette femme, si elle était sans papiers, reviendrait à s'attirer beaucoup d'emmerdes. Si on la découvrait sous la garde de Fahey, cela le mettrait certainement à la merci de ses ennemis. Pourtant, il se sentit soudain complètement vanné et crut qu'à cet instant précis il n'aurait pas la force de conduire beaucoup plus loin, même s'il l'avait voulu, et en tout cas certainement pas jusqu'à l'hôpital de San Ysidro, où il serait forcé d'affronter la circulation matinale au summum de sa ruée débridée vers la frontière. Il aurait probablement mieux fait de la laisser dans les dunes, et il pouvait encore le faire, se dit-il en se laissant aller à d'impitoyables réflexions, mais il ne fit pas mine de s'arrêter ou de faire demi-tour. Et il ne se conforma pas non plus à son plan initial, qui aurait été de poursuivre sa route vers l'est jusqu'à la jonction avec l'autoroute de San Diego. Au lieu de quoi, il emprunta une étroite bande d'asphalte cabossée indiquée comme étant Hollister Drive. Cette petite route l'éloigna de la frontière et, lorsqu'il eut traversé la Tijuana, il en prit une autre qui le ramena vers le cœur de la vallée, en direction de la mer.

Il roula alors sur des pistes non goudronnées qui n'avaient pas de nom et arriva bientôt à une trouée parmi les ravenelles de trois mètres de haut qui poussaient de chaque côté d'un chemin tellement semé d'ornières, de débris et de boue qu'on pouvait à peine le qualifier de tel. Fahey, réduit à présent à l'état de spasmes et de sueur, s'y engagea néanmoins pour arriver enfin à la clôture de grillage rouillé qui délimitait son territoire. Derrière la clôture, les andains de compost formaient d'étroites lignes noires entre les carcasses d'appareils ménagers et les machines agricoles rouillées, les charrues et la moissonneuse. Plus loin encore, venaient ses cuves de purin de vers qui fermentait au soleil et, juste devant son mobile home, une palissade faite de vieilles planches de surf, le *tail block* planté dans la terre, tels les boucliers ternis d'un peuple oublié, et enfin la maison proprement dite qui, ces derniers temps, semblait bien avoir été attaquée par un essaim d'abeilles en colère – en bref, tout ce que Fahey possédait au monde, disposé en rond comme des chariots pour ce qui ne pouvait passer que comme une sorte de dernier combat.

Fahey arrêta son pick-up devant la clôture. Il jeta un dernier coup d'œil sur la femme à côté de lui, qui dormait par intermittence, les mains serrées en deux poings minuscules contre sa poitrine, puis quitta son siège pour plonger dans la chaleur matinale. Ses chiens étaient là pour l'accueillir, deux bâtards qu'il avait récupérés depuis qu'il était revenu dans la vallée, un mélange de terrier qu'il avait baptisé Jack, et Wrinkles, un chien de chasse si vieux qu'il tenait à peine debout. Lorsqu'il eut ouvert le portail, il remonta dans le pick-up et le fit entrer dans la propriété, le terrier jappant à ses pneus. Il se gara devant le vieux mobile home jaune posé de travers sur des parpaings au milieu d'un bosquet de peupliers de Virginie et de lauriers-roses semés par son père avant lui, puis il alla s'asseoir, surpris par ce que le matin lui avait réservé et par son propre comportement irresponsable.

— Bon Dieu, dit-il à voix haute, qu'est-ce que j'ai fait ?

Il avait les yeux rivés sur le vieil autocollant fixé à l'arrière de son mobile home – des lettres blanches sur fond noir, le tout piqué par les ans, le soleil et la pluie. Fahey se frotta les yeux, aussi irrités que s'il avait eu les paupières pleines de sable, et examina l'autocollant comme s'il le voyait pour la première fois, comme s'il n'avait pas été lui-même l'imbécile qui l'avait mis là, dans une autre vie, par un jour plus rose que celui d'aujourd'hui. IL N'Y A RIEN, assuraient les lettres délavées, QU'UN JOUR DE SURF NE PEUT ARRANGER.

3

Elle s'appelait Magdalena Rivera et venait de Tijuana, au Mexique. Plus précisément, elle venait de Colonia Cartolandia, tout près du poste frontière. L'endroit n'existait déjà plus. La Zona del Rio, quartier le plus brillant et rutilant de la nouvelle Tijuana, avait été construite sur les ossements de ses habitants. Une mère dont elle avait du mal à se souvenir était morte noyée là-bas, au nom du progrès, et c'était pour elle que Magdalena avait relevé la croix. Et c'était ça qui l'avait mise dans le pétrin.

Elle observa de son œil valide cet homme qui l'avait ramassée, le vit dans un halo de poussière et de chaleur matinale – image qui ne pouvait provenir que d'un accès de fièvre. Elle le vit ouvrir le portail grillagé qui l'avait au départ effrayée mais qui, en y regardant de plus près, était tellement vieux et rouillé qu'il ne pouvait s'agir de quelque chose d'officiel. Alors, peut-être voulait-il vraiment l'aider en fin de compte. Soit il allait l'aider, soit il était de ces hommes dont on voyait le portrait sur les murs des postes, un ravisseur de femmes ou un tueur à la hache, ou un violeur. Auquel cas, elle était foutue, aussi foutue du côté américain de la barrière qu'elle serait foutue à Tijuana si on la renvoyait là-bas, sans la protection de l'*amparo* qui avait de toute évidence été emporté par une mer malveillante.

Elle attendit que ce type grand et large d'épaules, qui paraissait pourtant être en train de perdre un combat avec la pesanteur, en ait terminé avec le portail et remonte dans le pick-up. Avec ses cheveux et sa barbe emmêlés, il lui rappelait les sans-abri qu'elle croisait chaque jour des deux côtés de la frontière, et il avait ce hâle permanent qu'elle associait aux gens de la rue. Tout compte fait, il n'y avait rien de réconfortant dans cette vision. Son esprit se laissa aller au pessimisme. Elle était trop épuisée pour fuir. Magdalena voyait l'homme comme dans un rêve. Voilà où tout cela l'avait menée, pensa-t-elle, à cet endroit, à cet homme. Pour ce qui s'ensuivrait, elle devrait s'en remettre au karma. Elle ne pouvait rien faire de plus. La lumière lui jouait déjà des tours en emportant ses perceptions de même que le courant l'avait emportée de la plage, lui faisant traverser des royaumes d'ombre et de clarté, comme si le soleil passait dans un banc de nuages alors qu'en fait le ciel était d'un bleu de cobalt irréprochable et évoquait pour elle le désert, l'orphelinat de Mexicali, les sœurs de la Bénédiction…

*
* *

La nuit qui l'avait conduite à cette apparente hallucination sans fin avait commencé de façon assez anodine. Magdalena avait pris un repas léger sur le balcon de son appartement qui dominait Las Playas, puis avait traversé la ville jusqu'à la Mesa de Otay, où les habitants de Colonia Vista Nueva organisaient une veillée aux flambeaux en hommage à un enfant de 6 ans mort d'un empoisonnement au plomb.

Le trajet lui avait fait franchir la Zona del Río, dépasser le nouveau centre culturel, les banques et centres commerciaux à l'américaine avec leurs enseignes de fast-food et leurs palmiers décoratifs. Comme toujours, elle avait essayé de se représenter l'endroit tel qu'il avait été, avant Burger King et Ronald McDonald. Les scientologues prétendent qu'il ne tient qu'à soi de tout se remémorer jusqu'au ventre de sa mère si l'on sait s'y prendre. Magdalena avait passé les deux premières années de sa vie à cet endroit. On aurait pu croire que davantage de souvenirs auraient pu lui revenir alors qu'elle avançait pas à pas dans la circulation des heures de pointe, coincée au milieu des effigies de bronze et ronds-points d'asphalte absurdes qui ponctuent le Paseo de los Heroes, mais, comme toujours, elle fut vite déçue, ce qui l'emplissait de mélancolie en faisant naître la nostalgie d'un passé qui demeurait inaccessible – Cartolandia à la veille de sa destruction, le lieu de sa naissance.

Pour les Américains, c'était Cartonland, et c'était la première chose que l'on découvrait alors en passant la frontière : un bidonville de boîtes en carton, de maisons bricolées et de voitures abandonnées. Pourtant, Cartolandia disposait de sa propre agence pour l'emploi, de sa propre coopérative alimentaire et d'un dispensaire. Son histoire n'était pas moins pittoresque que son aspect. Née dans la subversion, souvent violente, Cartolandia fut au départ l'incarnation de l'invasion organisée des anciens combattants de la Révolution mexicaine pour protester contre le manque de travail et la mainmise étrangère sur les terres.

Les décennies qui suivirent furent de façon récurrente le théâtre de la lutte pour les terres inondables de Tijuana. Mais au bout du compte, un consortium de politiciens et d'hommes d'affaires pressés d'exploiter les terrains réussit à convaincre le gouvernement mexicain de les déclarer ressources nationales et de dénoncer ses habitants comme squatters, même si beaucoup d'entre eux avaient acheté leur lopin en passant par le ministère de l'Agriculture ou bien payaient un loyer aux banques locales. Les habitants réagirent en organisant des manifestations et en faisant signer des pétitions. Puis vinrent un hiver El Niño d'une rigueur particulière et des pluies diluviennes. La rumeur circula à Cartolandia que l'opposition projetait d'ouvrir les vannes du barrage Rodríguez. Certains habitants prirent la fuite, d'autres restèrent pour se battre. Le 29 janvier, le gouvernement fit une déclaration pour démentir les rumeurs. Le 30 janvier, les vannes furent ouvertes. Une centaine de personnes périrent cette nuit-là, dont la mère et la grand-mère de Magdalena. La petite fille fut découverte à l'aube, sur un tas de sommiers à ressorts, avec le chien de la famille, et recueillie par les sœurs de la Bénédiction de Mexicali. Elle eut de la chance. C'était un bon orphelinat. La mère supérieure s'intéressa tout particulièrement à elle, fit en sorte qu'elle puisse entrer à l'école primaire catholique de Galexico, organisa les transports et lui fit don de la maîtrise de l'anglais. Mais tout a un prix. Pendant six ans, on lui fit franchir la frontière dans les deux sens. Elle eut donc peu de chance de se lier d'amitié avec ses camarades de classe en dehors des cours. Elle venait d'un autre pays, escortée par des religieuses, et cela faisait d'elle un objet de curiosité, une enfant à part. Lorsqu'elle entra au collège de Mexicali, elle s'exprimait mieux en anglais qu'en espagnol. À sa sortie du lycée, elle maîtrisait parfaitement les deux langues, ce qui constituait un atout sur le marché du travail. Cela rendit les autres choses possibles. Elle travaillait à présent pour une avocate de Tijuana tout en suivant des cours du soir en droit de l'environnement à l'Universidad Autónoma de Baja California située sur la Mesa de Otay, tout près des banques et des centres commerciaux de la Zona del Río, la nouvelle Tijuana. C'était ce qu'elle avait voulu. Chaque jour était une plongée dans sa mémoire, chaque trajet un voyage dans le temps, une façon de renouer avec les fantômes.

*
* *

Le ciel avait commencé à s'assombrir lorsqu'elle atteignit les mesas. C'était l'heure de la relève dans les usines, et elle se retrouva derrière un convoi de ces cars omniprésents. Jour et nuit, ils sillonnaient poussivement les mesas tels de gigantesques insectes bleus avec leurs chargements d'ouvriers pour les amener des *colonias*[1] aux usines et inversement. Magdalena voyait parfois ces usines étrangères comme les parties d'un organisme monstrueux tombé du ciel et qui plantait ses tentacules dans le sol aride pour atteindre le cœur même de son pays. Avec l'entrée en vigueur de l'ALÉNA, l'accord de libre-échange entre les États-Unis, le Canada et le Mexique, le monstre n'avait cessé de se développer en force et en poids avec toujours plus d'usines, plus de pollution et plus d'exploitation des ouvriers – tout ce qu'elle était justement venue combattre, au nom de sa mère,

---

1. *Colonia :* terme espagnol qui signifie « quartier ». *(N.d.T.)*

au nom de la planète tout entière. Elle tapa sur le volant avec la paume de sa main, faisant sonner son klaxon. Les cars ne faisaient rien pour la laisser passer. Ils se traînaient. Magdalena consulta sa montre. Elle donna encore quelques coups de klaxon, juste pour se défouler, puis se carra sur son siège, résignée, en respirant les gaz d'échappement. Tout s'ajustait trop parfaitement. Pendant que les cars souillaient les routes en faisant tout pour nourrir le monstre, elle filait rejoindre les habitants de Vista Nueva pour pleurer ce que le monstre avait créé.

La communauté en question occupait un terrain au pied de la mesa. Il était surplombé par les vestiges de Reciclaje Integral, fonderie et usine désaffectée de retraitement des batteries usagées. Pendant des années, les habitants de Vista Nueva avaient été victimes de cancers de la peau, de maladies respiratoires, et de malformations congénitales. Beaucoup d'enfants avaient succombé. Magdalena s'enorgueillissait d'avoir joué un rôle dans la fermeture du site. C'était sa première année à l'université, et l'avocate qui l'employait s'occupait de l'affaire. Or, le dossier se présentait bien.

Lorsqu'il devint manifeste qu'il ferait l'objet d'un procès devant un tribunal mexicain, le propriétaire, de nationalité américaine, se contenta de se déclarer en faillite et d'abandonner purement et simplement l'usine pour se retirer de l'autre côté de la frontière, où il continua de prospérer. Magdalena ne l'avait jamais rencontré en personne, seulement vu en photo – un homme d'une cinquantaine d'années, aux cheveux argentés. Il s'appelait Conrad Hunter et vivait dans une maison à un million de dollars quelque part dans la région de San Diego pendant que son usine abandonnée continuait d'empoisonner les habitants de Vista Nueva. Et, bien sûr, le gouvernement mexicain, ami de toujours du milieu des affaires, ne jugea pas de son ressort de poursuivre le coupable ni de nettoyer les saletés qu'il avait laissées derrière lui.

En larmes, elle était allée voir Carlotta, l'avocate pour qui elle travaillait. Elles avaient pris le café dans le petit patio situé derrière le cabinet, installées sur des sièges en fer forgé sous le soleil qui filtrait par le coin de ciel.

— Il y a une histoire à rendre fou dans chaque quartier de cette ville, lui avait dit Carlotta. Dans chaque rue.

— C'est vrai, avait rétorqué Magdalena. Mais que va-t-il se passer pour ce type, Hunter ? Nous allons juste rester assises là sans rien faire ?

— Nous déposons un recours devant la CCE.

La CCE, Commission de coopération environnementale, était une institution de l'ALÉNA. Et, d'après ce que Magdalena comprenait, la seule raison de ce recours était de dénoncer la complète inefficacité de la CCE. On ne pouvait y voir qu'une manœuvre stérile et elle le dit à Carlotta.

— C'est une manœuvre nécessaire, avait répliqué Carlotta.

— Mais rien de plus qu'une manœuvre quand même.

Carlotta avait disposé ses doigts comme le toit pointu d'une église miniature, et elle observa Magdalena par-dessus leur extrémité.

— Il existe dans le droit américain une notion qu'on appelle le « lien minimum », expliqua-t-elle. Voici à peu près à quoi ça correspond : si l'on peut établir une relation entre ce type à San Diego et une autre affaire ici, au Mexique, on pourra éventuellement le poursuivre là-bas, porter plainte contre lui aux États-Unis.

— Mais pourquoi…

— Parce que c'est très difficile à étayer. Ça prend énormément de temps. On a besoin de preuves écrites qui puissent tenir devant un tribunal.

Magdalena avait demandé à s'en occuper.

— Pas de problème, lui avait dit Carlotta. Si vous arrivez à monter un dossier contre M. Hunter, formidable. Si vous n'y arrivez pas, souvenez-vous de ça : Reciclaje Integral n'est pas la seule cible possible dans cette ville. Alors cherchez. Trouvez-moi une affaire. N'importe laquelle. Si on arrive à poursuivre ne serait-ce qu'un seul de ces types, on aura un précédent pour en poursuivre d'autres.

Et ça avait été le début des dossiers de Magdalena. Elle les avait baptisés les dossiers Dolores Rivera en souvenir de sa mère. Ce projet devint pour elle une obsession. Il y avait une dizaine de sites semblables à Reciclaje Integral ne fût-ce que le long de l'autoroute qui conduisait de Tijuana à Tecate – des usines à capitaux étrangers, toxiques, et désaffectées, et Dieu seul savait combien d'autres il y en avait, éparpillées dans tout le pays. Magdalena commença par récupérer les rapports techniques, un pour chaque site. Elle dressa la liste des propriétaires des sites puis entreprit de rechercher des liens entre ceux-ci et le Mexique, n'importe lesquels. Ces opérations prenaient non seulement du temps mais coûtaient cher, cher parce que la moindre recherche effectuée par le biais d'un organisme public, comme le Registre de la propriété et du commerce par exemple, était payante, et que Magdalena réglait avec son argent personnel. Elle avait aussi exhumé de vieux dossiers, cherchant les récidivistes et, quand l'occasion se présentait, les premiers rapports d'inspection. Elle était très fière quand elle mettait la main sur les rapports d'origine, car on ne pouvait se les procurer qu'en passant par ceux qui les avaient rédigés. Ces comptes rendus étaient directs et explicites. Ils donnaient des noms. Quand un dossier était rempli et lancé dans le système, ces rapports étaient recopiés, et il y avait toujours un risque qu'ils soient édulcorés. Si les plaintes à l'origine de ces rapports n'aboutissaient pas, les rapports d'inspection étaient le plus souvent mis à l'écart, voire perdus. Cela faisait donc de ces originaux une source inestimable où puiser les noms des accusés afin de pouvoir ensuite les comparer aux autres noms provenant d'autres sources, pour le présent et aussi pour l'avenir. L'enquête de Magdalena se poursuivait. Ses dossiers finirent par remplir toute une pièce, dans des bureaux déjà trop exigus. Au bout de dix-huit mois de recherches, ils constituaient le tableau le plus précis qu'on pût trouver sur les abus en matière d'environnement et de droit du travail le long de la frontière mexico-californienne. Si l'on considérait simplement le volume de papiers, c'était une collection unique. Pour ce qui était du rassemblement de comptes rendus d'inspection originaux, cette collection était irremplaçable. L'ensemble constituait une documentation exceptionnelle. Tout le monde était d'accord là-dessus. Et pourtant, les enfants de Vista Nueva continuaient de souffrir.

Puis il se passa quelque chose. Quelqu'un s'était introduit dans les bureaux de Carlotta, détruisant les ordinateurs, fouillant tous les dossiers. On avait même essayé d'y mettre le feu. Les pompiers avaient été rapides. Néanmoins, beaucoup de dossiers avaient été perdus. Magdalena avait emporté les dossiers restants et les avait cachés. Toutes les affaires que traitait Carlotta représentaient un danger potentiel. Toute affaire portant sur des méfaits graves en matière d'environnement au Mexique impliquait de par sa nature même une corruption au niveau gouvernemental. Les lois existaient déjà. Simplement, on payait les gens pour qu'ils regardent ailleurs. Chacun avait une idée derrière la tête. Chaque affaire faisait naître de nouveaux ennemis, des suspects potentiels. Carlotta l'avertit qu'elles devraient se montrer toutes les deux très prudentes. La plus âgée des deux était inquiète, Magdalena l'avait lu sur son visage. Magdalena, elle, surfait sur un pic d'adrénaline qui la faisait délirer d'enthousiasme. Elle était persuadée que celui qui avait cambriolé les bureaux cherchait quelque chose qui se trouvait dans ses dossiers. On avait eu vent de leur existence. L'ennemi avait attaqué. Magdalena avait sa raison d'être, la raison pour laquelle elle était revenue chez elle, à Tijuana, là où sa mère avait été assassinée.

*
* *

Il faisait déjà nuit lorsqu'elle arriva enfin à la vieille usine, et ses pensées passèrent du dossier contre Reciclaje Integral à d'autres événements qui avaient eu lieu ici au cours de ces dernières semaines : trois jeunes femmes, toutes ouvrières, avaient été assassinées sur les chemins de terre qui reliaient les usines aux *colonias* en contrebas. Ces femmes avaient été violées, étranglées et mutilées avant d'être abandonnées dans les mauvaises herbes et les détritus qui jonchaient les collines – crimes assez communs le long de la frontière mexicaine, où les femmes travaillaient dans les usines pendant que les hommes traînaient, au chômage, et que les gangs régnaient en maître sur les rues. Dans ce cas, cependant, Magdalena connaissait l'une des victimes. Elle avait interrogé cette femme au début de l'ouverture du dossier contre l'usine, avait reconnu en elle une sœur d'arme et se sentait à présent à la fois agressée et fragilisée par son décès. Elle supposait que c'était ce qu'on devait ressentir, quand il s'agissait d'un tel crime. Et pourtant la mort était tellement présente dans ce monde. Si l'on devait se sentir agressée et rabaissée à chaque fois qu'elle sévissait, on serait très vite réduite à presque rien. Elle estima que cela faisait partie des risques de la profession qu'elle avait choisie, dans un pays où l'ouvrière assassinée et l'enfant mort pour lequel on organisait la veillée aux flambeaux étaient indissociables et constituaient le prix que son pays semblait trop heureux de payer pour s'élever tout doucement vers la lumière.

Elle se gara devant la vieille fonderie et resta un instant dans sa voiture pour observer les alentours – précaution qu'elle n'aurait pas prise un mois plus tôt. Mais c'était encore la relève des ouvriers dans une usine toute proche, et il y avait de l'animation dans la rue, des marchands ambulants, des cars, des ouvriers, en majorité des femmes en tablier bleu et filet sur la tête, qui discutaient en groupes et échangeaient des cigarettes, certaines dansant sur la musique déversée par leurs ghetto-blasters en plastique. Elle descendit de sa voiture et fut reconnue par l'une des femmes, qui la salua d'un geste de la main. Magdalena lui rendit son salut et respira l'odeur de tacos frits, les gaz d'échappement des cars, la puanteur des produits chimiques et du caoutchouc brûlé. Bienvenue à la Mesa de Otay, songea-t-elle, au cœur souillé du monstre.

Lorsqu'elle était revenue à Tijuana, Magdalena avait passé du temps dans un centre pour femmes qu'on appelait la Casa de la Mujer. Créé dans le but de venir en aide aux femmes qui affluaient vers le nord pour travailler en usine, ce centre était devenu multiservices, et Magdalena y avait tout fait, dispenser des cours d'hygiène ou affronter des maris rendus violents par l'alcool. Le travail y était strictement volontaire et il y avait des mois qu'elle n'avait plus de temps à y consacrer, mais elle était heureuse de l'avoir fait car cela lui avait permis de connaître des femmes de toute la ville, certaines d'entre elles activistes, d'autres dans le besoin. Elle supposa que la femme qui l'avait saluée faisait partie des dernières. En d'autres circonstances, elle serait allée la voir, pour savoir comment ça allait. Mais, ce soir-là, elle avait agité la main et poursuivi son chemin, se disant que, quand elle serait moins débordée, il faudrait qu'elle passe plus de temps avec les femmes de la Casa de la Mujer. C'était du travail de première ligne assez semblable dans l'esprit au travail qu'elle faisait avec Carlotta, mais au niveau de la rue, où les batailles se livraient plus vite et les victoires étaient plus tangibles, faute, éventuellement, d'être plus complètes que celles remportées dans les tribunaux, au milieu des dossiers et des assignations.

Elle longea la façade du bâtiment désaffecté aux portes et fenêtres condamnées, le contreplaqué qui en interdisait l'entrée décoré d'avertissements tagués tels PELIGRO et CONTAMINACIÓN avec des têtes de mort barrées. Elle remarqua aussi un petit nombre de graffitis de gangs, ainsi qu'un diable grossièrement peint avec cornes et queue fourchue, les artistes se montrant visiblement peu soucieux des produits polluants qui suintaient déjà en vilaines taches de couleur sur les murs de parpaing. Elle crut se rappeler avoir entendu dire qu'il y avait même un sans-abri, de toute évidence dérangé, qui s'était installé là – raison de plus pour faire raser cet endroit. L'idée que quelqu'un essayait réellement de camper parmi ces ruines la fit frissonner, et elle prit le chemin qui passait entre Reciclaje Integral et son voisin le plus proche, un atelier de carrosserie entouré d'une clôture en tôle et fil de fer barbelé. C'était dans ce genre de chemin que les femmes avaient été enlevées ces dernières semaines. Elle aperçut bientôt le rassemblement funèbre sur les escarpements, derrière l'usine, les lumières de Vista Nueva à leurs pieds.

Il y avait surtout des femmes de la communauté d'en bas, et Magdalena les connaissait bien. Elle fut accueillie par des embrassades et se vit remettre une bougie et un gobelet en carton. On avait percé un trou dans le fond pour y introduire la bougie et protéger ainsi la flamme. Une fois les bougies allumées, les gobelets semblaient de petites lampes retournées suspendues dans les airs. Mais il faisait exceptionnellement frais et venteux en haut de la mesa, et il était difficile de préserver ces lueurs délicates.

Un petit groupe d'étudiants de l'université était venu avec des guitares. Ils avaient pris place en hauteur, sur un large remblai de terre au pied duquel gisait un vieux réfrigérateur qui évoquait une carcasse d'animal démembré dans la lumière ténue, et ils interprétaient des chants religieux. Une équipe de cinéma réalisant des documentaires était là aussi. Ils venaient de Seattle. Ils tournaient un film sur les *maquiladoras* et on leur avait parlé de la marche. Ils n'avaient qu'une petite caméra de reportage et un spot puissant avec lequel ils balayaient régulièrement les murs de la vieille usine et aveuglaient les participants. Magdalena fut présentée à la réalisatrice du film, une jeune femme en baskets noires avec piercing dans la narine. La réalisatrice voulut interviewer Magdalena pour son film et tint à le faire en espagnol, qu'elle parlait assez mal.

— Pas de problème, lui assura Magdalena, on peut le faire en anglais.

Mais la réalisatrice persista dans son espagnol déficient. Et en fait, les questions restèrent simples et prévisibles. Qui est responsable ? Pourquoi le gouvernement mexicain n'agit-il pas ? Pourquoi le propriétaire a-t-il toujours le droit de faire des affaires aux États-Unis alors que son usine tue encore des gens au Mexique ? Magdalena répondit machinalement puis s'esquiva pour rejoindre ses amis.

Les femmes de Vista Nueva étaient tout naturellement obnubilées par les derniers meurtres et avaient du mal à penser à autre chose, même ici, à cette veillée pour le petit garçon. On avançait des théories. Deux des filles qui étaient mortes bossaient au noir comme taxi-girls dans le vieux quartier chaud de la ville, où l'on croyait encore à certains contes populaires selon lesquels un bel étranger aux yeux bleus arpentait les bordels et boîtes de nuit. D'après la légende, l'étranger n'était autre que le diable en personne, venu chercher les anges déchus de Tijuana. L'une des dernières victimes avait apparemment été vue en train de parler avec un jeune cow-boy tapageur en décapotable rouge peu avant sa mort. L'homme était venu la voir pendant une pause à l'usine, et elle avait dit à ses copines qu'elle l'avait rencontré dans un dancing. L'histoire était répétée à mi-voix dans les rafales de vent, le chant des étudiants et la lumière du projecteur qui parcourait les murs… D'autres théories circulaient également, qui ne renvoyaient à rien de surnaturel. Pour Magdalena, en tout cas, ces conversations ne faisaient qu'accentuer la tristesse de l'événement, et lorsqu'elle eut fait le tour de l'assistance et rallumé sa bougie pour la quinzième fois, elle prit congé et s'en alla.

La vérité était qu'elle ne se sentait pas très bien. Elle s'était épuisée, ces derniers temps, à préparer ses examens, à travailler pour Carlotta puis à passer des heures, souvent jusqu'à l'aube, à éplucher seule ses dossiers en quête d'un indice leur indiquant qui avait vandalisé les bureaux. Ce rythme effréné commençait à peser et avait certainement joué un rôle dans la déprime qu'elle avait sentie la gagner sur la falaise. Qu'un certain nombre de responsables locaux aient été invités et ne soient pas venus n'était guère surprenant. Mais ce soir-là, leur absence avait encore accentué son sentiment d'abattement, de même que la réalisatrice du documentaire, avec son espagnol approximatif et ses questions simplistes. *Idem* des messes basses inquiètes des jeunes femmes de la *colonia*, qui lui rappelaient une fois de plus à quel point ces gens – dont elle était issue après tout – étaient encore assez naïfs et peu instruits pour croire à ces contes pleins de beaux étrangers aux pieds fourchus alors que le vrai diable, quel qu'il soit, se manifestait partout autour d'eux, sous des formes aussi différentes que les fumées qui s'échappaient des usines pour recouvrir la vieille ville frontière telle une couverture sale. Et elle avait eu du mal à se retenir de le leur dire. Mais le temps était au deuil et non aux leçons. Elle en conclut que ce qu'il lui fallait, c'était un bon bain chaud, une nuit de sommeil, peut-être même un jour ou deux de service à la Casa de la Mujer, où elle pourrait mener une grève, prôner l'usage du préservatif et affronter un ou deux petits amis bourrés, le tout en l'espace de quarante-huit heures – de quoi se secouer un peu. C'est donc avec ces pensées qu'elle reprit le chemin par lequel elle était venue, ce sentier étroit qui passait entre l'usine et le garage avec sa meute de chiens de garde décharnés qui se mirent à aboyer dans le noir.

À un moment, elle crut entendre quelque chose bouger derrière le mur de l'usine – quelque chose de trop gros pour être un simple rongeur – et elle pressa le pas. Elle arriva à sa voiture sans encombre, monta rapidement dedans et démarra.

*
* *

Magdalena prit une autre route qu'à l'aller pour rentrer chez elle, préférant contourner le Cerro Colorado, traverser La Floritan, le quartier des fleurs, puis prendre la Mex One à l'endroit où elle quittait le plateau pour descendre vers la mer. C'est là qu'elle s'aperçut que la voiture ne réagissait pas normalement. Ce n'était pas nouveau. Elle conduisait une Ford Taurus de 1989 aux pneus lisses, ciel de toit décollé et plus de trois cent mille kilomètres au compteur. Mais quelle importance ? Il y avait une chose qu'il fallait reconnaître au Mexique, c'est qu'on y trouvait les meilleurs mécaniciens du monde : il suffisait de leur fournir des pièces détachées et ils pouvaient vous faire rouler n'importe quoi. C'était le pays tout entier qui était constitué de pièces détachées.

Les lumières de Las Playas dansèrent devant elle, tout en bas. Elle serait bientôt chez elle. Demain, elle appellerait le garage. Mais lorsqu'elle entama la longue courbe vers la droite, elle entendit un craquement en provenance de l'avant de la voiture. Le volant eut un soubresaut entre ses mains et refusa soudain d'obéir. Elle écrasa la pédale de frein. La voiture partit à la dérive. C'était inimaginable. Elle avait vu les lumières de chez elle, et voilà qu'elle se retrouvait piégée à l'intérieur d'un projectile de métal, dans l'impossibilité de manœuvrer, dévalant une côte à cent kilomètres-heure, et c'était arrivé comme ça, en un clin d'œil.

Elle s'agrippa des deux mains au volant, s'efforçant, par la seule force de sa volonté si nécessaire, de redresser la trajectoire de la voiture pour la remettre du bon côté de la route, regarda la double ligne jaune passer sous ses roues, les phares inévitables surgir devant elle, la nuit se remplir d'un hurlement de klaxons… Elle ferma les yeux, anticipant le choc avec le volant plastifié qui ne manquerait pas de lui défoncer la cage thoracique. Mais le camion parvint à l'éviter. L'auto vacilla dans l'appel d'air qui lui succéda – moment de répit certainement fugitif. Magdalena hurla. Elle hurla à la voiture de s'arrêter. Elle hurla à l'idée de ce qui l'attendait – sa propre mort –, une traînée de sang sur la chaussée. Un accotement pierreux apparut devant elle, et, au-delà, la paroi de la montagne dans le flanc de laquelle on avait creusé la route. Elle ferma de nouveau les yeux. L'auto heurta la paroi rocheuse par le côté. Sous la force de l'impact, la tête de la conductrice rebondit contre la vitre latérale. La voiture continua d'avancer, l'habitacle se remplissant d'une poussière qui étouffa les cris de Magdalena, pour s'immobiliser enfin au-dessus des lumières de Las Playas, épousant le flanc de la montagne aussi étroitement que si le Seigneur Lui-même l'avait voulu.

Et c'est là qu'elle resta assise, dans l'humidité des fluides organiques, déconcertée d'être encore en vie. Elle semblait hésiter à lâcher le volant et y restait accrochée dans un nuage de poussière et l'odeur écœurante de l'essence tandis que des pierres de toutes tailles continuaient de pleuvoir du coteau. L'une d'elles traversa le pare-brise et écrasa le tableau de bord, suggérant la mort imminente. Au bout d'un moment, cependant, même les éboulements sporadiques cessèrent et Magdalena resta seule avec le soupir d'un moteur agonisant, les claquements de métal chaud refroidissant dans l'air nocturne, et enfin, comme de très loin, un bruit de pas sur l'asphalte. Ses yeux se portèrent sur le rétroviseur. Elle vit une forme avancer dans la pénombre. Elle se tint prête à recevoir de l'aide et défit sa ceinture de sécurité alors même qu'on tirait sur la portière côté passager. Celle-ci ne voulait plus s'ouvrir et la voiture oscilla. Puis la portière céda avec un claquement sec et s'ouvrit en grand dans un grincement de charnières. Magdalena se laissa aller contre l'appuie-tête et ferma les yeux, attendant une voix, une main secourable. Elle ne reçut que le silence, et le bruit de la mer de l'autre côté de la route – ce qu'elle trouva étrange. Son état ne l'empêcha pas de noter que ce silence, ce seul fracas assourdi des vagues, n'était pas normal, et elle se tourna pour regarder.

Il n'y eut d'abord que le ciel nocturne, quelques étoiles pâles éparpillées au-dessus de la mer, puis un homme qui se penchait pour regarder à l'intérieur. L'homme était sale et débraillé. Il lui manquait des dents. Il était torse nu sous sa veste de cuir, un grand soleil aztèque tatoué sur l'abdomen. Elle vit qu'il lui manquait des dents parce qu'il souriait comme une hyène, ce qui, vu les circonstances, lui apparut comme un mauvais signe.

Un malaise l'envahit alors – une chose obscure qui la transperça. Impossible de sortir par son côté de la voiture. L'homme se pencha à l'intérieur et la prit par le bras. Elle sut à peine ce qui se passait. À un instant, elle était coincée derrière son volant, et la seconde d'après elle était sortie ; le vent sur son visage, tournant le dos à la carcasse de la voiture. Et aucun mot n'avait encore été prononcé.

Il y avait en fait deux hommes. Elle les distinguait clairement à présent. Celui auquel il manquait des dents la tenait toujours par le bras. Son étreinte était solide et glacée.

— Vise-moi ça, dit-il, ses dents manquantes le faisant zozoter. Cette salope est encore en vie.

L'autre homme se tenait à quelques pas, au milieu de la route, et avait la tête tournée dans la direction d'où ils étaient venus, simple silhouette, assez proche cependant pour qu'elle puisse reconnaître un œil exorbité tatoué sur sa tonsure, à l'arrière de son crâne.

L'homme qui la retenait semblait attendre que l'autre lui donne des instructions.

— On devrait peut-être l'emmener sur la plage, ajouta-t-il.

Magdalena attendit avec lui la réponse, scrutant l'œil tatoué. Il n'avait pas de paupière et flottait là tel un globe parfait, légèrement sanguinolent, comme s'il venait d'être prélevé sur un autre crâne. L'effet était à la fois sinistre et curieusement fascinant quand, soudain, la scène tout entière fut illuminée par un nouveau camion, semblable à celui qui avait failli la tuer, et qui fonçait sur eux.

Le poids lourd donnait l'impression d'occuper toute la chaussée et, tandis que l'homme le plus éloigné de la voiture esquissait un bond pour éviter d'être écrasé, Magdalena parvint à dégager une main et l'agita frénétiquement. L'édenté lui cracha un juron au visage et lui reprit le bras pour le coincer derrière elle, la plaquant contre la voiture accidentée. Magdalena lui donna alors un grand coup de tête sur le nez. Le cartilage se brisa sous son front et le sang de son agresseur l'aspergea. L'homme porta la main à son visage et Magdalena se libéra, juste en face du camion qui arrivait.

S'ensuivirent une cacophonie de klaxons et de coups de frein, une tempête de phares aveuglants et une odeur de caoutchouc brûlé. Magdalena courut vers l'autre côté de la route, l'énorme poids lourd partant en travers derrière elle pour défoncer ce qui restait de sa voiture. Étant donné le poids considérable du camion, le bruit qui accompagna la collision évoqua une botte géante écrasant une boîte en aluminium vide. Magdalena ne regarda pas en arrière. Il y avait à ses pieds un long accotement en pente qui donnait sur une piste. Celle-ci conduisait à la frontière et longeait les dernières plages de Tijuana. Pas de temps pour la réflexion. Elle sauta au bas de l'accotement, mi-courant, mi-chutant et fit les derniers mètres sur les fesses, dans un glissement de terre et de gravillons. Elle les entendait au-dessus d'elle. Elle perçut des éclats de voix en colère, puis un coup de feu. Elle se remit à courir. Elle se dirigea vers la barrière de métal et les lumières des patrouilles frontalières. Magdalena risqua un coup d'œil par-dessus son épaule et les vit approcher – guère plus que des ombres, la poussière qu'ils soulevaient en marchant formant un nuage au-dessus de la route où les phares du camion continuaient de brûler.

Elle poursuivit sa course. La police des frontières avait dû les repérer, se répétait-elle ; on viendrait forcément… mais la piste demeurait déserte devant elle, et elle ne pouvait risquer une course à pied jusqu'à la barrière. Elle préféra couper entre deux cahutes en bois fermées où l'on vendait des glaces colorées aux enfants dans la journée, puis trébucha sur le sable. Malheureusement, la manœuvre ne fut pas assez rapide pour tromper ses poursuivants. Mais où se trouvait donc cette saleté de patrouille ? Elle courut tout droit vers la barrière en agitant les bras et en appelant à l'aide. Un projecteur balaya la plage du côté américain. Elle se précipita vers la flaque de sable éclairé. Une détonation retentit dans son dos. Le sable vola à moins d'un mètre devant elle. Mon Dieu, pensa-t-elle, ils ne reculeront devant rien. Alors elle courut vers la mer, et ce ne fut que lorsqu'elle eut perdu pied sur le fond inégal et eut été transie par la froideur de l'eau que l'imprudence de son geste lui apparut. Ce ne fut qu'à ce moment-là qu'elle se rappela la terreur de Las Playas.

Le courant la saisit instantanément, plus puissant que n'importe quel homme. Elle fut emportée vers le nord et lutta pour respirer, pour appeler à l'aide. La gigantesque barrière se dressait au-dessus d'elle, dépôt de tant de croix, des noms des morts – la barrière de la honte. À Las Playas, on mourait sans cesse entre les minces piliers métalliques, épinglés là comme autant d'insectes exotiques par les courants terribles qui dominaient la côte, les courants qu'elle avait oublié de prendre en compte. Pourtant elle avait déjà vu ce que c'était que de se noyer à la frontière comme un de ces clandestins paumés, à portée de voix de la rivière qui lui avait pris sa mère. L'ironie du sort la poussa à redoubler d'efforts. Elle se débattit de toute la force de ses bras, cherchant à regagner la plage, mais, déjà, la barrière était là. Magdalena sombra sous la surface et heurta un piquet avec son épaule. Cependant, contre toute attente, la barrière redoutable parut se dérober sous elle. Magdalena attrapa quelque chose dans l'obscurité – un bout de métal déchiqueté qui lui blessa les mains et céda sous son étreinte – puis, soudain, elle se retrouva de l'autre côté. Un instant durant, sa tête émergea et elle revit la gigantesque barrière, qui s'éloignait d'elle à présent, filant vers le sud tandis que les courants l'emportaient, elle, vers le nord. Elle se dit qu'elle allait se noyer au pays de la liberté. Puis une énorme vague déferla juste au-dessus d'elle et l'asphyxia en l'entraînant par le fond. Magdalena se débattit dans les ténèbres et le froid terrible qui s'insinuait en elle, jusqu'au moment où elle sentit le goût de la mort, et finit par s'y abandonner…

*
* *

Plus tard, au cours des jours qui suivirent, entre délire et fièvre, elle se rappela avoir lâché prise – elle qui avait toujours été si fière de sa résolution, qui avait toujours cru au pouvoir de la seule volonté. Elle avait renoncé à la vie. Mais un bras puissant l'avait saisie. C'est du moins ce qu'elle avait pensé : qu'en l'absence de tout espoir, c'était un bras puissant qui l'avait trouvée et entraînée – sur quelques mètres à peine, sûrement – à un endroit où elle avait pied afin qu'elle puisse accéder d'elle-même jusqu'au rivage où elle s'était couchée, à bout de souffle et à demi morte sur une grande plage, le ciel au-dessus d'elle et la terre en dessous, sans rien ni personne qui puisse lui venir en aide. À un moment pourtant, elle s'était mise à genoux, clignant les paupières pour en chasser le sel, et avait cru voir quelque chose – une silhouette fantomatique à demi vêtue, qui se dressait au sommet d'une dune. Mais l'image parut s'évanouir sous ses yeux, se dissoudre comme un ectoplasme dans la lueur grise d'avant l'aube comme s'il s'était agi d'une illusion d'optique, de sorte que lorsqu'elle eut disparu et que Magdalena se retrouva seule, elle ne put savoir avec certitude si ce qu'elle avait vu existait vraiment ou n'était qu'un effet de lumière – une image née de l'eau et de l'air. Elle avait appelé quand même, d'une voix ténue et tremblotante, tout aussi éthérée que sa vision. Il n'y avait pas eu de réponse. Aucune autre voix que la sienne sur la plage. Voilà pourtant l'histoire qu'elle devait raconter. Si cela s'était passé du côté mexicain de la barrière, on apporterait des fleurs, on lui dresserait un temple, un prêtre organiserait une visite guidée. Les pèlerins se jetteraient dans les vagues, pour Notre-Dame de Las Playas.

Du côté américain de la barrière, il n'y avait que ce Fahey, l'homme qui l'avait suivie dans les dunes et qui avait tué les chiens. Elle le lui dit. Elle lui parla de la présence fantomatique, des courants et des hommes sur la route, de la barrière qui avait cédé sous elle et du nom des morts…

Les mots se déversaient comme un torrent. L'homme écouta, ou en donna l'impression. Elle ne comprenait pas trop ce qui se passait autour d'elle. Tout était fluctuant. À un moment, elle ouvrit les yeux et vit l'homme penché au-dessus d'elle. On aurait dit qu'il avait un asticot imprimé sur le devant de son tee-shirt. L'asticot était d'un vert pétant avec un ventre jaune ; il portait des lunettes de soleil et un chapeau de cow-boy. Au-dessus de la tête du ver, un phylactère disait : « La lombriculture, c'est cool. » Magdalena pensa qu'elle se mettait peut-être à avoir des hallucinations. Il y avait à côté d'elle une lampe de chevet en forme de vahiné ornée d'un abat-jour à franges poussiéreuses, et, au-dessus de la tête de l'homme, ce qu'elle supposa être une planche de surf suspendue par des courroies de toile. Elle regarda la planche de surf se multiplier et se mettre à tourner, d'abord comme les pales d'un ventilateur, puis se muer en une sorte de moulin à vent avec des taches de lumière virevoltantes. Dans un moment de lucidité, elle arriva à la conclusion que tout cela était dû aux blessures, à l'eau polluée. Elle frissonnait et ressentait une profonde douleur qui lui taraudait le bas-ventre. Le moulin de lumière se mit à tournoyer plus vite. Elle vit de nouveau l'homme – un visage buriné encadré par une barbe et des cheveux hirsutes. Il semblait penché au-dessus d'elle et avait les yeux tellement injectés de sang qu'ils paraissaient rouge et bleu. Les couleurs de son drapeau, songea-t-elle. Elle sentit le souffle de l'homme sur sa peau. Une vague de frayeur la parcourut.

— Je vais vomir, l'avertit-elle.

4

Les cow-boys faisaient monter un baudet dans une remorque à chevaux quand ils repérèrent le pick-up de Fahey qui soulevait un nuage de poussière sur la Dairy Mart Road. Il était encore tôt et la poussière se distinguait à peine des lambeaux de brume pâle qui s'attardaient au-dessus des marais herbeux de l'estuaire.

Les cow-boys, comme Fahey se plaisait à les appeler, étaient employés par l'administration californienne des parcs et terrains de loisirs. Chacun d'eux était porteur d'une carte de travail le désignant comme « technicien » de la Réserve nationale de recherche estuarienne de la Tijuana River. Ils s'appelaient Jack Nance et Deek Waltzer et touchaient un salaire modeste pour s'occuper de l'entretien de Border Field State Park. Une partie de leur travail consistait à maintenir les sentiers en état et à réparer les clôtures. Leur mode de transport préféré pour ce genre de tâches était le cheval – à la fois parce qu'il y avait des sentiers équestres qui traversaient la vallée, de l'autoroute à la plage, et, surtout en été où l'atmosphère était censée être moins toxique, parce qu'ils aimaient les chevaux et tout ce qui s'y rapportait. C'étaient des mordus de rodéo, en particulier ces rodéos mexicains illégaux organisés par des Indiens d'Oaxaca dans le coin de la vallée qu'on surnommait Garage Door Tijuana – un labyrinthe d'enclos, d'écuries et de logements précaires masqué à la vue du public par des quantités de vieilles portes de garages assemblées en un patchwork de clôtures derrière lesquelles les Oaxaqueños étaient plus ou moins libres de faire ce qu'ils voulaient. La compétence du shérif de San Diego s'étendait jusque-là, comme dans toute la vallée, mais, à moins d'un assassinat en plein jour, la police semblait heureuse de laisser la vallée de la Tijuana River aux rangers du parc et aux patrouilles des frontières, aux divers cow-boys, maraîchers, Indiens, écologistes, trafiquants de drogue, *bandidos* et mangeurs de baudets qui, soit s'étaient installés là, soit y trouvaient une pauvre source de revenus.

Il y avait près de trente ans que Deek habitait la vallée, et il se plaisait à dire que ce n'était ni l'Amérique ni le Mexique mais plutôt un pays en soi et que c'était justement ce qu'il aimait. Jack, lui, comparait la vallée à une zone interdite de *La Planète des singes*, un immense terrain vague coincé entre les portes de deux villes, une pépinière de marginaux et d'histoires secrètes. Jack avait vécu dans sa voiture jusqu'à l'âge de 35 ans, quand une femme l'en avait fait sortir. Mais elle était partie depuis longtemps, et il habitait maintenant la Mesa de Otay, à l'arrière d'une camionnette, sur un terrain que lui avait laissé sa famille et où il pouvait monter son cheval pour travailler chaque jour dans la vallée en contrebas. Deek habitait Garage Door Tijuana avec les Indiens d'Oaxaca, dans une caravane de dix mètres de long. Il traversait une si mauvaise passe, quand il avait débarqué dans la vallée, qu'il avait commencé par travailler comme chauffeur pour la Blue Line Cabs, une compagnie de taxis connue pour faire passer la frontière à des sans-papiers dans les années soixante-dix et quatre-vingt. Bref, ces cow-boys, tout comme Fahey lui-même, étaient représentatifs de la faune qu'attirait la vallée, et on ne voyait pas comment ils auraient pu s'en sortir ailleurs.

Jack Nance, qui avait maintenant 42 ans et continuait à surfer une vague de temps en temps, quand il en trouvait une pas trop grosse, sur un *longboard*, au large des plages du nord de San Diego, se souvenait de Fahey à l'époque où il passait de la drogue pour l'Island Express. Et une fois, il y avait bien une vingtaine d'années, à l'aube, par une très grosse marée d'hiver, il s'était posté tout en haut de Spooner's Mesa avec une bande de potes et un sachet de dope pour regarder les vagues au large de l'embouchure de la Tijuana – des montagnes d'eau déferlantes dont le sommet se perdait dans la brume, quelque part au-delà de la Troisième Barre – et il avait vu Hoddy Younger et son protégé, Sam la Mouette Fahey, surfer sur ce qui pouvait bien être le Mystic Peak.

Pour Deek Waltzer, qui avait trente ans de plus que Jack Nance et ne surfait pas, Fahey était un solitaire et un ancien taulard, propriétaire de la ferme vermicole dont la sale réputation était connue même des sans-papiers à qui il faisait autrefois passer la frontière, et Deek ne manquait pas une occasion de lui casser du sucre sur le dos.

— Ça, c'était du temps de son vieux, lui disait Nance. C'est fini tout ça. Fahey est différent.

Et Deek se contentait de secouer la tête et d'assurer avec certitude qu'aujourd'hui encore le nom de Fahey n'évoquait rien de bon parmi les Indiens et que la ferme était considérée comme un endroit à éviter, ne serait-ce que pour échapper à ses fantômes.

Mais Jack écartait ces arguments d'un geste de la main.

— Sam Fahey était un surfeur, et c'en est toujours un, si tu veux mon avis. Et il n'y a pas de quoi avoir peur de cette ferme aujourd'hui.

— Je suis sûr qu'il est toujours trafiquant de drogue aussi, en admettant qu'il soit encore quelque chose, rétorquait Deek, qui allait parfois jusqu'à mettre en doute le récit même de Jack.

— C'est peut-être même pas lui que tu as vu ce jour-là, disait-il. Tu y as déjà pensé ? C'était peut-être bien quelqu'un d'autre, et Fahey a dit que c'était lui juste parce que c'est un menteur et un voleur comme son père. Tu étais loin pour regarder ces vagues. Tu l'as dit toi-même.

Mais Jack se contentait de répondre avec un petit sourire triste qu'il savait très bien ce qu'il avait vu.

— T'es borné ou quoi ? C'était lui. C'était la Mouette et Younger. Ils surfaient le Mystic Peak et, pour autant que je sache, personne n'a plus jamais fait ça depuis.

— Ouais, eh bien, ils sont pas près de le refaire, maintenant que la mer est toute chamboulée.

— Si c'est pas près de se reproduire, c'est parce que les mecs capables de surfer des vagues pareilles sont tous partis dans les îles, ou à Tahiti ou encore dans le nord de la Californie et qu'ils les prennent avec ces saloperies de Jet-Skis. C'est plus ce que c'était.

Deek lui répondait alors que plus rien n'était comme avant, et les deux hommes s'arrêtaient là-dessus un moment, après quoi Deek reprenait :

— Et je suppose que tu vas me dire qu'il est plus pareil non plus.

— Non, assurait Jack, il n'est plus pareil.

— Et qu'est-ce qui s'est passé, d'après toi ?

La plupart de ces conversations débouchaient toujours sur cette question, mais Jack n'y avait pas encore répondu.

— Il y a des types qui ont tous les atouts en main, disait-il, et qui foutent tout par terre.

C'était à peu près tout ce que Jack pouvait dire, et le vieux le savait.

— Ouais, répliquait-il, et il y en a qui sont pourris dès la naissance.

C'était en général sa façon de clore la question.

— Certains naissent pour le délice exquis, certains pour la nuit infinie[1].

Voilà quels étaient souvent les derniers mots de Jack, les seuls vers de poésie qu'il avait jamais retenus, et encore ne sortaient-ils pas d'un livre, mais d'un film où ils étaient cités et qui, indépendamment de leur source, paraissaient particulièrement adaptés à la vie de Sam la Mouette Fahey, que Jack Nance pouvait voir à la fois comme un profond mystère et une histoire édifiante.

\*
\* \*

Les cow-boys regardèrent Fahey garer son pickup et se diriger vers l'endroit où ils se tenaient avec le baudet. Il portait un jean crasseux et un tee-shirt avec un asticot ridicule sérigraphié sur le devant. Ses cheveux décolorés et emmêlés lui arrivaient aux épaules. Il avait une apparence générale négligée et

1. Extrait d'un poème de William Blake, *Auguries of Innocence*, tel que cité dans le film de Jim Jarmusch, *Dead Man*. *(N.d.T.)*

hagarde. Il gardait les yeux dissimulés derrière des lunettes de soleil aux verres aussi foncés que des boulets de charbon, et dont la monture tenait avec de l'adhésif argenté.

— Où avez-vous dégoté ce zèbre ? demanda Fahey.

Le baudet avait été peinturluré de bandes noires et blanches, bombé comme s'il s'était agi d'un objet manufacturé et non d'un être vivant. Les vendeurs des rues de Tijuana semblaient penser que cela plaisait aux touristes.

— On l'a trouvé sur la plage, répondit Deek. Qu'est-ce qui t'amène ici ? Un de tes vers s'est fait la malle ?

Fahey n'avait pas quitté le baudet des yeux.

— Où ça, sur la plage ? insista-t-il.

— Tout près de Border Field, indiqua Jack. Tu te rappelles, ce vieux collecteur d'eaux de pluie qui partait de Las Playas ? Eh bien, quelqu'un l'a dégagé. Ce truc passe carrément sous la barrière. Ça fait trois semaines qu'il est grand ouvert. On aurait pu croire que la patrouille aurait fini par s'en apercevoir, maintenant.

— J'imagine que vous pourriez toujours leur en glisser un mot.

Jack se contenta de sourire.

— Ils n'ont qu'à se démerder tout seuls, dit-il. C'est plus intéressant.

Fahey savait tout ce qu'il y avait à savoir sur l'ancienne canalisation, comme sur tous les autres passages entre la vallée et le Mexique. En vérité, il regrettait d'apprendre que quelqu'un l'avait rouverte, mais il ne voyait aucune raison de le dire. Il pensait à la femme qu'il avait laissée endormie dans son lit, et, pendant un bref instant, les trois hommes restèrent silencieux. Fahey regarda le baudet. L'animal le regardait aussi depuis le côté de la remorque, ses longues oreilles pivotant dans les rais de lumière.

— Qu'est-ce que vous allez en faire ? demanda Fahey.

— Le laver et le conduire au centre équestre, sur la route de Trona.

— Il a eu du pot.

— Tu parles. Aux Eaux et Forêts, ils disent que tu es après ces chiens.

— J'en ai trois dans le pick-up.

Les hommes allèrent jeter un coup d'œil.

— Putain, fit Deek, on peut dire que tu leur es tombé dessus.

— En fait, ça a plutôt été l'inverse.

Pendant que la femme dormait, Fahey s'était levé de bonne heure pour aller chercher les chiens. Il s'arrêterait au bureau des Eaux et Forêts pour la prime, puis au refuge pour animaux de San Ysidro où on se chargerait des cadavres des chiens. Après ça, il faudrait qu'il trouve un médicament pour la femme.

— Quand la flotte rend quelqu'un malade, qu'est-ce qu'il faut lui donner ? demanda Fahey.

Il fit un geste vers l'océan, cette bande argentée qui réfléchissait le soleil au-dessus du vert de la vallée.

Les cow-boys échangèrent un regard.

— Parce qu'on en a bu ou parce qu'on a nagé dedans ? s'enquit Deek.

— Nagé. Mais avec des plaies.

Deek l'enveloppa du regard pour voir s'il parlait de lui-même.

Fahey attendait dans la chaleur naissante.

— Nettoie les plaies avec de la Betadine, lui conseilla Jack. Et prends de la Cipro, dosée à cinq cents je crois, deux fois par jour. D'après Bill Daniels, il y avait quatre chiens.

— Il y avait ceux-là et un border collie. Le collie s'est tiré.

— Qu'est-ce qui s'est passé ? demanda Jack.

— J'ai tiré, et je l'ai raté.

Les cow-boys ne dirent rien.

— Bon, finit par lâcher Fahey, Betadine et Cipro… merci pour le tuyau.

Il monta dans la cabine de son pick-up.

Jack Nance attendit un instant, puis s'approcha de la vitre ouverte.

— Il y a une belle houle de sud, commenta-t-il.

Fahey regarda par-dessus la vallée, vers le Mexique, juste assez longtemps pour suggérer que ça pourrait l'intéresser. Puis il finit par dire :

— Ouais, j'ai remarqué.

Puis il mit le moteur en marche.

— Paraît qu'on a un El Niño qui se prépare. Il est censé arriver tôt.

Fahey hocha la tête.

— J'ai vu que ce typhon se préparait aux Philippines. Suffit que ce truc tombe sur une bonne tempête en provenance de Sibérie, qui sait… on pourrait bien avoir quelque chose ici.

Il attendit un moment pour voir si Fahey allait réagir.

— T'as jeté un coup d'œil sur le site que je t'ai indiqué ?

Quand Jack Nance avait appris que Fahey s'était mis à vendre ses vers en ligne, il lui avait envoyé un lien Internet sur un site de surfeurs qui suivait les tempêtes et annonçait quand il y aurait de la houle. Fahey était allé voir le site une fois ou deux avant de décider que c'était une perte de temps. Ça ne le menait nulle part. Il y aurait des vagues, ou bien il n'y en aurait pas. Il prendrait sa planche, ou bien il ne la prendrait pas. Et ce n'était pas un site qui pourrait y faire grand-chose.

— Écoute, dit Jack, je me demandais… tu *shapes* encore des planches là-bas ?

Fahey se contenta de le dévisager.

Jack tambourina contre la portière du pick-up. Pour des raisons qu'il aurait eu du mal à expliquer, l'expression de Fahey le rendait nerveux.

Fahey finit par hocher la tête.

— Je me demandais si tu ne pourrais pas m'en fabriquer une.

— Pour quoi faire ? Tu veux prendre le Mystic Peak ?

— Jamais de la vie. Mais je me disais que ça pourrait être sympa d'avoir un de ces *guns* que tu *shapais* avec Younger…

Fahey regarda les vagues de chaleur s'élever au pied des plateaux.

— T'as qu'à passer un de ces quatre. On pourra en discuter. Apporte ton carnet de chèques.

— Et un pack de bière, ajouta Jack en souriant.

Fahey commença à s'éloigner puis freina brusquement. La poussière tourbillonna autour de sa vitre baissée. Il y passa la tête et lança :

— Cette Betadine, là… On s'en sert comment ?

— Tu la dilues dans de l'eau distillée, à peu près moitié-moitié, tu prends un coton et tu nettoies les plaies.

Fahey acquiesça d'un hochement de tête. Puis il se redressa derrière son volant et partit.

Les cow-boys le regardèrent s'éloigner.

— Drôle de zigoto, commenta Deek.

Il sortit une boîte de tabac à chiquer Skoal de la poche de sa chemise et en glissa une pincée entre sa joue et sa gencive.

Jack secoua la tête.

— On l'appelait la Mouette électrique.

— Je sais, fit Deek, tu me l'as déjà dit.

— Il avait une façon de tenir ses bras quand il surfait, comme une mouette qui fond sur la vague. Mais c'était cool. Et puis il a commencé à prendre pas mal d'acide et on l'a surnommé la Mouette électrique. Mais c'est comme ça que j'ai su que c'était lui que je voyais, au-delà des Arènes.

— Pour l'acide, je veux bien te croire.

Le souvenir le plus précis que Deek avait de la Mouette électrique était celui où Fahey, complètement défoncé, titubait au milieu d'Ocean Boulevard, au pied de la jetée, et balançait des bouteilles de bière vides en hurlant : « Regardez-le, cet ivrogne d'Indien, il bouffe du verre ! » L'histoire ne perdait rien à être répétée. La vérité était que Deek avait été un peu effrayé par Sam Fahey cette nuit-là, et voyait qu'il pouvait encore l'être à l'occasion. Ce type avait une façon de remplir l'espace qui mettait Deek mal à l'aise, même s'il n'aurait jamais été jusqu'à le dire ouvertement. « Franchement, je ne m'y frotterais pas » était à peu près tout ce que le vieux cow-boy arrivait à sortir pour exprimer ce qu'il ressentait.

Mais Jack avait déjà entendu tout ça.

— C'était la nuit où ils ont inauguré le Surfhenge Monument, en ville. Je pense qu'il y a quelque chose ce soir-là qui a mis la Mouette en rogne.

— Il s'était surtout foutu dans la merde, commenta Deek en regardant partir le pick-up. Qu'est-ce que tu lui disais juste avant qu'il parte ?

— Je lui demandais de me fabriquer une planche.

— Et qu'est-ce qu'il a dit ?

— Il m'a dit d'apporter mon carnet de chèques.

— Ouais… je le paierais pas avant qu'il ait fini.

— Dans le temps, Hoddy Younger fabriquait des *longboards* pour les grosses vagues. Il les fabriquait pour la passe. Mais des types comme Hap Baker, Buzzy Cline... Ils venaient lui acheter des planches avant de partir aux îles. Younger a appris à la Mouette à fabriquer ces planches. C'est comme une sorte de tradition, tu vois. Et ça serait cool d'en avoir une...

La voix de Jack se perdit.

— Avant qu'il casse sa pipe, tu veux dire ?

Jack haussa les épaules.

Ils regardèrent la poussière soulevée par le pick-up de Fahey se dissiper dans le ciel.

— De la Betadine et de la Cipro. Qu'est-ce qu'il fabrique, d'après toi, dans cette ferme ?

Jack eut un nouveau haussement d'épaules.

— Va savoir.

Deek cracha un jet de salive imbibée de tabac par terre, puis fourra les mains dans les poches avant de son jean.

— Sûrement rien de bon.

5

Fahey fit comme les cow-boys le lui avaient sug-
géré. Il se gara du côté américain et passa à pied de
l'autre côté de la frontière. Il y avait de la Betadine
et de la Cipro à Tijuana. Par mesure de sécurité, il
prit aussi du Valium, de la Vicodine et du Percocet,
pour lui. Il sortit de la pharmacie aussi fauché qu'il
était entré au département des Eaux et Forêts pour
collecter la prime.

La crise de panique commença derrière les barreaux bleu acier du long couloir de contention par
lequel on faisait passer les piétons pour gagner les
États-Unis. Même à pied, visiblement, on progressait
très difficilement depuis le 11 Septembre, et il en
bava pendant une heure et demie au milieu des
relents de l'humanité et des gaz d'échappement de la
circulation toute proche. Derrière lui, une femme
obèse s'évanouit. Devant, la police des frontières
chopa deux types et les embarqua. Tout cela se
déroula dans un silence absolu, comme dans une
scène de *La Quatrième Dimension*. Imaginant une
intrigue qui le dépassait, Fahey avança pas à pas, fut
pris de sueurs froides et franchit la frontière en nage.

*
* *

Pendant quarante-huit heures, elle fut malade comme un chien. Fahey la porta du lit à la salle de bains et de la salle de bains au lit. Il ouvrit et ferma les fenêtres. Il nettoya ses plaies avec la solution que lui avaient conseillée les cow-boys. Il mit de la glace pilée dans un saladier et fit chauffer des boîtes de bouillon de poulet basses calories auquel elle ne voulut pas toucher avant le soir du troisième jour, après quoi elle dormit toute la nuit. Au matin, elle se sentit assez bien pour le remercier.

— Vous avez été très bon, lui dit-elle.

Elle était assise dans le lit de Fahey. Ses cheveux emmêlés lui tombaient sur les épaules, très noirs contre les murs clairs du vieux mobile home. Elle lui faisait penser à une belle enfant qui se réveillerait d'un mauvais rêve. Il lui avait donné un tee-shirt et un pantalon de jogging, et le tissu flottait sur son corps frêle, formant autour de sa taille des plis comme ceux d'une tente. Ses jambes disparaissaient sous les couvertures. Ainsi enveloppée, on aurait pu la croire squelettique, mais Fahey venait de passer près de trois jours à la soigner et, même s'il avait fait de son mieux pour préserver autant que possible son intimité, il avait remarqué malgré lui qu'elle était loin de n'avoir que la peau sur les os – des membres longs malgré sa taille, un corps cuivré délicat et pourtant musclé sous de surprenantes rondeurs. En fait, il lui trouvait un charme exotique, même si l'on doit également signaler qu'il avait un faible pour tout ce qui était abîmé, pour l'oiseau à l'aile cassée, pour toutes les créatures sauvages blessées de la vallée. Il en avait toujours été ainsi. Mais il était loin de les sauver à chaque fois, et il y avait eu un moment, avec cette femme, alors qu'il sentait son visage brûlant sous sa main, qu'il voyait ses longs cils palpiter sur sa joue enflammée, où il s'était demandé s'il n'avait pas commis une erreur en acceptant de s'occuper d'elle. Mais maintenant que la fièvre était tombée, il commençait à se dire qu'il avait peut-être bien fait, qu'il était tiré d'affaire, et il lui avoua ses craintes.

— Je commençais à me demander si je n'avais pas fait une bêtise en ne vous conduisant pas à l'hôpital, dit-il.

— Vous avez fait ce qu'il fallait, lui assura-t-elle. Croyez-moi. C'est ce qu'il fallait.

Elle se tourna vers la fenêtre à lames orientables à côté d'elle, dont les plaques de verre couvertes d'une couche de crasse ne tenaient qu'à renfort de ruban adhésif. La fenêtre donnait sur un petit jardin mal entretenu – de hauts chrysanthèmes jaunes dépassant des mauvaises herbes.

— Ça fait combien de temps ? questionna-t-elle.

Fahey le lui dit et regarda la petite main se serrer sur un coin de la couverture.

— Et j'ai du boulot en retard, ajouta-t-il.

— Je suis désolée, dit-elle. Ça doit être de ma faute.

— Pas besoin de me trouver des excuses. Mais aujourd'hui ? Il y a un moment où on doit arrêter de se décharger sur les autres… comme on dit.

L'humour selon Fahey. Putain, songea-t-il. Putain de merde. Mais ça faisait tellement longtemps qu'il n'avait pas eu une femme dans son lit. S'ensuivit un silence gêné.

— Écoutez, dit enfin Fahey, ça vous dirait de sortir sous la véranda ? Je pourrais vous installer sur un fauteuil.

Il la vit sourire pour la première fois.

— Ça serait super, dit-elle.

Fahey mit des oreillers sur l'une des vieilles chaises longues en séquoia qu'il gardait dans la petite pièce qu'il avait aménagée le long du mobile home. Cela avait commencé comme une petite terrasse. Au fil du temps, il avait ajouté des parois en contreplaqué percées de grandes fenêtres abritées, et un toit de tôle. Il soutint la jeune femme jusqu'à la chaise longue, lui glissa un oreiller derrière la tête et mit une couverture sur ses pieds.

— Vous n'aurez qu'à me regarder rentrer les bêtes, dit-il.

Elle plissa les yeux dans la lumière du soleil et scruta la propriété.

— Quelles bêtes ? demanda-t-elle.

Fahey s'approcha d'une des caisses blanches entassées sous un paravent à côté de la véranda. Il revint en tenant une poignée de terreau noir et humide dans lequel des vers rougeâtres se tortillaient.

— Celles-là, lâcha-t-il.

Magdalena regarda les vers.

— Je vois, commenta-t-elle.

Il y eut ensuite plusieurs heures de travail intensif : Fahey dans sa ferme d'un hectare et demi de terres, pelletant ses lombrics rouges dans la moissonneuse automatique qu'il avait achetée d'occasion à une femme de Perris.

La moissonneuse, de forme cylindrique, faisait près de deux mètres de long et rappelait à Fahey des attractions de fêtes foraines – amalgame de métal et de grillage bruyant et pivotant qui évoquait une version miniature du grand huit ou du manège à nacelles inversées dans lesquels il montait, sur les parkings de supermarché, quand il était gosse. Elle était constituée de trois compartiments distincts. Dans le premier, il introduisait à la pelle le contenu d'un andain. Ces andains, qui atteignaient à présent un mètre de haut et ne ressemblaient à rien d'autre qu'à de longs remblais de terre, n'étaient au départ que des rangées peu épaisses de bouse de vache où les vers avaient été déposés. Puis les andains avaient grandi à mesure que les lombrics se nourrissaient, se reproduisaient et déféquaient. La merde des lombrics prenait le nom de compost. Les vers étaient des ouvriers. L'opération consistait à séparer le compost des ouvriers. La moissonneuse se chargeait du travail : elle passait le contenu dans des cribles qui envoyaient les vers dans un compartiment et le compost dans un autre. Les deux pouvaient alors être vendus. Le compost partait principalement dans des pépinières. Les lombrics allaient surtout à des particuliers. Certains les revendaient comme appâts de pêche, d'autres se lançaient eux aussi dans le lombricompostage et d'autres encore voulaient simplement fertiliser leur jardin. Fahey gérait son propre site Internet. Les clients passaient commande *via* son site. Le compost était conditionné dans des sacs, les vers dans des caisses en bois blanc avec de la litière. Fahey offrait également un troisième produit : le purin de lombrics, un mélange d'eau et de compost laissé à macérer au soleil dans des cuves métalliques grosses comme des tonnelets de bière. On pouvait mettre cet engrais liquide en bouteille de plastique et en asperger plates-bandes et pelouses. Fahey avait expliqué tout cela à Magdalena. Il était allé jusqu'à lui faire un schéma de la moissonneuse sur un bloc de papier ligné pour qu'elle comprenne où allait quoi. Il s'était dit que ce serait bon pour elle de s'intéresser à ce qui se passait. Cela la ferait penser à autre chose qu'à son démon de la mesa. Fahey avait assez de démons de son côté pour s'occuper. Et il connaissait bien les tactiques de diversion.

*
* *

Fahey buvait en travaillant. De la bière. Il avait toujours un pack dans une poubelle en plastique remplie de glace rangée près des cuves d'engrais liquide. Le soleil se leva au-dessus du Mexique, apportant avec lui la chaleur. Fahey ôta sa chemise. Il buvait avec régularité. Dès qu'une cannette était vide, il la jetait dans une poubelle voisine de celle qui contenait les bières et en prenait une autre dans la glace. La bière avait le pouvoir d'inviter à la conjecture tout en obscurcissant la pensée. Elle ravivait des souvenirs tout en les maintenant à distance, ce qui permettait à Fahey de les regarder défiler comme on regarde une parade de grands navires à travers le brouillard.

Le père de Fahey avait débarqué dans la vallée à la fin des années soixante, traînant derrière lui ses créanciers comme des charognards derrière un animal blessé. Ses dernières économies en main, il chercha une issue et crut en avoir trouvé une, car, à cette époque, les Mexicains n'étaient pas les seuls à vouloir développer la vallée de la Tijuana. Du côté américain aussi, les hommes d'affaires étaient impatients d'investir. Mais il fallait compter avec les habitants de longue date, les maraîchers et les petits fermiers dans leurs cabanes en planches et leurs mobile homes posés sur des parpaings, autant de personnes qu'il fallait déplacer avant de pouvoir lancer quoi que ce soit. À San Diego, la municipalité avait réclamé des financements fédéraux pour examiner le problème. Elle fit intervenir des bataillons d'ingénieurs pour préconiser la canalisation de la Tijuana. Prétextant une augmentation de la valeur foncière, la ville entreprit de réclamer des impôts aux fermiers de la vallée, contraignant un certain nombre d'entre eux à vendre leurs terrains. Les acheteurs furent des spéculateurs qui tablaient sur la mise en exploitation du site. Des hommes comme Lucian Fahey.

Comme au Mexique, le plan de développement se heurta à une opposition, mais, contrairement à leurs homologues mexicains, les manifestants américains réussirent à démontrer que le projet de prévention des inondations de la Tijuana n'était en réalité qu'une subvention publique de trente millions de dollars qui permettrait à des spéculateurs fonciers de réaliser cent millions de bénéfices. Et puis cela ne manquerait pas de déclencher une catastrophe écologique, la vallée abritait des dizaines d'oiseaux migrateurs et était le dernier grand estuaire d'eau salée de la côte californienne. Au bout du compte, le projet fut tué dans l'œuf. Les cartes du relief à grande échelle se ternirent avec le temps. Les plans d'architectes des marinas, hôtels et appartements avec vue sur la mer jaunirent et se craquelèrent, leurs bords comme piqués de taches de nicotine dans les tiroirs et classeurs pendant que la vallée, maintenant dépouillée de ses anciens habitants, leurs caravanes et leurs cabanes assoupies ou abandonnées, devenait la proie de la boue, des marécages, des saules, des tamaris et de la ravenelle, des spartines, de la sauge, des coquelicots et du sumac jaune. En été, la terre se boursouflait, toute desséchée au pied des mesas mexicaines. En hiver, ces mêmes mesas, qui abritaient à présent l'industrie naissante des *maquiladoras* mexicaines, étaient sources de ruissellements fluviaux et de déchets toxiques, lesquels se mêlaient à leur tour aux boues et aux eaux usées en provenance des canyons, des innombrables *colonias* de planches montées du jour au lendemain pour abriter les paysans qui affluaient au nord afin de travailler dans les usines. Ces eaux usées se déversaient en masse et submergeaient la vieille station de traitement mexicaine pour se déverser dans le Río de Tijuana avant qu'il ne se jette dans la mer, du côté américain de la barrière. Après quelques fortes pluies, la vallée se remplissait donc de vase et de déchets qui constituaient, du moins pendant une partie de l'année, une véritable catastrophe écologique, d'un autre ordre cependant que celle envisagée par les opposants au plan de développement initial.

La police des frontières réclama une prime de risque. Les forces spéciales de la Marine, les Navy SEALS de Coronado, délaissèrent la boue et les plages désertes pour se trouver de nouveaux terrains de manœuvres après avoir perdu trop d'hommes, victimes de diverses bactéries aussi voraces qu'exotiques. En revanche, les oiseaux migrateurs ne semblaient pas gênés, et l'océan pollué grouillait de vie. Et, bien sûr, il y avait toujours les sans-papiers qui étaient prêts à tout, les trafiquants de drogue et les *bandidos*, la poignée de petits fermiers qui s'accrochaient encore à leur terre, les cow-boys et tout un assortiment de délinquants... et enfin, au milieu de tout ça, il y avait Lucian Fahey, qui avait achevé de se ridiculiser en allant presque jusqu'à escroquer un vieil exploitant de vermiculture pour récupérer sa propriété juste avant de voir tout le plan de développement capoter. Il s'était alors retrouvé sans rien sinon plus de dettes encore, avec une femme aux abonnés absents et un gamin maigrichon aux cheveux filasse qu'il aurait volontiers donné à bouffer aux poissons, ou aux vers, ou aux ouvriers agricoles hispanos mangeurs de baudet. Bref, il n'avait jamais pu s'en sortir. Et, contrairement au vieux mineur du *Trésor de la Sierra Madre* qui rit quand la poussière d'or s'envole aux quatre vents, Lucian Fahey ne riait pas. Il était en plein dans le chapitre 11 du code des faillites[1], avec entre les mains une ferme vermicole qui ne valait rien, au fond des chiottes du monde occidental.

Le dos au mur, Lucian Fahey décida de travailler lui-même la terre. Il lut sur un site Internet comment devenir riche grâce à la lombriculture et dépensa le peu d'argent qui lui restait à essayer de reconstruire la ferme vermicole qu'il avait volée. Comme toujours avec le père, et comme cela se vérifierait aussi avec le fils, il avait choisi pile le bon moment – si l'on se plaçait d'un point de vue ironique. L'époque se révéla en effet particulièrement difficile pour les néophytes de la vermiculture, le domaine regorgeant de filous et d'escrocs. L'une des arnaques les plus répandues dans ces années-là était le coup du rachat : un producteur, qui s'engageait à racheter la production ultérieure, vendait les vers à un pigeon. Au moment prévu de la transaction, le producteur avait disparu au Mexique ou était protégé par le chapitre 11, et le pigeon se retrouvait le bec dans l'eau, avec sur les bras une production de vers trop réduite pour attirer l'attention de clients plus sérieux. Paniqué de se voir de nouveau plongé dans une telle humiliation, Lucian Fahey prit une décision encore plus désastreuse. Il décida de monter lui-même son cheptel, sans doute dans l'espoir de lancer à son tour une arnaque au rachat. Et, bien sûr, il le fit au rabais.

1. Le chapitre 11 du code des faillites américain vise à la res-tructuration de l'entreprise au lieu de sa liquidation pour rembour-ser les créanciers. *(N.d.T.)*

Il apporta des résidus de tailles de haie et autres déchets verts parce que c'était moins cher que le fumier, et il en fit des tas beaucoup trop épais, ce qui entraîna la combustion de ses andains. Le tableau qui en résulta fut des plus affligeants, et Sam Fahey revoyait encore la silhouette émaciée de son père se découpant contre un carré de nuit embrasé, ses lombrics rouges et ses vers européens recroquevillés, grésillant sur le suaire de ses andains fumants tandis qu'il braillait comme un enfant.

Fahey trouvait que le simple fait qu'il ait dû attendre tout ce temps pour se sentir ému par l'image de ce vieil homme brisé en disait long sur la nature même de la vie. La nuit en question, il n'avait pu éprouver que du mépris. La nuit en question, Fahey s'intéressait davantage à la direction du vent qu'aux derniers malheurs de son père. La nuit en question, le vent, en provenance des canyons et du désert au-delà, était chaud et sec, annonciateur de ciel dégagé et de belles vagues régulières. Car Fahey était alors surfeur. C'était ainsi qu'il se définissait et il avait déjà commencé à s'éloigner de cet homme amer et brutal, cible d'un tel chapelet ininterrompu de calamités que Fahey en était venu à penser qu'il n'était pas vraiment son père. Sa mère avait dû coucher avec le laitier, le facteur, le marchand de glace ou n'importe quel bon à rien qui traînait dans la rue… n'importe qui pourvu que ce ne soit pas l'espèce d'épouvantail qui gueulait au bord de ce grand barbecue d'asticots. Dans ses rêves les plus fous, sa mère s'était bien sûr envoyée en l'air avec Hoddy le Chien Younger, le premier et le meilleur d'une longue lignée de ces hommes de la mer venus défier les grandes vagues à l'embouchure de la Tijuana River.

Cow-boy dégingandé originaire des Badlands du Dakota, un quart sioux lakota, Hoddy Younger était venu surfer ici en 1937 et n'était jamais reparti. C'était aussi fort que ça. C'est lui qui avait surnommé le spot Tijuana Straits, comme qui dirait la Passe Difficile de Tijuana, et le nom était resté, principalement chez les surfeurs qui allaient faire de ces géants liquides un objet de mythe et de légende, tout comme celui qui les avait baptisés.

Younger, le beau cow-boy coriace, aurait pu être le héros de n'importe quel môme. Il pouvait ramer plus d'un mille sur une planche en séquoia de cinquante kilos pour franchir une barre de déferlantes, chuter dans des vagues de dix mètres, se retrouver à la nage sur une plage mexicaine, franchir à pied la ligne invisible qui séparait alors les deux pays, récupérer sa planche échouée sur le sable, se remettre à ramer et repartir, au plein cœur de l'hiver et sans rien d'autre sur le dos qu'un de ces vieux maillots de bain en tricot. Avec le temps, il en vint à surfer les vagues comme dans les îles, toujours au top, toujours sur la partie la plus rapide de la vague, ne faisant qu'un avec la mer. Doté d'une puissance physique et d'un charisme considérables, il avait beaucoup d'admirateurs mais peu d'amis proches car il était un peu bizarre et plutôt taciturne. Quand vous lui plaisiez, il vous aurait donné sa chemise. Quand vous ne lui reveniez pas, il vous aurait laissé crever la gueule ouverte. Pendant l'été des 15 ans de Sam la Mouette Fahey, Hoddy Younger fit l'impensable : il lui montra les alignements qu'il utilisait pour surfer la passe. Il les dessina sur le sable mouillé avec un bâton – Goat Canyon, Smuggler's Gulch, Spooner's Mesa… Il lui montra comment trouver ces repères quand on était dans l'eau et comment les aligner sur le vieux phare de Tijuana, à côté des arènes, pour avoir le *line-up* idéal où prendre les vagues. Et c'était aussi Hoddy qui lui avait fait remarquer que c'était une erreur d'appeler le quatrième *peak* le Mystic Peak. Mieux valait, assurait Hoddy, se contenter de l'appeler « Au-delà des Arènes », parce que, à cette distance, les alignements ne marchaient plus et qu'il fallait se brancher sur d'autres signes, plus subtils, de l'activité sismique – comme les sifflements inquiétants qui semblaient parfois provenir des grands rochers balayés par les eaux depuis un millénaire, à l'embouchure du fleuve. Ce mouvement avait fini par ouvrir sous la surface de la mer le grand éventail alluvial qui façonnait ces grandes vagues denses, en formes de longues écailles au large de l'océan. Ces sifflements, ou la soudaine disparition des îles Coronado, indiquaient qu'il était temps de se mettre au charbon et de ramer de toutes ses forces en direction de la péninsule de Baja. Bref, Hoddy lui avait appris tout ce qu'il savait et, pendant un temps, on aurait vraiment dit qu'il était devenu le fils que Hoddy n'avait jamais eu, et Hoddy le père que tout gosse aurait été fier d'avoir. En fait, Hoddy l'avait même rebaptisé puisque c'était lui qui l'avait surnommé la Mouette.

Pendant des années, Hoddy n'avait pas eu de maison. Il vivait dans une cabane faite de bois flotté et de fanons de baleine coincée derrière les dunes, au bord de la vallée, et il enseigna à la Mouette bien plus que ce qui touchait aux vagues. Il lui apprit à poser des pièges et des casiers à homards, où poussaient les tomates et les concombres sauvages, comment traiter avec les Mexicains de Tijuana avant l'arrivée de la barrière. On pouvait vivre dans la vallée à cette époque, vivre de la terre et de la mer, car Hoddy était plus qu'un surfeur. C'était un homme de la mer, et cela, dans l'esprit du jeune Fahey, ne correspondait pas tant à un aspect pratique des choses qu'à une voie à suivre. C'était comme de trouver sa religion, la Mouette, sa bénédiction.

Finalement, quand la ville d'Imperial Beach, guère plus importante alors que les vestiges des villes du Far West qui l'avaient précédée, décida de se doter d'un maître-nageur sauveteur – ce qui était un peu comme Tombstone[1] décidant qu'elle avait besoin d'un shérif –, on vint chercher Hoddy Younger. Ainsi, pendant quelque temps, le vieux surfeur emménagea dans une grande maison à charpente de bois située directement sur le sable, à l'orée de la ville. Et il la peupla de jeunes surfeurs en herbe qu'il engagea comme maîtres-nageurs parce que, comme les élus municipaux l'avaient cru avant lui, Hoddy pensait qu'il suffisait de savoir affronter la houle de la passe pour pouvoir surveiller la plage, et cela valait pour la Mouette aussi. Fahey avait 16 ans à l'époque, et ce fut l'âge d'or, les années auxquelles il repensait à présent, des journées de vents du large et de sorties nocturnes, de virées si longues que les cuisses finissaient par brûler. Puis survint le premier d'une longue série d'hivers El Niño, et avec lui les vagues – de grosses houles qui se succédèrent depuis le golfe de l'Alaska. À Hawaï, pour la compétition mondiale de surf des Wave Masters, Jason Duane empocha cinquante dollars et fit la couverture d'une demi-douzaine de magazines spécialisés. En Califor-

1. Ancienne cité minière d'Arizona dont la devise était : « Trop coriace pour mourir », et immortalisée par des westerns comme *Règlement de comptes à OK Corral*. *(N.d.T.)*

nie, à un jet de pierre de la frontière mexicaine, à l'embouchure de la Tijuana River, la Mouette et Hoddy avaient surfé des vagues tout aussi effrayantes, peut-être même plus encore si l'on tient compte du fait que l'eau était plus froide, la nage plus longue et qu'il n'y avait ni hélicoptère ni aucun véhicule d'assistance. Pourtant, cet exploit ne fut observé que par une poignée de jeunes défoncés du coin, et même eux ne virent pas les choses très clairement à cause du brouillard qui avait flotté toute la journée sur l'horizon. Ce qui fait que, à la fin, la Mouette, pris dans le tube, attendant l'anéantissement, fut seul à voir Younger sur ce qui fut peut-être l'une des plus grandes montagnes d'eau jamais surfées. L'image fut cependant fugitive, car la vague même sur laquelle glissait Hoddy l'envoya alors plonger par le fond, où il se retint aux zostères qui poussaient parmi les rochers pour ne pas être emporté par le maelström au-dessus – autre truc enseigné par Hoddy. Ensuite, il y eut la nage dans les déferlantes… bon Dieu, il avait dû atterrir à mi-chemin de Rosarito et puis était rentré à pied, transi jusqu'aux os… Tacos et *cerveza* de la part des Mexicains qui savaient… et puis enfin, Hoddy lui-même, qui l'attendait à la frontière pour lui serrer la main parce que, après tout, Sam la Mouette Fahey avait surfé le Mystic Peak lui aussi. Il avait pris une vague tout seul avant que le monstre de Hoddy ne le fasse chuter. Et il avait eu le temps d'entrevoir davantage encore. Il avait vu son mentor éclipsé par la montagne qu'il chevauchait, la vague virant à l'argent dans la lumière brumeuse – un vrai repère de navigation – et, en cette matinée, grelottant sur les plages de ses escapades, il lui avait semblé qu'il n'y avait pas de limites à ce qu'il pourrait accomplir.

Au cours des quelques hivers suivants, Hoddy et lui avaient surfé deux fois encore Au-delà des Arènes, jamais aussi brillamment que cette première fois, et sans autre compagnie qu'eux-mêmes... tels étaient les sentiers lumineux qu'il arpentait à présent dans ses rêves éveillés, tout en pelletant la terre et les vers – un millier à la livre, suant sa bière sous le soleil de midi tout en arrosant les caisses pour les maintenir humides. Les bons jours, il trouvait un rythme, comme un repli du temps qui ne se situait ni tout à fait ici ni tout à fait là-bas. Les bons jours, il s'imaginait encore sur une vague pareille à celle de Hoddy. Il pouvait encore surfer par l'esprit Au-delà des Arènes tout en maniant la pelle de manière suggestive, les hanches épousant le mouvement. Les mauvais jours, la cadence n'y était pas et le rythme lui échappait. Les soucis d'argent et le passage des ans lui collaient au train... des images de Hoddy en train d'errer dans la vallée en treillis taché de pisse, après que la ville en avait eu fini avec lui et qu'on lui avait repris la maison, ses chères plages déjà livrées à la pollution. Et le moment où une infection aux staphylocoques avait failli lui faire perdre une jambe, enflée comme celle d'un petit Africain atteint d'éléphantiasis, le laissant couché sur le dos pendant presque tout un été – bouillant, fiévreux et en proie aux pires délires. Quand il en arrivait à ce genre de pensées pourries et à l'Island Express, il n'avait plus qu'à prendre des cachets parce que la bière ne suffisait plus.

Mais il espérait ne pas en arriver là, du moins pas aujourd'hui, pas avec la première compagnie féminine qu'il connaissait depuis plus d'années qu'il n'en voulait tenir le compte, qui le regardait de la véranda entasser les dernières caisses puis les arroser et s'arroser lui-même. Ensuite, il mouilla aussi les andains, l'eau tirant des arcs-en-ciel d'un rayon de soleil, et il eut le sentiment qu'aujourd'hui tout irait bien. Quand il eut pris une serviette dans le pick-up et se fut essuyé le visage, il monta, serviette à la main, sous la véranda qui longeait le mobile home et découvrit que la jeune femme dormait profondément.

Le bloc de papier ligné, avec son croquis de moissonneuse, était tombé par terre à côté d'elle, et Fahey le ramassa. Il vit qu'elle avait tourné une page et écrit elle aussi quelque chose. C'était de l'espagnol, et, pour ce que Fahey y comprenait, cela aurait tout aussi bien pu être de l'hébreu. Sur une autre page, cependant, il vit ce qui semblait être une liste de noms flanqués de dates. Et enfin, au milieu d'une troisième page, un dessin. Il s'agissait de la représentation assez grossière de ce Fahey prit pour un œil. Cela lui fit penser au genre de dessins avec lesquels les écoliers décorent leurs sweat-shirts. Il reporta son attention sur la jeune femme endormie, la bouche suffisamment entrouverte pour révéler la pointe de ses dents, les paupières serrées, leurs cils pareils à des croissants de lune. Il se dit que sa démonstration du métier de fermier n'avait pas été aussi thérapeutique qu'il l'avait espéré et il examina de nouveau le dessin enfantin qu'il tenait à la main. En fait, il n'arrivait pas vraiment à le reposer. Il trouva ça inquiétant. Il fallait vraiment avoir perdu la boule pour avoir peur d'un truc pareil.

## 6

La police municipale avait enquêté sur l'incendie des bureaux de Carlotta et obtenu le résultat prévisible. *Nada*. Pourtant, le responsable de l'enquête était un jeune homme avec qui Magdalena était allée au lycée à Mexicali. Comme Magdalena, il était né à Tijuana, et, comme Magdalena, il était revenu au bercail. Il s'appelait Raúl Ramírez et, après deux jours d'investigation, elle avait accepté de déjeuner avec lui à Las Playas. Le restaurant se situait sur une des mesas surplombant la vallée de la Tijuana, et donnait sur les plages et l'océan. Ils se conformèrent au bavardage de rigueur, parlèrent des gens dont ils se souvenaient du lycée et de ce qu'ils étaient devenus. Ils parlèrent de leur ville natale et de ce qu'elle était en passe de devenir.

— Tu vois ce cours d'eau, lui dit Magdalena.

Elle regardait en direction des spartines et des saules qui, du côté américain de la barrière, suivaient le lit de la rivière jusqu'à la mer, car leur conversation n'avait pas tardé à dériver vers la croisade de Magdalena.

— À la saison des pluies, ce ne sera plus que des eaux usées et des ruissellements toxiques.

Raúl hocha la tête : c'était elle qu'il regardait et non pas la rivière.

— Tout ça est vrai, concéda-t-il. Mais il y a aussi du bon.

Et il lui énuméra une liste impressionnante de boîtes de nuit et de groupes, et tout un tas de films qu'il avait vus au nouveau multisalles de la Zona del Río, près du centre culturel.

— Peut-être que tu devrais sortir plus, lui dit-il.

Il souriait en disant cela et elle le trouva plutôt séduisant. Elle lui parla des enfants de Vista Nueva. Raúl garda le silence. Il n'avait rien à dire sur les enfants de Vista Nueva et, au bout d'un moment, Magdalena finit par se taire aussi. Elle regarda les pélicans plonger pour attraper du poisson près de l'embouchure de la rivière et se demanda si c'était lui ou elle. Était-il tout simplement insensible ou avait-elle perdu tout sens de l'humour pour devenir véhémente, revêche avant l'âge ? Elle essaya de se rappeler la dernière fois qu'elle était sortie, pour danser ou écouter de la musique. Elle alla même jusqu'à calculer depuis quand elle n'avait pas couché avec un garçon. Bon sang, elle avait quand même 23 ans. Il avait peut-être raison. Peut-être qu'elle devrait se distraire davantage. Elle envisagea de sortir avec Raúl et se demanda si c'était pour cela qu'il l'avait invitée à déjeuner. Mais la situation terrible des enfants, ajoutée aux inquiétudes de Magdalena, et en particulier à ce qu'elle pensait des industries de la *maquiladora*, avaient clairement refroidi les ardeurs du jeune homme, et ils terminèrent leur repas en bavardant à nouveau de tout et de rien, comme s'il ne s'agissait plus que d'en finir au plus vite.

Il l'avait ensuite raccompagnée à sa voiture, la vieille Ford miteuse. Zut, on voyait que le ciel de toit se décollait à vingt mètres.

— Je crois, lui dit Raúl, que tu devrais envisager de demander un recours en *amparo*.

Magdalena le sut au plus profond d'elle-même : c'était pour cela qu'il l'avait fait venir ici, pour parler.

— Vraiment ? demanda-t-elle. Pourquoi ?

Elle se tourna vers lui pour lui faire face. Raúl détourna les yeux.

— Tu crois en ta cause, dit-il. Je comprends ça et je te respecte pour ça…

Sa voix se perdit. Puis il reprit :

— Mais tu te fais des ennemis. C'est évident.

Il avait les yeux sombres et tristes, plus tristes qu'ils étaient apparus dans le restaurant. Comme s'il en prenait soudain conscience, il s'empressa de les dissimuler derrière des lunettes noires d'aspect luxueux.

— Fais-le, c'est tout, la pressa-t-il. C'est tout ce que je peux te dire. Ce serait bien d'avoir cette protection.

Ils se serrèrent la main à côté de la voiture. Il lui ouvrit la portière. Elle monta et le regarda dans son rétroviseur. Elle l'observa jusqu'à ce qu'il se perde dans la circulation et l'éclat du soleil de midi.

Un *amparo*, c'était un document qui pouvait vous protéger de la police locale. Il était délivré par un tribunal fédéral. Les tribunaux fédéraux avaient plus de pouvoir que les tribunaux locaux ou municipaux. On les estimait aussi un peu moins corrompus. Dans un pays plus rationnel, un tel document se révélerait totalement inutile. Un *amparo* signifiait : « Arrêtez les conneries. Si vous voulez poursuivre quelqu'un, faites-le dans une cour fédérale, devant un juge fédéral. » Sans lui, on était à la merci de tout ce qui pouvait se trouver tout en bas du système judiciaire, où le moindre flic de rue, des stups, des frontières ou *federal* était à la solde de quelqu'un. Ce que son ami le flic de base voulait lui dire, c'était que celui qui était derrière l'incendie des bureaux disposait au moins d'un certain degré d'influence. Il la prévenait que quelqu'un d'important en avait après elle. Ou c'était du moins ce qu'elle s'imaginait avoir compris avant qu'il ne chausse ses lunettes de star et s'en aille. Le soir même, il irait sans doute écouter de la musique dans une de ces boîtes, ou peut-être voir un film au nouveau centre culturel de la Zona del Río. Et Magdalena serait seule chez elle, les yeux rivés sur un écran d'ordinateur.

Mais elle était allée voir Carlotta. Elles avaient obtenu le document, un pour chacune d'elles. Et Magdalena avait redoublé de vigilance. Elle s'était tenue sur ses gardes. Et ils l'avaient eue quand même. Son document officiel ne lui avait pas servi à grand-chose sur le bord de la route, ni sur le sable de Las Playas. Et maintenant, il avait disparu dans l'eau. Elle ne pouvait certainement pas retourner là-bas sans lui. Et elle ne pouvait pas non plus rentrer à Tijuana avant d'avoir pu mettre un visage sur son ennemi.

*
* *

D'où la liste sur le bloc de Fahey. Magdalena avait commencé à essayer de reconstituer l'accident, de se remémorer comment elle avait pu aller de sa voiture à la vallée de la Tijuana, parce que toute cette partie lui semblait à présent très brumeuse. Quelque chose avait cassé dans la colonne de direction. Cela, elle s'en souvenait, ou peut-être sur la transmission, à l'avant de la voiture. Il y avait le souvenir d'une perception. Elle sentait le soubresaut du volant entre ses mains. Quand elle fermait les yeux, elle entendait des voix d'hommes. D'autres détails lui échappaient alors même qu'elle tentait de les retenir. Elle passa aux noms et aux dates – pour essayer de reconstituer une partie de ce qu'elle étudiait dans ses dossiers. C'était là que devait se trouver la réponse. Forcément. Elle avait déniché quelque chose et, d'une façon ou d'une autre, elle avait montré son jeu. Cela s'était su, jusqu'en bas de l'échelle ; jusqu'à tomber dans l'oreille de Raúl, qui l'avait invitée à déjeuner pour la prévenir. Ou peut-être que c'était pour voir s'il pouvait la dissuader. L'accident s'était produit après, une fois qu'il avait constaté qu'elle ne changerait pas d'avis. Elle revint à sa liste et se demanda où elle pouvait ranger son nom, puis elle prit conscience que tout cela n'aurait jamais de fin. Rien de tel que d'être victime d'un attentat pour devenir paranoïaque. À ce moment-là, cependant, elle avait déjà mal à la tête et s'était mise à griffonner une image tirée d'un rêve éveillé – le globe oculaire : un dessin d'enfant primitif mais qui avait un lien avec les événements qui l'avaient amenée ici. Elle relut ce qu'elle avait noté puis s'endormit brièvement au ronronnement de la moissonneuse mécanique de Fahey. Elle ouvrait un œil de temps en temps et découvrait toujours Fahey au travail, son dos large luisant de transpiration tandis qu'il se baissait pour pelleter la terre pleine de vers dans l'appareil absurde dont il lui avait fait le croquis. Le processus lui parut interminable et elle finit par lâcher prise, sombrant enfin dans un sommeil profond et agité.

*
*  *

Elle se réveilla quelques heures plus tard, trempée de sueur. Pendant un instant, elle ne sut plus trop où elle se trouvait ni comment elle était arrivée là. Il lui sembla même, pendant une fraction de seconde, qu'elle ne savait même plus qui elle était – rien qu'un peu de conscience qui, si elle avait été plus mystique, lui serait apparue comme la preuve de la nature illusoire de la personnalité, mais qui, dans son état actuel, ne pouvait s'imposer que comme un signe de dégradation, la manifestation éventuelle de blessures internes passées jusque-là inaperçues.

Mais elle vit la planche de surf dans ses sangles de toile, accrochée au-dessus d'elle dans le vieux mobile home, et tout lui revint, ou presque. Il faisait nuit dehors, très noir sous les arbres. Elle sortit du lit – la première fois qu'elle y arrivait toute seule. Elle éprouvait un besoin irrépressible de sentir l'air de la nuit, et sortit sous la véranda, qu'elle traversa pour gagner la terre tassée sous ses pieds nus. Il faisait plus frais ici. Elle entendait au loin le bruit des vagues qui avaient failli lui coûter la vie, ces déferlantes qu'elle avait contemplées quelques jours seulement auparavant à l'abri du restaurant qui dominait la vallée, en déjeunant avec Raúl.

À mesure que ses yeux s'accoutumaient à l'obscurité, elle remarqua quelques étoiles à peine visibles éparpillées parmi les branches des arbres et, au loin, dans les quelques trouées de ciel laissées par le feuillage, une lueur pâle au sud qu'elle estima devoir être les lumières de Tijuana, si proches et cependant si lointaines. Puis elle pensa à Carlotta. Le nom lui tomba dessus comme une pierre. Elle eut du mal à croire que, même au plus profond de sa démence, cela ne lui était pas venu tout de suite à l'esprit. Mon Dieu, pensa-t-elle, si l'on avait essayé de la tuer, pourquoi ne ferait-on pas la même chose à la femme qui l'employait ? L'image qui s'imposa ensuite était à la fois horrible et inévitable : Carlotta brisée, sans vie, au bord de la route.

*
*  *

Elle retourna dans le mobile home et chercha un téléphone. L'habitation ne comprenait guère plus de deux pièces, un living d'un côté, et une chambre de l'autre. Elles étaient séparées par une petite cuisine et une salle de bains plus réduite encore. Magdalena passa rapidement d'une pièce à l'autre, foulant le plancher étroit avec plus de détermination qu'elle n'en avait eu depuis longtemps. En fait, maintenant qu'elle avait réalisé qu'il fallait faire quelque chose, toutes sortes d'idées lui venaient. Elle alla même jusqu'à se dire que tout ça, tout ce qui s'était passé, était d'une certaine façon positif – en supposant bien sûr que Carlotta était encore en vie. Son travail portait ses fruits, et ce qu'elle venait de subir en était la preuve. Elle avait peut-être dévoilé son jeu, mais un ennemi lui avait lui aussi laissé voir le sien. Il lui avait donné des preuves à charge. Elle venait tout de même d'échapper à une tentative de meurtre. Il n'y avait pas eu que l'accident. Il y avait eu les hommes sur la route. Et des hommes, ça se retrouvait. On pouvait les forcer à parler. Les pensées se bousculaient. Elle était encore en vie, mais son ennemi la croyait probablement morte. Cela pourrait sûrement jouer en sa faveur. La chose à faire était non seulement d'avertir Carlotta, mais aussi de lui faire quitter Tijuana, avec les dossiers. Pourquoi pas ? Que se passerait-il si elle arrivait à réunir les deux ? Ensemble, Carlotta et elle pourraient trouver une solution. Elles pourraient monter un procès. Et pourquoi pas tout faire ici même, si près de chez elles et en même temps cachées dans un coin du monde où personne ne songerait à regarder ? Cela exigerait un certain degré de préparation. Elle aurait absolument besoin de l'aide de cet homme qui l'avait sauvée des chiens, de ce Fahey.

Son enthousiasme céda la place à la rêverie. Elle les voyait tous dans un tribunal, le propriétaire de Reciclaje Integral qui aurait été extradé pour tentative de meurtre, en l'occurrence sur elle, se tenant devant le juge. Elle imaginait l'expression de son visage quand les policiers l'emmèneraient. Elle imaginait comment il serait reçu à la prison de La Paz. Elle savait que c'était une fantaisie, mais qu'est-ce que ça pouvait bien faire… après tant de jours de désespoir, c'était toujours ça.

Elle regarda une photo sur le mur – un surfeur solitaire sur une vague gigantesque, les bras tendus, un peu, se dit-elle, comme une mouette en plein vol. Elle avait vu cette photo bien souvent au cours de ces derniers jours, mais elle prenait conscience seulement maintenant que c'était une photo de Fahey. C'était peut-être dû au fait de l'avoir vu travailler, d'avoir observé sa façon de se tenir. Elle décrocha la photo et l'examina de plus près à la lumière jaune de la lampe. Aucun doute. C'était bien Fahey, le vermiculteur. Il était plus jeune, bien sûr, plus jeune et plus mince, une masse de cheveux blonds flottant au vent, et il exécutait un virage au pied d'une immense muraille indigo.

Magdalena n'eut pas sur le moment le réflexe de se demander comment cela avait pu mal tourner. La photo ne fit que confirmer son sentiment de confiance naissante. C'était tout de même une très grosse vague. Et quelqu'un qui pouvait faire ça… c'était sûrement l'homme qu'il lui fallait. Enfin, elle n'avait pas vraiment besoin de tant que ça. On pouvait même considérer qu'il en avait déjà fait beaucoup… il avait tué les chiens. Il était allé à Tijuana et en avait rapporté les médicaments. Tout ce dont elle avait besoin, maintenant, c'était d'un peu de patience, un peu de temps, un peu d'espace, peut-être un tour de l'autre côté de la frontière pour aider Carlotta à emporter les dossiers…

Magdalena parcourut de nouveau le mobile home, tenant toujours la photo à la main. Elle allait tout lui dire, décida-t-elle. Elle allait l'enrôler dans son combat contre le monstre. Elle allait en faire un soldat du Christ qui, comme l'auraient dit les sœurs de la Bénédiction, sauverait au passage son âme immortelle, même si Magdalena n'était en fait plus trop sûre de ce qu'elle croyait en matière d'âmes immortelles. Ce qui lui était apparu, ces derniers temps, c'est que la lutte continuait, avec ou sans les âmes immortelles. L'important, c'était la lutte, et s'y dérober revenait à perdre son âme – là, ici et maintenant. L'au-delà serait ce qu'il serait. Le combat lui-même était l'acte par lequel on donnait un sens au monde.

Soudain, elle éprouva un étourdissement et s'arrêta pour s'asseoir au bord du lit. Elle porta la main à sa nuque et s'aperçut qu'elle était trempée de sueur. Elle avait dû exagérer. Mais il fallait absolument avertir Carlotta quand même. Elle se retrouva à fixer le petit visage ébréché de la vahiné en plâtre de Fahey, la danseuse miniature baignée dans la lumière de son soleil à soixante watts, sa jupe de paille desséchée par le temps. Magdalena demeura plusieurs secondes plongée dans l'observation de cette piètre statuette, s'émerveillant de ce qu'elle eût tenu jusque-là sans ruban adhésif, avant de se rappeler qu'elle n'avait toujours pas trouvé de téléphone. Peut-être, se dit-elle, qu'il en gardait un sur lui. Mais elle se rendit compte aussitôt qu'elle ne savait absolument pas où il était. Pendant tout le temps où elle avait été malade et alitée, trop faible pour bouger, Fahey semblait toujours être resté à proximité. Puis, quand ses forces lui revinrent et qu'elle put s'asseoir, elle l'aperçut de temps en temps – assis ou endormi sur la banquette au fond du mobile home. Et cela faisait deux jours qu'elle le voyait de moins en moins. Elle avait pris cela comme une manifestation supplémentaire de sa générosité. Il lui accordait plus d'espace et, en même temps, plus d'intimité. En tout cas, elle était seule, maintenant.

Il y avait à présent près d'une semaine qu'elle se trouvait là, mais elle ignorait quasiment tout de la propriété. Il y avait une vieille dépendance en bordure du terrain, et, plus loin, le corps de ferme proprement dit, que l'on pouvait voir depuis le mobile home. Magdalena croyait cependant se rappeler avoir entendu Fahey dire que la remise ne servait plus et que la maison avait été envahie par les abeilles, peut-être bien des abeilles tueuses d'Afrique arrivées par le Mexique. Mais elle n'avait pas d'autre endroit où regarder, et, une fois près de la porte, elle vit qu'il y avait bien une petite lumière jaune qui brûlait dans un réduit, au bout de la vieille maison. Puis elle se dit qu'elle avait déjà vu cette lumière, depuis la fenêtre à lames orientables près du lit, et que l'ampoule y brûlait chaque nuit, toute la nuit, et continuait de brûler le matin et pendant la journée aussi puisqu'elle l'avait même repérée dans l'après-midi, à l'ombre des peupliers de Virginie.

Elle enfila aisément les sandales que Fahey lui avait rapportées et ressortit, encore un peu étourdie, pour franchir la quinzaine de mètres d'herbes folles et de cailloux qui la séparaient du halo de lumière jaune et de la structure tout autour – peut-être une ancienne véranda, coiffée d'un toit en tôle et fermée par des planches de contreplaqué sans doute récupérées dans la vallée. Le tout, toit et parois confondus, était recouvert de la même couche de peinture vert olive terne que l'ensemble de la maison, comme si c'était l'armée américaine qui s'en était chargée. Sur le côté de cet appentis, des ouvertures avaient été découpées sans vraiment se préoccuper de l'aplomb du toit pour y encastrer deux fenêtres en alu bon marché dont les vitres étaient à présent ternies par le temps et la poussière. Magdalena s'approcha suffisamment pour sentir la fraîcheur d'une de ces vitres sales contre son front, puis, scrutant l'intérieur de la pièce, découvrit qu'elle avait été aménagée en une sorte d'atelier. Au milieu de l'appentis, il y avait ce qui ressemblait à une planche de surf inachevée – un grand pain de mousse grossièrement découpé et posé sur des tréteaux. Et les murs tout autour étaient tapissés de photos de surf qui, à en juger par leur état, se trouvaient là depuis pas mal de temps : bords écornés, à moitié décollées, couleurs délavées par le soleil. Des outils étaient suspendus à des crochets métalliques. D'autres gisaient sur un établi. Elle examinait tout cela depuis quelques secondes lorsqu'un mouvement sous la planche de surf inachevée attira son regard vers les fragments de mousse entassés par terre. Et elle vit alors que Fahey faisait lui aussi partie du décor.

Elle aurait très bien pu ne pas le remarquer, au milieu de la poussière et des débris, mais il était là, son bienfaiteur, enveloppé dans un sac de couchage miteux, replié en position fœtale, un pack de bière et un petit flacon de cachets placés près de sa tête. Elle n'avait pas eu l'intention de l'espionner, pourtant, elle resta là, collée à la fenêtre, comme hypnotisée alors qu'il remuait d'un côté puis de l'autre, criant soudain dans son sommeil et agitant les bras. Une main parcourut le sol, à la façon d'un crabe, en quête de quelque chose qui ne s'y trouvait pas puis battit en retraite dans les replis du sac de couchage. Magdalena perçut alors quelques ronflements désordonnés qui résonnèrent à travers les vitres minces, et demeura ainsi encore quelques secondes avant de comprendre de quoi il s'agissait... les lumières qu'elle avait vues de la fenêtre du mobile home, quelle que soit l'heure, la forme allongée sur le dos devant elle...

— Bon sang, dit-elle presque tout haut, elle-même surprise d'entendre le son de sa propre voix. Il dort avec la lumière allumée.

## 7

Les plus belles heures de Fahey furent, avec le recul, de très courte durée. Au cours des années qui suivirent, il attribuerait leur terme à un événement bien précis. À Tijuana, il s'était lié d'amitié avec une famille qui voulait émigrer, quoique illégalement, aux États-Unis, et il lui avait proposé son aide. Il habitait encore la ferme, même s'il ne s'y trouvait de fait que rarement. En ce temps-là, il dormait souvent sur la plage, se levait tôt pour profiter de la mer lisse du matin et allait au lycée, ou pas, selon l'humeur. Personne ne semblait s'en soucier, certainement pas son père. Le week-end, Fahey faisait le maître-nageur à Rosarito, où Hoddy avait imaginé d'organiser un programme de formation pour les maîtres-nageurs mexicains, et c'est là qu'il avait fait la connaissance de la famille en question. Un dimanche après-midi, il avait tiré leur chien d'un *shore break*, alors qu'une grosse houle de sud balayait les plages à une vitesse dangereuse. Le plan avait été mis au point plus tard dans la journée, entre bières et tacos, dans le jardin public qui domine la vallée de la Tijuana.

La famille devrait quitter Tijuana par ses propres moyens, mais, une fois dans la vallée, Fahey leur proposerait de les héberger à la ferme. Ensuite, il les aiderait à remonter plus au nord. Il demanda son accord à son père, qui prétendit n'en avoir rien à cirer et assura en plaisantant que tout ce qu'il voulait en échange de son hospitalité était une bonne bouteille de tequila. Il entendait par là une marque particulièrement nuisible de tord-boyaux parfumé au chocolat, vraisemblablement interdite aux États-Unis mais vendue à Tijuana à quiconque était assez stupide pour en acheter et à laquelle, au fil de sa déchéance, le vieux avait pris goût. Fahey se l'était évidemment procurée lui-même et l'avait donnée à la famille pour qu'elle l'apporte, puis, une semaine plus tard, il fut debout à minuit pour les retrouver dans l'ancienne plantation d'avocatiers, à l'entrée de Smuggler's Gulch. Il les revoyait encore sous les branches noircies – le père, la mère, les enfants et autres parents de tous âges, tout sourires et bras ouverts, la tequila dans un sachet en papier brun, en route vers l'Amérique et émergeant du brouillard tels les fantômes qu'ils allaient bientôt devenir, parce que, en Amérique, Lucian Fahey les attendait.

Gros buveur et au fond de l'impasse depuis tellement longtemps qu'il commençait à trouver ça normal, le vieux s'était ligué avec des crapules pour les trahir tous. Et alors que Fahey distinguait encore tous les membres de la famille, une douzaine de personnes en tout, sans compter le chien qu'il avait tiré de l'eau, il découvrit son père – silhouette ratatinée, hâve et mal rasée, ses cheveux blancs lui arrivant aux épaules dans la lumière de la lune, flanqué d'hommes armés et de camions, et rien que Fahey puisse faire sinon le fusiller d'un juste courroux. Il reçut pour sa peine un coup de crosse dans la mâchoire qui le contraignit à manger avec une paille pendant les six semaines suivantes. La dernière image qu'il avait eue des membres de la famille était leurs formes voûtées à l'arrière des pick-up, disparaissant dans l'obscurité d'où ils étaient venus.

Certains prennent plus de temps que d'autres pour se trouver. Pour Lucian Fahey, il avait fallu cinquante et quelques années, mais une fois qu'il eut découvert sa voie, il s'y abandonna totalement, s'associant aussi bien avec les petites frappes qu'avec les passeurs pour faire ce que son propre fils avait réussi à faire pour rien : attirer les pèlerins dans sa toile. Difficile de savoir combien il y en avait eu au cours des années. La nuit en question, Fahey avait pris sa mâchoire démise et toutes les affaires qu'il pouvait emporter, et il était parti pour de bon. Des menaces de mort et de reniement l'avaient poursuivi dans la nuit. Et il avait cru chacune d'elles.

Hoddy l'avait emmené faire soigner sa mâchoire et, pendant quelque temps, Fahey avait essayé de vivre avec ce père de substitution. Ce fut cependant vers cette époque qu'un nouveau conseil municipal avait décrété le surfeur trop vieux pour conserver son poste de responsable des maîtres-nageurs sauveteurs. C'était complètement bidon. Hoddy aurait encore pu battre à la nage, sur une planche de surf ou à coups de poing n'importe qui en ville. C'était plutôt le côté rude et bagarreur du vieil Indien des Badlands qui dérangeait maintenant les élus – le dernier boom immobilier californien leur avait en effet donné des fantasmes d'envol des prix des terrains et de gentrification pour leur municipalité. Hoddy perdit donc son seul et unique emploi, et la maison qui allait avec. Des vandales avaient depuis longtemps détruit sa cabane sur la plage, et la vallée était devenue de plus en plus dangereuse. Hoddy s'installa dans le garage aménagé d'un pote surfeur – une chambre et des plaques chauffantes. Il faisait sa vaisselle dans le lavabo. Ce fut le début d'une longue dégringolade. Fahey passa une quinzaine de jours bizarres et inconfortables sur le plancher du vieux maître-nageur, puis partit de son côté.

Au bout du compte, le seul foyer que Fahey se trouva fut celui de l'Island Express – un groupe de jeunes passeurs de drogue dirigé par un prof de maths d'un lycée local. La drogue de prédilection du groupe était la marijuana et, à la fin, ils en passaient des tonnes. Ils la charriaient à pied, par la vallée en suivant les plages. Quand il y avait une bonne houle de sud, ils prenaient des planches creuses, partaient de Rosarito à la rame et glissaient sur les courants nord, débarquant parfois en plein jour sur la jetée d'Imperial Beach. L'argent affluait. Fahey s'acheta un petit appartement près de la plage. Il ne sut jamais avec certitude ce qu'était devenue la famille qu'il avait voulu aider. Un soir, poussé par l'intention d'apprendre la vérité, il se rendit à la ferme, qui n'était à cette époque pratiquement plus qu'un tas d'ordures. Il forcerait son père à tout lui dire, quitte à en venir aux mains s'il le fallait. Et il le fallut. Mais le combat ne dura guère et le vieux perdit conscience avant de pouvoir proférer autre chose que des menaces, qu'il mit d'ailleurs à exécution la semaine suivante, en envoyant des gros bras dans l'appartement de son fils pour lui briser une rotule. Ni l'un ni l'autre ne pouvait bien sûr aller se plaindre aux flics. Si l'un des deux tombait, l'autre le suivrait forcément.

Au bout d'un moment, l'Island Express se tourna vers le crack et la cocaïne. Fahey se mit à goûter à la came. Il disait que c'était son genou qui l'empêchait de reprendre la glisse. Certains prétendaient qu'il aurait pu passer pro. Un jour, Hoddy l'avait emmené participer à une compétition, à Huntington Beach. Fahey avait commencé non classé, avait passé les éliminatoires et disputé les dernières épreuves, arrivant dans le trio de tête avec les professionnels. À côté de la passe où il s'était fait les dents, la plupart des autres spots que la Californie pouvait offrir paraissaient faciles. Néanmoins, comparé à ce qu'il pouvait amasser avec l'Island Express, le surf de compétition constituait un moyen très lent de gagner du fric. Hoddy essaya de lui parler. Défoncé à la coke, Fahey l'envoya se faire foutre. Hoddy croyait en un style de vie déjà disparu. Fahey s'en rendait compte, même si le vieux surfeur ne le voyait pas. Fahey prenait goût à la vitesse. L'Island Express satisfaisait ses besoins. Hoddy cherchait un héritier. Fahey voulait oublier la vie à laquelle il avait renoncé, la famille qu'il avait trahie. La drogue l'y aida.

Peu après, le Mystic Peak fut de retour. Hoddy vint chez lui ce soir-là. Ce serait la dernière fois qu'ils se verraient. Ils restèrent sans parler sur une terrasse en bois, à écouter le fracas des vagues gigantesques. Le vieux surfeur avait apporté un cadeau. C'était un Rhino Chaser de dix pieds que Hoddy avait *shapé* lui-même et qu'il avait monté. Au-delà des Arènes, le jour du Mystic Peak. Il le laissa sur la terrasse de Fahey et ne prononça pas un mot. La Mouette resta éveillé le reste de la nuit, à écouter les vagues. On l'attendait à l'aube à Rosarito, le prof de maths ayant prévu de prendre un chargement de hasch dans un sous-marin de poche de l'institut océanographique Scripps qui avait été détourné par un prof de physique tenté par la grande vie. C'était un scénario assez abracadabrant, et les sorties de l'Island Express devenaient de jour en jour plus extravagantes. Fahey aurait dû se méfier. Il aurait dû écouter Hoddy. Il aurait dû suivre son cœur. À l'aube, il se trouvait sur la plage de Rosarito. Le sous-marin était coincé dans trois mètres d'eau. Le prof de maths balança tous ceux avec qui il avait jamais bossé. Ce fut une opération fédérale, sur la parole d'un mouchard. Fahey perdit tout ce qu'il possédait, en prit pour quatre ans à Safford, Arizona, il en ressortit sans rien. Trop vieux désormais pour les compétitions qu'il avait autrefois dédaignées, et faisant encore le malin après quatre années en centre de détention, il passa un an en conditionnelle puis essaya de revenir dans la partie. Mais, avec la fin de l'Island Express, les choses avaient changé et il se retrouva rapidement à fabriquer de la meth sur la Mesa de Otay, où il finit par apprendre tout ce qu'il y avait à savoir sur les péchés de son père, sur les hommes qu'on dépouillait et qu'on assassinait, sur les femmes qu'on vendait en esclavage. Parce que c'était bien de cela qu'il s'agissait, pour la famille avec laquelle il s'était lié, et pour les innombrables malheureux qui avaient suivi. Et on vous disait qu'il était impossible de faire marche arrière. Un vieux maître mexicain de la fabrication de cristal lui avait même montré les ossements dans le sol, et Fahey vit pour la première fois l'énormité de ce qu'il avait déclenché. Il vit des crimes sans fin, comme une procession de jours, et à ceux-là, il en avait ajouté d'autres plus grands encore auxquels son père n'avait pas pris part et dont il ne voulait pas parler, ni alors ni maintenant, mais qui lui disaient clairement qu'il était bien le fils de son père. Il se jura de terminer ce qu'il avait commencé la nuit où il était allé extirper la vérité à son vieux, ne fût-ce que pour débarrasser la planète d'eux deux, parce que, en l'occurrence, la méthode lui importait peu. Mais il vendit un peu de speed à un type avec qui il avait été en taule avant de pouvoir mettre son projet à exécution. S'il avait fait ça, c'était uniquement par bonté d'âme et pour rendre service. Manque de pot, le contrôleur judiciaire du type l'avait surpris avec une aiguille dans le bras, et le type en question avait été contraint de balancer quelqu'un d'autre. Il n'avait pas fallu vingt-quatre heures aux flics pour épingler Fahey, occupé à fumer sa propre saloperie. Mais les choses ne se présentèrent pas si mal que ça. Fahey était tellement à côté de ses pompes et s'était tellement éloigné de la vieille formule mexicaine que le truc qu'il fabriquait dans son évier ne put même pas être assimilé à du cristal meth, ni à quoi que ce soit d'autre d'ailleurs. Il leur dit qu'il préparait un revêtement étanche pour le toit de sa caravane. Il s'agissait cette fois d'une descente de la police d'État, mais, au bout du compte, on ne peut l'arrêter que pour possession de substances. Malheureusement, le procureur s'intéressa personnellement à l'affaire. Il se sentit tellement énervé de ne pas pouvoir obtenir le maximum à la deuxième infraction qu'il garda Fahey enfermé pendant six mois en centrale, pour attendre son transfert, puis lui fit subir pendant six mois encore ce qu'on appelle par euphémisme en milieu carcéral la thérapie du fourgon – c'est-à-dire qu'on le déplaça sans cesse d'un établissement à un autre, jusqu'à la prison fédérale de haute sécurité de Leavenworth, dans le Kansas, avant de le ramener. Fahey termina à Lompoc. Au bout du compte, il avait fait vingt-sept centres en un peu plus de deux ans.

*
* *

Malgré tout, il aurait encore été capable de tuer son père. C'était une possibilité. Mais, le temps qu'on le laisse sortir, les cachets et le tord-boyaux s'en étaient déjà pas mal chargés, et le vieux se retrouva à l'hospice d'Escondidos, avec couches et aliments liquides. Il ne fallut pas plus d'une semaine pour que Lucian Fahey se noie dans sa bouillie : un aide-soignant philippin qui avait pris un peu trop d'héroïne lui ficha la sonde gastrique dans le poumon qui lui restait au lieu de l'introduire dans son tube digestif. Samuel Fahey hérita de la ferme. Il ne pouvait pas dire qu'il n'avait pas attendu d'avoir cette terre. Il ne pouvait pas dire qu'il n'en voulait pas. Sa peine en centrale avait réussi ce que quatre années à Safford n'avaient pas pu faire : lui donner le sentiment d'être vieux, vulnérable et prêt à filer doux.

Il essaya de retrouver Hoddy. On lui dit que Hoddy était atteint d'Alzheimer et errait dans la vallée en treillis pisseux. Fahey crut le voir une fois. Il travaillait déjà pour les Eaux et Forêts et pistait des chats sauvages à la lisière de Border Field quand il avait aperçu une vague silhouette en haillons. Il l'avait appelé mais n'avait pas reçu de réponse, avait suivi quelques traces à peine visibles jusqu'à un passage dans la barrière, au pied de Yogurt Canyon, et s'était dit qu'il devait s'agir d'un sans-abri venu de l'autre côté… C'était avant que ce genre de traque aux animaux nuisibles ne devienne un job fédéral, pour éliminer les trafiquants de drogues notoires et les criminels en cavale. Vinrent alors des jours sombres. Fahey fut victime de crises de panique en faisant la queue pour toucher son chômage en plein San Diego. Il finit par opter pour l'élevage des vers, comme son père avant lui, et prit pendant deux ans tous les petits boulots de merde qu'on voulait bien lui filer, histoire de tenir pendant qu'il remettait la ferme en état et lisait tout ce qu'il pouvait trouver sur la vermiculture, ou comment devenir riche. Et avec le temps... un andain par ci, une moissonneuse par là... Plus un site Web... Suivre le slogan de Nike : *Just do it* – fais-le... Il continue donc de lire. Il visite une ferme vermicole à Perris, Californie, pour voir comment ça se passe vraiment. Les années s'égrènent. Et maintenant, regardez ça... Encore une année et Sam la Mouette Fahey pourrait bien ne plus être à découvert, grâce, pour la première fois de sa vie, à une entreprise tout ce qu'il y a de plus légale. Dieu seul sait ce qui pourra arriver ensuite. Il ne voit pas aussi loin. Son contrôleur judiciaire, un certain Mitchell Bovie, un type bien avec qui il reste en contact, lui dit qu'il faut y aller pas à pas. « Centimètre par centimètre », lui répète Mitch dans son bureau pas plus grand qu'un cercueil, les pieds posés sur un bureau jonché de miettes de beignet, de tubes d'anti-acide Tums et de gobelets en polystyrène sales. Fahey suit le conseil de Mitch. Il aborde un jour à la fois. Il lui arrive parfois de monter sur Spooner's Mesa pour fumer du shit et regarder les vagues. Quand il n'a pas plu depuis longtemps et que l'eau est plus propre, il descend le vieux Rhino Chaser de dix pieds accroché par des sangles dans son living. C'est la planche que Hoddy a laissée devant chez lui, il y a des années. Et, en l'absence de houle, il rame au clair de lune sur toute la longueur de la passe, juste pour voir ce que ça fait, et pour empêcher ses muscles de fondre complètement. En été, il peut parcourir six milles dans la nuit. Une fois de temps en temps, il se rend sur le site de surf que Jack Nance lui a indiqué, et il suit dans les plus lointaines parties du globe les tempêtes qui engendreront des vagues qu'il ne surfera jamais. Et voilà qu'il entend dire

qu'un nouvel El Niño est en train de se former quelque part en mer, et il se demande s'il reverra le Mystic Peak déferler à nouveau, à quoi il ressemblera si
c'est le cas, et ce qu'il fera, lui, s'il est encore assez
jeune pour pouvoir faire quoi que ce soit. Il lit les
journaux, les chroniques d'un sport où il aurait pu
devenir quelqu'un, si seulement, si seulement, si
seulement... Il pense à la vie qu'a menée Hoddy ici
même. Il pense à ce qui aurait pu se passer, et à ce
qui s'est vraiment passé. L'âge creuse une nouvelle
ride : dès qu'il quitte la vallée, il a des vertiges. Son
cœur palpite. Mais qu'est-ce que ça peut bien vouloir dire ? Jack Nance l'invite à faire du *longboard*
avec lui, mais, pour Fahey, le surf est quelque chose
qui se mérite. Il pense qu'il a grillé ses chances. Les
comprimés et la bière empêchent les souvenirs
d'affluer. Fahey dort avec la lumière allumée. Les
ennuis sont la dernière chose dont il a besoin.

*Deuxième partie*

## 8

Avant de s'être fait tatouer un troisième œil sur la tonsure de son crâne, avant même d'avoir une tonsure à cet endroit-là, avant les usines de Tijuana, avant l'hôpital de Reynosa, ou les tombes de fortune au bord de La Mesa de Otay, Armando Santoya avait rêvé de devenir boxeur. Cette idée lui était venue à l'âge de 15 ans, un jour où, à Mexico, installé sur un bidon d'essence retourné dans une baraque en papier goudronné qui appartenait à la sœur de sa mère, il avait vu son premier et unique film. C'était, entre autres, l'histoire d'un beau boxeur qui tombait amoureux d'une belle prostituée. Plus tard, dans les rues de sa ville, des gamins l'avaient conduit à une salle de gym où, par un trou dans la cloison en bois, il avait vu deux hommes évoluer sur un ring. Ces hommes étaient des kick-boxeurs et utilisaient donc les mains et les pieds. Ils avaient des muscles saillants et le corps dégoulinant de sueur. Armando, toujours sous le charme de son premier et unique film, ne put rien imaginer de plus beau.

C'était un rêve assez inhabituel pour un garçon de Culiacán, où les *corridos* qui se déversaient des ghetto-blasters en plastique et des bouges funky chantaient les louanges de la *mota*, le chanvre mexicain, et où le sanctuaire le plus sacré était celui de Jesús Malverde, saint patron des *narcotraficantes*. Pourtant, Armando se lança. Il se tanna le visage à la saumure, se durcit les poings sur les piquets de clôture qui bordaient l'ancien corral et prit pour nom El Diablo de Sinaloa. Son beau-père eut le malheur de le traiter de crétin et de charlot. Armando le frappa jusqu'à ce que le vieil ivrogne ne puisse plus tenir debout, puis il vola le peu d'argent que la famille avait réussi à mettre de côté et partit pour Tijuana, ne connaissant absolument rien à rien.

*
\* \*

Il vécut d'abord avec un vague cousin dans une chambre avec une demi-douzaine d'autres *nacos*. Le terme dénote un indubitable sang indien, et implique les connotations calomnieuses habituelles – ignorant, indécrottable, portant une grosse moustache, bref, autant de vices rédhibitoires… Et si Armando ne s'était jamais vu comme répondant à l'un de ces critères auparavant, il allait apprendre à le faire ici, dans la Zona Norte, parmi les lumières colorées et la musique des *bandas*, parmi les putains et les jeunes blancs qui jouaient à la racaille, dans cette chambre avec ses frères à peau cuivrée.

Les hommes qui habitaient avec Armando passaient leurs journées au service des Japonais, à assembler des téléviseurs dans une des nombreuses usines qui bordaient la ville. Certains d'entre eux essayèrent de convaincre Armando de les rejoindre. Armando, pas encore persuadé qu'il était l'un des leurs, s'accrocha à son plan. Il se mit en quête d'une salle de gym où il pourrait être découvert, et d'une prostituée dont il pourrait tomber amoureux. Il n'eut pas à aller très loin. Il y avait un club de boxe au coin de la rue et les prostituées pullulaient juste à côté, au cœur du vieux quartier chaud de la ville. Le club se trouvait au premier étage d'un bâtiment en bois décrépit, au-dessus d'un bar qui avait pour nom El As Negro, et c'est là qu'il fit les premières d'une longue série de découvertes malheureuses. Il apprit d'abord à ses dépens que les boxeurs étaient plus coriaces qu'il ne l'avait imaginé. Ils faisaient quelque chose que n'avaient fait ni les piquets autour du vieux corral ni son beau-père alcoolique : ils rendaient les coups. Puis, à la lumière crue du jour, le nez bourré de gaze, il découvrit aussi que les putains étaient toutes grasses et que beaucoup étaient en plus naines ou bossues. Mais il persévéra quand même. Son nez ne voulait pas s'arrêter de saigner. Dans une nouvelle galerie commerciale agrémentée de palmiers et d'un McDo, un médecin, du moins prétendait-il qu'il était médecin, lui retira le cartilage. Armando apprit par une infirmière que sa spécialité était d'injecter à de riches Blanches des cellules vivantes prélevées sur les organes reproducteurs de mouton. Les cellules étaient censées agir comme un dynamisant, une fontaine de jouvence. Cela rappela à Armando l'horrible étrangleur Goyo Cárdenas, dont on disait qu'il avait fait revenir une de ses victimes d'entre les morts en se servant d'adrénaline tirée des glandes surrénales d'une autre malheureuse. Armando aurait voulu demander si c'était possible. Il aurait aimé en savoir plus sur les cellules. Mais le médecin n'avait pas vraiment le temps. Il écarta la curiosité d'Armando d'un grognement bref et d'un geste de la main, puis, brandissant un instrument qui aurait pu servir à ouvrir des huîtres, retira sans cérémonie le cartilage du nez du garçon. Après quoi, toute conversation devenant impossible, il prit à Armando l'argent qui lui restait et le renvoya chez lui avec une demi-douzaine de comprimés analgésiques dans une petite enveloppe blanche.

*
* *

L'hiver survint juste après cette humiliation, et avec lui les pluies. La ville se transforma en champ de boue. Les canyons qui abritaient les immenses campements de sans-logis charrièrent les eaux usées des égouts et les déchets toxiques en provenance des usines. Des pans entiers de quartier étaient emportés en une nuit. Il régnait une vraie pestilence. L'entraînement devenait difficile, voire impossible. L'argent était parti de la même façon que le cartilage de son nez. Armando n'avait plus rien. Il arpenta les rues noyées et empuanties, simple *naco* parmi les autres, en jean et chemise de cow-boy. Il écuma les ruelles d'El Centro et de la Zona Norte, déambula vers les tours, les banques et les galeries commerciales toutes neuves de la Zona del Río. Il parcourut le boulevard des Héros, marchant entre les formidables statues des grands chefs glorifiés dans la pierre alors que leurs descendants en étaient réduits à la même chose qu'Armando, à savoir errer dans les rues, mal habillés et le ventre vide, en une invisible multitude. À tous les coins de rue, il y avait la même pancarte : « *Se Solicita Personal.* » Alors Armando finit par faire ce que tous les autres *nacos* avaient fait avant lui. Il astiqua ses bottes et prit le car bleu conduisant à La Mesa de Otay. Il partit travailler dans une usine qui produisait des poignées de levier de vitesse et des volants gainés de cuir. Accessories de Mexico, filiale de Cline Technologies.

La société occupait un énorme bâtiment dans une zone industrielle en banlieue de la ville. L'intérieur du bâtiment était divisé en ateliers. Armando fut affecté au montage, et il travaillait devant une table avec treize autres ouvriers. Ces ouvriers étaient comme lui. Ils venaient d'Oaxaca, de Michoacán, de Sinaloa. Ils venaient de vies difficiles. Ils venaient d'endroits qui n'existaient plus. À Tijuana, ils se consacraient à l'assemblage de téléviseurs, de cassettes vidéo, de volants automobiles gainés de cuir, de poupées Miss Piggy et d'un millier d'autres objets aussi mystérieux que superflus. Certains rêvaient de retourner dans ces villages qui n'existaient plus. D'autres rêvaient de partir vers le nord. Aucun ne prévoyait de rester à Tijuana. Partir était au centre de presque toutes les conversations. Mais peu y parvenaient. Ils restaient. Et ils travaillaient.

Armando resta aussi, à gainer ses volants de voiture, trente par jour. C'était une tâche simple et abêtissante. C'était à la fois facile et difficile. Il s'agissait de prendre le volant en plastique dans le boîtier en carton où il arrivait, puis de le fixer sur un socle métallique. Il était ensuite recouvert d'une colle jaune. La colle jaune se trouvait sur des tables dans des pots ouverts et s'appliquait au pinceau. Il y avait aussi de la colle verte et de la colle blanche, ainsi qu'un solvant concentré, et tout cela restait ouvert sur les tables. Il fallait enduire le volant de colle à petits coups de pinceau rapides. Une fois le plastique intégralement nappé d'une fine pellicule de colle, Armando posait le pinceau sur la table. Il prenait alors une pièce de cuir découpée à l'avance dans un casier à ses pieds, vérifiait qu'il n'y avait pas de défaut puis disposait le cuir sur le volant. C'était la partie la plus délicate du travail. La colle prenait rapidement, et il fallait garder le cuir centré de telle sorte que, quand il serait temps de le coudre, la couture se ferait à l'intérieur du volant. Si jamais la couture déviait vers l'extérieur, le volant était fichu. Quand la pièce de cuir était en place, il restait encore une dernière tâche à effectuer. Il fallait nettoyer tous les excès de colle qui pouvaient subsister sur le cuir, et cela s'effectuait au moyen d'une éponge ou d'un chiffon imbibé de solvant.

Toute la journée durant, Armando travaillait donc avec des colles et des solvants. Personne ne portait de gants. Le travail d'Armando n'aurait pas été possible avec des gants. Il n'aurait pas pu sentir le cuir sous ses doigts. Personne ne portait de masque ni de lunettes non plus. Tous avaient les yeux qui brûlaient. Ils saignaient du nez. Ils toussaient. Ils s'évanouissaient. Les cadres arpentaient l'usine, calculaient des quotas, flirtaient avec les ouvrières, pour la plupart des filles de moins de 20 ans que la direction encourageait à se mettre sur leur trente et un – talons aiguille et bas résille sous leur blouse de travail bleue. Cela ajoutait à l'atmosphère de sexualité exacerbée qui régnait dans le bâtiment, les ouvriers défoncés par les vapeurs et les yeux larmoyants, des ghetto-blasters allumés sur chaque table, l'usine tout entière secouée par de la techno-house aux pulsations tex-mex…

Armando ne tarda pas à devenir l'un des meilleurs assembleurs de l'usine. Il pouvait gainer jusqu'à quarante volants par jour, ce qui lui rapportait deux dollars soixante-neuf pence. À la fin de son service, il pouvait à peine lever les bras. Il avait en permanence les mains rouges et enflées, la peau craquelée et en sang à cause du contact permanent avec les colles et les solvants. Mais cela lui donnait juste assez de quoi vivre, et il croyait qu'un jour, peut-être, il s'élèverait au rang de cadre. C'était un rêve impossible. Les universités mexicaines s'étaient fait une spécialité de former des cadres moyens. Armando, qui n'avait pas dépassé l'école primaire et avait tout du *naco*, ne serait jamais qu'un abruti d'assembleur.

Il y avait des jours où Armando quittait l'usine tellement shooté par les émanations toxiques qu'il pouvait à peine marcher. Parfois, c'en était même drôle. Et puis, un dimanche, il ne savait plus de quel mois, il avait appris quelque chose. Il était allé regarder un match de football américain chez un pote de l'usine. D'autres ouvriers de l'usine étaient présents. Quelqu'un avait piqué un pot de colle jaune, et il était posé, ouvert, à leurs pieds. Avant la fin de l'après-midi, ils étaient tous défoncés à la bière et à la colle, en train de regarder les Oakland Raiders et les New York Giants sur un grand écran volé en équilibre sur un bloc-moteur, dans une baraque en tôle et bouts de carton d'une colline du Distrito de Florida qui dominait la ville de Tijuana, son drapeau national gargantuesque flottant en longues vagues ondulantes au-dessus des toits de fortune, et c'était bon. Voilà ce qu'il avait appris : que c'était bon de prendre de la colle et boire de la bière. C'était bon d'être défoncé.

Il n'était pas le seul à avoir fait cette découverte. Au cours des semaines qui suivirent, il entendit souvent les autres ouvriers inspirer profondément à leur poste de travail. Les journées s'écoulaient comme dans un rêve. L'été s'installa sur la ville comme pour l'étouffer. La brise qui avait soufflé sur la vallée de la Tijuana pendant tout le printemps tomba, et la chaleur s'installa, comme prisonnière des montagnes brunes pendant des jours d'affilée, immobile. Pas loin d'une fois par semaine, les immenses et invraisemblables décharges de ville prenaient feu, et l'odeur des ordures brûlées saturait ce qui restait d'air à respirer. Pendant l'hiver, il avait fait affreusement froid dans l'usine. Mais à présent, on y cuisait dans un tumulte de bruits, de fumées et d'émanations toxiques. Dans l'atelier de couture, là où les femmes devaient coudre les gaines de cuir sur les volants, les accidents se multipliaient.

Armando avait souvent vu ces femmes comme des oiseaux sans plumes qui cherchaient à s'envoler, fendant l'air de leurs longues aiguilles recourbées tandis qu'elles levaient et abaissaient les bras pour exécuter les points nécessaires à la fixation du cuir. Elles se piquaient des parties du corps. Elles y perdaient des yeux. La loi mexicaine exigeait qu'il y ait une infirmière dans chaque usine. Le remède de prédilection était l'aspirine. Les usines employaient des jeunes. Quand les ouvriers commençaient à prendre de l'âge, ou étaient blessés, on les mutait au dépotoir – la partie du bâtiment où l'on assignait aux plus vieux et aux éclopés les tâches les plus subalternes avant de les mettre à la porte, ce qui était inévitable et irrévocable. Cependant, durant tout cet été de fumées et vapeurs toxiques, les groupes de musique continuèrent de jouer – des chansons à la gloire des paysans devenus des barons de la drogue, et des récoltes qui les avaient rendus riches : *« Me pasó la vida sembrando mota… »* Et de fait, Armando aurait été plus qu'heureux de passer le reste de sa vie à faire pousser de la mota. Malheureusement, la marijuana se faisait trop rare. Ce qu'il avait à la place, c'était toujours plus de volants, plus de cuir, plus de colle.

Au sein de l'usine, les groupes de travail s'appelaient des cellules. Dans la cellule d'Armando, il y avait une femme qui avait pour nom Reina. Un soir d'été, pendant le pic de chaleur, elle fut élue gagnante du concours du tee-shirt mouillé que les cadres avaient réussi à organiser sur le parking derrière l'usine, et, après le concours, elle était repartie avec Armando. Elle aurait pu suivre un des directeurs, mais, en fait, Armando et elle flirtaient déjà depuis quelque temps dans la chaleur accablante de l'été, et, ce soir-là, devant tout le monde, elle avait choisi Armando. Celui-ci l'avait emmenée au restaurant dans la Zona Norte, dans un endroit où l'orchestre jouait fort et où l'on préparait le poisson à la mode de Sinaloa. Il avait claqué un mois de salaire en une nuit, mais ils avaient dansé dans la rue, sous les ampoules de couleur, et, ensuite, elle l'avait emmené chez elle, sur le versant sud du Cerro Colorado.

Sa maison se résumait à peu de chose, située en pente raide, à huit cents mètres du point d'eau le plus proche, elle était faite de palettes de bois et de boîtes en carton. Mais le lopin de terre que Reina occupait était enregistré à son nom, ce qui signifiait que la ville elle-même n'aurait pu l'en déloger. Armando emménagea avec elle. Ils agrandirent la maison à grand renfort de nouvelles palettes et de nouveaux cartons, plus une vieille porte de garage. Ils faisaient la cuisine dehors, sur les braises. Ils s'éclairaient à la bougie et à la lampe à huile et ils allaient chercher l'eau à un camion qui bringuebalait sur la grand-route pour la stocker dans un bidon de cent cinquante litres récupéré dans une décharge toute proche.

Ce n'était pas la vie qu'Armando avait imaginée en prenant les cars qui l'avaient amené dans le nord. Mais c'était la vie qu'il avait. Une femme. Une maison. Un métier insupportable. On dit que la vie est moins amère avec un morceau de sucre. Armando avait la bière et la colle. À la fin de l'été, il devint évident que Reina attendait un enfant.

Ils se marièrent un dimanche après-midi, par une chaleur accablante, à l'église de la Conception-la-Plus-Pure, à l'ombre du grand centre culturel de la Zona del Río. Le lundi, Reina était mise à la porte. Ils savaient que cela allait arriver. Les femmes de l'usine Cline devaient montrer un tampon usagé chaque mois à leur chef d'atelier, et il y avait un moment que Reina n'avait pas pu le faire. Mais c'était une bonne ouvrière, et ils avaient attendu que sa grossesse se voie avant de la jeter dehors. Les enfants étaient mal vus par la direction de Cline Technologies, du moins tant qu'ils n'avaient pas atteint l'âge de 14 ou 15 ans pour être mis à leur tour au travail.

Ainsi, pendant que Reina travaillait à faire un foyer de leur cabane sur la colline, Armando continuait à l'usine et redoublait d'efforts. Il en était à cinquante volants par jour quand sa femme accoucha. Ce fut le jour qui changea tout. Un moment de terreur et de stupéfaction. L'enfant était un garçon aux yeux sombres et limpides, aux cheveux de jais, et affligé d'une tumeur énorme qui courait tout le long de son dos minuscule. De face, songea Armando, son fils paraissait normal et contemplait le monde d'un regard inquisiteur. Mais, évidemment, on ne pouvait pas se contenter de ne regarder que son visage. On diagnostiqua un myéloméningocèle, et la famille fut dirigée vers un hôpital à Reynosa, dans l'état de Sonora.

*
* *

L'hôpital occupait une hauteur le long d'une plaine venteuse et désolée, et le couple y passa des jours entiers à attendre sur des chaises pliantes en métal, dans des couloirs rutilants baignés d'une lueur fluorescente. Il y eut en tout cinq interventions chirurgicales. Entre la quatrième et la cinquième opération, on fit à Armando une révélation. Un médecin surgit pour leur dire que l'enfant n'avait plus assez de sang dans les veines. C'est ainsi qu'il formula la chose : il n'y avait plus de sang dans le corps du bébé. Il pria Armando de descendre au labo pour faire des tests et voir s'il pouvait donner du sang pour l'opération à venir. Mais les tests se révélèrent mauvais. Ce fut la révélation. On lui dit que son sang était empoisonné et qu'on ne pouvait pas s'en servir. Il refusa de lui dire comment et pourquoi c'était ainsi, mais il fonctionnait comme ça. Il ne perdait pas de temps en explications.

Armando erra dans les couloirs aveuglants. Il rencontra d'autres familles. Il découvrit que toute une aile de l'hôpital était consacrée à des enfants atteints d'anencéphalie, c'est-à-dire des enfants nés sans cerveau, des enfants d'ouvriers des usines. Les médecins procédèrent à la cinquième opération. Le bébé mourut et fut enterré au Panthéon des Cyprès, qui donnait sur un dépôt de camions. Armando et Reina se retrouvèrent sur une petite place de gazon artificiel tandis qu'une sœur de l'Immaculée Conception disait un rosaire, puis ils prirent le car qui les ramènerait à Tijuana, au-delà des usines qui bordaient la frontière.

*
*  *

À Tijuana, dans la Colonia Solidaridad, sur la colline qui dominait la ville, Armando et Reina reçurent la visite d'un directeur des ressources humaines qui travaillait pour Cline Technologies. Il s'appelait Ramón de la Christa Cortez. Il était petit et bossu et portait une barbichette clairsemée qui flottait au vent comme des brins de mousse. Armando l'accueillit sur la palette de bois qui lui servait de perron.

— Vous savez, j'ai appris, pour votre enfant, annonça Ramón de la Christa Cortez. J'ai appris qu'il était mort. Et je suis désolé. Mais je ne veux pas que vous pensiez que c'est à cause de l'atelier. Ce n'est la faute ni du diluant, le Varsol, ni des solvants…

— Et la colle ? lui demanda Armando.

Le directeur eut un sourire triste, comme s'il parlait à un enfant.

— Non, dit-il. Votre bébé est né comme ça parce que… Eh bien, ça fait partie de la nature.

— Je sais ce que je sais, répliqua Armando. Avant l'usine, j'étais en bonne santé. Reina aussi. Je m'entraînais pour devenir boxeur.

Le directeur parut réfléchir.

— Saviez-vous que je me destinais autrefois à la prêtrise ?

— Comment je saurais ça ? demanda Armando.

Le directeur ignora sa question.

— J'ai étudié la religion, reprit-il, toutes sortes de religions. Et les livres religieux. Dans la religion juive, il y a un livre qui s'appelle le Talmud. Et dans le Talmud, il y a une grâce que l'on doit prononcer pour ceux qui sont déformés à la naissance. Cette grâce dit : « Soit loué, Éternel notre Dieu, roi de l'Univers, qui change les créatures. » Peut-être que ce qui s'est passé était dû à une blessure. Peut-être que c'était héréditaire. Peut-être qu'il y a déjà eu ce problème dans votre famille. Peut-être que c'était dans les gènes. On ne saura jamais. Il vaut mieux, quand on regarde la photo de votre fils, se rappeler cette grâce.

Il avait bien vu qu'Armando tenait une photo du bébé. Et il répéta la grâce une fois encore, les yeux rivés sur la photo dans la main d'Armando, avant de tourner les talons.

Armando regarda le directeur descendre la côte en direction de la piste qui sillonnait le fond du canyon, conscient seulement de la douleur qui lui étreignait le crâne. Il n'avait jamais entendu parler du Talmud. Il savait seulement qu'il avait besoin de colle et de bière, et qu'il avait envie de tuer Ramón de la Christa Cortez, de cogner sur sa tête comme il cognait autrefois sur les piquets de clôture du vieux corral où l'Humaya et la Tamazula se rejoignent pour s'écouler vers la mer de Cortés, et il doutait que le directeur rendrait les coups aussi fort que les boxeurs de Tijuana, ou qu'il serait aussi difficile à battre. Les hommes de Tijuana étaient comme lui. Ils venaient de vies difficiles. Armando avait regardé de nouveau la photographie de son fils. L'enfant était couché sur le côté, face à l'objectif, emmailloté dans un grand bandage blanc qui laissait libres ses bras et ses épaules, et il souriait. C'était incroyable, ce sourire. Il poussa Armando à chercher une pierre dans le sol à ses pieds et à la lancer vers le directeur qui s'éloignait. L'homme se trouvait déjà trop loin, mais la pierre attira son attention en tombant. Elle heurta une poubelle métallique et dévala la colline. Le directeur ne jeta pas un coup d'œil en arrière. Mais il pressa le pas.

*
* *

De retour à Tijuana, Armando ne retrouva plus de travail. Parce qu'il s'était plaint des conditions de travail à l'usine, parce qu'il avait jeté une pierre sur le directeur des ressources humaines, il se retrouva sur liste noire. En dépit de leur caractère international, en dépit de la diversité de leur production, les usines engageaient des directeurs qui étaient tous issus du même réservoir et se retrouvaient pour la plupart tous dans le même cercle. Ils dressaient des listes. Ils donnaient des noms. Reina se tut et fut engagée presque tout de suite. Elle partit travailler dans une usine japonaise, où les conditions de travail étaient un peu moins dures qu'à l'usine précédente.

Armando resta chez lui. Le jour, il dormait. La nuit, il partait chercher de la colle et de la bière, la douleur brouillant autour de lui les ampoules de couleur. Il demanda à Reina de lui rapporter de la colle de l'usine, mais elle lui répondit qu'il n'y en avait pas, là où elle travaillait à présent. Elle le poussait à trouver une place, n'importe laquelle. Mais il se contentait d'errer dans les rues, comme à la recherche de quelque chose qu'il aurait perdu. Il traînait dans les ruelles d'El Centro, et passait devant les prostituées – parmi lesquelles il reconnaissait beaucoup d'ouvrières des usines qui faisaient des passes pour joindre les deux bouts dans la nouvelle Tijuana. Parfois, il arpentait les mesas et attendait Reina en observant la relève des équipes dans les usines, en observant ces armées de femmes. Et il les regardait avec une colère grandissante car il s'était mis à voir toutes ces femmes comme des putains en puissance, avec leurs dessous affriolants sous leur petite blouse bleue, des putains qui se vendaient à leurs patrons pendant que leurs maris attendaient à la maison ou traînaient dans la rue – le monde tel qu'il aurait dû être, selon lui, mais avec une inversion des rôles, surtout en ce qui concernait le règlement des factures. Reina, de son côté, ne faisait rien pour apaiser sa rancœur. Quand elle ne faisait pas d'heures supplémentaires, elle ne semblait avoir guère de temps pour les attentions d'Armando. Elle était devenue l'une d'entre elles, les employées ; alors qu'Armando était retourné de l'autre côté de la barrière, faisant une fois de plus alliance avec la populace.

Il apprit des gosses des rues à verser un peu de diluant à peinture dans une boîte de soda et à la garder en permanence à la main – une petite bouffée de temps en temps, pour apaiser la douleur. L'image de son fils le tourmentait. Il devint de plus en plus soupçonneux au sujet de Reina et des heures supplémentaires qu'elle tenait absolument à faire. Il se mit à l'accuser de péchés divers. Il se mit à lui reprocher ce qu'il vivait à présent. Il aurait pu devenir un grand boxeur, tout de même, El Diablo de Sinaloa. Les regrets s'accrochèrent à ses basques lors de ses virées nocturnes au bord de la mesa, *penitente* solitaire, les lumières de la ville dispersées à ses pieds tels des objets de valeur tombés de ses poches – les exploits d'une vie qu'il n'avait pas vécue. Les nuits se succédèrent, indissociables les unes des autres, se fondant les unes dans les autres, noires sur noires, Armando empruntant des chemins qui descendaient toujours plus bas... Jusqu'à cet instant d'illumination ténue qui lui permit d'espérer à nouveau, cette substance intangible qui lui dictait soudain de remettre ses rêves entre d'autres mains, car un second fils venait de surgir de la brume. Il rentra précipitamment chez lui pour en informer Reina, invoquant les Écritures. Le fils de l'Homme Lui-même n'était-il pas venu d'abord pour souffrir, d'abord pour souffrir et ensuite pour entrer dans sa gloire ? Armando entraînerait le petit lui-même. Encore quelques années et leur progéniture allait les rendre riches.

Horrifiée, sa femme eut un mouvement de recul. Elle portait ses souvenirs comme une couronne d'épines. Armando se fit insistant. Elle ne voulut pas capituler. Armando n'eut pas le choix. Il prit son dû par la force, cette nuit-là et d'autres semblables, jusqu'au soir où elle le frappa avec un tisonnier en fer avant de s'enfuir à pied de leur cabane sur la colline. Armando ramassa lui-même le tisonnier là où il était tombé, sur le sol en terre battue, et se lança à la poursuite de Reina. Celle-ci le sema près de l'entrée du Canyon, à un endroit où les lumières du nouveau centre commercial, alimentées, du fait que l'électricité ne venait pas encore jusque-là, par un générateur toussant et crachotant, éclairaient un terrain vague et un gang de Cholos miniatures. Ces gamins, tapis comme des rongeurs au-dessus d'une partie de billes, éclatèrent de rire et lui envoyèrent une volée d'insultes quand il leur demanda s'ils n'avaient pas vu une femme courir pieds nus dans les parages. Puis ils ramassèrent des cailloux par terre et l'empêchèrent de continuer sa traque.

*
* *

Armando passa près d'une semaine à la chercher. C'est un ouvrier qu'il avait connu à l'usine qui le mit sur sa trace, une autre victime de cette nouvelle forme de guerre qui opposait les deux sexes. La première chose qu'il devait bien comprendre, lui assura l'homme en question, c'était que Reina n'avait pas pu agir seule, et que sa propre femme avait bénéficié du même soutien. Alors il parla à Armando d'un groupe de femmes installées dans un vieux quartier de Tijuana, dans une maison qu'on appelait la Casa de la Mujer.

L'homme avait une adresse et, le lendemain, à la tombée de la nuit, Armando avait trouvé l'endroit, niché dans une petite rue étroite, au sein d'un voisinage de maisons qui ressemblaient effectivement à des maisons, avec des murs enduits, des grilles de fer et des barreaux aux fenêtres.

Il était resté un quart d'heure devant la maison, arrêté par les murs mais affichant sa présence à grand renfort d'insultes et de lamentations. Puis un certain nombre de femmes étaient sorties pour le défier. C'était là qu'il avait aperçu Reina, dans les bras d'une Madone, enveloppée dans un châle comme si elle n'était encore qu'une enfant. Cette vision l'avait rendu encore plus furieux, et il avait foncé sur les grilles. Les femmes de la Casa de la Mujer l'avaient repoussé, le frappant à coups de balai comme une assemblée de sorcières tandis que Reina, indifférente, restait pelotonnée dans les bras de sa Madone, à l'ombre d'une porte.

Le bruit de l'affrontement avait attiré des voisins dans la rue, et Armando s'était enfui de crainte de voir arriver la police, mais il n'avait pas dit son dernier mot. Soir après soir, il avait arpenté cette rue, lançant parfois des injures en direction des fenêtres à barreaux, espérant avoir une seconde chance de pouvoir se retrouver devant Reina à l'extérieur de ces murs. Mais il ne la revit pas. À la fin, ce fut la Madone elle-même qui vint le trouver à la grille, et il la vit alors telle qu'elle était vraiment, une toute jeune fille encore, mais directe et intrépide derrière ses barres de fer.

— Vous devez arrêter de venir ici, lui dit-elle. Vous vous donnez en spectacle, et votre femme n'est plus ici.

Ses cheveux noirs, qui lui tombaient sur les épaules, encadraient les traits délicats de son visage et ses yeux noirs le contemplaient avec un léger mépris qu'il ne connaissait que trop bien. Mais il se dit que sa beauté ne faisait qu'ajouter à l'insulte.

— Elle est partie où ?

— Partie. C'est ce qu'elle voulait. Elle en avait assez.

— Et moi, ce que je veux ? Et mon fils ?

— Vous devez vous en aller maintenant, dit-elle. Et si vous revenez, j'appellerai la police.

— Je veux mon fils, insista Armando.

Elle se tenait dans l'encadrement de la porte, une robe paysanne blanche lui tombant sur les chevilles et épousant les courbes de son corps, le fer forgé entre eux.

— Votre fils est mort, dit-elle enfin.

Elle avait dit cela à mi-voix, puis elle se retourna et rentra dans la maison en refermant la porte derrière elle.

Armando était resté sur le trottoir défoncé, les yeux rivés sur la lumière jaune qui se déversait des fenêtres à barreaux, imaginant les pièces qu'il y avait derrière, ces sanctuaires de féminité, si lointains sous la lune… Et puis une voix…

— Je peux te dire comment elle s'appelle, dit la voix.

Elle émanait de l'ombre, à l'entrée de la ruelle qui longeait le côté de la maison. Armando se dirigea vers elle et entrevit une lueur bleue s'allumer sous le fourreau d'une pipe, des traits d'oiseaux éclairés par en dessous, une ossature qu'on aurait dite en verre soufflé. En s'approchant, il s'aperçut qu'il s'agissait de l'homme qui lui avait donné l'information, son *compadre* d'infortune. La première pensée d'Armando fut que l'homme l'avait suivi, mais celui-ci secoua la tête.

— Je viens ici aussi, déclara-t-il en lui proposant la pipe.

Une seule dose emporta la tête d'Armando comme un coup de poing.

— Moi aussi, ils m'ont pris mon enfant, dit l'homme.

— Quoi ?

L'homme fit un signe en direction de la rue où l'on voyait à présent des silhouettes qui arrivaient dans l'obscurité, certaines portaient des torches, d'autres des pancartes. Certaines étaient vêtues de blanc maculé de traînées rouges, d'autres encore portaient des poupées d'enfant empalées sur des bâtons. Elles surgissaient tels des fantômes venus d'un autre temps. C'était peut-être la drogue. Les torches flambaient comme des planètes abattues. Un policier à cheval passa à proximité – le martellement des sabots ferrés résonnant entre les maisons.

Armando avait conscience de la présence de l'homme à ses côtés, qui murmurait dans le noir.

— Tu vois, ce sont les Gardiens du Christ.

Les manifestants formaient une file et scandaient des slogans pour la défense des enfants à naître.

— Il y a une fille là-dedans cette nuit, expliqua l'homme. Et ils l'ont appris, ajouta-t-il en désignant les manifestants. Alors, ils sont venus pour empêcher le docteur d'entrer.

— Le docteur ?

— Le docteur qui fait les avortements, imbécile. Pourquoi crois-tu que les femmes viennent ici ?

Armando scruta le visage de son compagnon. Les yeux de l'homme avaient un éclat terne.

— Tu n'en savais rien, constata l'homme que cette idée parut amuser. Tu ne savais pas pourquoi les femmes viennent ici, pourquoi ta femme est venue…

Il se mit à rire, et son souffle semblait déjà mort. À ce moment, Armando le frappa au plexus solaire, ce qui plia l'homme en deux. Armando n'avait jamais aimé les porteurs de mauvaises nouvelles. Il saisit la pipe de verre et fuma tout le reste de la dope, là, dans la rue, à moins de quinze mètres de la police montée. La drogue propulsa la calotte de son crâne vers les étoiles. Il sentit le vent soulevé par la rotation de la Terre transpercer les os de son visage. L'homme lui agrippa la jambe. Armando le traîna un peu plus loin dans l'ombre et lui trancha la gorge à l'aide d'un couteau à cran d'arrêt de fabrication locale. Le sang jaillit et forma une flaque. Une vapeur légère s'éleva au-dessus. Le flic ne s'aperçut de rien.

*
* *

Cette nuit-là, il se rendit dans un lieu qu'il avait découvert sur le versant ouest du Cerro Colorado, un endroit élevé qui dominait la ville et le grand drapeau national, si éclatant au-dessus des toits noircis. Plus à l'ouest encore, il y avait l'immensité noire qu'il savait être la mer bien qu'il n'y en eût aucun signe apparent par cette nuit sans lune où le ciel n'était qu'un morne désert. Il était venu pleurer la mort de son fils pas encore né, pas encore nommé, et méditer sur l'ampleur de la trahison de Reina et de celles qui l'avaient aidée ; il revint sur tout ce qui s'était produit depuis qu'il était arrivé dans cet endroit misérable, sur ses deux enfants déjà dans la tombe, et il eut le sentiment que les roues de la sombre profondeur sous laquelle il se tenait tapi tournaient contre lui, que les rouages de cette même profondeur étaient apparentés à ceux d'une horloge et tournaient donc contre tous les hommes dès leur naissance. Il eut alors l'impression qu'il était enfin arrivé au bout d'une longue route, mais qu'une voie nouvelle s'ouvrait encore devant lui. Il n'imaginait pas en quoi le chemin qui l'attendait pourrait être aussi varié ou aussi long que ce qu'il y avait derrière lui, vu qu'il portait déjà en lui les signes avant-coureurs de la fin, et qu'il n'y aurait pas de nouvelle route après celle-ci. Il en était absolument certain, et, pourtant, ce chemin n'avait rien d'arbitraire. Il se terminait dans la mort, qui en avait posé les jalons. Armando voyait tout cela aussi clairement que les rêves de jeunesse qui avaient orienté sa vie. Et si ces rêves apparaissaient à présent aussi trompeurs qu'un sourire de putain, ce nouveau chemin semblait aussi inévitable qu'irrévocable car il faisait partie intégrante du mécanisme de la justice et n'était en soi qu'un aspect de cette profondeur pour laquelle Armando n'avait pas d'autre nom, un aspect de l'immanence de son mystérieux exercice. Alors se déversèrent de ses lèvres desséchées les seules paroles de prière qu'il connût :

— Soit loué, Éternel notre Dieu, roi de l'Univers, qui change les créatures.

Avant la fin de la nuit, il avait utilisé son couteau, le même qui lui avait servi à prendre la vie de l'ouvrier, pour graver le nom de cette Madone dans la chair de son bras, afin de ne pas l'oublier au cours de ses délires à venir.

## 9

Ils envoyèrent l'e-mail avant l'aube. Le téléphone fixe de Fahey était cassé et il avait perdu son portable.

— Comment peut-on casser un téléphone ? demanda Magdalena.

Fahey lui raconta qu'il se trouvait installé près de la véranda la dernière fois qu'il s'en était servi et qu'il l'avait posé par terre, puis qu'il avait roulé dessus avec son pick-up. Magdalena commençait à se rendre compte que c'était typique de Fahey.

Ils prenaient du café dans des tasses ébréchées. Le ciel d'Orient projetait une lumière jaune maladive, ou c'est ainsi que le voyait Magdalena. Peut-être, pensa-t-elle, que quelque chose s'était brisé du côté mexicain de la barrière, une sorte d'énorme canalisation souterraine, comme une artère sectionnée qui aurait déversé un sang impur et maculé le ciel. Elle choisit de partager cette réflexion avec Fahey, celle-ci et d'autres de la même veine, développant sa vision de l'industrie des *maquiladoras* comme d'un organisme parasite accroché à son pays pour en pomper la substantifique moelle.

Fahey se tourna vers le soleil levant. Il avait le visage bouffi dans la lumière indécise. Des fragments blancs parsemaient ses cheveux et sa barbe, qui avait besoin d'être taillée et débordait sur ses pommettes. Il contempla un moment la mesa sans rien dire, puis se leva pour reprendre du café. La cafetière électrique, comme pratiquement tout le reste sur la propriété à part la lampe vahiné, ne tenait qu'avec du ruban adhésif.

Magdalena le regarda se servir. Il était en tee-shirt et avait les bras musclés et bronzés, mais la jeune femme décela un léger tremblement de la main, ce qui tempéra un peu l'enthousiasme qu'elle avait senti naître en elle pendant la nuit. Elle commençait à penser que l'aide de cet homme serait peut-être plus difficile à obtenir qu'elle ne l'avait escompté. Elle repensait aussi à la tête qu'il avait faite, proche de la peur panique, quand elle l'avait réveillé en pleine nuit, même si elle se disait qu'elle en était en partie responsable. Elle avait commencé par tambouriner du bout des doigts contre le carreau, puis avait frappé du plat de la main, faisant tomber un petit bout de verre qui s'était brisé par terre. Fahey s'était alors redressé brusquement, se cognant la tête contre un tréteau avec une telle force qu'il avait renversé la planche inachevée et jeté autour de lui un regard affolé qu'elle aurait autant aimé ne pas voir, avant de la repérer derrière la fenêtre. Elle avait détourné les yeux pendant qu'il sortait à grand-peine du sac de couchage et avait entendu sa voix à travers le carreau cassé. Un seul mot :

— Quoi ? avait-il demandé.

Elle avait alors découvert son visage à quelques centimètres du sien, les mains en visière autour des yeux.

— Il faut que je téléphone, avait-elle répondu.

C'est alors qu'elle apprit qu'il avait cassé son fixe, quoiqu'il ne lui dît pas comment sur le moment. Il lui indiqua une porte par laquelle il la fit entrer et lui demanda si un ordinateur pourrait faire l'affaire, puis il tira des cartons de sous son établi sans attendre sa réponse.

Magdalena en avait profité pour examiner les photos sur le mur. La plupart avaient été découpées dans des magazines, mais pas toutes, et les autres, comme celle du mobile home, étaient presque toutes des photos de Fahey lui-même – elle reconnut les épaules musclées, les cheveux au vent, le positionnement des bras. Dans un coin de la pièce, juste au-dessus de l'interrupteur, une autre photo attira l'attention de Magdalena. Il s'agissait d'une photo de Fahey jeune, du Fahey des vagues. Une jeune femme se tenait près de lui, et un chien semblait sourire à leurs pieds. Fahey et la fille se tenaient debout à l'arrière d'un pick-up, et le chien était couché sur le plateau. Le cliché semblait avoir été pris depuis le bord de la route, sur une éminence, parce que, plus loin et en contrebas, on apercevait un bout de plage de sable blanc et, encore au-delà, un bout de mer turquoise qui se dissociait à peine du ciel juste au-dessus. La combinaison des couleurs évoquait Baja, même si la photo, visiblement sur le mur depuis un certain temps et exposée aux éléments, avait pris une délicate nuance laiteuse qui rendait l'intensité initiale des couleurs difficile à identifier. Il restait cependant le visage de Fahey et celui de la fille, et le chien souriant. On aurait pu noter « Les joyeux campeurs » au-dessous en guise de légende. L'autre chose qui attira l'attention de Magdalena sur cette photo fut la fille. Elle était petite et foncée de peau, de toute évidence mexicaine.

Elle examinait encore la photo quand Fahey lui annonça que l'ordinateur était prêt. Elle se retourna et découvrit qu'il avait fait un peu de place sur l'établi et qu'un ordinateur portable antique trônait à présent au milieu des outils et des fragments de mousse, son clavier noirci par une accumulation de crasse et de poussière.

Fahey s'assit par terre et enfila des sandales pendant que Magdalena tapait son message à Carlotta. Il ne demanda jamais ce qu'il contenait. Elle lui en révéla cependant une partie, qu'il était extrêmement urgent qu'elle communique avec une amie à Tijuana, que c'était probablement une question de vie ou de mort, que c'était pour cela qu'elle avait estimé qu'il fallait le réveiller au plein cœur de la nuit et que, pour cela, et pour le fait d'avoir cassé le carreau, elle lui présentait toutes ses excuses. Il avait accueilli et ses explications et sa contrition en silence, la laissant parler sans l'interrompre, puis ils s'étaient retrouvés face à face au milieu de la pièce encombrée. Il y eut un bref moment de gêne, auquel Fahey mit fin en lui demandant si elle voulait un peu de café.

— Vous n'allez pas vous recoucher ? demanda-t-elle, regrettant l'absurdité de sa question à peine les mots sortis de sa bouche.

Fahey répondit que non.

Elle déclara qu'elle non plus, et ils gagnèrent la cuisine minuscule, où tout était cassé. Il était plus tard qu'elle ne l'avait imaginé, et ils sortirent pour regarder le soleil se lever sur la mesa, silencieux l'un et l'autre, sauf lorsque Fahey choisissait d'attirer son attention sur le cri d'un oiseau particulier, un râle gris, une petite sterne, un moucherolle côtier…

— C'est ça que vous criiez sur la plage, remarqua-t-elle enfin. Vous criiez quelque chose au sujet des oiseaux.

— Les pluviers neigeux, précisa-t-il.

Il lui parla de leur nombre toujours en baisse, de la fragilité de leurs nids.

Magdalena écouta. Son souvenir du pluvier neigeux n'était pas des plus agréables.

— Je ne crois pas m'être jamais fait crotter dessus par un oiseau auparavant, dit-elle.

— C'est comme ça qu'ils se défendent, lui expliqua Fahey. Imaginez ce que ça aurait été s'il y avait eu une centaine d'oiseaux au lieu d'une demi-douzaine.

— Merci bien. Je crois que je vais passer mon tour.

— C'est ce que le coyote dit au renard.

— Vous êtes un véritable expert, dit Magdalena en souriant.

Fahey haussa les épaules.

— C'est la vallée, dit-il. Je connais cette vallée et ce qu'il y a dedans. Vous me sortez de là pour aller n'importe où – il désigna la mesa lointaine comme si le monde tout entier s'y trouvait concentré –, je ne connais rien à rien.

— Moi, tout ce que je connais se trouve là-bas, dit-elle, et elle lui expliqua un peu de ce qu'elle faisait.

Elle lui parla de Vista Nueva et du petit garçon qui était mort d'un empoisonnement au plomb.

Fahey écouta sans parler, comme si tout cela appartenait exclusivement au monde d'au-delà de la vallée, le monde de son ignorance proclamée, et n'était pas baigné par la même mer polluée ni réchauffé par la même étoile jaune.

— On devrait peut-être prendre un petit déjeuner, proposa-t-il.

Il fit des œufs brouillés et des toasts. Il avait écrasé des tomates et des tomatilles dans les œufs. Il lui indiqua que les légumes provenaient de la vallée.

— De votre jardin ?

— De la vallée, c'est tout. Ça pousse tout seul. Il faut juste savoir où regarder.

Magdalena blêmit.

— Je ne comprends pas comment vous pouvez manger quoi que ce soit qui pousse là, commenta-t-elle.

— Ça va, assura-t-il. Il suffit de les laver.

— C'est sauvage ?

— Ça arrive par les égouts.

Elle le dévisagea sans rien dire.

— Les graines passent par les gens qui les ont mangées. Elles se retrouvent dans la rivière. La rivière les amène par ici. Des tomates, des tomatilles, des courges, des melons… ça a été une grande terre agricole pendant de nombreuses années. Il y a eu une époque où on pouvait vivre de la vallée. On pouvait vivre ici et suffire à ses besoins.

Il lui parla de Hoddy Younger, de sa cabane en bois flotté et fanons de baleine, de ses casiers à homards, de son arbalète pour tuer le gibier et du bout de terrain qu'il avait labouré pour en faire un potager.

— Vous auriez dû voir ça, à l'époque.

Et Fahey lui fit un compte rendu tellement dithyrambique qu'elle regretta bientôt de ne pas avoir été là et s'empressa de le lui dire. Fahey se contenta de hausser les épaules.

— Trop tard, conclut-il. Vous avez raté le bon moment.

— Je ne sais pas…

Elle se dit qu'elle s'était peut-être montrée un peu trop sévère dans son évaluation de ce que la vallée pouvait produire.

— En fait, tout n'a pas l'air si terrible que ça. Vous habitez bien ici.

Mais Fahey ne pouvait pas la laisser dire une chose pareille. Il secoua la tête. Des rameaux de laurier-rose frottaient la paroi du mobile home.

— Là, ce n'est rien, assura-t-il. Ce ne sont même pas de bons restes.

*
* *

Il fit la vaisselle puis alla travailler dans l'appentis, où, expliqua-t-il, il fabriquait une planche de surf. Magdalena s'assoupit sous la véranda, au son d'un outil électrique.

À midi, son e-mail était toujours sans réponse et elle commença à être très inquiète. Elle retourna à l'atelier où elle trouva Fahey toujours en train de travailler à sa planche, couvert de la tête au pied de poussière blanche tandis qu'il faisait hurler sa ponceuse électrique.

— Il me faut un téléphone, annonça Magdalena.

Fahey répliqua que le sien avait été cassé.

— Oui, dit-elle. Je sais. Vous avez roulé dessus avec votre pick-up. Et vous avez perdu votre portable. Mais je dois téléphoner. Peut-être qu'un de vos voisins…

Sa voix se perdit. Derrière l'écran des lauriers-roses et des peupliers de Virginie, Magdalena songea soudain qu'elle ne savait même pas s'il y avait des voisins. Il lui vint ensuite à l'esprit que, quand bien même ces voisins existeraient, ils avaient toutes les chances d'être du même acabit que Fahey ; leur téléphone serait hors d'état de marche ou perdu. C'était bien le genre d'endroit. Elle pensa soudain que cela ressemblait en fait beaucoup au Mexique.

Fahey débrancha la ponceuse et l'accrocha au mur. Puis il chassa la poussière, sur lui et sur la planche, à l'aide d'un compresseur avant d'examiner son œuvre, de la soupeser et d'en suivre tous les contours comme s'il y cherchait des défauts.

— Il y a un téléphone en ville, lâcha-t-il enfin. Qu'est-ce que vous croyez, qu'on est complètement arriéré ? Je jette un coup d'œil sur les bêtes et on y va.

*
* *

Elle attendit qu'il vérifie ses andains, les tâtant du plat de la main, prenant leur température et y ajoutant de l'eau.

— Il faut garder les litières humides, dit-il, mais sans qu'elles soient trempées.

Il ouvrit la portière côté passager du vieux Toyota rongé par la rouille et nettoya les débris qui semblaient s'être accumulés sur le siège depuis la dernière fois qu'elle y était montée : tout un tas de journaux, des poches en papier, des bouteilles de bière vides, des fleurs de laurier-rose séchées. Lorsqu'il eut terminé, elle prit place dans la cabine et le regarda passer devant le pick-up puis se glisser derrière le volant. Il poursuivait ses explications sur les vers.

— Le pH est très important, l'informa-t-il. Il faut absolument le maintenir entre six et sept. Meilleures sont les conditions, plus les petites bestioles mangeront. Elles peuvent avaler la moitié de leur poids par jour – tout ce qui a été vivant et qui ne l'est plus.

Fahey énuméra plusieurs substances sur le bout de ses doigts :

— Papier, marc de café, déchets alimentaires…

Il nota entre parenthèses l'exclusion de la viande et des produits laitiers, puis poursuivit sa liste en terminant par les tontes de gazon et le fumier des grands animaux.

— C'est drôle, ce qu'ils aiment, remarqua-t-il. J'ai discuté avec une femme à Perris qui donne des coquilles de noix noires concassées à ses lombrics parce qu'elle dit que ça les rend plus lascifs.

Magdalena regarda le mobile home jaune et les rangées de vieilles planches de surf rapetisser dans le rétroviseur latéral.

— Lascif n'est pas un terme que j'aurais pensé à associer à des vers, dit-elle.

— Les vers sont hermaphrodites. En théorie, ils devraient pouvoir s'autoféconder, mais, dans la réalité, ça ne semble pas se produire. Ils s'accouplent avec d'autres vers, ces petits saligauds romantiques. Une fois fécondée, la partie femelle produit des cocons qui finissent par donner des vers. Ces derniers temps, j'essaie de croiser un ver gris avec un ver rouge. Le but, c'est d'obtenir un ver rouge plus gros. Certains entomologistes de l'UCSD[1] me disent que c'est impossible. Alors j'essaie de leur donner tort. Je fais des expériences avec différentes combinaisons de fumiers, de végétaux, d'aliments, d'additifs... rien jusqu'à présent, mais il y a un acide aminé que je trouve vraiment intéressant. Ma production de cocons a augmenté de 25 %.

Fahey s'interrompit et Magdalena haussa les sourcils et arrondit la bouche, hocha la tête pour paraître intéressée, tout en regardant la ferme de Fahey disparaître au loin. Un dernier virage et toute la propriété fut ensevelie sous des couches de végétation, sans rien pour indiquer sa présence sinon les arbres avec leurs grosses branches poussiéreuses et leurs toiles d'araignées. Et si l'on ne connaissait pas déjà

1. Université de Californie de San Diego. *(N.d.T.)*

son existence, on n'aurait jamais soupçonné qu'il y eût quoi que ce soit là-dessous. Magdalena songea que c'était un endroit pour se cacher, pour se cacher du reste du monde, et elle pensa aux vers, si tranquilles avec leur hermaphrodisme, du moins en théorie, chacun formant un tout avec son contraire, un peu comme l'homme qui s'occupait d'eux. Et il lui vint soudain à l'esprit que c'était cela qui l'intéressait. Fahey l'intéressait, et ce qui avait pu le conduire ici, des vagues à la ferme des vers, pour vivre chichement dans son tout petit coin de monde.

Elle méditait encore ces questions quand elle s'aperçut qu'il jetait des coups d'œil dans sa direction tout en conduisant, attendant sans doute une réaction de sa part. Elle chercha un moment à se souvenir exactement de quoi il venait de lui parler – quelque chose au sujet du plus gros ver rouge du monde. Alors elle lui demanda pourquoi. C'est le mieux qu'elle pût trouver.

— Pour ramasser tout le marché des appâts de pêche, répondit-il, un sourire satisfait éclairant sa figure poussiéreuse.

— Bien sûr, acquiesça Magdalena avec un hochement de tête.

Puis elle lui demanda :

— Parlez-moi donc de ces planches de surf, celles que vous avez utilisées pour votre clôture.

— Mon vieux *quiver*, fit Fahey avec un haussement d'épaules. Je ne savais pas trop quoi en faire d'autre.

— Votre *quiver* ?

— Un jeu de planches pour différentes conditions de surf.

— Vous étiez vraiment mordu, commenta-t-elle.

Fahey poursuivit sa route, roulant sur des ornières, les spartines et autres plantes qu'elle n'aurait pas su nommer, grimpant à trois mètres de chaque côté de la piste, une poussière blanche flottant dans leur sillage.

— Ouais, dit-il. Je l'étais.

— J'ai vu les photos de vous. Elles sont très belles. Ça a l'air d'être un travail de pro.

Fahey hocha la tête.

— Elles ont été prises où ? À l'embouchure de la rivière ?

— Certaines ont été prises en ville, depuis la jetée. D'autres du Mexique. Il y en a quelques-unes de Hawaï. Je suppose que vous en avez assez appris sur les vers.

Elle regarda pour voir s'il souriait, mais c'était difficile à dire. Il regardait la route.

— Je crois que ça va pour le moment, dit-elle. Ça vous dérange si je vous demande comment vous avez fait ces photos ?

— J'ai participé à quelques compétitions de surf, une année. Je me suis un peu baladé. On m'a remarqué. C'était il y a longtemps.

Il ne semblait pas désireux de poursuivre sans y être incité. Elle fut tentée de parler du cliché avec la femme et le chien, mais se ravisa. Elle ne doutait pas qu'il y eût une histoire derrière ce cliché, mais elle se sentait encore un peu fragile après tout ce qu'elle venait de subir et craignait que cette histoire ne lui fasse pas de bien. Elle imaginait sans peine que les sujets photographiés avec Fahey puissent avoir terminé comme ses téléphones : l'un esquinté, l'autre perdu.

Ils continuèrent de rouler. La fine poussière blanche soulevée par les roues du pick-up finit par s'infiltrer dans la cabine. Magdalena entrouvrit une vitre et un léger souffle d'air lui caressa la joue. La poussière tournoya. Le ciel brûlait d'un bleu ardent au-dessus de la piste crayeuse qui avait dû, se dit la jeune femme, servir de lit à un cours d'eau pendant une bonne partie de l'hiver. Elle était en effet jonchée de cailloux et de tout un bric-à-brac, y compris un vieux pneu, de couleur uniforme, nappé de boue séchée, comme si chaque objet venait d'ailleurs et avait été apporté ici par l'eau.

— Je me suis toujours demandé comment ça fait, dit-elle enfin.

— Comment ça fait quoi ? D'élever des vers ?

— De faire du surf, répondit-elle.

Un géocoucou surgit des buissons et se mit à courir devant eux, le soleil à ses trousses, le corps tout entier tendu vers son ombre, presque parallèle au sol, avant de disparaître aussi vite qu'il était apparu dans la végétation poussiéreuse.

— Un géocoucou de Californie, commenta Fahey. C'est une sorte de grand coucou en fait. On n'en voit plus aussi souvent qu'autrefois par ici.

Il ralentit un peu et scruta les buissons où l'oiseau s'était évanoui. Puis il ajouta, comme après réflexion :

— Ça ne ressemble à rien d'autre.

— Qu'est-ce qui ne ressemble à rien d'autre ? Les vers, le surf ou les géocoucous ?

Fahey sourit.

— Faites votre choix.

Elle examina son profil dans la poussière de la cabine.

— Votre sticker doit avoir raison, alors…

Elle avait repéré le vieil autocollant à l'arrière du mobile home.

— Il n'y a vraiment rien qu'un jour de surf ne puisse arranger ?

Elle croyait faire une remarque spirituelle susceptible de susciter d'autres commentaires, mais vit à la place le sourire s'effacer du visage de son chauffeur.

— Si, ça existe, répondit Fahey. J'y ai mis le temps, mais j'ai fini par trouver.

## 10

Après un virage, une nouvelle vision de la mesa qui marquait l'extrémité sud de la vallée s'offrit à leurs yeux, une perspective d'où ils pouvaient voir les voitures suivre les méandres de Mex One, petits points de couleur luisant au-dessus de l'arc d'acier que formait la barrière, avec ses grilles et ses entretoises.

— On dirait un manège de fête foraine, commenta Magdalena.

Fahey jeta un coup d'œil dans la direction de ce qu'elle regardait.

— Les voitures, la barrière. Vous ne vous l'êtes jamais dit ?

— Peut-être. Sûrement.

— J'ai failli mourir, là-haut.

— Vous avez failli mourir dans l'océan.

— Et puis il y a eu les chiens. Ça fait trois. Vous croyez à ce truc des neuf vies ?

— Je crois que ce qui doit arriver arrive.

— J'en ai oublié une, corrigea-t-elle. J'ai failli mourir à Las Playas, là où la barrière s'enfonce dans la mer. Elle s'est brisée quand je l'ai heurtée… Vous savez combien d'hommes se sont noyés à cet endroit ?

Fahey garda son silence habituel face à ce type de questions.

Magdalena examina encore un moment la barrière qui disparaissait à l'ouest et au bout de laquelle elle avait bien failli s'empaler. Elle remarqua les 4 × 4 de la police des frontières, tapis dans des recoins au sommet des mesas. Elle attira l'attention de Fahey sur les 4 × 4.

— Qu'est-ce que vous en pensez ? demanda-t-elle. Est-ce qu'il faut qu'on s'inquiète ?

— La plupart d'entre eux connaissent mon pick-up, lui assura Fahey. Ils ne vont pas venir voir. Et si on tombe sur quelqu'un, je dirai juste que vous êtes une amie. Vous parlez tellement bien l'anglais que ça m'étonnerait qu'ils posent des questions…

— Et s'ils demandent mes papiers ?

— Ils sont restés dans le mobile home ?

— S'ils insistent pour les voir ?

— Alors, on l'a dans l'os. Mais je ne crois pas que ça se passera comme ça, ajouta-t-il en regardant les 4 × 4 blanc et vert. Ils restent assis là toute la journée jusqu'à la relève. L'action se passe presque toujours la nuit, maintenant qu'il y a la barrière.

— Mais beaucoup de gens meurent à cause d'elle.

Fahey ne fit pas de commentaire.

— Mais moi, je suis passée sans l'avoir voulu, insista Magdalena, incapable de laisser tomber. La barrière s'est juste effritée…

— Ça arrive sur la plage, parfois. La mer est plutôt mauvaise et l'eau de mer bouffe le métal.

— Mais, au Mexique, il y a le nom des gens qui se sont noyés là-bas, coincés par le courant contre la barrière.

— Si vous aviez cherché à aller de l'autre côté, déclara Fahey en secouant la tête, ça ne se serait pas passé du tout comme ça pour vous. Vous vous seriez fait prendre, assura-t-il, ou la barrière n'aurait pas cédé.

Magdalena le dévisagea.

— Vraiment ?

— C'est la vie qui veut ça.

— La vie qui veut ça ?

— Je crois que ça a quelque chose à voir avec l'ironie des actions humaines.

— Je ne savais pas que vous étiez philosophe.

— Je suis vermiculteur.

*
* *

Ils s'en tinrent aux pistes, tracées au milieu d'une multitude d'herbes et de hautes graminées, parmi les saules omniprésents. Fahey signala les choses les plus spectaculaires – un pied de ravenelle culminant à deux mètres cinquante, un saule qu'il trouvait remarquable par la taille et la forme. Ils arrivèrent à un endroit où la haute végétation cédait la place à des plantes plus rases comme des sarcobatus et des sauges, et à tout un champ ondulant de pavots oranges et d'une fleur jaune vif que Fahey appela sumac.

— C'est ravissant, commenta Magdalena.

— Vous trouvez ?

— Oui, absolument.

De l'autre côté de cette mer de fleurs ondoyantes, on entrevoyait le sommet des dunes, d'un blanc étincelant sous le soleil, et, au-delà encore, les formes escarpées des îles Coronado, en ombres bleues sur l'horizon.

— Plus tard, je vous montrerai quelque chose, dit Fahey. Après.

Elle se tourna vers lui. Il avait les yeux rivés sur la route, les mains sur le haut du volant. Le vent qui pénétrait dans la cabine lui écartait les cheveux du visage, et Magdalena repensa aux photos qu'elle avait vues dans le mobile home – Fahey jeune, en Adonis blond sur une planche de surf. Elle trouva qu'il n'avait pas un vilain profil : en coupant sa barbe, en enlevant les résidus de la planche qu'il fabriquait, en grattant les années et ce qui pouvait bien le pousser à dire que si elle avait voulu franchir la barrière, elle se serait fait prendre.

— Qu'est-ce que vous voulez me montrer ? demanda-t-elle.

— Juste un truc.

*
* *

Ils finirent par arriver sur une route goudronnée. Ils traversèrent des zones pavillonnaires qui auraient semblé coquettes au Mexique mais paraissaient assez miteuses ici, en Californie, dans la Terre promise. Elle en fit la remarque à Fahey.

— C'est pas ici, lui répondit-il. Ici, c'est le dernier endroit où s'installer, la seule ville balnéaire de toute la Californie où personne ne veut aller, celle où les égouts arrivent dans la mer.

Ils roulèrent le long d'une rue principale délimitée à un bout par le No Problem Bar, et à l'autre bout par une étrange série de gigantesques tiges colorées en Plexiglas qui se dressaient au-dessus de bancs trapus en forme de planches de surf.

Fahey fit la visite guidée. Le No Problem était le repaire favori des Navy SEALs qui avaient leur camp d'entraînement à quelques kilomètres au nord, devant les îles Coronado.

— Ils faisaient des manœuvres dans la vallée, dit Fahey. Pendant des années, ils ont organisé plein d'exercices juste à l'embouchure de la rivière. Mais la pollution s'est aggravée et ils ont commencé à tomber comme des mouches. Les plus durs des durs. Ils ne pouvaient pas lutter contre les amibes et les bactéries nécrosantes. Ils y ont donc renoncé. Mais ils continuent de venir au bar. À cette heure de la journée, ça va. Mais mieux vaut ne pas faire le malin si vous entrez là-dedans après minuit, ou vous aurez de la chance d'en sortir vivant. C'est comme dans un western…

Fahey se tourna vers elle pour la regarder

— Vous connaissez les westerns ?

Magdalena se contenta de rire. C'était peut-être la première fois qu'elle riait en sa présence, et il fut frappé par la beauté de ce rire.

— Oui, dit-elle, je connais les westerns. « Règlement de comptes au No Problem Bar ».

— Bon, là, ça se passe surtout à coups de poing et à coups de couteau, mais c'est l'idée.

Il se gara non loin des barres de Plexiglas colorées.

— On appelle cette place « Surfhenge ».

— Pour rappeler Stonehenge ?

— Malheureusement, oui. C'est censé être un hommage à ceux qui ont surfé la passe.

— Où j'ai failli me noyer.

— Vous n'auriez pas été la première, vous pouvez me croire. J'ai été maître-nageur sauveteur, ici et à Rosarito…

— Vous avez été maître-nageur au Mexique ?

— Pendant un temps.

Fahey désigna une cabine téléphonique près des toilettes publiques, à l'entrée de la jetée. Il fallait, pour y arriver, marcher entre les barres de Plexiglas.

— Qu'est-ce que ça représente ? demanda Magdalena.

Elle se tenait sous une arche lumineuse d'un vert
électrique.

— Je crois que c'est censé figurer les vagues.

— Vous paraissez dubitatif.

— Bon Dieu, il suffit de regarder cet endroit. On
dirait un fast-food sauf qu'on ne peut pas y manger.

Il n'avait pas tort. Elle remarqua plusieurs petites
plaques de bronze réparties sur le trottoir sous ses
pieds. Les plaques portaient des noms écrits en
relief.

— Et ça ? questionna-t-elle.

— Ce sont des noms de surfeurs.

Il en énuméra plusieurs, une bonne douzaine, en
les comptant sur ses doigts et sans même regarder
les plaques. La plupart avaient des surnoms des plus
pittoresques, et elle l'interrogea là-dessus aussi.
Fahey s'interrompit pour sourire.

— Les surfeurs, c'est comme les marins, dit-il. Ils
adorent les exploits. Ils aiment les vagues mythiques
et les personnages mythiques, les événements mystérieux qui défient toute explication. Les meilleurs
entrent au panthéon. On se les raconte.

— Ce type, là, Kayak Jack, par exemple ?
demanda-t-elle en lisant une plaque.

— Des ancêtres amérindiens connus pour avoir
chevauché la Troisième Barre en kayak.

— Je vois. Et la Troisième Barre ?

— On peut dire qu'il y a trois lignes de vagues par
là-bas. Une déferlante intérieure, une au milieu et
une extérieure. On les appelle Première Barre,
Deuxième Barre et Troisième Barre. Dans les mesas,
les barres, ce sont les parois rocheuses. Mais quand
on fait quelques centaines de mètres vers le large…

Il désigna l'océan, au sud de la jetée.

150

— On dirait des ravins. Et on s'en sert pour se repérer par rapport au vieux phare de Las Playas. Les jours de petite houle, quand il n'y a que la vague intérieure, on place le phare pile dans l'alignement de la Première Barre et c'est là qu'on attend ; avec une plus grosse houle, on passe à la Deuxième Barre, et ainsi de suite…

— C'est plutôt ingénieux.

— Hoddy Younger, dit Fahey, le type dont je vous ai parlé, c'est lui le vrai pionnier, celui qui a tout inventé dans la mesure où on pouvait inventer quelque chose… Il y a aussi une quatrième ligne de vague tout là-bas. Vraiment loin. Dans le temps, on appelait ça le Mystic Peak. Hoddy, lui, l'appelait Au-delà des Arènes, parce que, à cette distance, les repères n'étaient plus valables, et ça, Hoddy disait que c'était quand la passe devenait vraiment difficile. Quand on décidait d'y aller, on savait que c'était à ses risques et périls. Si on pousse aussi loin, c'est toujours pas du gâteau. Mais en ce temps-là… avant les combinaisons en Néoprène et les cordons… c'est Hoddy qui a donné un nom à cet endroit.

Fahey la regarda et se mit à rire.

— Il avait bricolé un système un jour, quinze mètres de ligne, un bloc-moteur à un bout, un ballon-sonde à l'autre bout. Il avait ramé avec le tout jusqu'à ce qu'il pensait être un bon *line-up* pour le Mystic Peak, et il avait jeté le bloc par le fond. Au premier gros *swell*, le ballon a été emporté. Il n'y a toujours aucun moyen de savoir si on est au bon endroit ou pas. Si on va trop loin, ce qui est presque impossible, on n'arrive pas à prendre la vague. Si on reste trop à l'intérieur, on se prend une gamelle. Enfin, tout le monde s'en fout maintenant, dit-il avec un haussement d'épaules.

— Ils ont construit ça, remarqua-t-elle. Que s'est-il passé ?

Fahey regarda de l'autre côté de la plage. De là où ils étaient, ils pouvaient voir l'océan, étroite bande de bleu fouettée par le vent.

— Les vagues sont encore là. C'est l'eau qui ne va plus. On fait encore un peu de glisse de temps en temps, mais personne n'a surfé Au-delà des Arènes depuis plus de dix ans.

— Il n'y a plus eu de grosses déferlantes ?

— Pas des belles, non. Rien d'épique. Il faut que tout un tas de conditions soient rassemblées – le bon vent, la bonne marée, la bonne météo. On peut les avoir pendant deux ou trois années de suite, et puis plus rien pendant dix ans.

— Mais vous y avez assisté ? Vous y étiez ?

Fahey acquiesça.

— Est-ce que vous avez votre nom sur une plaque ?

— Non.

— Mais vous avez surfé dans la passe ?

— J'ai grandi là-dedans.

— Et vous étiez bon.

Fahey réfléchit un instant.

— Dans le monde du surf, il y a le concept de l'homme de la mer. Je ne sais pas si les gosses qui arrivent aujourd'hui ont encore ce genre de notion, mais il y a eu une époque…

Il s'interrompit.

— Laissez-moi vous expliquer. Le surf, c'est une chose. C'est peut-être ce qu'il y a de mieux, mais ce n'est pas tout. Être un homme de la mer, c'était beaucoup plus que ça. Ça voulait dire que, en plus de savoir surfer, vous saviez nager, plonger, naviguer, pêcher… ça voulait dire vivre en harmonie avec la mer, avec tous les éléments en fait…

Il se dirigea vers une plaque en particulier, donnant le sentiment qu'il était venu ici très souvent. Un seul nom figurait sur la plaque.

— Hoddy Younger, annonça-t-il. Ça, c'était un homme de la mer.

— Dans sa maison en os et en bouts de bois.

— En bois flotté et fanons de baleine, avec un toit en palmes. Ça gardait le frais, vraiment. Et il a surfé le Mystic Peak, la vague la plus énorme que j'aie jamais vue.

— Vous y étiez ?

— J'étais avec lui. J'avais 16 ans et c'était la première fois que je m'aventurais aussi loin. J'ai pris une vague, pas aussi grosse que celle de Hoddy, mais quand même... c'était Au-delà des Arènes.

— Alors votre nom devrait être ici aussi. Vous devriez avoir une plaque à votre nom.

Mais Fahey se contenta de secouer la tête.

— J'étais un bon surfeur, dit-il, et sa voix avait pris un côté lointain, comme s'il s'adressait aux fantômes des hommes dont le nom était gravé à ses pieds tout autant qu'à Magdalena. Mais je n'ai pas mené la vie qu'il fallait.

Il la conduisit entre les barres et les arches aux couleurs vives qui venaient de prendre, pour Magdalena, des nuances plus sombres, et lui indiqua la jetée d'un mouvement de tête.

— Téléphone, dit-il.

Puis il prit une poignée de petite monnaie dans sa poche et la mit dans la paume de la jeune femme.

*
*  *

Elle laissa des messages sur chacune des trois boîtes vocales de Carlotta avant d'appeler la Casa de la

Mujer, où elle put parler avec une femme qui s'appelait Rosetta, ancienne ouvrière devenue militante, qui lui apprit à son grand soulagement que Carlotta se trouvait à Mexico pour une conférence, qu'elle était partie plusieurs jours plus tôt et ne serait pas de retour avant quelques jours encore.

— Mais qu'est-ce qui t'est arrivé ? demanda Rosetta. On a appris pour ta voiture. On était malades d'inquiétude, surtout Carlotta…

— Ce serait trop long à raconter, répondit Magdalena, qui lui donna tout de même une version tronquée des derniers événements.

— Seigneur, s'exclama Rosetta.

— Ce dont j'ai vraiment besoin, ce sont mes dossiers. Mon ordinateur portable et mes dossiers…

— Pourquoi tu ne viens pas ici ?

— Je me sens plus en sécurité là où je suis. Il me faut un peu de temps pour me remettre, et pour y voir un peu plus clair. J'aimerais savoir qui est derrière tout ça avant de rentrer.

— Tu ne le sauras peut-être jamais.

— Je peux essayer. J'aurai aussi besoin d'un nouvel *amparo*. J'ai perdu le mien. Carlotta pourra m'aider pour ça quand elle reviendra. En attendant, si j'avais mes dossiers, ça me permettrait de travailler ici sans être interrompue.

Elle entendit un soupir à l'autre bout du fil.

— Tu as peut-être raison, dit Rosetta. De ne pas revenir tout de suite. Il y a une autre ouvrière qui a été tuée.

— Quand ça ?

— Avant-hier soir. De la même façon que les autres.

Magdalena encaissa le coup au creux de l'estomac.

Il y eut un silence sur la ligne, un léger crépitement de parasites.

— Mais tu as tellement de dossiers, reprit Rosetta. Comment veux-tu les récupérer tous ?

Magdalena éprouva un instant de désespoir semblable à ce qu'elle avait éprouvé cette nuit-là, sur les escarpements, à la veillée aux flambeaux pour le petit garçon. Que valaient ses dossiers en face de cette nouvelle atrocité ?

— Tu es sûre que ça va ? s'enquit Rosetta. Je n'aurais pas dû te parler de la fille. Ce n'était peut-être pas le bon moment…

— Non, non, ça va. Je t'assure. Je pensais juste aux dossiers.

Et c'était vrai, elle pensait à tout ce qu'il y avait là-bas et essayait de déterminer si elle devait attendre le retour de Carlotta. Elle se disait que perdre du temps lui était insupportable, quand elle aperçut Fahey à travers le panneau en Plexiglas de la cabine téléphonique – avec l'émotion, elle avait tout simplement oublié son existence. Pourtant, il était bien là, se tenant un peu plus loin, sur la jetée, en pantalon de velours côtelé et chemise imprimée délavée flottant au vent, le regard tourné vers le sud. Magdalena l'observa un instant.

— Je vais peut-être pouvoir envoyer quelqu'un, dit-elle.

## 11

Armando évita le lieu du crime pendant plusieurs jours, par un acte de volonté qu'il interpréta comme la manifestation d'une nature fondamentalement prudente. Lorsqu'il finit par y retourner, en plein jour, la maison lui parut différente bien qu'il n'aurait su dire de quelle façon ni pourquoi. Il arriva à la conclusion que c'était peut-être lui qui avait changé. Quant au corps de l'ouvrier, il ne subsistait de son passage qu'une légère traînée couleur rouille sur le mur d'un bâtiment à l'entrée de la ruelle, et même cela semblait bien peu de chose dans la lumière crue de midi. On ne pouvait même pas savoir qu'il s'agissait de sang et on aurait pu la prendre pour une traînée de cirage ou de la peinture laissée par la tôle d'une voiture. Le liquide visqueux qu'Armando avait vu couler en flaque dans la ruelle avait dû être nettoyé au jet, ou lavé par la pluie, le corps enlevé depuis longtemps, simple note au bas du registre d'un flic de base, un *naco* sans nom de plus perdu dans la nuit. Armando resta quelques minutes en contemplation devant ce talisman à peine visible, puis évacua toute cette histoire de son esprit comme du reste du monde puisqu'il n'avait personne à qui la raconter.

Il revint ce soir-là, et une fois encore le matin suivant, mais aucune de ces visites n'eut l'effet escompté. Sa femme était partie, de même que la Madone qui l'avait emmenée.

*
* *

Pendant toute cette période, il avait continué à occuper la maison sur le *terrino* de Reina. Mais soudain, un matin, un homme arriva en prétendant être le nouveau propriétaire. L'homme tenait un papier à la main, et il n'était pas venu seul. Une demi-douzaine d'autres types l'accompagnaient. Ils portaient des bottes et étaient armés de manches de pioche, comme s'ils s'attendaient à du grabuge. Armando n'eut d'autre choix que de partir. Il s'en alla sans rien d'autre que son couteau et les vêtements qu'il avait sur le dos, et descendit la pente raide d'un pas traînant qui soulevait la poussière et faisait rouler les cailloux. Le fond du canyon béait devant lui – fosse obscure où s'entassaient ordures et déchets toxiques – et il n'avait plus nulle part où traîner l'épave qu'il était devenu sinon dans les couloirs de pierre pestilentiels de Colonia Subterráneo.

C'était ainsi que le peuple des Tunnels l'appelait – ce grand réseau des canaux d'évacuation du déversoir qui traversaient, parfois de façon souterraine, toute l'étendue de la Zona del Río, la nouvelle Tijuana. La première nuit qu'il passa au fond, Armando dut se battre pour survivre – son entraînement au-dessus d'El As Negro se révélant pour la première fois utile. Son adversaire était motivé mais néophyte, et, après la bagarre, Armando devint une sorte de chef dans les tunnels, quelqu'un de respecté. Il ne tarda pas à faire ce que tout le peuple des Tunnels faisait pour rester en vie, un peu de vol, un peu de racket. Quelquefois, ils pillaient les trains de marchandises américains qui passaient tout contre la barrière, près du poste frontière : ils sautaient sur les wagons plats et balançaient dehors tout ce qu'ils pouvaient. Mais ils n'y prenaient aucun plaisir. Dans un monde où les enfants naissaient sans cerveau, il était tout simplement naturel qu'on veuille se venger un peu. Le soir, tapis sur une corniche le long de la rive bétonnée du fleuve, il regardait les ouvrières d'El Centro et de la Zona Norte prendre le car pour rentrer. Il avait les yeux brûlants comme des charbons ardents dans leurs orbites et la figure réchauffée par le briquet à gaz qu'il tenait sous la pipe de verre dans sa main, car il avait découvert que, avec un peu d'argent en poche, il pouvait planer plus haut qu'avec de la bière et de la colle. Cependant, au bout de quelque temps, les trains américains transportèrent aussi des gardes armés et ne furent plus aussi faciles à dévaliser. Armando quitta les tunnels et emménagea dans une usine désaffectée, au bord de la mesa qui donnait sur la Colonia Vista Nueva.

*
* *

Il avait entendu parler de cette usine par un type qui descendait dans les canaux pour faire du trafic de marchandises volées, un cow-boy en décapotable rouge qui habitait à côté de l'ancienne fonderie, au fond d'un atelier de carrosserie, et qui savait donc qu'elle était inoccupée. Et l'endroit fut tout à fait au goût d'Armando, avec ses tas de batteries pourries, ses tuyaux rouillés et ses murs de parpaing. Il se dégagea un petit coin dans une partie du bâtiment où la toiture était à peu près en état et les murs particu-

lièrement épais, il y accrocha un hamac et se construi-
sit un foyer en pierre qu'il couvrit d'une grille
métallique pour faire cuire sa nourriture et bouillir
son eau.

Les pancartes d'avertissement disposées tout
autour du périmètre de l'usine n'étaient pas non plus
pour lui déplaire. Ces panneaux lui assuraient une
certaine tranquillité, et les curieux qu'ils ne suffi-
saient pas à effrayer étaient chassés par les rumeurs
à propos de l'étrange personnage squelettique qui
s'était installé là, parmi de tels poisons que certains
le prenaient pour leur émanation quand ce n'était pas
pour le diable en personne. D'autres encore pensaient qu'il était un criminel venu des tunnels, un
meurtrier en fuite ou encore un apothicaire déviant.

Ces histoires, et d'autres encore, lui étaient rapportées avec enthousiasme par le cow-boy à la décapotable rouge. Armando ne fit rien pour les dissiper.
Au contraire, il commençait à voir comment les utiliser à son avantage. C'est à cette époque qu'il se fit
tatouer un troisième œil exorbité sur la tonsure qui
ne cessait de s'élargir à l'arrière de son crâne. Il se
promenait armé, dangereux, le cerveau à moitié
dérangé à force de respirer des substances toxiques,
et les filles comme les hommes qui travaillaient à
l'usine s'enfuyaient le plus souvent dès qu'ils le
voyaient approcher ; le cow-boy lui-même semblait
parfois un peu effrayé. Mais dans le cas du cow-boy,
la peur se mêlait malgré lui à une certaine admiration dans la mesure où, encore étudiant à l'école du
crime, il aspirait à devenir quelqu'un dans ce sec-
teur. Et plus la réputation de terreur d'Armando et de
ses agissements continuait à se propager, y compris
dans les coins de la ville où la violence gratuite et le
crime injustifié étaient estimés comme autant de pièces rares, plus le cow-boy s'imaginait avoir une part,

aussi modeste fût-elle, dans l'ascension de son modèle.

Et de fait, il arrivait que des hommes viennent voir Armando avec de l'argent pour lui confier des missions – un directeur de magasin à torturer ou à menacer, un petit dealer à tailler et à dépouiller, une fille à enlever dans une usine pour la vendre aux esclavagistes de la frontière... Les hommes qui venaient le voir pour l'engager n'étaient pas ceux qui payaient mais uniquement ceux qui travaillaient pour ceux qui payaient, et ils arrivaient dans de belles voitures, avec de beaux vêtements, et ils portaient souvent des masques chirurgicaux quand ils approchaient de son usine désaffectée. L'argent affluait. Les histoires se multipliaient. Puis vint un soir où, rentrant de quelque mauvais coup, Armando entendit à l'entrée d'une usine un musicien des rues chanter sur un *corrido* rudimentaire les exploits d'El Diablo de Sinaloa. Il demeura dans l'ombre et prêta l'oreille car il lui sembla bien qu'il était devenu le sujet d'une chanson, en quoi il ne se trompait pas, puis il s'imagina qu'on construirait un mausolée en son honneur, comme les monuments élevés à la mémoire des seigneurs de la drogue qu'il avait vus dans son enfance, à Sinaloa. Pour lui-même, Armando se représenta une paire de gants de boxe suspendue au cou de la Vierge, le cartilage extirpé de son nez disposé à Ses pieds, juste à côté d'un petit tas de déchets nauséabonds et d'un pot de colle bleue. Il aurait pu tirer fierté de se retrouver ainsi héros d'une chanson, mais il n'en était déjà plus là, et il ne ressentit en réalité qu'une sorte d'étonnement muet et insidieux, un étonnement permanent qui le laissait bouche bée devant l'horrible procession des choses telles qu'elles sont.

Il est également à noter qu'Armando ne tirait pas grande satisfaction des actes eux-mêmes. Et il n'y repensait pas beaucoup non plus une fois qu'ils étaient accomplis. Il les considérait comme le directeur des ressources humaines avait considéré son fils, comme il avait appris à considérer le meurtre de l'ouvrier qui lui avait parlé de la clinique d'avortement, comme faisant partie de la nature. Même si l'on devait constater qu'il y avait beaucoup de choses dont il ne se souvenait plus à propos de son fils, ou à propos de lui-même, d'ailleurs. L'avenir était un *corrido* qu'on chantait défoncé aux vapeurs toxiques, un reflet dans une bouteille, et le passé un rêve fiévreux ponctué par une seule image lumineuse – celle de sa Reina dans les bras de la Madone. Parce que s'il est vrai, comme certains ont pu le dire, que tout homme est un enfant égaré dans les forêts de symboles[1], alors, pour Armando, ce petit tableau n'avait pas simplement continué de briller dans sa tête : il était devenu la lampe qui éclairait ses pas, la ligne blanche qui balisait sa route, et bien qu'il n'y eût personne auprès de lui pour le dire, on aurait tout aussi bien pu se passer de toutes ces rumeurs quant aux raisons qui l'avaient attiré à la mesa, et se contenter de citer Hadès poursuivant Perséphone pour illustrer au mieux les intentions d'Armando. L'ancienne usine de retraitement se trouvait au cœur même de la zone industrielle. C'était le poste d'observation parfait pour reprendre sa recherche de Reina – quête interrompue par son séjour dans les tunnels – et c'est exactement ce qu'il avait fait, écumant une fois encore les sorties d'usine, marchant parmi les

---

1. « L'homme, disait Baudelaire, est un enfant égaré dans les forêts de symboles. » Milan Kundera dans *L'Art du roman* (Gallimard). *(N.d.T.)*

armées de travailleuses, revisitant les alentours de la Casa de la Mujer. Pourtant, sa femme avait disparu, et la Madone avec elle, tout entières englouties dans cette ville près de la mer.

*
*   *

S'il ne les avait jamais revues ni l'une ni l'autre, il serait peut-être arrivé un moment où il les aurait remises chacune en question et aurait fini par les trouver trop fumeuses, les attribuant à un cauchemar engendré par la drogue, les marques sur son bras aussi mystérieuses qu'une tache de naissance. Mais il en alla autrement. Tout à coup, la Madone réapparut, en jean délavé et tee-shirt estampillé Casa de la Mujer, à moins de cinquante mètres de l'endroit où il attendait, parmi ses murs de parpaing et ses batteries pourries, regardant par-dessus le bord de la mesa les sentiers empruntés par les filles des usines.

Par un miracle extraordinaire, elle avait surgi à sa porte. Mais il y avait un hic – un miracle avec un hameçon au bout pour piéger la gueule avide. Il y avait du monde avec elle, un homme avec un appareil photo, une femme avec un porte-documents. Le lendemain, elle était revenue, toujours flanquée des deux autres. Il les regarda parcourir les escarpements, derrière l'usine, prenant des photos et des notes. Il les suivit de loin quand ils prirent le sentier entre le garage et l'usine. Il les suivit jusque dans la rue, où ils montèrent dans une voiture, Magdalena au volant, puis il les regarda s'éloigner.

*
*   *

Le cow-boy dit que la femme au porte-documents était une avocate et que Magdalena était son assistante, qu'il les avait entendues parler au propriétaire du garage et qu'elles essayaient de faire quelque chose contre la vieille usine où vivait Armando. C'était incroyable. Il avait d'abord cru qu'elle lui avait été servie sur un plateau. Il se rendait compte à présent que c'était elle qui le cherchait.

Plus tard ce soir-là, seul dans son hamac, il avait réfléchi à ce mystère et à d'autres, puis l'insomnie l'avait poussé sur le sentier de terre où l'odeur du tabac et le ruban de fumée qui s'enroulait sur le ciel nocturne l'avaient conduit à Chico, à l'arrière de sa décapotable rouge, car c'était là que le cow-boy vivait, dans sa voiture, au fond de l'atelier de carrosserie.

— Qui c'est ? demanda Armando.

Il s'appuya contre la clôture qui longeait le sentier, coupant le garage du reste du monde, le grillage corrodé par le temps cédant sous lui.

Il vit le cow-boy se redresser brusquement sur la banquette arrière de sa voiture, sa cigarette roulant sur le sol.

— Putain de merde, prononça Chico.

Si le cow-boy ne lui avait pas déjà dit son âge, il aurait été impossible de le deviner. Il aurait pu avoir 20 ans. Il aurait pu en avoir 40. Il avait un grand soleil aztèque tatoué sur le ventre, façon gang des rues. Quand il travaillait à la carrosserie, il portait de vieilles fringues maculées de cambouis et avait des dents en moins. Le week-end venu, il mettait quelques fausses dents *made in Tijuana*, enfilait sa tenue de cow-boy et se baladait dans sa vieille décapotable rouge pour trouver des filles des usines susceptibles de satisfaire ses désirs.

— Qui c'est ? répéta Armando.

— Qu'est-ce que ça veut dire, qui c'est ? demanda Chico.

Il était un peu désorienté. Armando Santoya vous mettait déjà mal à l'aise à n'importe quelle heure de la journée, mais c'était pire à la lumière de la lune, en plein cœur de la nuit.

— Tu as dit qu'elles voulaient se débarrasser de l'usine. Je veux savoir qui c'est.

Chico le regarda bien en face avec une expression complètement ahurie. Armando s'apprêtait à repartir par où il était venu quand une lueur d'entendement passa sur le visage de Chico, battement d'ailes de chauve-souris d'une intelligence limitée au-dessus d'une grimace pratiquement édentée.

— Oh, ça, fit-il, je voyais vraiment pas de quoi tu voulais parler.

Armando attendit, toujours appuyé contre la clôture.

Chico s'accroupit contre la plage arrière de la voiture, pareil à un animal sauvage guettant une friandise.

— C'est ces bonnes femmes, dit-il en désignant les lumières de la ville qui brillaient au-delà du cercle obscur de la mesa.

Un des chiens du ferrailleur surgit de l'ombre et se mit à aboyer après Armando. Chico s'empressa de le chasser en jetant dans l'obscurité un objet pris à l'arrière de sa voiture.

— Elles disent que l'usine est mauvaise pour les enfants.

— Quels enfants ?

— Tu sais, en bas...

Chico esquissa un signe de tête en direction de la *colonia*, au pied de la colline.

Armando plongea le regard dans la nuit. Il ne voyait pas d'autres enfants que les siens, morts l'un tout jeune, l'autre pas encore né, leur chair vitreuse émettant une lumière stellaire…

— La Casa de la Mujer, dit-il.

— Quoi ?

— Les femmes. C'est comme ça qu'on les appelle.

— Peut-être bien, fit Chico avec un haussement d'épaules. J'en sais rien.

Il ne mentait pas. Et le fait de ne pas savoir le mettait mal à l'aise. Les yeux d'Armando brillèrent dans la nuit. Chico voulut changer de sujet :

— Est-ce que c'est vrai que les frères Obregón ont des tigres chez eux ?

Il connaissait déjà la réponse, mais il voulait l'entendre de la bouche d'Armando.

Celui-ci fit un geste vague de la main, comme pour écarter le sujet, même s'il savait que, avec Chico, c'était peine perdue. Le cow-boy nourrissait une véritable obsession pour les seigneurs mexicains de la drogue, les petits comme les grands, mais surtout ceux qui étaient assez célèbres pour figurer dans la musique de contrebande qu'il passait continuellement sur le lecteur de cassettes accroché sous le tableau de bord de sa décapotable, au milieu d'un réseau de minuscules tubes de verre et de fils électriques découverts. Le fait qu'Armando ait effectivement travaillé pour certains de ces hommes le remplissait à la fois de crainte et d'envie. Il savait qu'il existait une partie de la ville où vivaient de tels personnages, dans des demeures à un million de dollars, derrière des murs de pierre et parmi des ménageries d'animaux sauvages entretenues pour nulle autre raison que celle de les avoir, en signe de statut, comme une nouvelle voiture, une belle montre ou une femme superbe. Et Armando n'était pas tout à fait étranger à l'engouement de son ami puisqu'il

avait, une fois au moins alors qu'il était complètement défoncé, commis l'erreur d'admettre qu'il avait
vu lui-même toutes ces merveilles alors qu'en vérité
il en avait seulement entendu parler étant donné
qu'il n'était guère invité personnellement dans ces
antichambres du pouvoir où on le considérait plutôt
comme une bête dangereuse à garder sous le coude
pour faire la sale besogne. Mais, pour le moment, il
voulait bien secouer la tête d'un air entendu dans la
pénombre, consentement aux délires de Chico…

— Ils leur donnent leurs ennemis à manger, dit-il.
Si tu fais le mariolle, ils te foutent un steak dans le
cul et te font descendre dans une fosse avec des chaînes.

Chico s'agita, sautillant d'une jambe repliée sur
l'autre.

— Sans blague, fit-il, ses mots sonnant comme un
chœur, un répons, aux propos d'Armando à la façon
d'une congrégation répondant à son prêcheur.

— C'est la vérité.

Une dent solitaire brilla dans la nuit.

— Un jour, peut-être bien que tu pourras m'engager, proposa le cow-boy.

Armando poussa un soupir. L'ambition de Chico
l'agaçait, et sa première impulsion fut de l'envoyer
se faire voir parce qu'il avait rarement besoin d'aide
pour mener à bien ses missions, et que, quand c'était
le cas, il utilisait déjà les services d'un enfant de
l'ombre inconnu de tous et devant le rester. Mais
une idée commençait à germer, un nouveau plan
d'action, et il se contrôla. Il scruta l'obscurité par-
dessus le bord de la mesa, où les lumières de Tijuana
projetaient un halo givré sur le ciel nocturne, comme
la buée d'une respiration, comme s'il y avait une
grosse créature à sang chaud tapie là. Puis il tourna
les yeux vers la Chevrolet décapotable légèrement

penchée devant lui, parmi les carcasses de voitures et les mauvaises herbes, un mélange d'odeurs corporelles et d'essence flottant au-dessus de la terre imprégnée de cambouis, son propriétaire évoquant une grosse mascotte de capot, une cigarette coincée entre ses mâchoires édentées – acolyte potentiel, partenaire d'un jour.

— Je vais te dire, annonça Armando.

Il pensait à présent à sa Madone et au fait que, si elle était déjà venue deux fois, elle reviendrait une troisième fois, et qu'il avait bien l'intention d'être prêt.

— Je vais te proposer un marché.

## 12

Fahey était silencieux quand ils quittèrent la jetée, comme si cette visite au malencontreux monument l'avait renfermé sur lui-même. Magdalena n'essaya pas de le distraire. Elle avait assez de ses propres démons. La nouvelle du meurtre de l'ouvrière avait formé comme un nuage au-dessus d'elle qui la suivait et assombrissait ses pensées. Elle se demanda quelle pouvait être cette nouvelle malédiction. Et combien de temps elle allait durer. Combien d'autres filles allaient mourir avant que quelqu'un y mette fin ? Elle songeait à toutes les morts de la cité maudite de Juárez, l'autre grande ville frontalière où, depuis ces dernières années, pas moins de plusieurs centaines d'ouvrières avaient été assassinées tandis que les autorités regardaient avec une apparente impuissance le nombre des victimes augmenter, l'entrelacs des mystères et des mensonges, des tromperies, des fausses pistes, des aveux forcés et de la corruption généralisée s'épaississant de jour en jour. Tijuana allait-elle connaître le même destin ? Cette pensée s'insinuait telle une écharde dans son esprit et sapait sa résolution. Faire une seule chose, se disait-elle, débarrasser la ville d'un seul fléau…

était-ce trop demander ? Elle regardait le ciel prendre couleur, lueur orangée poussiéreuse au-dessus des saules et des marécages. Peut-être bien, se dit-elle en surprenant son image dans le rétroviseur latéral du pick-up. « Pour qui tu te prends ? » questionna-t-elle en silence. La réponse fut tout aussi silencieuse car il ne fallait pas en attendre du côté où elle regardait – la vallée derrière sa vitre, le plus grand cimetière d'ossements et de rêves qu'on pût trouver, au-dessus duquel une volée d'oiseaux de mer s'envola soudain de plages invisibles. Les oiseaux s'élevèrent dans une asymétrie parfaite contre le ciel immuable, et leur simple existence était une pure merveille. Pourtant, et elle le savait pertinemment, si l'un d'eux tombait à terre, les autres ne feraient que l'achever à coups de bec sur la plage au-dessous.

Elle ferma les yeux devant cette constatation, pressant du bout des doigts le milieu de son front comme si elle y avait situé son troisième œil mystique et pouvait, par de telles pressions, l'amener à se concentrer sur tous ces mystères et hypothèses. Elle demeura ainsi un certain temps, comme si le fait de garder la pose pouvait pour le moins empêcher que tout ne s'écroule, comme si, au bout du compte, c'était tout ce qu'on pouvait exiger de soi, indépendamment de ce pour qui on se prenait.

Ce furent les secousses du pick-up qui finirent par détourner son attention, lui faisant comprendre que Fahey venait de quitter la route goudronnée pour reprendre la piste. Magdalena ouvrit les yeux et découvrit qu'ils se trouvaient à l'extrémité sud de la vallée, très près de la barrière, et qu'ils bringuebalaient sur ce qui évoquait davantage un lit de rivière asséché que toutes les sortes de routes qu'ils avaient empruntées pour aller en ville. Ce n'était de toute évidence pas l'une d'elles.

Pourtant, elle ne dit rien. Sa confiance en Fahey s'était considérablement affirmée depuis leur première rencontre, et il continuait d'avancer. Ils avaient pris de l'altitude et découvraient les broussailles de Border Field State Park, vers les dunes de sable et la plage, et Fahey conduisait encore plus haut alors qu'une odeur chaude de caoutchouc brûlé qu'elle pensait venir de l'embrayage emplissait doucement la cabine. Magdalena commençait à se demander si le pick-up allait tenir le coup quand Fahey quitta la piste pour une petite esplanade et coupa le moteur.

Ils se trouvaient devant une sorte de défilé en V creusé par les éléments dans la face nord d'une des mesas, profond d'une vingtaine de mètres tout au plus et marqué par quelques touffes d'herbe et trois petits pins sans rien de remarquable.

Fahey n'avait encore rien dit. Il défit sa ceinture de sécurité et descendit. Magdalena l'imita.

— C'est cela que vous vouliez me montrer ? demanda-t-elle.

— J'ai pensé que ça vous plairait de voir ça, dit-il.

Il regardait les arbres.

— Des pins de Bishop. Il y en a sûrement qui les prendraient pour des pins de Torrey, mais les pins de Torrey ont de plus gros cônes.

Les pommes des pins qui se dressaient devant eux n'étaient pas plus grosses que le bout du pouce de la jeune femme.

— Les Bishop sont indigènes. On estime qu'il y a environ treize mille ans, il y en avait toute une forêt qui partait du nord, à peu près à la hauteur de Santa Barbara, et longeait toute la côte jusqu'au Mexique. Il en subsiste encore quelques-uns au niveau de la Purisima Ridge, à Santa Barbara, et d'autres à Eréndira, dans la Baja. Et puis il y a ceux-là, juste ici.

Ils se tinrent un moment immobiles devant les arbres.

— Les arbres, c'est un peu comme les animaux. Si on les laisse faire, ils se croisent. Et, avec le temps, ils finissent par former leur propre sous-espèce. Ces arbres sont probablement uniques au monde. Il n'y en a nulle part de pareils. Ils sont assez bas parce qu'ils tirent la majeure partie de leur humidité du brouillard. Regardez les aiguilles.

Il posa sa main à l'extrémité d'une branche et maintint le bout des aiguilles en travers de sa paume.

— Vous voyez leur forme ? Chaque aiguille est capable de former un petit tourbillon autour d'elle-même, ce qui lui permet de retenir l'air un tout petit peu plus longtemps et d'assimiler le maximum d'humidité contenue dedans.

Magdalena se rendit compte qu'elle allait devoir réviser sa première impression sur les arbres en question.

— Vous savez ce que j'ai pensé en les voyant ?

— Qu'ils n'étaient pas très impressionnants ?

— Peut-être que vous devriez organiser des visites de la vallée. Vous pourriez ouvrir une boutique.

Fahey coula un regard dans sa direction puis se retourna vers les arbres.

— Ouais, eh bien, en tout cas, voilà ce qui reste d'une grande forêt de plus de trois cents kilomètres qui s'étendait dans les deux sens. Vous êtes déçue ?

— Vous plaisantez ? Je n'aurais pas voulu manquer ça… Toute cette histoire… ça leur donne un sens.

Pendant un instant, ils se contentèrent de se regarder. Fahey secoua la tête.

— On essaie de partager, et voilà ce qu'on a.

Ils se dirigèrent vers l'orée de la petite clairière et virent une bonne partie de la vallée s'étendre à leurs pieds. Ils se trouvaient presque au niveau des vieilles arènes. Le phare de Tijuana se dressait devant eux comme un os aux contours bien nets dans les rayons obliques du soleil.

— C'est là que ça s'est passé, dit-elle.

Elle regardait la barrière, là où les piquets s'enfonçaient dans l'eau, à peine visibles dans l'ombre plus dense de la côte, à près de deux kilomètres de l'endroit où ils se tenaient.

— Si je racontais ce qui m'est arrivé du côté mexicain de cette barrière, les paysans dresseraient un temple – à Notre-Dame de Las Playas…

— Pour vous ?

— Pour ce qui m'a ramenée vers le rivage.

Elle vérifia qu'il l'écoutait bien.

— Vous n'y croyez pas, n'est-ce pas ?

— Au contraire.

Magdalena attendit. On voyait les rues de Las Playas depuis leur poste d'observation, vides et balayées par les vents, baignées d'une lumière cuivrée.

— Mais je ne crois pas que c'était une dame.

Un autre silence s'écoula.

— Je crois qu'il est toujours là, quelque part, dit Fahey. Il me semble que je l'ai vu, une fois. Je crois qu'il vit avec les sans-abri de Tijuana. Mais je crois qu'il passe régulièrement la frontière, la nuit, par les canyons, ou peut-être par la plage.

Tout en prenant conscience de ce qu'il disait, elle ressentit un véritable frisson, comme un enfant à qui l'on raconte une histoire de fantômes. Parce qu'elle pensait que c'était peut-être vrai ? Ou parce que c'était ce qu'il pensait, lui ?

— Hoddy Younger, dit-elle. Vous le croyez encore en vie ?

— Il doit avoir dans les 80 ans…

172

— Vous ne parlez pas sérieusement ?

Mais bien sûr qu'il parlait sérieusement, et elle comprit ce que sa question pouvait avoir de blessant. Elle lui toucha la main, la prenant presque dans la sienne, mais pas tout à fait. Elle s'apercevait que Tijuana n'était pas le seul endroit où les légendes s'exprimaient au grand jour.

— Alors nous devrions peut-être élever un temple du côté américain de la barrière, proposa-t-elle. Avec du bois flotté et des fanons de baleine.

— Les fanons seront difficiles à trouver.

Un léger sourire effaça les rides de son visage, les rayons du soleil striant ses cheveux de lumière.

Elle comprit qu'il s'apprêtait à partir et le prit cette fois par le poignet.

— Vous avez peut-être raison, dit-elle. Il y avait quelqu'un, je veux dire.

Elle prit une longue inspiration.

— Mais maintenant, il faut que je vous demande quelque chose.

Il se rembrunit terriblement. L'expression de son visage rappela à Magdalena celle qu'il avait eue la nuit où elle l'avait réveillé dans son atelier, quand elle avait voulu contacter Carlotta. C'était la tête de quelqu'un à qui l'on vient de dire que sa maison a pris feu, ou quelque chose de ce genre. Mais maintenant qu'elle était allée jusque-là… Elle ne voyait pas de raison de reculer.

— Un service, précisa-t-elle.

Et elle lui parla des dossiers entreposés à la Casa de la Mujer de Tijuana, au Mexique.

13

Fahey ne répondit pas. Il se contenta de s'éloigner, et Magdalena le suivit. Ils rentrèrent en silence
à la ferme, où Fahey entreprit de mouiller ses
andains et de vérifier leur PH. Pour le maintenir
entre six et sept. Ils dînèrent de tamales en conserve
et de tortillas cuites au poêlon.

— Je ne sais pas, pour ce truc à Tijuana, lui
répondit-il comme si deux heures ne s'étaient pas
écoulées depuis qu'elle lui avait demandé de traverser la frontière.

Ils étaient installés sur la terrasse, la fin de leur
dîner posé sur leurs genoux dans des assiettes en carton. Des criquets stridulaient dans l'obscurité. Il y
avait des chauves-souris dans un des peupliers de
Virginie et Magdalena arrivait à les voir par intermittence. Elles semblaient des formes noires et erra-
tiques contre un ciel d'Halloween.

— Il faut que je pense aux vers. Et puis il y a ce
type qui attend que je termine sa planche.

— Je pourrais vous aider avec les vers, proposa
Magdalena, si vous me dites ce qu'il faut faire.

Fahey contempla le jardin sombre d'un air malheureux.

— Je crois que ça ne vous prendrait qu'un après-midi, pas plus de deux ou trois heures en fait.

Elle savait qu'elle ne disait pas la vérité, et puis elle ajouta qu'elle ne pouvait pas y aller elle-même à cause de l'*amparo*, ce qui était absolument vrai.

— Cela serait tellement important, conclut-elle. Si l'on pouvait intenter un procès ne serait-ce qu'à un seul de ces industriels étrangers… ce serait très important… pour tellement de gens.

Il évita de la regarder directement et but sa bière en contemplant pensivement la nuit.

— Ça me permettrait peut-être de trouver qui a essayé de me tuer, lâcha-t-elle.

— Ça serait dans vos dossiers ?

— C'est possible. D'une certaine façon, oui.

Fahey hocha la tête.

— Vous n'aimez pas beaucoup cet endroit, non ? Le Mexique, je veux dire.

— Pas beaucoup, non.

— Vous voulez me dire pourquoi ?

Fahey la regarda pour la première fois. Elle se dit que l'alcool le vieillissait. L'alcool et la vie qu'il menait.

— Ça pourrait prendre un moment répondit-il.

Elle supposa que cela revenait à lui demander pourquoi il ne surfait plus, ou qui était la femme sur la photo, dans son atelier.

— Peut-être que je devrais juste vous expliquer que je n'ai jamais été très bon pour aider les gens.

— Ah oui, les contradictions de l'action humaine.

— On peut dire ça. Et puis il faudrait que vous restiez seule pendant mon absence, ici, dans la vallée.

— C'est si terrible ?

— Vous ne connaissez pas la vallée, dit-il. Pas vraiment. Et pas la nuit.

— C'est la nuit.

— Nous sommes dans une petite oasis avec une clôture grillagée, des chiens et une mauvaise réputation.

— Alors ça devrait aller.

Fahey haussa les épaules et détourna les yeux.

— Peut-être, dit-il.

— Ce ne serait que pour quelques heures.

Elle savait qu'elle se montrait très insistante.

— Plus que ça. Avec les embouteillages.

— Écoutez-moi bien et je peux vous indiquer un raccourci.

— C'est ce qu'on avait dit à l'expédition Donner[1].

Magdalena s'inclina en avant dans sa chaise longue en bois, avançant la main pour toucher l'avant-bras de Fahey.

— Il y a des vies en jeu, déclara-t-elle.

Mais en s'entendant le dire, elle se prit à douter que ce fût vraiment le cas et se demanda si ce n'était pas juste ce qu'elle espérait. Le nouveau meurtre de l'ouvrière avait en effet tout remis en question, elle-même et son travail, tout ce qu'elle faisait. C'était un sentiment viscéral, elle le savait, qui dépassait la raison. Et pourtant, cette fille était morte par une nuit semblable à celle-ci. Comment savoir qu'il n'y en aurait pas une autre au matin – pauvre déchet d'humanité gisant parmi les mauvaises herbes, ce matin à venir et tous les autres matins, pour un temps indéterminé, pendant qu'elle, Magdalena, examinerait ses traces écrites et ses rapports d'enquête ?

Et pourtant, pensa-t-elle, quelqu'un avait bien essayé de la tuer. Peut-être que ses dossiers lui sug-

---

1. Expédition tragique de la ruée vers l'Ouest américain, dont la moitié des membres ne survivront qu'en mangeant les cadavres de leurs compagnons. *(N.d.T.)*

géreraient une réponse. Mais peut-être qu'il n'y avait en fin de compte que sa propre vie en jeu, et elle se demanda fugitivement si cela suffisait.

*
* *

Fahey resta assis sans bouger, la main de Magdalena posée sur son bras, les yeux perdus dans le jardin où il y avait si peu à voir. Puis il finit par tourner la tête et laissa son regard croiser celui de la jeune femme. Il savait que c'était une erreur. La lumière jaune en provenance de l'intérieur du mobile home soulignait le contour de sa mâchoire, l'arête fine et bien dessinée du nez de Magdalena.

— J'imagine que je pourrais demander aux cowboys de passer vous voir, dit-il enfin, entendant ce qu'il disait et ayant du mal à croire qu'il le disait vraiment.

Mais en fait, il pouvait difficilement lui dire la vérité, ou tout au moins se résoudre à le faire, lui avouer que le seul fait d'avoir été chercher les médicaments à Tijuana avait provoqué la crise de panique qu'il avait subie dans le couloir de contention, à la frontière, alors qu'il s'était à peine aventuré au-delà du poste frontière.

Il termina sa bière et se leva pour en prendre une autre. La bière aidait. Il profita de ce qu'il était dans la cuisine pour avaler une pilule. Les chances s'amélioraient. Il pouvait probablement y arriver, faire l'aller-retour dans l'après-midi. Personne ne le saurait. Sauf elle, évidemment. Elle saurait s'il y allait, et elle saurait s'il n'y allait pas. Elle le jugerait en conséquence et il se jugerait à travers elle. Qui aurait cru ça ? Bénis soient le Valium et la bière. Avec des quantités suffisantes, il pourrait y arriver, raide dingue d'amour dans la cité des perdus. C'était du Fahey tout craché – tout ce qu'il avait toujours été et tout ce qu'il s'était promis de ne plus être, plus jamais, vu ce que cela lui avait rapporté par le passé.

— Je crois que je vais devoir réfléchir, dit-il enfin.

Il se tenait dans l'étroit chambranle qui séparait la cuisine de la pièce où elle se trouvait.

— Je pourrais peut-être dire un mot aux cow-boys demain matin. Ils se lèvent tôt.

Puis il sortit. Elle le regarda s'éloigner. Le plus petit des deux chiens jaillit de sous le mobile home et caracola sur ses talons, petit point blanc dans la nuit. Elle regarda Fahey s'arrêter au bord de ses andains. Il lui sembla qu'il y restait un bon moment. Mais il finit par se rendre dans l'appentis et, au bout de quelques minutes, elle perçut le bourdonnement familier de la ponceuse et le ghetto-blaster qui crachait du Chet Baker.

*
* *

Elle resta allongée dans la nuit, la couverture remontée sous le menton. Elle n'arrivait pas à dormir. La musique et la ponceuse résonnèrent longtemps. Elle finit par s'assoupir et s'éveilla juste avant l'aube. Elle regarda dehors.

Tout était silencieux. L'ampoule jaune brûlait toujours dans l'appentis et, un instant durant, elle crut que Fahey dormait. Puis elle le vit, à l'extrémité du halo de lumière. Il était sorti dans l'obscurité avec la planche qu'il avait fabriquée, vêtu d'un seul caleçon ou short de bain. La planche était posée par terre – tache claire sur la terre sombre – et il se tenait juste à côté, en train d'exécuter ce qui semblait être une sorte de danse. C'était du moins ce que cela évoquait. Elle le regarda faire des pas croisés vers l'avant et vers l'arrière, sautillant presque avec légèreté, puis s'immobiliser et tourner les épaules, en se balançant sur ses hanches. Elle le regarda lever les bras au-dessus de sa tête, exposant un ventre un peu rond. Mais elle distinguait aussi les muscles de son dos, leurs monts et leurs vallées soulignés par la faible lumière tandis que ses bras s'abaissaient lentement pour arriver presque parallèles au sol, un peu, pensa-t-elle, comme une mouette en plein vol. Alors elle comprit ce qu'il était en train de faire – cette petite danse à côté de la planche. Le mouvement des mains l'avait trahi. Fahey surfait, ou du moins faisait comme si, seul dans la nuit, à plus de trois kilomètres de la vague la plus proche.

## 14

Le marché fut conclu sur la Mesa de Otay, par un après-midi de septembre étouffant, à moins de cinquante mètres de l'endroit où elle était apparue pour la première fois. Armando et Chico, formant équipe à présent, se tenaient accroupis avec leur bière dans un coin de l'atelier de carrosserie, tapis sur la terre imbibée de cambouis comme des joueurs au-dessus d'une partie de dés. Les sales chiens qui gardaient le garage étaient couchés tout près, langue pendante, chassant les mouches, le ventre appuyé contre une terre plus noire que du charbon, le toit de tôle ondulée sous lequel ils étaient venus s'abriter se révélant parfaitement inutile devant un soleil assez bas à l'ouest pour couler ses rayons par-dessous et enflammer les vapeurs polluées qui régnaient dans le hangar comme si un ange de l'Apocalypse avait déversé sa coupe sur la mer.

Leur accord tenait sur un plan tout simple. Lorsqu'elle reviendrait, Chico, qui s'y connaissait un peu en mécanique, trafiquerait sa voiture – ce qu'il voudrait, du moment qu'elle puisse tomber en panne ailleurs que devant l'usine. N'importe où sauf là, mais de préférence quelque part dans la banlieue de la ville. Armando et Chico devaient la suivre dans la décapotable rouge. Quand la voiture serait tombée en panne et que Magdalena serait descendue pour regarder sous le capot, Armando n'aurait plus qu'à fondre sur elle pour l'enlever.

Ce qu'il avait en tête pour la suite était plus compliqué, mais il avait tout de même prévu un endroit où l'emmener, un vieux puits de mine à l'est de la ville, où nul n'entendrait ses cris, où même les sorcières de la Casa de la Mujer ne pourraient jamais la retrouver. Dans quel but elle y viendrait, ou plutôt par quels chemins détournés elle l'atteindrait, car il estimait que l'issue était assez prévisible, paraissait moins évident à définir. Il avait pourtant passé de longues heures seul dans ce trou, absorbé par l'arrangement méticuleux de tous les objets qui lui avaient paru appropriés – la plupart récupérés dans des décharges ou volés sur des sites où il s'était acquitté des missions que Chico lui enviait tant, bricoles que leurs propriétaires n'étaient plus en mesure de réclamer. Il apporta une profusion de bougies et des pièces de tissu aux couleurs vives. Puis il y ajouta une multitude de chaînes, de cordes, et tout un bric-à-brac qui comprenait un hibou empaillé dans une cage rouillée, l'oiseau, telle une poupée d'enfant, coiffé d'un napperon de dentelle. Et puis il y avait encore d'autres objets, des choses qu'il gardait sur lui d'aussi loin qu'il se souvenait : une photo de Reina prise le jour de leur mariage, un bout de papier de l'hôpital de Reynosa sur lequel un médecin avait noté quelque chose qu'il ne pouvait pas lire mais qui devait parler de son fils, les deux documents aussi froissés qu'une vieille facture. Il disposa l'ensemble à la lueur des bougies, les fixant aux poutres et aux murs de terre de sorte que le puits avait fini par ressembler au tombeau d'un roi antique, ou peut-être à un lieu de rassemblement secret de flagellants, dont le détail des cérémonies restait caché même des constructeurs de leurs chapelles. Ce qu'il savait avec certitude, c'est qu'une cérémonie se tiendrait là, un rituel sanglant, au cours duquel des événements particuliers prendraient leur juste place dans l'univers qui était le sien. Il savait cela et une autre chose encore. Il savait que ce serait une cérémonie où la présence de Magdalena serait exigée.

*
* *

La partie la plus risquée du plan d'Armando était la nécessité apparente de l'exécuter au grand jour. Mais il avait alors repéré le logo de la Casa de la Mujer sur des prospectus fixés aux poteaux téléphoniques de toute la mesa, prospectus qui annonçaient la veillée aux flambeaux. C'était mieux que tout ce qu'il aurait pu espérer, et il courut avertir Chico, occupé à descendre un pack de bière dans la chaleur étouffante de la fin d'après-midi.

— C'est pour ce soir, annonça Armando.

Et ils avaient finalisé les derniers détails de leur plan.

— Et après ce coup-là, il y en aura d'autres, dit Chico, une fois l'affaire conclue.

Armando haussa les épaules en se redressant.

— On verra, dit-il. On verra comment tu te débrouilles.

Chico eut un large sourire en regardant l'autre s'éloigner. Il était certain qu'il ferait l'affaire, bien que cette Madone, comme Armando se plaisait à l'appeler, ne l'intéressât guère. Et le fait qu'elle soit copine avec une avocate le rendait un peu nerveux.

Mais il avait vu les liasses de billets dans les mains d'Armando, disposées entre ses doigts noirs de graisse, aux ongles rongés. Quand la pensée de l'avocate le mettait un peu mal à l'aise, il essayait de se représenter les demeures des seigneurs de la drogue, des animaux exotiques arpentant des décors de jungle derrière des murs aussi épais que ceux de Fort Alamo. Et il se disait qu'après ce soir, après ce truc avec la fille, il y aurait d'autres marchés lucratifs et il commencerait à faire son chemin parmi au moins quelques-uns de ces personnages immortalisés par des chansons.

Armando voyait pour sa part tous les rouages tourner dans la tête de Chico. La vérité était qu'il n'avait nullement l'intention de poursuivre son partenariat avec ce garçon au-delà de cette nuit, et qu'il entendait même se débarrasser de lui dès leur tâche terminée. Parce qu'au fond le cow-boy était comme tous ces types qu'il ne connaissait que trop bien, un de ces gosses des rues emportés et vicieux, moins dignes de confiance qu'un chacal. Ses talents de mécanicien et sa voiture, voilà tout l'intérêt qu'il avait à offrir, et si, à la fin, il se révélait plus difficile de se débarrasser de lui qu'Armando ne l'avait escompté, il se verrait contraint de lui présenter quelqu'un. En fait, il commença même à prendre un plaisir si pervers à s'imaginer un tel affrontement qu'en rentrant à l'usine désaffectée, plus tard ce même après-midi, au lieu de faire la sieste ainsi qu'il en avait eu l'intention, il se mit au travail et entreprit de dégager des tas de débris pour faire une place à la décapotable rouge.

*
* *

Ce que Chico avait du mal à comprendre, c'est qu'Armando arrivait à survivre parce qu'il savait se taire. Les hommes qui l'engageaient savaient où le trouver, et c'étaient eux qui venaient le chercher quand ils avaient besoin de lui, jamais l'inverse. Ils fixaient le prix. Armando ne discutait jamais. Il ne râlait ni ne quémandait jamais. Chico n'avait pas encore participé à une seule mission, et il était déjà chiant, réclamait déjà davantage. Et puis, il y avait aussi l'autre partie de l'équation, la chose que le jeune cow-boy ne pouvait décidément pas connaître, à savoir qu'Armando avait déjà un partenaire quand il avait besoin de quelqu'un, un partenaire qui n'en demandait jamais plus, qui ne désirait pas rencontrer les hommes qui distribuaient l'argent, dont ces hommes n'entendraient jamais parler – l'arme secrète d'Armando, solide comme un buffle, fidèle comme un chien… Armando s'était déjà arrangé pour qu'il attende dans le puits de mine et vienne à leur rencontre, surgissant de ce trou obscur telle une créature des profondeurs, le visage tellement couturé qu'il ne semblait qu'à moitié formé, comme une œuvre encore inachevée et pourtant déjà maudite, comme un enfant de junkie né pour être drogué et donc prématurément condamné, des tournevis acérés et des clés d'église rouillées pendus à des chaînes d'argent… Armando saisit en imagination, comme si cela s'était déjà passé, l'expression exacte du visage de Chico en le voyant arriver, ce pensionnaire d'une ménagerie à laquelle le cow-boy n'avait pas encore pensé, cet instrument de la volonté d'Armando car c'était bien ce qu'il était devenu et ce qu'il avait toutes les chances de rester jusqu'au jour qui vient pour tous les hommes de retourner dans les ténèbres…

Néanmoins, le soir où Magdalena démarra dans sa voiture, il n'y avait qu'Armando et Chico pour la filer à bord de la décapotable : l'instrument de la volonté d'Armando et tout ce qui devait s'ensuivre étaient prévus pour plus tard. Mais il n'y eut jamais de plus tard.

*
* *

Chico assura qu'elle s'était noyée. Il n'y avait pas d'autre issue possible. Sa voix donnait l'impression qu'il parlait du fond d'un tambour à cause de la Madone qui lui avait brisé le nez. Mais Chico avait dit aussi que la voiture tomberait en panne beaucoup plus tôt. Tout ce que qu'Armando voulait, c'était qu'elle quitte la zone industrielle. Or la voiture avait roulé, roulé, jusqu'à la route qui dominait Las Playas, et ils avaient bien failli la perdre dans une collision frontale, Armando frappant le tableau de bord avec son poing et Chico regardant avec des yeux exorbités de terreur, ses visions de paies à venir qui devaient faire de lui un homme riche anéanties sur la chaussée.

Pourtant, la fille avait survécu à l'accident. Chico était arrivé près d'elle avant Armando, erreur qu'il se reprocherait amèrement par la suite. Puis le deuxième camion avait surgi, et Chico l'avait perdue. Bon sang, il aurait dû la sortir lui-même de la voiture. Dans son impatience à montrer sa valeur, le cow-boy avait montré ses faiblesses. Vous imaginez d'avoir à vous tenir le nez simplement parce qu'il est cassé. Vous imaginez où ça pourrait vous mener avec les boxeurs qui s'entraînaient au-dessus d'El As Negro !

Le chauffeur du camion s'était révélé dangereux, et Armando avait été forcé de l'abattre en lui fourrant un revolver contre son point sensible, sous la ceinture, ce qui avait projeté des bouts de colonne vertébrale sur les deux voies de la Mex One. Ils avaient ensuite coursé la fille jusqu'à la plage et l'avaient regardée, impuissants, s'enfoncer dans la mer, sa tête disparaissant dans l'eau à moins de quinze mètres de la barrière.

Malgré tout, Armando n'arrivait pas à croire qu'elle était vraiment morte. Elle avait trop de chance. Au lever du jour, il monta dans la charpente des vieilles arènes et resta accroupi là, comme pétrifié, sous la merde des pigeons, les articulations en feu, la tension oculaire lui vrillant le cerveau comme si ses yeux étaient reliés par des électrodes à la base de son crâne, les pupilles collées à des jumelles volées pour scruter la vallée en contrebas.

Chico décréta qu'il était fou. Il voulait le reste de son argent.

Armando l'envoya se faire foutre.

Armando resta dans la charpente. Il se dit qu'il avait eu de la chance en tombant sur ces jumelles. Ses connaissances des verres grossissants auraient pu tenir sur un timbre-poste, mais ceux-ci provenaient de l'arrière d'une grosse Mercedes, intérieur et extérieur noirs, comme les jumelles en question, avec des inscriptions dessus qui n'étaient ni en anglais ni en espagnol. Ces lunettes étaient à peine plus petites qu'un grille-pain et lui permettaient de voir des choses incroyables. Il vit la police des frontières pourchasser des *pollos*. Il vit des oiseaux fondre sur des nids, une fouine se battre avec un serpent, des coyotes en maraude. Il vit un homme nu, à peine plus charnu qu'un épouvantail, exécuter une sorte de danse en haut d'une des mesas.

Chico vint le voir à plusieurs reprises. Il voulait son argent.

— Je ne sais pas trop si elle est morte, lui répliqua Armando. Et puis de toute façon, même si elle est morte, elle n'est pas morte de la bonne façon.

— Si elle est morte, elle est morte.

Armando ne répondit rien.

Chico se tenait en bas, maussade, et il criait en direction des chevrons. C'était la troisième ou quatrième fois qu'il venait. Il s'aperçut qu'Armando mangeait un hamburger. Il réfléchit à la distance qui le séparait du fast-food le plus proche. Puis il s'efforça de s'imaginer Armando qui descendait de sa charpente et se rendit compte que c'était impossible. Il essaya alors d'imaginer Armando avec un ami. Ce fut tout aussi difficile. Inutile de lui poser la question. Il avait appris qu'Armando pouvait ne pas prononcer un mot pendant des heures de suite.

Cependant, Chico revint deux fois plus souvent. Toujours avec le même résultat. Puis il ficha tout par terre. Il était là quand Nacho apporta à manger, et c'est comme ça qu'ils se rencontrèrent. Ce n'était pas exactement la confrontation qu'Armando avait imaginée, mais Chico en resta néanmoins muet comme une tombe. Et comment le lui reprocher, cueilli à froid par une telle apparition – ce grand dôme chauve, à l'exception de quelques touffes de cheveux, bondissant parmi les rais de lumière qui tombaient des gradins des vieilles arènes. En fait, son aspect était sans nul doute encore plus terrible dans un tel cadre, où la lumière oblique soulignait non seulement sa grosse tête déplumée, mais aussi les étoiles métalliques fixées sur les manches et sur les épaules d'une veste de cuir si vaste qu'il avait dû falloir la peau d'une vache tout entière pour la confectionner, et, en dessous, le véritable attirail de chaînes, de clés d'église et de tournevis affûtés qui se balançaient avec une harmonie discordante digne d'un chariot de cuisine à l'ancienne.

Armando fit les présentations à quinze mètres au-dessus de leurs têtes.

— Nacho gère les choses pour moi, annonça-t-il. Tu auras ton fric quand la femme sera morte. Si tu le veux avant, vois ça avec Nacho.

Chico capitula. Il était temps pour lui de partir. Armando pensa qu'il n'était pas près de le revoir, mais Chico revint le lendemain, quoique nettement calmé. Armando lui devait de l'argent. Armando avait des relations. Le cow-boy attendrait. Une alliance forcée s'installa dans l'ombre de ces arènes vieillissantes, comme entre des *desperados* à l'abri d'une avancée de toit.

— Pour l'amour de Dieu, finit un jour par demander Chico, d'où tu le sors ?

Il lançait sa question vers les hauteurs, comme s'il s'adressait au Tout-Puissant en personne, Nacho apparemment absent.

— D'après toi ? rétorqua Armando, car en vérité, il n'y avait pas beaucoup d'endroits possibles.

— Colonia Subterráneo…

C'était bien ça. Le nom que sa mère avait bien pu lui donner s'était perdu depuis longtemps lorsque Armando l'avait rencontré. Ou peut-être même qu'il n'y avait jamais eu de nom. On le sur-nommait donc Nacho, ce qui signifiait chips de maïs, encore dans l'enfance et pesant déjà plus de cent kilos de trop. Armando était tombé sur lui dans un terrain vague près de la voie ferrée, où le gamin avait réussi à se griller la figure en se remplissant la bouche d'essence pour la cracher sur des allumettes. Il y avait eu un retour de flamme et Armando l'avait trouvé en train de se rouler dans la poussière, hurlant de douleur et de terreur sous les yeux impavides d'une douzaine de gosses moins imposants qui semblaient croire que cela faisait partie du numéro et n'avaient pas jugé utile d'intervenir.

Armando s'était servi de sa propre veste pour éteindre les flammes, et Nacho s'était mis à le suivre comme un chien perdu. Le feu avait laissé des cicatrices. Les émanations l'avaient rendu simple, mais il était bâti comme une cuve de chauffe-eau, solide comme un bœuf et loyal jusqu'à la mort.

— Tu pourrais en apprendre de lui, assura Armando à Chico.

— Quoi par exemple ?

— À la fermer et à faire ce qu'on te demande.

Il se dit qu'il était devenu chef malgré lui. Il avait maintenant sa propre bande.

\*
\* \*

La quatrième nuit, il y eut des étoiles filantes, l'homme nu qui dansait et une aube écarlate. Le cinquième jour, il vit la Madone dans le soleil couchant, au bord d'une petite mesa. Les grosses jumelles lui montrèrent même les égratignures qui zébraient le côté de son visage. Il y avait un homme avec elle. Il portait une chemise imprimée hawaïenne, un pantalon en velours avec de la poussière sur les jambes, des sandales mexicaines – de ces huaraches qu'on achète aux vendeurs des rues d'El Centro. Ses cheveux lui arrivaient aux épaules. Les lentilles étaient si précises qu'Armando arrivait à voir ce qu'il y avait sur sa casquette de base-ball – un asticot jaune vif en chapeau de cow-boy et lunettes noires. L'asticot était installé sur une chaise longue et fumait la pipe. Armando n'avait aucune idée de la distance réelle à laquelle ils se trouvaient, mais quand il abaissa ses lunettes magiques, il s'aperçut qu'il arrivait encore à les voir – pas plus grands à l'œil nu que ces couples en sucre sur les gâteaux de mariage. Il les examina un moment. Il n'avait plus besoin des jumelles à présent. Il y avait d'autres moyens de les voir de plus près. Il suffisait d'aller en Amérique pour y arriver.

## 15

Immergé dans le cœur de Tijuana, Fahey pensa à une prison centrale. Il se sentait désorienté et n'aurait su, sur le moment, dire laquelle précisément alors qu'il se rappelait tout le reste. Il se souvenait que le bâtiment se dressait au bord d'une grande plaine. Il se souvenait de ses cinq cents codétenus répartis sur sept niveaux. Il se rappelait ce que c'était que d'essayer de dormir dans ce genre d'endroit, essayer de bouger, essayer de manger, essayer de faire quoi que ce soit. Le bruit ne s'arrêtait jamais – des radios qui gueulaient, des hommes qui pleuraient, des hommes qui baisaient, des hommes qui faisaient des cauchemars, des hommes qui balançaient des conneries à tue-tête, jour et nuit... L'une des stratégies de Fahey pour survivre dans de tels lieux avait été de contrôler son environnement immédiat, à savoir vérifier qui se trouvait à côté de lui, qui surveiller, à qui parler, à qui offrir un sandwich – fabrication prison, bien sûr, beurre de cacahuète sur pain de mie, sans fioritures. Le truc était d'organiser son entourage à son avantage, de trouver un allié – un mec pour assurer tes arrières et toi les siens. Tu peux en trouver deux ? Tu peux te faire payer des séries de pompes ? Tu peux en faire cent d'affilée ? Tu peux garder la forme ? Parle de ce que tu connais… parle de la maîtrise de soi… On a vite fait d'être rejeté dans ces coins-là. On ne tarde pas à se rendre compte qu'on n'est qu'une pauvre merde dans un vaste système. Le système fonctionne suivant une architecture et des lois propres. Un homme sain d'esprit ne pouvait être qu'un intrus, une particule à la dérive dans le réseau sanguin d'un hôte impossible à imaginer, une particule qui attendrait d'être découverte, qui attendrait d'être écrabouillée.

C'est ce que lui inspirait à chaque fois le fait de traverser la frontière, systématiquement. Le Mexique était pour lui comme la thérapie du fourgon. Les choses se passaient mal au Mexique. Elles devenaient incontrôlables. Elles tombaient toujours dans le bizarre. Prenez cette meute de chiens, par exemple, celle qui lui collait au train depuis près d'une heure, et il jeta un nouveau coup d'œil dans son rétroviseur… cherchant par le plus petit moyen possible à évaluer son environnement immédiat, à contrôler son entourage, parce que, eh bien… peut-être que c'étaient eux. Peut-être que c'étaient ces chiens qui le contraindraient d'une façon ou d'une autre à dévoiler son jeu, qui le pousseraient à la faute. Peut-être que c'étaient eux qui l'attendaient au tournant.

Il n'y avait qu'ici bien sûr que de tels monstres pouvaient même commencer à exister, bâtards strabiques de couleur indéfinie et dont la forme résultait d'expérimentations génétiques qui avaient mal tourné. L'un des chiens avait la tête d'un berger allemand sur le corps d'un teckel. Un autre avait ce qui ressemblait bien à un os de poulet en guise de queue. Ils couraient avec l'endurance d'un coyote. Cela faisait au moins trois kilomètres qu'ils le coursaient, le long d'un canyon sans nom où il s'était engagé suivant les instructions de Magdalena, perdu bien évidemment. Le plan qu'elle lui avait tracé avait atterri sur le plancher, à ses pieds, et la trace des semelles en caoutchouc de ses sandales avait rendu illisibles les lignes, noms de rues et numéros qu'elle avait pu y tracer pour son édification – le raccourci qui l'avait conduit ici.

Il n'aurait su déterminer avec précision quand les choses s'étaient gâtées, sans doute au grand rond-point appelé le Cinq et Dix, où toutes les rues de Tijuana se croisent avec d'autres rues de Tijuana, alors qu'il cherchait désespérément celle qui s'appelait Agua Caliente et/ou le restaurant Carnitas Urapana, celui qu'il verrait en premier car l'un marquait l'entrée de l'autre. En fait, il lui semblait bien avoir aperçu un tel établissement au moment où un gigantesque camion à ordures à seize roues avait failli lui rentrer dedans, l'obligeant à tourner avant qu'il ne soit prêt, coupant la route à deux files de voitures au son des avertisseurs et des insultes hurlées dans une langue étrangère. Il n'avait pas eu d'autre choix que de continuer à rouler, sur des voies à sens unique, devant des décharges et des débits d'alcool, des truands à tous les coins de rue, des chiens lancés au galop, devant des maisons décrépites dont les façades avaient pris des couleurs dignes d'un mauvais trip sous acide. Il avait beau essayer de regagner le Cinq et Dix, il ne cessait de s'enfoncer dans un paysage urbain de plus en plus glauque, sur de l'asphalte de moins en moins dense, qui finit d'ailleurs par céder la place à une piste de terre. Et, au bout du compte, la piste elle-même disparut au profit d'un chemin de pierre et de sable, qui lui donna l'impression de se trouver dans le lit asséché d'une rivière, sanctuaire de vieux pneus et de fournitures au rebut, de carcasses de véhicules qui avaient eu le malheur d'arriver dans ces territoires désolés avant lui et y avaient pour leur peine trouvé les pièces qui leur manquaient.

Le soleil carambolait sur ce paysage impitoyable avec une intensité presque aussi vibrante qu'un coup de cymbales – pour en masquer le son, le lecteur de cassettes qui se balançait sous le tableau de bord déversait du Chet Baker. Fahey croqua du Valium – les petits cachets bleus de dix milligrammes, deux à la fois – et les fit passer avec la bière qu'il gardait coincée entre ses cuisses en sueur, la cannette sortant du pack de six sur le siège à côté. Il essuya avec son avant-bras la transpiration qui lui coulait dans les yeux et découvrit que le ravin étroit dans lequel il s'était engagé débouchait non loin de là sur un décor spectaculaire.

\*
\* \*

Il y avait là des maisons, si l'on pouvait les appeler comme ça – des masures en carton et grillage à poulet – surmontées de toits de tôle, qui glissaient de la mesa au-dessus mais étaient habitées quand même. De l'eau s'écoulait également de la mesa. Elle se rassemblait au fond du décor en un petit ruisseau tumultueux que Fahey s'efforça de garder entre ses roues. Une odeur fétide se mit alors à monter du plancher sous ses pieds.

Mais tout cela allait bientôt se terminer car, juste devant, il tomba sur un homme en combinaison spatiale d'un blanc immaculé sous le soleil de midi, près d'un 4 × 4 tout aussi blanc marqué d'une sorte de symbole sur la portière. L'homme brandissait dans une main gantée ce qui semblait être une petite fiole de verre, et l'examinait en la portant à la lumière comme s'il regardait dans un kaléidoscope.

Sous les yeux de Fahey, une grosse femme avec des plaies sur les jambes s'avança pour cracher sur l'homme en combinaison. Celui-ci fit de son mieux pour l'ignorer. Pareille à une buse, la femme tourna autour de lui sans cesser de faire travailler ses mâchoires. Des chiens et des enfants jouaient au bord du ruisseau. Fahey vit la meute qui le poursuivait gagner rapidement du terrain.

Il n'eut d'autre choix que de s'arrêter. Le bâtard nain à tête de berger allemand mordit son pneu. Une foule de *cholos* portant baggy, bonnet et chaînes surgit de nulle part et se posta à ce qui aurait pu passer pour un coin de rue, un bout de terre nue au pied de la falaise, au bord du petit ruisseau nauséabond.

Fahey resta assis derrière le volant de son pick-up. Les *cholos* l'évaluaient avec des sourires de loups. Plusieurs femmes apparurent devant l'une des maisons. Deux d'entre elles s'avancèrent pour maîtriser la grosse matrone qui crachait. Les autres demeurèrent devant la maison, sorte de cabane lépreuse dont les murs extérieurs avaient perdu tant de plâtre qu'on y voyait non seulement la charpente, mais aussi l'intérieur. L'impression générale était celle d'une grande maison de poupée abîmée, jouet de géants malfaisants.

L'embrayage du pick-up avait commencé à fumer. Le moteur chauffait. Il ne restait plus beaucoup d'essence. Mais la jauge manquait notoirement de précision et, au moment où Fahey tapa dessus dans l'espoir que s'affiche une quantité plus favorable, le moteur mourut. La joie excita les chiens, les plus petits s'acharnèrent sur ses pneus, les plus grands grattèrent ses portières. Les *cholos* se mirent à rire. L'homme au $4 \times 4$ blanc avait apparemment obtenu ce qu'il était venu chercher. Il voulait partir. Comment le lui reprocher ? Mais le pick-up de Fahey bloquait le passage. L'homme cria quelque chose en espagnol. Fahey se sentait nauséeux.

— *¿Usted habla inglés ?* demanda Fahey par l'interstice de sa vitre entrouverte.

L'homme le dévisagea à travers le masque de Plexiglas du casque blanc qui lui recouvrait la tête, et son regard affichait un profond mépris qui rappela à Fahey une fille qu'il avait abandonnée à son destin dans un canyon très semblable à celui-ci. Encore un marché qui avait mal tourné. Des *Federales* armés les avaient obligés à courir, mais ils avaient gardé la fille pour s'amuser. L'expression de cet homme rappela à Fahey l'expression des soldats d'alors – de la pure malveillance. Autant réclamer la clémence des courants de Las Playas. Fahey n'avait plus jamais revu la fille. À l'époque aussi, la terreur lui avait donné des sueurs froides, et il avait fui vers la frontière.

La pensée lui vint que maintenant aussi il pouvait s'enfuir, quoique, en cet instant précis, il ne sût même pas de quel côté se trouvait la frontière. L'homme en combinaison spatiale avait commencé à tambouriner contre le capot de son pick-up. Les chiens tournaient autour des jambes du spationaute, bondissant comme s'ils étaient tirés par des ficelles tombées du ciel, ne pensant visiblement à rien d'autre qu'à Fahey lui-même, coincé sans solution dans son pick-up, en panne d'essence, en panne de chance. Il suivit une intuition et passa rapidement sur le siège passager. Les cannettes de bière dégringolèrent sur le plancher et l'une d'elles se mit à couler et trempa le tapis de sol en caoutchouc. L'odeur de bière remplit la cabine. Les chiens redoublèrent de virulence. Fahey abaissa la vitre côté passager, juste assez pour pouvoir crier quelque chose à l'adresse des femmes devant la maison.

— ¿ *Dónde está Casa de la Mujer ?* lança Fahey.

Les femmes le regardèrent.

Fahey répéta la question.

Une femme s'avança, traversant la meute de chiens. Elle s'approcha de la vitre de Fahey.

Fahey répéta sa question pour la deuxième fois.

La femme le dévisagea avec un mélange de curiosité et de commisération.

— Oui, dit-elle. Je sais où c'est.

*
* *

Les femmes se révélèrent pleines de ressources. L'une d'elles avait même un bidon d'essence dans le coffre de sa voiture. Une femme chassa les *cholos* de leur coin de falaise pendant qu'une autre éloignait les chiens. Une autre monta à côté de Fahey et fit faire demi-tour au pick-up. L'homme en combinaison spatiale fila. La femme qui avait des plaies sur les jambes jeta des pierres vers sa voiture. Mais le véhicule immaculé disparut bientôt dans la poussière, petit point blanc dans la bouche rouge du canyon. Le Valium et la bière commençaient à agir. La femme qui avait pris le volant regarda longuement Fahey.

— Je ferais mieux de vous conduire, dit-elle.

C'est ainsi que Fahey arriva à la Casa de la Mujer. Il avait exagéré sur les cachets et l'alcool. Deux autres femmes l'aidèrent à entrer – une maison modeste dans un vieux quartier résidentiel, au coin d'une petite rue. Il s'allongea sur un canapé, les yeux rivés sur la collection de petits canevas qui couvraient le mur le plus proche de lui. On trouva une femme qui parlait anglais.

— Je m'appelle Connie, déclara-t-elle en s'age-
nouillant près de lui. Nous vous attendions. Vous
êtes l'homme dont Magdalena nous a annoncé la
venue.

Fahey répliqua que c'était bien lui.

Connie lui sourit.

— Elle a dit que vous auriez peut-être du mal à
nous trouver.

— Plus que du mal, dit Fahey.

Il lui parla du canyon.

— Vous êtes la première bonne chose qui me soit
jamais arrivée dans cette ville, ajouta-t-il.

Elle le dévisagea, décontenancée, puis haussa les
épaules.

— Si l'homme de l'agence pour l'environnement
ne s'était pas trouvé là, ça ne se serait pas passé
comme ça. Vous auriez tout simplement fait demi-
tour et seriez sorti de là. Vous auriez fini par nous
trouver.

— Je ne crois pas, assura-t-il, la tête comme une
enclume. Du café ? demanda-t-il.

La femme sourit.

— Dans un instant. Je crois que vous feriez mieux
de rester un moment allongé.

— Magdalena… elle est toute seule dans la vallée.

— C'est si terrible ?

— J'ai demandé à l'un des cow-boys de jeter un
coup d'œil sur elle.

— Un cow-boy ? Alors je suis sûre qu'elle est
entre de bonnes mains.

Fahey essaya de l'imaginer entre de bonnes
mains. Les canevas dansèrent devant ses yeux.

— Peut-être que si je pouvais juste dormir quelques minutes, dit-il.

La femme lui tapota l'épaule.

— Vous pouvez dormir autant que vous voudrez, assura-t-elle.

*
* *

Fahey dormit comme une souche, sous les canevas qui étaient en fait l'œuvre de paysannes du Chiapas, réalisés pour la longue marche sur Mexico. Il dormit sur le canapé, parmi des boîtes et des affiches, des dessins d'enfant. Il finit par rêver de la fille dans le canyon. Puis la fille se mua en Magdalena sous les totems de Surfhenge, les plaques de bronze à ses pieds. Elle semblait lui demander pourquoi son nom ne figurait pas parmi ceux des grandes stars.

— Il y a des choses, lui disait Fahey, dont on ne revient jamais.

Puis il se réveilla en sursaut, trempé de sueur, dans la mauvaise lumière, sur l'image de Magdalena, seule dans la vallée.

## 16

En temps normal, Armando aurait simplement emmené Nacho avec lui de l'autre côté de la frontière, mais Chico, aussi tenace qu'une chaude-pisse, se révéla une fois de plus utile. Il avait un cousin de l'autre côté, qui se planquait dans un coin qui s'appelait Garage Door Tijuana, en plein dans la vallée. On pouvait le voir depuis la charpente des arènes – du moins les portes de garage. Ce qu'il y avait derrière ces portes demeurait un mystère – un labyrinthe obscur où l'on pouvait parfois entrevoir le plumet blanc d'une herbe de la pampa et quelques palmiers chétifs.

Et Chico savait aussi où traverser – un vieux collecteur d'eaux de pluie en béton récemment dégagé. La canalisation partait du Mexique à Las Playas et suivait un chemin parallèle à Yogurt Canyon, mais débouchait plus loin dans la vallée, assez loin de la frontière pour avoir échappé jusque-là à l'attention de la police des frontières. La canalisation était ancienne et datait de bien avant la barrière, d'une époque où nul ne cherchait ce genre de passage secret. Pourtant elle était déjà entachée d'une mauvaise réputation et avait servi de repaire aux contrebandiers jusqu'à la construction de la barrière, quand les ingénieurs américains l'avaient trouvée et bouchée. Mais voici que depuis quelques mois, le collecteur avait été rouvert, sur l'initiative de trafiquants de drogue qui avaient eu recours au travail forcé. D'après la rumeur, les hommes qui avaient creusé avaient été enterrés à l'entrée de la vallée de la Tijuana, du côté américain. On disait aussi qu'il y avait des rails au fond de la canalisation, de ceux qu'on trouve dans les mines, avec un petit wagonnet à roues d'acier susceptible de charrier des charges bien plus lourdes que tout ce qu'un homme pouvait porter, et que ces rails et ce wagonnet dataient, comme le tunnel, d'un autre âge mais avaient été eux aussi récemment remis en service.

Parfois, les dealers de méthamphétamine qui contrôlaient l'entrée du tunnel du côté mexicain laissaient passer quelques *pollos* s'ils avaient de quoi payer. Il arrivait qu'ils prennent l'argent et qu'ils attendent que les *pollos* soient dedans pour leur trancher la gorge et les enterrer avec ceux qui avaient creusé. D'autres fois, ils les balançaient dans le fleuve, du côté américain, là où il se déversait dans la mer. Tout dépendait de leur humeur. Mais Armando pouvait payer le passage. Avec Chico, il avait négocié le prix. La nuit de la traversée, il emmènerait Chico et Nacho avec lui.

Il ne savait pas où l'homme et la Madone avaient disparu. Les parties de la vallée les plus exposées à sa surveillance depuis les arènes étaient les plages et les marais situés au sud du fleuve. Quand l'homme et la femme avaient quitté la mesa, ils l'avaient fait dans un camion rouillé qui les avait emportés vers l'intérieur des terres. Ils s'étaient évanouis derrière des arbres, dans la nuit qui tombait, et il ne les avait plus revus, mais il était clair qu'elle était encore en vie et se trouvait quelque part dans la vallée de la Tijuana. Et la vallée de la Tijuana n'était pas si grande que ça. Il n'y avait pas trente-six mille endroits où se cacher. Ni, du moins pouvait-on l'espérer, pas trente-six mille casquettes comme celle que portait le grand Américain avec sa chemise à fleurs. Peut-être même n'y en avait-il qu'une seule.

*
* *

Ils projetèrent de passer la frontière le lendemain soir. Vers la tombée du jour, ils vagabondèrent dans les rues d'El Norte et du vieux quartier chaud sans perdre la barrière de vue. Plus les ombres s'épaississaient, plus augmentait le nombre de paysans qui espéraient échapper à l'attraction de la grande masse terrestre d'où ils venaient, qui espéraient survivre aux accros au crack et à la racaille de Colonia Subterráneo et distancer la police des frontières, qui espéraient échapper à tout l'assortiment de *bandidos*, gangs divers et vigiles que la nuit pouvait dresser contre eux, car leurs ennemis étaient légion. On les voyait donc, épouvantails aux yeux effarés, traîner à l'ombre de la barrière, le long des parois en ciment des canaux d'évacuation du déversoir, au fond de chaque caniveau jusqu'à Las Playas, où ils se tenaient serrés les uns contre les autres dans la puanteur des excréments, à l'ombre des arènes et au bord de l'ancien jardin public, et où ils dévidaient des chapelets pour faire le décompte de leurs chances.

Armando aurait pu les prendre en pitié, mais, en fait, leur vulnérabilité ne lui inspirait que du mépris, et aussi une certaine satisfaction à la pensée que malgré tout ce qui lui était arrivé, ou peut-être à cause de cela, lui et ses camarades pouvaient rester tranquillement assis à siroter leur bière au milieu des strip-teaseuses jusqu'à l'heure de partir pour Las Playas et le passage qu'ils avaient choisi, où ils traverseraient en prenant tout leur temps.

\*
\*  \*

Une douzaine de petites frappes se tenaient à l'entrée du tunnel, non loin d'un pont autoroutier, et les voitures passaient tout près sur la Mex One en vrombissant dans la nuit. De l'argent changea de mains. Armando avait un .45 automatique dans la poche et un cran d'arrêt glissé dans la chaussette. Il avait laissé les jumelles à l'usine de recyclage de batteries car il les avait considérées comme un excédent de bagage – quand il reverrait sa Madone, ce serait face à face. Chico était armé à peu près comme Armando. Nacho avait pour lui la force de trois hommes, des coups-de-poing américains et un rasoir à lame dans la poche de son manteau ainsi que tout un assortiment déjà décrit pendant au bout de diverses chaînes. Les voyous qui gardaient l'entrée le considérèrent avec incrédulité, et il n'y eut pas de problème à la porte. Un gosse qui avait des dents en argent plein la bouche prit leurs billets et les fit entrer, souriant seulement en voyant ce qu'ils avaient apporté pour s'éclairer.

Une fois à l'intérieur, le tunnel se révéla plus long que ce qu'Armando avait imaginé. Chaque centimètre empestait la sueur, et les fantômes de ceux qui étaient morts ici leur soufflaient leur haleine dans le cou. L'unique lampe à ampoule fluorescente dont ils s'étaient munis n'éclairait pas grand-chose d'autre que l'air alentour, et ils avançaient comme des aveugles, trébuchant sur les rails, les uns sur les autres et aussi sur des choses invisibles qui roulaient sous leurs pieds. Le grattement occasionnel d'un rongeur ou le bourdonnement d'un insecte se mêlaient au son de leur souffle court. Puis l'odeur des marais et de la mer au-delà leur indiqua qu'ils approchaient du but.

Armando sortit son arme et buta contre un dernier obstacle fixé dans le sol et dur comme de la pierre. La grande masse de Nacho lui rentra alors dedans par-derrière et le propulsa à travers un entrelacs de lianes qui dissimulait l'entrée du tunnel du côté américain. Il goûta donc à l'Amérique avant de la fouler du pied, se retrouvant à quatre pattes dans une sorte de bourbe, crachant du sable et des graviers tandis qu'un gros nuage de moustiques bourdonnait à ses oreilles, fondant avec voracité sur son crâne dégarni.

Le cousin de Chico les attendait comme convenu. Il les conduisit rapidement sous les arbres et, de là, ils se dirigèrent vers l'est, sur des sentiers abrités au milieu des saules et des roseaux qui pliaient au-dessus de leur tête en leur cachant les étoiles. Ils traversèrent la rivière en un endroit étroit au milieu des roseaux, au moyen de planches dissimulées sous des herbes et de la boue, puis, lorsqu'ils en eurent terminé avec cette passerelle improvisée, tirèrent les planches sur la berge et les dissimulèrent à peu près comme ils les avaient trouvées.

Bientôt, Garage Door Tijuana apparut devant eux tel un mur infini. Le cousin fit surgir une porte, comme par magie, et un gouffre étroit s'ouvrit alors, un passage entre des parois de bois et de tôle, de vieux pneus entassés sur plus de trois mètres de haut et derrière des caravanes serrées comme des sardines pour déboucher enfin dans un pays de cocagne d'habitations, voitures et télévisions, où des hommes fumaient sur des chaises de jardin en plastique, buvaient à la bouteille et grattaient des guitares. Il y avait des enfants qui jouaient et des femmes qui cuisinaient sur de grandes plaques d'acier posées directement sur les braises.

Armando essuya le sable et la boue qui s'accrochaient encore à son visage et regarda autour de lui. Les gens souriaient. Il y avait des rires et des chansons. On aurait presque pu dire qu'il régnait une atmosphère de fête. Armando trouva que Garage Door Tijuana ressemblait à une promenade au parc. Et pourquoi pas ? Les habitants de Garage Door Tijuana menaient la grande vie aux États-Unis, en Californie du Sud, bon Dieu, et, pauvres ignorants qu'ils étaient, ils ne se doutaient pas qu'ils venaient de faire entrer des loups dans leur bergerie.

## 17

Une nappe de brouillard recouvrait le fond de la vallée, si dense qu'on ne voyait pas à trois mètres dans aucune direction, sauf vers le haut, dans la mesure où elle était assez peu épaisse pour laisser filtrer la lumière des étoiles, les planètes luisant tels des joyaux dans un val immense et diaphane. Pour autant que Deek Waltzer pût le savoir, et il avait pas mal bourlingué, ce phénomène était propre à la vallée de la Tijuana et lui rappelait l'époque où il faisait le chauffeur pour la Blue Line, ne fût-ce que parce que c'était une nuit favorable pour faire passer des sans-papiers.

Il avait un pack de six bières sur le siège passager, et le grand halo de ses phares, qui se déplaçait avec lui, lui donnait l'impression d'être appelé vers les cieux au lieu d'avancer comme une tortue sur Dairy Mart Road pour se rendre à la ferme vermicole de Fahey en se remémorant la Blue Line et les premiers temps qu'il avait passés dans la vallée. C'était drôle, mais, depuis un moment, il repensait souvent à cette époque comme à un âge d'or par opposition à ce qui était venu juste avant, mais c'était bien ainsi qu'il l'avait vécu sur le moment – un divorce récent, plus de maison, plus de boulot. Cinquante ans et plus rien devant lui. Pas d'argent. Pas d'espoir. Pas de projets. Mais il avait quand même pris son pied en faisant ces tours à la frontière alors qu'il se disait qu'il n'avait plus rien à perdre et, il le supposait maintenant, n'en était que plus heureux. Ensuite, il y avait eu la vallée proprement dite, avec Jack et les chevaux, ce petit boulot et la caravane au milieu des Indiens d'Oaxaca qui lui avaient appris deux ou trois trucs sur le fait de vivre l'instant présent, ce qui était, d'après son expérience, à peu près ce qu'il fallait faire de sa vie – bien loin de la philosophie qui l'avait motivé dans son existence précédente, où il vendait de l'immobilier au cœur d'Orange County, jonglait avec les hypothèques sur trois propriétés, soignait l'équilibre de son portefeuille d'actions et attendait avec impatience sa retraite anticipée… tout en stockant des trésors rongés par les mites et la rouille, exactement comme dans la Bible.

Il rit tout haut et ouvrit une autre bière. Il pensa au rodéo programmé pour le week-end prochain. C'est fou ce qu'il aimait ces rodéos. Il appréciait tout particulièrement les rodéos mexicains qui mettaient l'accent sur le maniement du lasso et la monte du cheval, l'évaluation se faisant purement sur le savoir-faire et les qualités artistiques, à la différence des rodéos américains où il s'agissait de monter un taureau ou un cheval sauvage, les chronomètres y ayant toujours le dernier mot en matière d'arbitrage.

Il aimait aussi les courses de chevaux, et il y aurait là-bas des Andalous tout frais débarqués d'Espagne, qu'il avait hâte de voir. Mais ce qu'il appréciait le plus, c'était l'état d'esprit des Oaxaqueños. Ils arrivaient tôt dans leurs habits du dimanche et pariaient sur les courses de chevaux jusqu'à ce que tous les chevaux aient été présentés. À ce moment-là, ils étaient déjà assez saouls pour ôter leurs chaussures et courir les uns contre les autres, des hommes d'âge mûr qui n'avaient pas couru plus de cinquante mètres depuis l'enfance et qui pilonnaient les quatre cents mètres de la piste mexicaine avec leurs pieds nus. Et ils pariaient sur ces courses-là aussi. Et quand ils étaient trop saouls ou trop fatigués pour courir, ils traçaient un cercle dans le sable et boxaient les uns contre les autres à mains nues jusqu'à ce que le moindre cent gagné en s'éreintant pendant tout le mois ait fondu comme neige au soleil. Il y aurait de la bière, de la viande grillée et des tacos maison, et Deek arborerait ses belles bottes et son Stetson blanc pour parader comme si l'endroit lui appartenait, avec toutes les chances de trouver un coup pour la nuit, même si ce genre de chose devenait moins fréquent qu'il l'aurait voulu ces derniers temps, ou, semblait-il, moins fréquent que ce dont il se souvenait de quand il était plus jeune – disons 50 balais, l'époque où il bossait pour la Blue Line et prenait les Oaxaqueños à la frontière pour les emmener à San Diego et dans d'autres coins plus au nord.

*
* *

Il quitta la Dairy Mart Road pour prendre la piste sans nom qui conduisait à la ferme vermicole de Fahey. Il ne savait pas trop ce que tout cela signifiait, ni pourquoi c'était lui qui s'y collait et pas Jack, qui était l'ami de Fahey, pour autant que Fahey pouvait avoir des amis.

L'ancien surfeur et taulard était passé la veille au soir pour dire qu'il allait devoir rester tout l'après-midi de l'autre côté de la frontière et leur demander si l'un d'eux pouvait aller jeter un coup d'œil sur l'hôte qui séjournait chez lui. Deek avait tout naturellement pensé que la mission allait échoir à son coéquipier, mais le cheval de Jack s'était mis à boiter sur une piste de la vallée. Jack avait dû le conduire chez le véto et avait demandé à Deek de passer voir l'hôte de Fahey.

— Nom d'un chien, avait répondu Deek.

— Oh, vas-y, avait insisté Jack. Je te paierai un pack de six.

— Un aujourd'hui et un autre demain.

— Marché conclu.

Il se retrouvait donc là, après une journée de boulot et le brouillard qui tombait de bonne heure, la moitié de la bière de Jack déjà engloutie quand apparurent les lumières de la ferme de Fahey. Il avança jusqu'à la grille fermée et klaxonna.

Il fut surpris de voir une femme sortir du mobile home, et plus surpris encore de constater qu'elle était mexicaine. Il le remarqua au moment où elle passait devant la lumière de ses phares, les chiens sur ses talons. Elle s'approcha de la grille. Elle tenait des clés à la main. Elle était vêtue d'une chemise en flanelle trop grande de plusieurs tailles et d'un pantalon de jogging tout aussi vaste.

— Vous devez être l'un des cow-boys, dit-elle.

Deek nota que, malgré les vêtements qui lui donnaient une allure plutôt clownesque, elle était à la fois jeune et jolie, et sa réflexion l'étonna plus encore, mais il admit que, effectivement, il était bien l'un des cow-boys.

— Je pensais qu'il serait déjà revenu, à cette heure-ci, lui dit-elle. Je suppose que vous n'avez pas de portable.

Deek la dévisagea.

— Vous savez quoi, dit-il enfin. J'ai eu un de ces foutus machins. Mais je l'ai perdu.

Ils s'étaient installés dans le mobile home de Fahey. Elle buvait du thé. Deek vidait une autre bière et examinait les photos sur les murs. Il ne savait pas trop combien de temps ce « coup d'œil » à jeter sur quelqu'un était censé durer.

— Alors j'imagine que c'est lui, dit-il en désignant les photos.

— Sur certaines, répondit-elle en indiquant sa préférée, Fahey cheveux au vent, au pied d'une grande muraille bleue.

— Mon équipier, Jack… il dit qu'il le regardait surfer, dans le temps. Il dit qu'on l'appelait la Mouette. Mais sûrement que vous le savez déjà.

Magdalena fit non de la tête.

— Je ne le connais que depuis quelques jours, dit-elle.

— C'est vrai ?

La femme se contenta de sourire. Elle s'exprimait bien, était de toute évidence instruite, et il n'arrivait pas à comprendre ce qu'elle pouvait bien faire là. Il remarqua les égratignures qui commençaient à cicatriser sur un côté de son visage, les restes d'un hématome autour de l'œil, et il se rappela les questions de Fahey pour soigner des plaies et les effets de l'eau polluée. Tout cela cachait quelque chose, conclut-il, les blessures sur le visage de la fille, les vêtements qui étaient visiblement ceux de Fahey, le fait qu'elle avouait ne pas le connaître depuis longtemps… Mais peut-être, pensa-t-il, peut-être qu'il en saurait davantage par Jack Nance, parce qu'il doutait d'en apprendre plus ce soir de la bouche de la femme qui était assise en face de lui dans le mobile home de Fahey.

210

— Que s'est-il passé, d'après vous ? demanda Magdalena. Que lui est-il arrivé ? dit-elle en montrant les photos.

Deek aurait préféré savoir ce qui lui était arrivé à elle et pourquoi elle était ici, mais il n'était pas du genre à aller chercher l'information si elle ne venait pas toute seule.

— Vous voulez dire, pour qu'il soit aussi en retard ?

— Non, je me demande d'une façon plus générale ce qui lui est arrivé, répondit-elle.

— Vous feriez mieux de poser la question à Jack. Je crois qu'il a une théorie sur le sujet.

— C'est votre coéquipier ?

Deek hocha la tête.

— Sam a dit que vous étiez deux.

— Exactement. Jack et moi. Et Jack est pote avec Sam.

— Mais pas vous et Sam ?

Deek se tortilla sur la petite banquette en L qui remplissait la majeure partie de la pièce. Il occupait un bout de la banquette, et Magdalena l'autre.

— Je sais des choses sur son père, finit-il par dire.

— Quel genre de choses ?

Deek réfléchit un instant. La vérité telle qu'il la connaissait n'était pas belle à entendre, et il estima que ce n'était pas à lui de la dire, trouvant de toute façon que ce n'était ni le moment ni l'endroit. Il s'agita encore sur la toute petite banquette, puis il consulta sa montre et termina sa bière.

— Il faut dire que j'ai entendu des trucs, lâcha-t-il enfin.

— Oui ? fit Magdalena sans bouger.

— Il paraît que c'était un sale type, répondit Deek.

Une heure plus tard, il était de nouveau sur la route, vitre baissée pour humer les senteurs mouillées des sarcobatus et des sauges et chasser l'atmosphère du mobile home de Fahey. La fille l'avait un peu cuisiné au sujet du père de Fahey, mais l'expression qu'elle avait en l'interrogeant lui fit regretter d'avoir amené le sujet sur la table. Il avait malgré tout fini par déclarer que l'homme avait mauvaise réputation parmi les Indiens, qui le décrivaient comme un menteur et un tricheur et disaient que la ferme était un endroit à éviter. Mais ces simples révélations, bien que très générales, avaient suffi à assombrir l'humeur de la jeune femme. Alors il avait fait de son mieux pour détendre l'ambiance en lui parlant du rodéo mexicain. Il lui décrivit la musique qu'on y jouait et les épreuves du concours qu'il préférait. Il évoqua la capture des chevaux au lasso : le *caballero* qui chevauchait sa propre monture avec vingt mètres de corde enroulée sur une main ouverte, une extrémité nouée en boucle autour du pommeau de la selle, le cuir fumant sous la corde qui filait tandis que le cheval sauvage galopait vers l'autre bout de l'arène en forme de guitare pour stopper net devant la barrière puis faire le tour de la partie la plus large de la guitare avant la fin de l'épreuve. Et, pendant tout ce temps, le *caballero* restait assis sur son cheval, gardant la position au centre de la piste tandis que la poussière s'élevait autour de lui et que sa monture dansait sur la musique des *mariachis* qui jouaient de la guitare, du guitarrón, du violon et de l'accordéon. Ensuite, lorsqu'il lui eut parlé du rodéo et terminé sa dernière bière, il lui avait demandé si elle voulait qu'il reste plus longtemps, et elle avait répondu que non, que ça irait. Il avait insisté, lui demandant si elle était bien sûre, et elle lui avait assuré que oui.

Il l'avait invitée à venir au rodéo, avec Fahey, alors qu'ils se tenaient dans l'obscurité brumeuse devant le mobile home, le petit chien bondissant contre ses jambes, le vieux chien couché quelque part dans l'ombre épaisse des arbres.

— Ça durera tout le week-end, avait-il indiqué. Ça commence vendredi après-midi. Mais le mieux se passera probablement dimanche. Si vous voulez venir.

— On essayera, dit-elle.

Deek pensa qu'elle était sincère.

— Vous êtes sûre que ça va aller maintenant ?

— Pas de problème. Il y a la clôture, et puis les chiens.

Deek avait souri.

— Ce vieux chien est à peu près aussi utile que je pourrais l'être, avait-il dit, et il trouva *a posteriori* qu'il s'était peut-être un peu trop déprécié, sans doute troublé par la beauté si pure de cette fille.

— Je suis sûre qu'il ne va plus tarder maintenant. Je lui dirai que vous êtes passé.

Et Deek avait acquiescé, se refusant à lui avouer que la gratitude de Fahey l'intéressait peu.

— Bon, avait-il fait, n'oubliez pas le rodéo.

Elle avait assuré que non. Et elle l'avait encore remercié d'être venu. Il était parti sans savoir ce qui l'avait amenée ici ni pourquoi elle semblait porter une certaine affection à Sam Fahey. Il s'était dit en partant et se redisait à nouveau que c'était drôle comme certains se sentaient attirés par cet homme… D'abord son coéquipier, et maintenant cette fille. Mais les épaves faisaient cet effet-là parfois. Il y avait des femmes, et des hommes aussi, qui n'étaient heureux que quand ils pouvaient se raccrocher à un être humain en perdition et veiller sur lui, et si tel était le cas pour cette Magdalena en guenilles, Deek supposa qu'elle était particulièrement bien tombée.

*
*  *

Au bout d'un moment, l'odeur d'écurie s'infiltra dans sa voiture, et il entendit peu après les chevaux dans leurs stalles bien qu'il ne pût distinguer ni les uns ni les autres dans le brouillard. Il trouva l'entrée de l'allée par d'autres sens que la vue et s'y engagea, les roues de son 4 × 4 crissant sur la surface de gravier défoncée jusqu'à ce que le flanc de sa caravane se dresse devant lui, aussi large et blanc qu'une tête de baleine. Il coupa le moteur, qui continua de ronronner pendant plusieurs secondes – signe d'une fuite quelconque qu'il ne faudrait sûrement pas tarder à réparer – et descendit avec son pack de six coincé sous un bras.

La porte de la caravane était grande ouverte. Il n'en fut pas étonné. Il avait décapé de vieux placards en bois dans la cuisine et avait préféré aérer. Il n'avait aucune raison de se méfier à Garage Door Tijuana. Les Indiens parmi lesquels il vivait étaient des gens honnêtes qui ne lui avaient jamais causé le moindre problème, et il se sentait en fait plus en sécurité ici qu'il ne l'aurait été n'importe où.

Ce ne fut qu'une fois à l'intérieur qu'il perçut quelque chose de bizarre. Il y avait une odeur qu'il n'aurait su identifier, une présence. Ces constatations furent étayées par un bruit – comme si l'on fouillait dans sa cuisine. Mais là encore, il ne se sentait pas encore trop inquiet. Sa confiance en ses voisins était absolue. Il eut donc tendance à soupçonner un animal affamé, ou au pire un gamin du coin qui ne savait pas encore ce qu'il faisait. Ce ne fut que lorsqu'il eut traversé le living et vu un homme de dos en train de fouiller dans ses placards qu'il comprit qu'il lui arrivait quelque chose sortant vraiment de l'ordinaire et commença à flipper. Ce fut peut-être à cause de l'œil exorbité tatoué sur la tonsure à l'arrière du crâne de l'inconnu.

Deek posa le pack de bière par terre à ses pieds et saisit une cannette par le col. Il sentait le sang battre dans sa main, contre le verre.

— S'il vous plaît, dit-il.

L'homme se retourna pour le regarder.

Bon Dieu, songea Deek.

Le plancher craqua derrière lui. Et quelque chose le frappa par-derrière – beaucoup plus fort que tout ce qui avait pu le frapper depuis très longtemps. La Voie lactée tout entière se mit à danser devant ses yeux. Il se dit qu'il avait dû tomber parce qu'il se retrouva couché sur le dos avec un type qui le regardait d'en haut – depuis des ténèbres dont Deek ne connaissait même pas l'existence – et il se prit soudain à penser à Jack Nance, son bon ami et coéquipier, et à ce qu'il lui disait parfois à propos de Sam Fahey, maudit, le passage sur la nuit infinie…

18

Magdalena attendit toute la nuit, sans pouvoir téléphoner. Elle s'assoupit juste avant l'aube sur la banquette, enroulée dans une des chemises de flanelle de Fahey. Elle se réveilla quelques heures plus tard en entendant son pick-up, regarda par la vitre fêlée et le vit devant le portail. Elle éprouva une vague de soulagement. Ses pensées la ramenèrent à son arrivée à la ferme et à la façon dont elle l'avait considéré alors qu'il se trouvait au même endroit, devant son portail, et elle sur le siège du camion, trop faible pour bouger mais remplie de crainte, le prenant plus ou moins pour un clochard qui n'aurait pas eu toute sa raison. Étonnant comme le temps avait changé les choses : elle le considérait à présent avec une sorte d'affection, ce Fahey, avec ses cheveux hirsutes et ses larges épaules, son histoire impossible.

Elle l'attendait devant le mobile home. Elle repéra les cartons qui contenaient ses dossiers à l'arrière du pick-up. Fahey descendit de derrière le volant, les cheveux mouillés et peignés en arrière, comme s'il venait de prendre une douche. Leurs yeux se croisèrent. Il leva la main avant qu'elle ne puisse prononcer un mot.

— C'est une longue histoire, dit-il.

*
* *

Il la lui raconta dans la cuisine, pendant qu'elle faisait cuire des œufs. Elle l'écouta, reconnaissante aux femmes de la Casa de la Mujer, mais à Fahey aussi de s'être donné autant de mal. De toute évidence, les choses ne s'étaient pas déroulées aussi facilement que prévu, même si elle se doutait qu'il omettait certains détails. Le principal, c'est qu'il était rentré et avait les dossiers.

Lorsqu'il lui eut relaté ce qu'il voulut bien lui relater, il prit une bière dans le réfrigérateur et alla s'asseoir à la petite table de la cuisine pour regarder Magdalena commencer à hacher des tomates et des oignons verts.

— Ça vient de la vallée, commenta-t-il.

— Il suffit de les laver avant, répliqua-t-elle.

Ils mangèrent sur la terrasse. Il y avait un nid de moineaux dans les branches d'un des mélèzes. La couvée avait éclos pendant le voyage de Fahey à Tijuana, et le matin résonnait de pépiements d'oiseaux minuscules. L'air était chargé du parfum chaud et humide de la végétation, comme une substance mûre qui sourdait de la terre sous leurs pieds. Le système d'arrosage fonctionnait au-dessus des andains, et de minuscules arcs-en-ciel illuminaient cette partie de la ferme.

Fahey leva les yeux vers les rangs étroits de compost et de terre humide.

— Il se pourrait bien que je sorte du rouge, cette année, annonça-t-il.

Il dit encore que, avec la production de ses vers rouges plus grands que nature, il y avait déjà plusieurs magasins d'appâts de pêche, dans la baie, qui attendaient ses livraisons. Et il était récemment entré en contact avec une grande ferme biologique de la banlieue de Julian qui cherchait à acheter son compost et des vers pour procéder à son propre vermicompostage. Il désigna une pile des caisses blanches qu'il utilisait pour ses expéditions.

— Celles-là sont pour les gens de Julian. Et ça, c'est la vague de l'avenir, les vers du recyclage et du compostage.

— Je ne savais pas que vous aviez cette vision des choses, commenta-t-elle, plaisantant à moitié.

— Quelle vision ?

— Le recyclage. L'avenir.

— Oh, ça m'arrive de penser à l'avenir.

— Et qu'est-ce que vous vous dites, quand vous pensez à l'avenir ?

Fahey finit ses œufs.

— Parfois, je pense aux vagues. Je me demande ce qui se passerait si les grosses vagues revenaient. Au-delà des Arènes.

Magdalena se rappela sa vision de Fahey à demi nu, mimant la glisse dans l'obscurité, à côté de sa planche. Elle essaya d'imaginer si c'était le genre de vagues qu'il avait surfées à l'époque. Au-delà des Arènes.

— J'avais eu l'impression que vous ne surfiez plus.

— Il m'arrive de sortir, par les nuits de pleine lune, et de ramer sur toute la largeur de la vallée, d'Imperial Beach à la frontière. Histoire de garder les muscles de la nage en état de marche.

— Ce n'est pas seulement ça, si ?

— Quand on surfe, on surfe… Les petites vagues, c'est surtout une question de *timing* et de souplesse… Dans la grosse houle, si vous êtes en assez bonne forme physique pour ramer jusqu'à la vague et que vous connaissez le bon endroit, que vous savez comment elle déferle… vous la prenez.

Il la regarda et sourit.

— Enfin, c'est ce que je me dis.

— Alors, vous voudriez vraiment essayer ?

— On n'a pas tant d'occasions que ça de surfer le Mystic Peak.

— Je ne sais pas, dit-elle. Vous n'allez pas me dire que ça ne constitue pas un risque, que ça n'est pas dangereux.

Fahey haussa les épaules.

— Je crois que tout le monde a envie de laisser une trace, quelque chose qui indique que vous êtes passé par là, quelque chose que vous êtes seul à avoir pu faire.

Magdalena réfléchit un instant.

— C'est drôle, dit-elle, cette façon de vouloir laisser une trace. C'est une façon très différente de considérer son rôle sur la planète, du moins très différente de l'idée dans laquelle j'ai été élevée.

Fahey se contenta de la regarder.

— Les sœurs de la Bénédiction diraient sûrement que si vous surfez de grosses vagues, vous ne le faites que pour vous-même.

— C'est peut-être justement le but.

— Et le reste alors ? Que faites-vous du reste du monde ?

— Vous voulez dire, les malheurs de l'humanité ?

— Vous ne pouvez pas les nier.

— Je crois que mon idée, ça a toujours été que je pouvais d'abord faire quelque chose pour m'en sortir moi.

Mais en le disant, il fut frappé par le fait qu'il n'avait pas encore fait grand-chose dans ce sens, sauf si l'on considérait comme une réussite d'avoir ajouté aux turpitudes déjà innombrables du monde.

Ils gardèrent un long moment le silence. Fahey but sa bière.

— Les andains sont impeccables, déclara-t-il enfin. Vous avez fait du bon boulot.

— Vous aussi, Sam.

Ses paroles semblèrent le faire réfléchir.

— Je ne crois pas qu'on m'ait appelé Sam depuis la mort de mon père. Et encore, lui m'appelait toujours Samu, histoire de me faire sentir que j'étais une calamité ambulante. Je crois qu'il trouvait ça marrant.

Magdalena repensa à ce que le cow-boy lui avait dit.

— Vous ne m'avez jamais parlé de votre famille, dit-elle.

— Il n'y a pas grand-chose à en dire. Juste moi et mon vieux.

— Et votre mère ?

— Elle est partie quand j'étais môme. Mon père n'a plus jamais prononcé son nom. D'ailleurs, je l'ai oublié.

— Vous vous moquez de moi ? répliqua-t-elle, puis vit à son visage qu'il ne plaisantait pas du tout et regretta d'avoir dit cela. Il faisait quoi, votre père ?

Fahey regarda par terre.

— C'est une question à laquelle il est difficile de répondre.

Puis il se tut et le silence s'éternisa. Il vit qu'elle attendait toujours.

— C'est difficile pour moi d'en parler, ajouta-t-il.

Il aurait pu lui dire que son père avait toujours tout raté sauf quand il s'était agi de tuer des Mexicains, mais il préféra y renoncer. Il garderait ça pour lui. Une fois le petit déjeuner terminé, Fahey se rendit dans son atelier et travailla sur sa planche.

*
* *

Les deux jours suivants se passèrent dans une sorte de brume agréable, différente de tout ce que Fahey avait connu depuis longtemps. Il continuait de travailler sur la planche destinée à Jack Nance, procédant comme Hoddy lui avait appris à le faire, pour les grandes vagues du large qui naissaient Au-delà des Arènes. Magdalena épluchait ses dossiers, cherchait des noms. Ils semblaient apprécier mutuellement leur compagnie. Ils partageaient les repas et faisaient ensemble des balades dans la vallée. Fahey l'emmena en haut de Spooner's Mesa afin de lui montrer plus précisément comment les vagues se formaient dans la passe.

— Personne n'a jamais photographié le Mystic Peak, lui dit-il. À l'époque, il n'y avait pas beaucoup de mecs qui prenaient des photos depuis la mer, et ça aurait été une vraie galère d'aller là-bas avec un appareil. La seule solution était de prendre un hélicoptère, et les types qui font ça sont tous partis mitrailler les récifs de corail dans les îles ou bien bosser à Hollywood. Personne ne pense plus à venir ici. L'eau fait fuir tout le monde. Les gens ont entendu parler du Mystic Peak, mais comme on n'a pas d'image… Il n'y a maintenant probablement pas plus d'une douzaine de personnes au monde qui savent vraiment de quoi il s'agit.

Ils se tenaient tout près l'un de l'autre, et leurs bras se touchaient presque. Elle ne put s'empêcher de remarquer qu'il avait taillé sa barbe et enlevé les fragments de planche de ses cheveux. Il examina la houle en contrebas à travers des Ray-Ban rafistolées avec du ruban adhésif. Mais elle remarqua que l'adhésif était neuf. Lorsqu'ils se retournèrent pour partir, il lui effleura le dos de la main du bout des doigts.

*
* *

Ce soir-là, de même que la veille et l'avant-veille, il s'installa avec elle dans le living, qu'elle avait transformé en bureau, et but sa bière en la regardant travailler avant d'aller se coucher dans le vieil appentis qui lui servait d'atelier. Magdalena songea que c'était un peu comme s'ils formaient un couple. Mais un couple de quoi, cela aurait été plus difficile à déterminer.

— Qu'est-ce que c'est ? questionna Fahey.

Il avait pris au hasard une grosse liasse de feuilles dans l'un des cartons posés près de lui.

Magdalena regarda le carton et en déchiffra l'étiquette.

— Des rapports techniques sur des sites industriels désaffectés situés le long de la frontière.

— Du genre de la vieille fabrique de batteries dont vous m'avez parlé.

— L'usine de recyclage, oui. Cet endroit appartient à un certain Hunter, un Américain. Il y a dans le droit américain une notion qu'on appelle le « lien minimum ». Si j'arrivais à mettre en évidence que ce Hunter agit encore au Mexique, il pourrait être poursuivi ici, aux États-Unis. Il pourrait être forcé de faire le ménage derrière lui. C'est plus ou moins la raison de tout ça : pouvoir porter plainte contre lui, ou contre quelqu'un comme lui.

— Et vous trouvez quelque chose ?

Magdalena secoua la tête.

— Je ne sais pas. Quelqu'un a tenté de mettre le feu à nos bureaux. Quelqu'un a tenté de me tuer. Pourquoi ? Je ne cesse de penser que la réponse doit se trouver quelque part dans ces dossiers…

Elle baissa les yeux vers les papiers éparpillés sur le sol.

— Si ce n'est pas le cas, alors pourquoi suis-je ici ?

Fahey n'avait pas de raison à lui donner.

— Bon, qu'est-ce que vous avez pour commencer ? finit-il par demander.

— Ma voiture a été trafiquée devant l'usine de retraitement de batteries. Les hommes que j'ai vus sur la route étaient mexicains. J'ai regardé tout ce que nous avions dans ce dossier, en remontant jusqu'aux premiers rapports d'inspection, pour avoir le plus de noms possibles : contremaîtres, ouvriers, superviseurs…

— Mais vous ne connaissez pas le nom de ces types, sur la route ?

— Non, mais je crois que je pourrais les identifier. Ils avaient des tatouages, ça m'est revenu. L'un d'eux avait un soleil aztèque en travers de l'abdomen, l'autre un œil sur l'arrière du crâne. J'en suis sûre. Et si j'arrive à trouver des noms pour Carlotta, elle pourra aller voir la police. Nous avons au moins un ami là-bas.

Elle pensait à Raúl, l'homme qui l'avait invitée à déjeuner, et voulait, ne fût-ce que pour le moment, le considérer comme un allié.

— Il connaît la rue, dit-elle. Il voudra peut-être essayer de voir s'il y a des noms qui correspondent aux tatouages…

— Peut-être ?

Magdalena haussa les épaules.

— Le Mexique se veut l'ami du business. Le coût humain n'entre pas en considération. Enfin, qu'est-ce que vous avez vu, d'après vous, dans ce canyon, l'autre jour ?

— Vous parlez du cosmonaute ?

— Précisément. Le petit cours d'eau qui traverse cette *colonia* provient directement des usines au-dessus. Il est saturé de polluants. Ça rend tous les habitants de ce canyon malades. Et ils se plaignent. Alors un service quelconque du ministère de l'Environnement envoie le type que vous avez vu. Il sait de toute évidence que l'endroit est complètement toxique. Il s'habille comme pour aller sur Mars. Il fait un saut pour prendre une petite fiole de flotte à faire analyser. Vous voulez savoir quelles seront leurs conclusions ?

— Que l'eau est saine ?

— Trouver un autre résultat pourrait poser des problèmes à l'usine. Il faudrait qu'ils arrêtent de balancer ce qu'ils balancent n'importe où. Ils faudraient qu'ils nettoient leurs déchets. Ils pourraient trouver ça trop onéreux. Ils pourraient fermer l'usine pour aller s'installer dans un autre pays.

— Un pays qui serait encore plus l'ami du business.

— Nous y voilà. Et tous ceux qui voudraient demander des comptes à ces gens seraient aussitôt accusés d'êtres des ennemis du progrès...

Elle s'interrompit un instant puis ajouta :

— Disons simplement que la situation peut rendre l'administration assez réticente.

— Et c'est une façon de se faire pas mal d'enne-mis.

— Ça aussi. Mais maintenant, pensez au proprié-taire de cette usine de recyclage de batteries, là où la voiture a été trafiquée. Le nettoyage de ce site coûterait une véritable fortune. Ça pourrait le ruiner financièrement. Il pourrait donc être prêt à tout pour s'accrocher à ce qu'il a, peut-être même à engager certains de ses anciens ouvriers pour éliminer les responsables de la fermeture de l'usine, qui leur ont fait perdre leur travail – parce que c'est sûrement comme ça qu'ils voient les choses. Ils oublient que c'est justement ce travail qui les tue.

— J'imagine que le fait d'engager des hommes de main pourrait être associé au fait de continuer à agir au Mexique…

— Si on pouvait mettre la main sur un de ces types… et si on arrivait à le faire parler… On est face à une tentative d'assassinat. On n'en a plus rien à foutre, du « lien minimum ».

— Ce type, ce Hunter, vous aimeriez bien l'épingler.

— Et comment !

— Évidemment, ça pourrait ne pas être lui…

Magdalena embrassa du regard les cartons qui remplissaient la petite pièce. Elle sourit puis répliqua :

— Non, il représente juste un point de départ. Il y en a beaucoup d'autres comme lui.

— Racontez-moi. Il m'a fallu une heure pour charger tout ça dans mon camion et une autre pour décharger. J'ai cru que le pick-up n'allait pas suffire.

— Au moins, j'ai réussi à vous faire participer, dit-elle.

Fahey sourit, mais elle ne plaisantait qu'à moitié. Il le lisait dans ses yeux. Il se rappela qu'elle avait été élevée chez les bonnes sœurs.

— Je suis sérieuse, assura-t-elle. Enfin, je veux dire, vous habitez ici. Dans cette vallée où on pouvait vivre de la terre… où vous pouviez faire du surf…

Elle s'interrompit. Elle repensait à son déjeuner avec Raúl.

— J'ai peur de sombrer dans le prosélytisme. Je suis parfois très casse-pieds.

— Ça m'étonnerait, dit-il.

— C'est juste que, d'habitude, quand j'essaie de vous parler de ce que je fais, vous ne me dites pas grand-chose, comme si ça ne vous intéressait pas vraiment, et pourtant…

Sa voix se perdit de nouveau.

— Et pourtant je suis là.

Magdalena se contenta de le regarder.

— Oui, vous êtes là.

— Je suis là, répéta-t-il. Ça fait au moins une chose sur laquelle nous sommes d'accord.

— Moquez-vous. Mais que se passera-t-il si la vallée devient encore plus polluée ? Qu'est-ce que vous deviendrez ?

— Et que se passera-t-il si vous sacrifiez tout à cette cause et que vous n'aboutissiez à rien ? Si votre vie se résume à ça ? Si cette chose contre laquelle vous vous battez faisait tout simplement partie d'un vaste processus d'évolution… Je ne veux pas dire que ça en fasse quelque chose de bon, ou de désirable, mais juste que ça devient difficile de lutter.

— Et ce serait une raison pour ne pas essayer ?

Elle fut soudain frappée par le fait que c'était la première fois depuis qu'elle se trouvait dans la vallée qu'ils avaient une vraie discussion.

Fahey ouvrit une autre bière.

— J'imagine qu'on peut essayer, oui. Mais il faut être réaliste. En fait, vous pourriez passer votre vie à mener ce genre de bataille. Mais la prochaine fois que quelqu'un sabotera votre voiture, vous pourriez en mourir.

Elle le regarda bien en face.

— C'est si je renonce que je meurs, affirma-t-elle. Renoncer, ça reviendrait à les laisser gagner, à les laisser nous prendre notre âme.

— Le monde est dirigé par des gens pour qui le pouvoir est tout, et c'est comme ça qu'ils arrivent tout en haut de l'échelle. Quand l'évolution va dans leur sens, ils sont difficiles à arrêter. Mais on peut toujours les ignorer.

— C'est ce que vous faites ?

— Il y avait un surfeur, Mickey Dora. Il est mort maintenant, mais son nom figure toujours sur le mur de Malibu, « *Long live Da Cat* », « Longue vie au Chat ». Il avait cette réflexion sur le fait de prendre une vague, sur la lèvre de la vague – la partie qui commence à déferler par-dessus votre épaule.

Fahey esquissa un geste de la main, comme s'il glissait sur une vague et que son mouvement était censé désigner la partie de la vague dont il parlait.

— Ce qu'il y a dans cette lèvre, c'est tout ce qui cherche à vous avoir – les flics, les profs, les curés, les bureaucrates, tout ce qui voudrait que votre vie soit comme ci ou comme ça, tout ce qui limite et formate l'expérience humaine, mais tout ça file et vous, vous continuez à surfer, vous continuez à exploiter cette source d'énergie parce que c'est ça le but, ça l'a toujours été et ça le sera toujours, vivre l'instant présent…

Elle s'efforçait de déterminer s'il la provoquait. Puis elle arriva à la conclusion que non.

— Mais si tout le monde réfléchissait de cette façon, il arriverait un moment où il n'y aurait plus nulle part où aller, où ces accros au pouvoir dont vous parlez auraient gagné sur toute la ligne… Il y a des gens dans le monde pour qui la vie n'a de sens que quand ils doivent se battre pour elle.

Fahey vida sa bière, jeta la cannette aux ordures et en prit une autre.

— Eh bien, ça, c'est votre monde, Magdalena. Moi, je le traverse juste.

Elle répondit en lui lançant un bout de papier qui rebondit contre son front.

— Ça, c'est le coup de gong, dit-elle. Ça se déclenche quand on dit une connerie.

Fahey sourit, mais d'un sourire empreint de tristesse.

— Je croyais qu'on discutait, dit Magdalena. C'était amusant.

— Amusant ?

— Enfin, c'était chouette… le mot que vous voudrez.

Il se contenta de tirer l'anneau de sa nouvelle cannette puis contempla le trou qu'il venait de percer comme s'il contenait une vérité profonde.

— Qu'est-il arrivé, Sam ? Il y a d'autres vagues que le Mystic Peak dans le monde. Vous parlez du surf. Vous adorez ça, mais vous n'en faites pas, pas vraiment, vous n'en faites plus…

Magdalena fut elle-même surprise par la brutalité de sa question. Fahey parut soudain sonné, puis se détourna.

— C'est un coup bas, lâcha-t-il.

Elle poussa un soupir. Le voir plonger un regard apparemment dénué de tout espoir dans les profondeurs de sa bière semblait avoir fugitivement étouffé la gratitude qu'elle ressentait. Elle eut honte d'elle. Pour qui se prenait-elle, après tout ? Elle essaya de concevoir un moyen de reprendre leur conversation, mais il s'était déjà levé. Elle le suivit des yeux tandis qu'il prenait le reste du pack de bière dans le frigo –

trois cannettes qui se balançaient au bout des anneaux de plastique qui les reliaient ensemble telle une sorte de guirlande destinée à un rituel – puis il s'arrêta dans la cuisine minuscule près de la porte minuscule.

— J'espère que vous trouverez ce que vous cherchez, dit-il. Sincèrement. J'espère que vous gagnerez.

Puis il sortit.

Elle le regarda par la fenêtre, à travers la poussière et la crasse, les bandes d'adhésif argenté, s'éloigner vers l'appentis et sa perpétuelle lumière jaune, traînant ses boîtes de bière à bout de bras. Puis elle le vit ouvrir une porte et pénétrer dans l'atelier. Au bout d'un moment, elle entendit le jazz, et enfin la ponceuse, sa plainte aiguë et perçante qui noyait tout le reste.

## 19

Personne ne savait qu'il y avait un mort dans la caravane. Mais il est vrai que les gens du coin avaient autre chose en tête. C'était la fin de la semaine et il devait y avoir un rodéo. Les femmes faisaient la cuisine dehors sur les braises. Armando et ses compagnons campaient à la belle étoile devant la cabane du cousin de Chico. Armando n'avait jamais vu le monde depuis ce côté de la frontière. Cela lui rappelait l'ancien corral, là où le Río Mayo rejoignait le golfe de Californie. Il y avait longtemps qu'il n'avait pas eu ce genre de souvenir, dans l'immense ghetto de Tijuana.

Les Oaxaqueños ne semblaient pas avoir entendu parler d'un homme qui arborerait un asticot sur sa casquette. Mais ce n'était pas grave, pour l'instant. La vallée n'était pas très grande. Il ne pouvait pas être loin. Et en attendant, il y avait le rodéo qui arrivait. Il y avait de la bière et de quoi manger. Il y avait des femmes en robe, qui montraient leurs jambes quand elles dansaient. Et il y avait plus encore. Le cousin de Chico avait été pêcheur dans la péninsule, et il s'était lancé dans le trafic de tortues de mer. Les tortues étaient une espèce menacée et leur pêche était interdite. Mais le cousin de Chico avait découvert qu'il y avait un marché de la tortue au sein des gangs itinérants des trafiquants de drogue qui écumaient la côte. Au début, les trafiquants payaient en liquide, et après, une fois que le cousin de Chico eut goûté à leur marchandise, ils payèrent en crack.

En moins d'un mois, le cousin cessa d'être pêcheur pour devenir accro au crack. La moitié des villageois le suivit. Leur rendement chuta proportionnellement. Les trafiquants de drogue leur prirent tout ce qu'ils avaient en stock. Ils leur volèrent leurs poissons, violèrent leurs femmes et, quand la population des tortues eut été réduite à néant, ils s'amusèrent à mettre le feu à leurs bateaux. Le cousin de Chico avait alors trimballé son addiction de l'autre côté de la frontière et il atterrit à Garage Door Tijuana. Il allait écouler sa marchandise dans le nord, jusque dans la vallée de Coachella, mais achetait la came ici, sur le parking du 7-Eleven de Palm Avenue, à un gosse qui avait la tête en forme de cacahuète et un anneau dans le nez.

Armando, Nacho et Chico gouttèrent à sa marchandise et restèrent défoncés pendant des jours d'affilée, jusqu'au rodéo pendant lequel ils arpentèrent les rues en titubant comme des ivrognes novices au milieu de galants costumés. Ils participèrent à des courses à pied, boxèrent, mangèrent, dansèrent et baisèrent, ou en tout cas se branlèrent et, pendant quelque temps, oublièrent jusqu'à l'existence du cadavre dans la caravane.

*
* *

À l'aube du quatrième jour dans la vallée, Armando carburait aux fumées toxiques, la lumière jaune crue annonciatrice du matin perçant à travers les nuages clairsemés dans un ciel qui sentait la mer. Armando chancelait sur ce qui restait de la piste de quatre cents mètres, pieds nus sur la terre battue, complètement parti, quand il repéra l'Indien qui essayait de regarder par la fenêtre de la caravane du cow-boy.

— Salut, *compadre*, lança Armando.

Le type le regarda.

— Qu'est-ce qui se passe ?

— Il y a un truc qui pue, répondit l'Indien. Je crois que ça vient de là-dedans.

— Tu parles !

— Alors je jette un coup d'œil.

L'homme se retourna vers la fenêtre.

Armando s'approcha de lui par-derrière.

— Jette un coup d'œil là-dessus, *cabrón*.

Il le poignarda dans le rein, puis lui asséna un coup de couteau dans le foie. L'homme le regarda dans les yeux, les siens prenant un aspect vitreux, et il n'eut pas le temps de poser toutes les questions qu'ils exprimaient.

Mais Armando se pencha un tout petit peu pour lui glisser à l'oreille :

— *Hijo de la chingada.*

C'était peut-être la plus mélancolique de toutes les insultes mexicaines car elle exprimait davantage que la somme de ses composantes et témoignait aussi de l'appartenance à un peuple, ou c'est du moins ce qu'Armando avait toujours imaginé dans la mesure où le peuple incriminé de la sorte n'était autre que le sien.

Ce fut donc à peu près l'équivalent de « Fils d'enculée » qu'Armando murmura à l'oreille du mourant. Mais il aurait tout aussi bien pu se parler à lui-même.

## 20

Le lendemain matin, Magdalena se leva tôt. Elle n'avait pas très bien dormi et n'avait cessé de se repasser toute la nuit la conversation qu'elle avait eue avec Fahey. Elle ne remettait pas en cause le rôle qu'elle y tenait car elle avait choisi sa voie. Étant donné les circonstances de son enfance, on voyait difficilement comment les choses auraient pu tourner autrement. Le combat était en quelque sorte venu la chercher. Mais elle avait dépassé les bornes. Cet homme était blessé et le temps n'avait rien fait pour le guérir, aussi était-il nécessaire de le ménager. Il ne se battait pas tant contre le monde entier que contre son propre passé et les démons que celui-ci avait engendrés. Cependant, elle estimait aussi que l'isolement dans lequel il vivait n'était pas bon. Il était trop reclus ici, trop coupé du reste du monde sans rien d'autre pour occuper son esprit que le passé et cette ferme vermicole. Et ces préoccupations ne l'avaient pas amené au bon endroit. Les affaires de cet homme pouvaient bien commencer à le sortir du rouge, Sam Fahey lui-même ne tenait qu'à un fil.

Telles étaient ses pensées tandis qu'elle vaquait à ce qui semblait être devenu leur routine domestique. Elle se levait avant lui, ou du moins avant qu'il ne fasse son apparition dans le mobile home, préparait du café puis sortait pour voir où il se trouvait. Il était généralement levé, en train de s'occuper de ses vers ou de travailler sur la planche.

Le matin en question, il ne faisait ni l'un ni l'autre, et elle le trouva dans l'appentis, penché au-dessus de son ordinateur portable dans une attitude de concentration si intense qu'elle resta un moment dans l'embrasure de la porte pour le contempler en silence, de crainte de le déranger. Une odeur chimique qu'elle allait apprendre à reconnaître comme étant celle de la résine la heurta de plein fouet. C'était fort, mais pas particulièrement déplaisant. Pourtant, son travail sur les usines l'avait amenée à associer ce genre d'odeur avec la souffrance et le délabrement.

Les émanations de ce matin semblaient provenir de la planche de surf que Fahey fabriquait, et il avait dû y travailler toute la nuit car la planche avait l'air terminée mais pas encore sèche, son revêtement de fibre de verre tout juste stratifié luisant dans la lumière qui filtrait par la porte ouverte derrière elle.

Fahey, concentré sur son écran d'ordinateur, ne l'avait toujours pas remarquée.

— Sam, appela-t-elle enfin.

Elle tenait une tasse de café dans chaque main, une pour elle et une pour lui.

Il ne se retourna pas.

— Sam, répéta-t-elle.

— Venez voir ça, dit Fahey.

Elle posa sa propre tasse sur l'établi et porta l'autre à Fahey, qui se tenait assis sur un bidon de vingt litres retourné, le portable posé sur un autre bidon semblable. Elle lui toucha l'épaule de la main et regarda par-dessus.

— Quoi ? demanda-t-elle.

— Ça, répondit-il. C'est une tempête.

Elle découvrit un écran coloré avec des nuances de bleu et de vert en surimpression sur ce qui se révéla être une carte.

— C'est Jack Nance qui m'en a parlé, expliqua-t-il. J'ai commencé à la pister hier soir.

Elle songea que c'était après leur conversation.

— Vous avez travaillé aussi sur votre planche, constata-t-elle.

— Je n'arrivais pas à dormir, se justifia Fahey.

— Moi non plus.

Rien ne permit de savoir s'il l'avait entendue.

— C'est une grosse tempête, dit-il. Elle donnera de très grosses vagues, des vagues qui atteindront la passe.

Il procéda à quelques réglages à l'aide de la souris. La carte changea.

— Elle est partie de la côte japonaise il y a six, sept jours. Elle semble avoir culminé au-dessus de Hawaï et puis a viré vers l'Alaska, précisa-t-il en faisant apparaître un tableau avec des chiffres. Des données transmises par les bouées, expliqua-t-il. Elles envoient déjà des avertissements aux petits bateaux tout le long de la côte.

Magdalena était davantage intéressée par lui que par l'écran. Elle lui trouva la figure légèrement empourprée, figée dans une intensité qu'elle ne lui avait jamais vue, pas même ce premier matin, sur la plage, quand il avait tué les chiens. Elle comprit alors que ce n'était pas leur conversation qui l'avait empêché de dormir, c'était cela, la carte sur l'écran et la perspective des vagues, même s'il y avait peut-être eu quelque chose dans leur conversation qui l'avait poussé à jeter un coup d'œil au lieu de s'abrutir à coups de pilules pour s'endormir, ou, dans son cas, faire ce qui s'en rapprochait le plus.

— Est-ce que ce sera aussi énorme qu'avant ? demanda-t-elle. Quand Hoddy et vous, vous avez surfé Au-delà des Arènes ?

Elle se sentait obligée de participer au mouvement.

— Nous avons surfé plus d'une fois Au-delà des Arènes. Mais cette première fois, c'est celle-là qui compte.

— Quand Hoddy a pris la vague ?

— Quand Hoddy a pris la vague.

— Ça ressemblera à cette fois-là ?

— Je n'en sais rien.

— Est-ce qu'il y aura de la pluie ?

Fahey secoua la tête

— Il y aura des hautes pressions à l'intérieur des terres. Je pense que les pluies vont se concentrer au nord.

Elle demeura un instant silencieuse.

Fahey leva la tête de son écran.

— Vous avez dit que ça se passait il y a une vingtaine d'années.

— Je crois bien.

— C'était pendant un hiver d'El Niño ?

— Je ne crois pas qu'on appelait déjà ça comme ça, à l'époque, en tout cas, pas moi. Pourquoi me demandez-vous ça ?

Elle eut un léger haussement d'épaules.

— Il y a vingt ans... un hiver très pluvieux... il est très possible que certaines de ces vagues que vous chevauchiez soient venues avec la tempête qui a tué ma mère.

Elle n'aurait su expliquer ce qui l'avait poussée à dire une chose pareille.

Fahey ne sut absolument pas quoi répondre.

— Je suis vraiment désolé, dit-il.

Magdalena secoua la tête.

— J'imagine que ce n'est pas vraiment le genre de chose que vous devriez savoir. Je ne sais pas pourquoi j'ai dit ça.

— Ce n'est pas grave, assura Fahey.

— J'ai juste eu ce sentiment…

Et c'était vrai. Cette sensation lui était venue soudainement et elle l'éprouvait encore. On pourrait appeler ça une prémonition.

— Je vous ai apporté du café, dit-elle.

Ce n'est qu'à ce moment-là qu'elle s'aperçut que sa main tremblait tellement qu'elle avait renversé un peu de café et s'était même brûlé les doigts.

— Vraiment, assura Fahey. Tout va bien.

Mais elle n'en était pas aussi certaine.

## 21

Il supposa qu'il avait commis une erreur en laissant le cow-boy dans la caravane. Ils auraient dû l'emporter quand ils avaient pris sa voiture pour la vendre à un fabricant de meth de Chiula Vista pour trois cents dollars. Ils auraient pu se débarrasser du cow-boy en chemin. Ayant laissé filer cette occasion, ils auraient dû l'enterrer dans la vallée. Mais le cousin de Chico les avait avertis de se méfier de la vallée, qui était sous la surveillance constante des patrouilles des frontières. Pourtant, à la suite de sa rencontre avec l'Indien, Armando s'était dit, son esprit fonctionnant encore à la vitesse de la lumière, que le mieux était d'opter pour la vallée, sous les arbres, là où la terre était humide et assez meuble pour creuser, et avant que le matin ne soit trop avancé.

Avec Nacho pour manier la pelle, le cow-boy fut enterré en un rien de temps, et l'Indien avec lui. Ils furent emportés dans des sacs de couchage pris dans la caravane, sans que personne s'aperçoive de rien. Après le rodéo, tout le monde avait besoin de récupérer, tout le monde n'étant pas speedé à mort par les petits cristaux bruns du cousin de Chico. Dieu est miséricordieux. En fait, il semblait qu'il n'y eût plus qu'une seule personne dans tout Garage Door Tijuana capable de tenir encore debout et de réfléchir, et cette personne n'était autre qu'Armando. Et maintenant qu'il estimait qu'ils avaient eu de la chance pour se débarrasser des corps du cow-boy et de l'Indien, il se rendait compte qu'il lui fallait aussi s'occuper de la caravane, charnier de métal plein de traces de fluides corporels, d'empreintes et de Dieu seul savait quoi d'autre… En plus de l'odeur qui ne partirait jamais complètement. Il finit par imbiber un chiffon d'essence et le fourra dans une bouteille remplie elle aussi d'essence. Pendant que Nacho et Chico montaient la garde, il brisa l'une des vitres de la caravane d'un coup de coude, enflamma le chiffon et jeta la bouteille à l'intérieur. Quelques minutes plus tard, ce n'était plus qu'une colonne de feu tourbillonnante. L'incendie qui en résulta emporta la moitié de l'enclos voisin et tua un cheval. Les flammes attirèrent des camions de pompiers et une voiture des services de police de San Diego. Armando jugea qu'il était temps d'aller en ville, où le cousin de Chico avait déjà accepté de les conduire pour rencontrer son fourgueur. Il en conclut qu'il réfléchissait encore tout à fait clairement. Il était même carrément en veine.

*
* *

En ville, cela signifiait Imperial Beach. Armando trouva que c'était assez semblable à Tijuana, au nouveau quartier, dans la Zona del Río. Cette ville était peuplée par les mêmes Mexicains. La langue qui prédominait était l'espagnol. Les mêmes *compadres* traînaient aux coins des rues. Mais il n'y avait pas de vieille ville, pas d'El Centro avec ses boîtes de nuit et ses bordels. Il n'y avait là que des stations-service, des galeries commerciales et des fast-foods, îlots au milieu d'une mer apparemment infinie de petits pavillons où la verdure se montrait aussi rare que de l'autre côté de la frontière.

Aux yeux de Nacho, cependant, les pavillons semblaient de vrais châteaux, et c'est ainsi qu'il les appelait.

Le cousin de Chico, dont Armando n'arrivait jamais à se rappeler le nom, jugea cela très drôle.

— Tu trouves que ça ressemble à des châteaux, *cabrón* ?

Il regarda Nacho dans son rétroviseur.

— C'est de la merde, vieux. La pire merde que tu puisses trouver.

Nacho n'aimait pas beaucoup qu'on se moque de lui. Il fixa le rétroviseur d'un œil mauvais auquel le cousin de Chico aurait mieux fait de prêter plus attention.

— C'est la pire merde de toute la Californie, dit le cousin de Chico en en rajoutant encore une couche. Il faut vraiment être idiot pour croire que c'est des châteaux.

— Tu ne devrais pas te moquer autant de Nacho, intervint Armando. Il n'aime pas ça.

Armando se disait que le cousin planait un peu trop avec ce qu'il avait pris, et, comme il était lui-même dans le même état, il se sentit d'humeur magnanime et préféra lui donner un bon conseil.

Le cousin de Chico jeta un nouveau coup d'œil en direction du jeune géant, dans son rétroviseur, et haussa les épaules.

— Alors il devrait dire moins de conneries, répliqua-t-il.

— Toi aussi, rétorqua Armando.

Le cousin le foudroya du regard mais ne dit rien. Nacho avait l'air de sortir tout droit d'un film d'horreur, mais c'était Armando qui lui faisait peur. Il entra sur le parking d'un 7-Eleven et roula jusqu'aux bennes, à l'arrière du supermarché. Le type qu'ils attendaient ne tarda pas à se montrer. Il portait un blouson de motard en cuir noir. Il avait effectivement la tête plus ou moins en forme de cacahuète et un anneau en argent de la taille d'une pièce d'un dollar passé dans le nez, exactement comme l'avait annoncé le cousin.

Ils lui achetèrent pas mal de trucs. Armando en prit une part pour lui. Il menait grand train avec l'argent qu'il avait trouvé dans la caravane du cowboy. La vente du 4 × 4 n'était rien en comparaison. Nacho entra tout seul dans le supermarché. Il en ressortit avec une poche de bacon frit, une bouteille de porto blanc avec du jus de citron et une petite bouteille de Silver Satin.

Il avait tout planqué dans les parties diverses de la veste militaire démesurée qu'il avait sur le dos.

Le type au blouson de motard était reparti et il n'y avait plus qu'eux quatre derrière le 7-Eleven, parmi les bennes bleues.

— Putain de bordel, s'exclama le cousin en voyant Nacho sortir des choses des manches de sa veste. Tu as piqué toutes ces saloperies ?

Le visage de Nacho se tordit en une sorte de sourire.

Le cousin se contenta de le regarder, son propre visage empourpré par l'incrédulité.

— Comment peut-on être con à ce point-là ? demanda-t-il. Tu oublies que t'as pas de papiers ? Si tu te fais pincer pour une connerie de ce genre, on va tous se retrouver de l'autre côté en moins de deux.

En taule. Si t'as pas de papiers, ils te donnent tout de suite à la police des frontières.

— On s'en fout de la police des frontières, dit Nacho.

Le cousin le dévisagea une fois encore.

— On s'en fout de la police des frontières ? Et *chinga tu madre*, ça te dit ?

Ce qui revenait à lui dire : « Nique ta mère, bâtard ! »

Aussi vif qu'un serpent, Nacho saisit l'une de ses chaînes. Il y eut un éclair argenté. Le cousin de Chico tituba en arrière et porta les mains à sa gorge, transpercée par l'un des tournevis aiguisés de Nacho. Il s'écroula à leurs pieds, les mains serrées autour de son cou comme s'il se battait curieusement contre lui-même en produisant de curieux gargouillis. Puis il dégueula, et cela sortit par le nouveau trou qu'il avait dans la gorge. Il roula alors face contre terre, soufflant des bulles dans son sang et son vomi. Puis les bulles s'arrêtèrent.

Nacho et Armando le fourrèrent dans l'une des grandes bennes bleues et remuèrent un peu le tout pour qu'il tombe au fond. Chico les regarda faire. Il avait l'expression de quelqu'un qui venait de se prendre une ruade de cheval en plein ventre.

— Il n'en avait plus pour longtemps de toute façon, dit Armando, qui voulait relativiser les choses. Pas avec les saloperies qu'il faisait.

Il examina la voiture du cousin de Chico, qui était une sorte de vieille berline américaine, une carcasse rouillée sur des jantes en chrome étincelantes.

— C'est quoi ? demanda Armando.

— C'est quoi quoi ? fit Chico, encore un peu secoué.

Nacho lui passa la bouteille de vin.

— Je veux dire, c'est quoi comme voiture ?

— Une Pontiac.

— J'ai toujours voulu en avoir une, dit Armando.

Chico but un long trait de Silver Satin et regarda la voiture comme s'il la voyait pour la première fois.

— Et maintenant, elle va nous être utile, dit Armando.

Dans un nouvel instant de lucidité, il venait de comprendre que les choses commençaient à lui échapper ici, au pays de la liberté et qu'il était temps de faire ce qu'ils étaient venus faire puis de rentrer chez eux. Il était temps de se mettre à chercher sérieusement l'homme à l'asticot.

## 22

Fahey avait dit qu'il n'avait pas faim, et Magdalena mangea seule, sur la terrasse devant le mobile home. Il était près de midi quand elle remarqua qu'il n'avait toujours pas ouvert le système d'arrosage des litières de vers, et, lorsqu'elle se rendit dans l'appentis pour lui demander ce qu'il en était, elle le trouva là où elle l'avait laissé le matin, assis devant son ordinateur, concentré sur l'avancée de la houle. Elle n'aurait su dire s'il avait fait autre chose que manier la souris de son ordinateur portable. La planche aussi lisse qu'un miroir se trouvait toujours à la même place, luisante sur des tréteaux maculés de taches au-dessus des petits tas éparpillés de poussière et de fragment laissés par le rabotage et le ponçage de la mousse.

Lorsqu'elle lui parla de la litière des vers, il leva les yeux comme s'il sortait d'un état de transe, puis quitta sa place en traînant ses pieds chaussés de sandales pour s'occuper de ses bêtes.

Magdalena le suivit.

— Carlotta devait rentrer de Mexico hier soir, dit-elle. J'aimerais bien aller en ville pour lui téléphoner. Je sais que je vous embête...

Fahey la regarda d'un air un peu penaud pour annoncer :

— Vous avez un e-mail. C'est arrivé ce matin. J'étais connecté. J'ai regardé pour voir si c'était une commande, et quand j'ai vu que c'était pour vous, je l'ai imprimé. Et puis je me suis remis à surveiller la tempête et ça m'est sorti de la tête. Au fait, les bouées extérieures commencent à envoyer des signaux. Vous me demandiez si ces vagues seraient aussi grosses que celles dont je vous parlais. Eh bien, je crois que oui.

— L'e-mail, lui rappela Magdalena.

Fahey acquiesça et la ramena à l'atelier.

— J'aurais dû vous le dire plus tôt, dit-il. Je suis désolé.

Il lui fallut plusieurs minutes pour trouver les pages, qui étaient déjà enfouies sous un fouillis de choses. Il les exhuma et les lui remit, puis il la regarda s'éloigner vers le mobile home lisant le message de Carlotta.

Il s'était remis à déchiffrer les données des bouées quand, cinq bonnes minutes plus tard, il entendit quelque chose se briser dans le mobile home. Il y eut ensuite un cri aigu. Fahey renversa le bidon sur lequel il était assis et franchit en courant la distance qui le séparait du mobile home. Il arriva à la porte et trouva Magdalena à l'intérieur, assise par terre, en pleurs au milieu du bazar qu'elle avait créé avec tous ses dossiers. La lampe vahiné de Fahey gisait, fracassée, à côté d'elle.

— Je vous demande pardon, dit-elle.

Elle venait de voir Fahey à la porte. Elle s'interrompit juste le temps de s'essuyer le nez sur la manche de la chemise de Fahey.

— J'ai cassé votre putain de lampe.

Il fallut l'amadouer un moment pour qu'elle veuille bien parler. C'est ce que fit Fahey en ramassant les morceaux de la vahiné en plâtre pour les mettre à la poubelle.

— Les Gardiens du Christ Roi, lui dit Magdalena.

— Je ne suis pas sûr de vous suivre.

— Ce sont eux qui ont mis le feu au bureau.

Fahey la regarda sans rien dire.

— Un groupuscule marginal d'extrémistes catholiques, précisa-t-elle en secouant la tête pour inspirer un bon coup et tout reprendre au début. Il y a eu cette gamine, 15 ans à tout casser. Elle avait été violée par le copain de sa mère, un type d'une quarantaine d'années, accro au crack. Un truc très brutal, très moche. Les médecins avaient des raisons de croire que la fille ne pourrait pas mener sa grossesse à terme. Mais il est très difficile de se faire avorter au Mexique. Carlotta s'est chargée de l'affaire ; il y a eu un procès à Mexicali et, à la fin, nous avons gagné. La fille a obtenu le droit d'avorter. Mais l'affaire a fait beaucoup de bruit dans la presse. Pas mal de manifestations ont eu lieu devant la Casa de la Mujer, où la jeune fille avait séjourné quelque temps. Ça s'est passé il y a des mois. Et puis, la semaine dernière, pendant que Carlotta se trouvait à Mexico et que j'étais ici, quelqu'un a essayé de lancer une bombe incendiaire sur la maison où vous êtes allé à Tijuana. Les types ont été pris sur le fait et il n'y a pas eu de mal. Mais ils étaient deux, et ils ont avoué l'incendie du bureau de Carlotta. Et aussi, à Mexicali, l'une des avocates avec qui nous avons travaillé s'est fait saboter les freins de sa voiture…

— Ils ont reconnu ça aussi ?

Magdalena secoua la tête.

— Pas encore. Mais ils viennent de Mexicali – c'est là qu'est basé leur groupe. Il y avait deux hommes sur la route, ce soir-là. Et ils étaient deux pour lancer la bombe incendiaire sur la Casa de la Mujer…

Ils méditèrent quelques minutes en silence.

— Carlotta a l'air de penser qu'il pourrait s'agir des mêmes personnes. Elle dit que si je rentrais à Tijuana, je serais peut-être à même de les identifier…

— Mais ces Gardiens du Christ Roi ne se limitent sûrement pas à ces deux types.

— Bien sûr. Mais le groupe a été identifié. Ils agissent à découvert maintenant. Même si les types qui ont essayé de me tuer sur la route ne sont pas les mêmes, ils hésiteront à tenter autre chose, avec deux de leurs membres en prison.

— Je ne crois pas que vous devriez retourner là-bas, dit Fahey. Pas encore. Pourquoi ne pas envoyer un e-mail à Carlotta. Elle pourra découvrir si ces types ont des tatouages.

Magdalena répondit par un coup de pied dans l'une de ses boîtes. Des rapports techniques et des enquêtes portant sur d'anciennes affaires glissèrent sur la moquette de Fahey telles des entrailles répandues.

— Cette idée ne vous plaît pas ?

— Mais si. Bien sûr. On va envoyer un e-mail.

Elle esquissa un signe de dénégation, puis ils se turent un instant.

— Vous ne comprenez pas, si ? reprit-elle, les joues rouges, en le regardant dans les yeux. Vous ne voyez donc pas ? Je croyais que tout ça allait me mener quelque part.

Elle prit une poignée de papiers, les froissa dans sa main et les laissa retomber par terre.

— Je me fiche des Gardiens du Christ Roi. L'histoire se chargera d'éliminer les Gardiens du Christ Roi. Ce que je veux faire, moi, c'est intenter un procès au propriétaire d'une de ces décharges, et le forcer à nettoyer derrière lui pour que ça fiche la trouille aux autres propriétaires et qu'ils nettoient aussi. Alors peut-être, peut-être seulement, que ça permettra d'épargner quelques vies.

Elle agita le message de Carlotta sous le nez de Fahey.

— Je croyais que j'étais sur la bonne voie. Je croyais qu'enfin… un de ces grands patrons voulait ma peau. Je croyais que j'allais pouvoir me servir de tout ce qui m'est arrivé pour le coincer. C'est trop bête, dit-elle enfin. Quelle perte de temps stupide.

— Vous n'en êtes pas encore sûre. Et tout ce travail que vous avez fait – il embrassa d'un mouvement du bras tous les documents entassés –, c'est du bon travail. Ça pourrait payer d'un moment à l'autre…

— Mais on se lasse d'attendre, répliqua-t-elle.

Elle jeta le message de Carlotta par terre, puis elle laissa tomber son front contre la paume de sa main.

— C'est ce qui est arrivé à ma lampe ?

— Non, j'ai claqué la porte. Elle est tombée. Je suis désolée… Sincèrement… C'était pratiquement la seule chose qui n'était pas cassée, ici.

Elle s'interrompit en s'apercevant que Fahey lui souriait.

— Je pourrais vous faire toute une liste.

— De quoi ?

— Des trucs qui marchent encore dans cette baraque.

Elle se demanda fugitivement s'il se mettrait sur la liste en question.

— Oubliez la lampe, lui dit Fahey. Quand vous surfez, vous savez comment aller chercher la vague, les jours de grosse houle ?

Magdalena le regarda sans répondre.

— Il faut le vouloir. Oh, on essaie de déchiffrer tous les signes, de déterminer un chemin. On essaie de se servir de sa tête. Mais en fait, ce qu'il faut vraiment, c'est le vouloir. Alors on baisse la tête et on rame. On a la bouche sèche, les poumons qui brûlent, les bras en caoutchouc. Mais on continue de ramer. Et à la fin… quand on a fait ça assez longtemps, et assez fort…

Fahey se mit à genoux par terre et entreprit de ramasser les feuilles éparpillées pour en faire une pile qu'il déposa à côté d'elle.

— On arrive là où il faut, conclut-il. Vous finirez par avoir un de ces types. Vous êtes intelligente et vous êtes tenace. Et c'est ce que vous voulez.

Magdalena poussa un soupir. Elle se tourna vers la fenêtre et offrit à Fahey son profil – le menton volontaire, la courbure délicate de la mâchoire, le nez bien droit. Il voyait une veine battre sur son cou. Ses cheveux retombaient sur son front, dissimulant la plupart des égratignures laissées par l'accident. Il eut envie de la toucher, d'écarter du bout des doigts les cheveux de son visage. Il le voulait comme il n'avait rien voulu depuis très longtemps, d'un désir qui lui comprimait le cœur. Il ne l'aurait jamais fait cependant. Mais soudain, elle se tourna et s'appuya contre lui, posant la tête contre sa poitrine. Il sentit la chaleur de ses larmes à travers l'étoffe de son tee-shirt couvert de poussière. Puis, très lentement parce qu'il n'avait rien fait de tel depuis si longtemps, comme le personnage du *Magicien d'Oz*, l'Homme de fer-blanc rouillé qui se rappellerait un geste oublié, son bras lui enserra les épaules. Mon Dieu, se dit-il, elle n'est pas plus grande qu'une enfant. Il baissa la tête, effleurant du bout du nez le crâne sous les cheveux, respirant sa peau, craignant de bouger.

— Vous devez me prendre pour une imbécile, dit-elle.

Fahey lui caressa les cheveux.

Ils restèrent ainsi un moment, leur souffle à l'unisson, les larmes de Magdalena contre la peau de Fahey, le parfum des cheveux de Magdalena contre le visage de Fahey. Elle tendit le bras contre sa large poitrine et posa une petite main chaude sur son bras. Voilà, tu as gagné, se dit Fahey. Les jours et les nuits de solitude insupportable qui ne manqueraient pas de succéder au passage de la jeune femme surgirent devant lui, s'étirant à l'infini. Il avait mal dans les genoux et la douleur se propageait dans le reste de ses jambes. Mais il se garda bien de la lâcher. Tout le monde aurait fait pareil. Il se demanda désespérément s'il devait dire quelque chose, se creusant la cervelle comme un aveugle qui chercherait quelque chose dans une pièce vide. Il avait peur de paraître pitoyable.

— Vous allez essayer de surfer ces grosses vagues ? demanda-t-elle.

Ni l'un ni l'autre n'avait prononcé un mot depuis un long moment. Fahey aurait aimé que cela dure encore.

— Je ne sais pas, dit-il.

Il la sentit soupirer.

— Je crois qu'on devrait envoyer cet e-mail, déclara-t-elle. Vous avez raison, évidemment, c'est ce qu'il faut faire. Carlotta pourra vérifier pour les tatouages.

Ses paroles frappèrent Fahey au cœur. Il y décelait déjà le début de sa longue absence. Putain de merde, pensa-t-il, voilà pour ta pomme.

— On va le faire, lui répondit-il. Et ensuite, on ira fêter ça.

Elle leva son visage vers lui.

— Je vous emmène à la jetée, proposa-t-il. On boira une bière, ou deux, ou trois, on mangera des tacos de poisson et on regardera la houle. Ça va commencer à forcir dans la soirée. On la regardera au clair de lune.

Elle remit sa tête contre sa poitrine.

— Ça serait un peu comme si vous m'invitiez à dîner, remarqua-t-elle.

Fahey reçut le message. Les secondes s'écoulèrent.

— Sans doute que oui, dit-il enfin.

Il regardait la lumière dehors.

— Ça serait quelque chose dans ce genre.

## 23

Sur une pancarte au bout d'un chemin de terre, on pouvait lire LES PICKERING VOUS SALUENT. La pancarte affichait aussi deux petits oiseaux – des râles gris au long bec, pour qui savait de quoi il s'agissait – gravés sur la partie supérieure, un à chaque coin. Les oiseaux portaient des noms : Dot et Don.

Don Pickering avait dépassé les 70 ans. Il était toujours capable de réparer une clôture et de traquer les animaux sauvages qui s'aventuraient parfois sur ses terres. Dot avait presque le même âge, légèrement handicapée par son arthrite mais toujours capable de s'occuper du jardin. Il y avait cinquante et quelques années qu'ils vivaient dans la vallée de la Tijuana. Ils avaient élevé quatre fils et deux filles ainsi qu'un nombre incalculable de poulets, chevaux et vaches, même si, ces derniers temps, ils faisaient surtout de la culture, de la laitue brésilienne et des fraises bio.

Ils vivaient dans la vallée depuis si longtemps que peu de choses leur avaient échappé. Ils se rappelaient Lucian Fahey et sa tristement célèbre ferme. Ils avaient connu son fils aussi car leurs propres garçons avaient fait du surf dans leur jeunesse, près de l'embouchure de la Tijuana, et leur rapportaient à la maison les exploits de Sam la Mouette Fahey et de son étrange mentor, Hoddy le Chien Younger, avec sa cabane en bois flotté et fanons de baleine sur la plage. Et, depuis le début, ils avaient trouvé qu'il n'y en avait pas un pour racheter l'autre. Sam Fahey était venu plusieurs fois à leur ferme, en compagnie d'un ou de plusieurs de leurs fils, et ils se souvenaient d'un gamin chétif aux cheveux filasse, qui avait l'air rebelle et pas grand-chose à dire. Ils partageaient l'opinion de Deek Waltzer – qu'ils connaissaient aussi – à son sujet, à savoir qu'il était difficile de croire que quoi que ce soit de bon puisse jamais sortir de l'engeance de Lucian Fahey, et ils n'avaient donc pas encouragé leurs fils à voir le sien.

Plus tard, quand ce sous-marin ridicule avait coulé au large de Rosarito Beach, que le professeur de maths s'était tiré une balle dans la tête et que toutes ces histoires autour de l'Island Express avaient fait les gros titres de la presse locale, avec le nom de Samuel Fahey qui revenait tout particulièrement, puis quand ce même Samuel Fahey avait été condamné à une peine de prison et envoyé loin de la vallée, ils y avaient vu la confirmation de leurs soupçons et s'étaient félicités d'avoir tué dans l'œuf l'amitié de leurs fils avec ce garçon. Par la suite, lorsque Fahey père était mort, laissant la ferme vermicole – alors guère plus qu'un tas d'ordures – à son fils unique tout juste sorti de son deuxième séjour en centrale, ils ne s'étaient pas vraiment empressés de lui dérouler le tapis rouge. Pour eux, plus tôt il se planterait avec son affaire de vermiculture, mieux la vallée s'en porterait, vu que rien de bon n'était jamais sorti de la présence d'un Fahey, n'importe quel Fahey, parmi eux. Et ils ne s'imaginaient pas qu'il pût en aller un jour autrement.

La propriété des Pickering se trouvait à moins de deux kilomètres de la ferme vermicole de Fahey, près du centre de la vallée. Elle donnait sur la rivière et, au fil des années, les Pickering avaient été témoins des choses les plus étranges. Ils avaient vu des familles entières traverser au clair de lune leurs champs en courant, poursuivies par des hommes à cheval ou en appareil volant. Ils avaient vu des trafiquants de drogues de toutes espèces, formes, tailles et caractères. Les coups de feu et les appels au secours, les aboiements de chiens dont on n'aurait su dire s'ils étaient fous de douleur ou de rage, leur avaient coûté d'innombrables nuits de sommeil. Puis, au matin, ils découvraient les vestiges de ce qu'ils avaient entendu pendant la nuit. Ils avaient ainsi trouvé des corps d'hommes torturés puis assassinés. Ils avaient trouvé des femmes dépouillées et violées, errant sans souliers, les pieds ensanglantés, dans des champs de boue. Ils avaient trouvé des sachets de drogue, surtout de la marijuana, laissés par terre, là où ils étaient tombés, ou abandonnés parmi les buissons. Une fois, ils avaient même trouvé un sac à dos rempli de marijuana, une main coupée étreignant toujours l'une des sangles.

On peut ajouter que la vie dans la vallée leur avait appris à reconnaître les ennuis lorsqu'ils se présentaient, aussi, quand Don Pickering regarda par la porte d'entrée de sa maison par une fin d'après-midi tardive d'un automne plus tardif encore, alors que le soleil commençait à peinturlurer le ciel d'Occident de rouges, de roses et de jaunes comme si l'on avait lâché un enfant de Dieu parmi les pots de couleurs, et qu'il avait découvert deux hommes approchant de chez lui tels deux personnages de Halloween qui se seraient trompés de jour et n'auraient pas attendu la tombée de la nuit pour venir réclamer des bonbons, il sut que quelque chose allait de travers.

Il se leva de sa chaise et alla prendre son fusil qu'il gardait chargé dans un porte-parapluie, à l'entrée du séjour, puis il sortit sur le perron pour les accueillir, la vie dans la vallée de la Tijuana lui ayant enseigné une certaine autonomie. Ce ne serait pas la première fois qu'il enverrait promener des étrangers.

Pourtant, Don Pickering lui-même, connu dans le voisinage pour être un dur à cuire, fut assez dérouté par les énergumènes qui se dressaient devant lui. Ils étaient donc deux, le premier, une espèce d'épouvantail déguenillé qui lui adressait un sourire faux n'exprimant ni chaleur ni gaieté, les yeux profondément enfoncés dans leurs orbites, des mèches de cheveux filasse, assez longs pour effleurer ses clavicules, pendant de part et d'autre de son visage ; et l'autre juste à côté, revêtu d'une chemise de cowboy ouverte, sans rien d'autre en dessous qu'un soleil aztèque tatoué sur les muscles de son abdomen dénudé. En fait, il y avait un moment qu'il n'avait pas rencontré de tels affreux. Le vieil homme eut vaguement conscience des battements sourds de son cœur et se dit qu'il aurait dû demander à Dot d'appeler la patrouille des frontières, dont un de ses fils faisait maintenant partie, ou du moins de surveiller ses arrières, et cela avant même de remarquer qu'aucun chien n'avait aboyé ni qu'aucun ouvrier n'avait élevé la voix depuis le portail qui, à cette heure de la journée, aurait dû être fermé à clé. Mais comme il était déjà sorti et savait que mieux valait ne pas montrer la moindre faiblesse devant ce genre de racaille, il alla jusqu'au bout du perron et descendit les trois marches de bois pour gagner la terre ferme, tenant le fusil d'une main, canon légèrement pointé vers le sol. Puis il demanda dans un espagnol impeccable aux hommes qui se dressaient devant lui :

— Qu'est-ce que je peux faire pour vous, les garçons ?

Alors, bien qu'il n'eût jamais deviné ce qu'ils projetaient de faire, il ne fut pas vraiment surpris quand l'épouvantail qui semblait être le chef se lança dans un interrogatoire compliqué au sujet d'un grand type qui portait une casquette avec un asticot dessus. Et il aurait volontiers répondu tout de suite, ne fût-ce que pour se débarrasser d'eux, car il ne pouvait y avoir qu'une personne répondant à ce signalement et qu'il ne voyait aucune raison de ne pas le dire. Mais à l'instant où il allait parler, il aperçut quelque chose dans l'un des arbres à l'entrée de l'allée. La vision était si troublante qu'il se demanda d'abord si ses yeux et sa paranoïa ne lui jouaient pas des tours, et si c'était vraiment un chien, l'un de ses chiens, qu'il voyait pendu là-bas par sa laisse, dans les branches sombres.

Une fois confirmé, ce spectacle parut lui faire l'effet d'un coup et lui retira toute fermeté des mains, de sorte que le fusil, lorsqu'il voulut le redresser, se mit à s'agiter au bout de son bras comme une baguette de sourcier, en proie à des forces qui n'étaient plus vraiment les siennes. En fait, le monde entier lui parut soudain altéré, et, s'il restait une chose dont il était à peu près certain, c'était ce dont il se doutait dans l'abstrait depuis le jour où il avait entendu parler de cette maudite ferme vermicole et de son ex-taulard revenu dans la vallée pour la récupérer, à savoir que la présence d'un Fahey dans cette vallée, de n'importe quel Fahey, ne donnerait jamais rien d'autre que ce que cela avait déjà donné à de trop nombreuses reprises. Cette pensée lui traversa l'esprit avant même qu'il ne repère le troisième personnage, gros comme un de ces putains de buffles d'eau, surgissant au coin de sa maison, à moins de deux mètres de l'endroit où il se tenait, comme enraciné. Le fusil dans ses mains n'était pas encore parallèle au sol que ce troisième homme lançait déjà la vieille machette rouillée qu'il avait laissée près de la cabane à outils, dans l'intention soit de la mettre à la ferraille, soit de la faire affûter la prochaine fois qu'il se rendrait en ville, ce qui, il s'en rendait compte à présent, risquait de ne pas se produire avant un bon bout de temps.

## 24

La soirée ainsi programmée, Magdalena s'avisa soudain qu'elle n'avait pas grand-chose à se mettre pour sortir. Depuis qu'elle était là, elle s'habillait soit avec la chemise de flanelle et le pantalon de jogging que Fahey lui avait prêtés, soit avec le jean qu'elle avait en arrivant, mais celui-ci était taché et déchiré. Son pull était carrément immettable.

— On va juste sur la jetée, lui dit Fahey. Votre jean et un sweat feront sûrement l'affaire.

— Mais on fête quelque chose, répliqua-t-elle, et elle faisait de son mieux pour voir la situation de cette façon. Ce serait plus amusant de trouver un peu mieux que de faire « sûrement l'affaire ».

Fahey parut réfléchir un instant.

— Je crois qu'il y a des vêtements dans la maison, dit-il enfin. Je pense qu'ils étaient à ma mère, mais je n'en suis pas certain. Et je ne sais pas dans quel état ils sont, mais je sais où ils se trouvent. Il y a une vieille malle en cèdre dans une des chambres. On pourrait jeter un coup d'œil.

— Vous êtes sûr que ça ne vous dérange pas ?

Fahey haussa les épaules.

— Si ça ne va pas, on pourra toujours dégotter une galerie commerciale quelque part. Mais ça serait plus rapide d'en trouver ici.

— Et qu'est-ce qu'on fait avec les abeilles ?

Fahey répondit qu'il lui semblait qu'elles restaient confinées au porche et au séjour. Il croyait aussi qu'elles étaient plus dangereuses pendant la journée, qui touchait à sa fin. Il voulait bien tenter le coup.

*
* *

Il y avait plus d'un an qu'il n'avait pas mis les pieds dans la maison. En fait, il n'y avait plus vécu depuis son adolescence. À la mort de son père, quand la propriété lui était revenue, il avait acheté un mobile home au propriétaire des écuries où vivait à présent Deek, et avait demandé à Jack Nance de l'aider à le déplacer et à l'installer à l'entrée de sa ferme. Il était arrivé à la conclusion qu'il y avait tout simplement trop de souvenirs liés au vieux corps de ferme, qui se résumait à trois chambres et une salle d'eau, pour qu'il puisse jamais s'y sentir chez lui. Il se disait qu'un jour il aurait assez d'argent pour y faire des travaux qui feraient oublier son histoire sordide et lui donneraient un aspect qui lui plairait davantage, mais il n'était jamais allé plus loin que fermer l'ancien porche de derrière pour en faire son atelier de *shape*. Le reste de la maison était tel que son père l'avait laissé. Il y avait même les vêtements de celui-ci : de vieux vestons poussiéreux, un unique costume aux manches élimées, percé de petits trous laissés par trente ans de cigarettes, et des chemises aussi minces que des palimpsestes qui avaient pris la forme des cintres auxquels elles étaient suspendues. Il y avait aussi d'antiques cravates qui pendaient à des crochets tels des trophées de chasse mis à sécher, et de vétustes chaussures habillées qui semblaient réunir en elles l'essence même de la vieillesse, de sorte que, en les regardant, on pensait presque immédiatement à ces vieillards sur les bancs publics. Il y avait un chausse-pied en os ou peut-être en corne muni d'une extrémité en cuivre par laquelle passait une courte lanière de cuir – un petit objet de luxe sans doute acheté lors d'un illusoire moment de bonheur.

Il passa devant une coiffeuse ornée d'un miroir qui saisit son reflet sur le verre sale avant qu'il ne puisse se détourner. Il aperçut des boutons de manchettes et un peigne à long manche sous une lampe en cuivre sur l'abat-jour de laquelle figurait une carte du monde. Il évolua au milieu de ces choses dans le silence le plus total et en faisant un gros effort sur lui-même, effort destiné surtout à ne pas les voir car chacun de ces objets représentait davantage que ce qu'il était et portait en lui le germe d'un enchaînement qui ne pourrait aboutir qu'à des sentiments pour lesquels il ne trouvait pas de nom.

La maison comprenait trois chambres ; une pour chacun d'eux et une pour la mère qui n'y avait pas vécu plus d'un mois mais dont les affaires étaient restées telles qu'elle les avait laissées et que Fahey n'avait pas revues depuis l'enfance. Dans l'atmosphère renfermée de ces chambres empreintes de tristesse, il eut l'impression d'être revenu au lieu de son propre commencement, et que, dans une certaine mesure, il était fait de ces choses et que toute la tristesse et l'obscurité qui allaient avec pénétraient encore dans les recoins de son cœur où la pensée et les sentiments dansaient un sabbat infernal.

La malle de cèdre était bien telle qu'il se la rappelait, et il se dit que ce qu'elle contenait devait avoir été assez bien conservé, même s'il voyait qu'il restait aussi quelques affaires pendues dans un placard, comme dans la chambre de son père, et une autre coiffeuse avec des objets disposés dessus qu'il préféra éviter de regarder. Lorsque Magdalena lui eut assuré qu'elle aurait sûrement de quoi se débrouiller avec ce qu'il y avait là, il la laissa voir ce qu'elle pourrait trouver ou vouloir, et quitta la maison aussi vite qu'il put, comme poursuivi par une meute de fantômes. Une fois dans le mobile home, il choisit les vêtements qu'il avait l'intention de mettre puis se mit devant le lavabo et rasa sa barbe. Après quoi il prit une douche, s'habilla et sortit.

*
* *

Elle dénicha une robe rouge et une paire de peignes en ivoire. Elle portait aux pieds les sandales de cuir que Fahey lui avait achetées et qui donnaient un petit côté bohémien à sa tenue complètement vintage et décalée – une petite robe bustier en cotonnade, ornée de minces bretelles. Magdalena noua une écharpe autour de sa taille pour la marquer et parvint à avoir exactement l'air de ce qu'elle était : une belle et jeune Mexicaine parée pour faire la fiesta et danser dans les rues. Le fait est que Fahey en eut le souffle coupé quand il la vit venir vers lui dans la lumière crépusculaire, alors qu'un grand incendie apocalyptique semblait faire rage juste derrière les ombres gris-vert de la vallée. Le ciel avait la couleur de la robe, et Fahey eut conscience du mouvement de la Terre sous ses pieds.

*
* *

Tout en marchant à sa rencontre, elle se surprit à essayer d'évaluer exactement ce qu'elle ressentait à propos de ce qui venait de se passer – sa tête contre la poitrine de Fahey, les bras de Fahey autour de ses épaules. La vérité, c'est qu'elle n'était pas aussi expérimentée qu'on aurait pu le croire en matière des choses de l'amour. Élevée par des religieuses, sa vie s'était jusqu'à présent résumée à des études et encore des études, à du travail et à la cause. Elle n'avait même pas fêté sa Quinceañera, cette fête traditionnelle donnée pour les quinze ans de toute jeune Mexicaine afin de marquer sa sortie dans le monde, et qui, tel le bal des débutantes, cet autre vestige des temps passés, s'accompagnait de dîners, de danses et de tenues coûteuses. Il y avait bien eu quelques petits copains à partir de la fac, une escapade sexuelle aussi brève que frustrante avec un professeur qui lui avait fait passer l'envie de recommencer pendant des mois. Le dernier homme qui l'avait vraiment attirée, contrairement à ce qu'elle avait éprouvé pour Raúl dans le restaurant dominant la vallée, était un jeune juriste de San Diego avec qui Carlotta et elle avaient travaillé sur une affaire. Physiquement, en fait, l'avocat ressemblait pas mal à Raúl, à peu près du même âge qu'elle, un beau Mexicain, brun et mince, au sourire facile. Fahey avait près de deux fois son âge. Il dormait la lumière allumée. De façon tout à fait absurde, cela lui fit penser aux Saintes Écritures… C'était un homme de douleur et habitué à la souffrance… Et pourtant, si c'était cela qui l'attirait, ce genre-là ne manquait pas dans le pays où elle allait rentrer, et elle se dit que c'était une bonne chose pour elle de devoir repartir bientôt. Puis elle se dit aussi qu'ils pourraient peut-être rester amis, Fahey et elle. C'est alors qu'elle le vit venir vers elle dans les derniers rayons du soleil.

Il s'était rasé et douché. Il avait mis un pantalon de toile blanc et une chemise à fleurs, des chaussettes et des mocassins en cuir marron. Pendant qu'il marchait, le vent écarta de son visage ses cheveux décolorés par le soleil, et parut emporter les années en même temps, de sorte qu'en cet instant le Fahey qu'elle aperçut dans le jardin ensoleillé se confondit avec le Fahey de la photo sur le mur, celle qu'elle avait prise à deux mains. Il devait avoir à peu près le même âge qu'elle sur cette photo où il faisait virer sa planche tout au pied d'une vague trois fois plus haute que lui. Ce devait être quelqu'un.

*
* *

Il l'escorta jusqu'au pick-up. Puis il lui ouvrit cérémonieusement la portière. Elle prit l'étoffe rouge à pleine main et la souleva afin d'empêcher qu'elle ne soit froissée pendant qu'elle se glissait sur le siège et qu'il refermait la portière derrière elle.

Ils empruntèrent des pistes dans les ombres qui s'allongeaient, la lumière filant devant eux. Ils passèrent devant la ferme du vieux Pickering et sa pancarte en bois avec ses râles gris au long bec gravés dessus et une Pontiac abaissée sur des jantes chromées garée en dehors de la piste, parmi les arbres.

Fahey remarqua la voiture. Il remarqua les taches de rouille et les plaques californiennes, le dé en peluche, bleu ciel, accroché à un rétroviseur, et le volant chromé. Elle ne pouvait appartenir qu'à un Mexicain, et il l'attribua donc à un ouvrier de Pickering. Le vieux était toujours en train de bricoler quelque chose sur sa propriété, et Fahey supposa que quelqu'un faisait des heures sup, ce qui n'était pas tout à fait faux. Ce fut la nature du travail en question qui échappa à son imagination, de même que les chiens pendus échappèrent à son champ de vision car on les avait accrochés à l'écart de la route, parmi les ombres qui s'intensifiaient, et que c'était, comme tout le reste, trop sinistre pour être envisagé.

# 25

Le soir était tombé lorsqu'ils descendirent Ocean Boulevard en direction de la jetée, dans le centre-ville d'Imperial Beach. Fahey avait pensé regarder le coucher du soleil depuis la jetée, mais il se rendait compte à présent qu'il avait mal calculé son coup. Cependant, la lune montait au-dessus des mesas mexicaines et la nuit offrait une beauté délicate. Le grand dôme du ciel surgissait à l'est dans un bleu nuit profond pour se franger de vieux rose au-dessus des formes sombres et découpées des îles Coronado – colossale peinture au pistolet, de l'art *hot-rod* à grande échelle qui semblait avoir été exécuté sous la houlette de Big Daddy Roth.

La houle annoncée par Fahey commençait effectivement à se voir, et la jetée frémissait sous leurs pieds lorsqu'ils gagnèrent le petit restaurant installé tout au bout, Woody's at the Pier. Au nord, il y avait l'extrémité de Point Loma – masse sombre sur laquelle des lumières jaunes avaient commencé à s'allumer telles des planètes dans le ciel nocturne. À cinq kilomètres au sud brillaient les lumières signalant l'extrémité de la barrière, là où elle s'enfonçait dans l'eau, et, au-delà, il y avait celles de Las Playas.

Magdalena désigna les lumières de Point Loma.

— On doit se demander si l'une d'elles est la sienne, dit-elle.

Fahey supposa qu'elle parlait de Hunter, le propriétaire de Reciclaje Integral.

— Il vit quelque part dans cette région, après tout. Peut-être même qu'il peut voir les lumières de Tijuana de chez lui. Est-ce qu'on peut vraiment faire une chose pareille ? Est-ce qu'on peut regarder les lumières du Mexique et savoir que ce qu'on a laissé derrière soi tue des enfants là-bas ?

— Les gens s'arrangent, répondit Fahey. Ils s'arrangent pour pouvoir s'en sortir.

— Ou bien ils n'en ont rien à faire.

— Ou bien ils n'en ont rien à faire.

— Vous me trouvez naïve ?

Fahey secoua la tête.

— J'ai lu quelque part qu'on pose toutes les questions importantes avant d'avoir 5 ans. C'est-à-dire toutes les questions qui ne trouvent pas de réponses.

Ils arrivèrent au restaurant et entrèrent. C'était exigu et pas cher, guère plus qu'un petit bistrot, mais c'était néanmoins confortable et chaleureux, on pouvait y sentir de bonnes odeurs de petits plats et la vue donnait, de tous les côtés, sur les lumières et la mer.

— Le décor n'est pas magnifique, commenta Fahey, mais on y mange bien.

Un homme sortit de derrière le bar pour venir saluer Fahey d'une claque dans le dos.

— Sam la Mouette, s'exclama-t-il, paraissant sincèrement content de le retrouver. Ça fait plaisir de voir que tu sors encore. Je croyais que tu nous avais oubliés.

Sam lui présenta Magdalena. Il s'appelait Bob. Bob leur apporta des bières sur le compte de la maison.

— Tous les amis de Sam Fahey sont nos amis, dit-il en regardant Magdalena. Une véritable légende locale.

Il leur laissa les menus et retourna en cuisine.

Il y avait pas mal de monde. Magdalena sentait que certains clients les regardaient, elle et Fahey. Les murs de la salle minuscule étaient tapissés de vieilles photos de la ville et des plages environnantes. Elle repéra parmi elles beaucoup de clichés en noir et blanc de garçons sur des planches de surf.

— On vous aime bien, ici, commenta-t-elle.

Fahey désigna une photo non loin de la table où ils étaient installés, une image granuleuse en noir et blanc sur laquelle un homme aux cheveux bruns qui semblait avoir été taillé à coups de serpe se tenait sur une longue planche de surf en bois et glissait avec une apparente facilité à la surface d'une grande déferlante.

— C'est lui, annonça Fahey. C'était Hoddy Younger.

Magdalena regarda la photo. Elle regarda Fahey, regarda la photo. Quelque chose lui donna envie de lui toucher la main.

*
* *

Ils mangèrent des tacos de poisson, des haricots et du riz. Ils burent leurs bières et en commandèrent deux autres. Les grandes vagues continuaient de se fracasser contre les piliers sous leurs pieds. Fahey plongeait souvent son regard dans la nuit.

— J'ai eu une petite amie, dit-il.

La phrase arriva à brûle-pourpoint alors qu'il venait de scruter les vagues et se retournait pour la regarder.

— Elle était mexicaine. Je vous ai vue examiner sa photo dans l'atelier.

Magdalena ne sut pas trop quoi dire.

— Il lui arrivait de traduire pour nous, quand on faisait des affaires à Baja.

Et il lui parla d'Island Express, de son job de passeur de drogues dans la vallée, de son arrestation et de sa peine de prison.

— Quand je suis sorti, on a recommencé à se voir, raconta-t-il. Elle était devenue clean et suivait des cours dans une sorte de fac… Mais je l'ai convaincue de revenir, juste pour un coup qui devait avoir lieu à Tijuana. Les Mexicains avaient la dope. Moi, j'avais les acheteurs.

Fahey s'interrompit pour regarder par la fenêtre.

— Une douzaine de *federales* pourris nous sont tombés dessus, et ils ont tout pris… j'ai cru qu'ils allaient nous tuer, mais non. Ils nous ont tous laissés partir, sauf mon amie. Ils l'ont gardée.

Il y eut une longue pause, le bavardage des autres clients, le fracas des vagues.

— Nous l'avons laissée, là-haut, dans ce canyon.

Magdalena le dévisagea, une longue plage de silence s'installant entre eux. Elle avait fini par trouver qu'il avait les yeux de la couleur de la mer, et cette constatation lui avait plu, jusqu'à cet instant, où la comparaison semblait à double tranchant et n'évoquait plus qu'une immensité froide et mélancolique.

— Ces hommes étaient armés.

— C'étaient des soldats, concéda-t-il avec un haussement d'épaules.

— Qu'auriez-vous pu faire d'autre ?

— J'aurais pu trouver quelqu'un d'autre pour traduire ce soir-là. Sinon, j'aurais pu me battre pour la sauver.

— Et mourir ?

— C'était une option. On dit que ce sont nos choix qui font de nous ce que nous sommes.

— Vous en avez parlé à quelqu'un ?

— On a essayé. Avec des flics mexicains. Mais en fait, tout ce qui les intéressait, c'était de savoir ce qu'on faisait là. Ils cherchaient à nous baiser. Je commençais à imaginer que tout ce qui était arrivé à la fille allait nous retomber dessus. Je me suis mis à penser à ce que serait la vie dans la prison de La Paz.

— Alors, qu'est-ce qui s'est passé ?

— On s'est tirés. Ils essayaient de nous faire monter dans une voiture, mais ils étaient deux, et nous, trois. Il y en avait un qui appelait avec la radio de la voiture. Il avait l'air de demander du renfort. On a fait tomber son collègue sur le cul et on a couru. On est revenus à notre voiture, qu'on a abandonnée près de la plage et on a passé la frontière par un vieux collecteur d'eau de pluie que je connaissais. J'avais un appartement à Imperial Beach, mais je n'y suis jamais retourné. Je suis tombé sur des types qui préparaient du cristal meth sur la Mesa de Otay…

Et il lui débita toute l'histoire. Il lui parla de son père et des os éparpillés. Il lui raconta même comment il s'était fait choper, ce qu'il n'avait jamais dit à personne… Il voulait qu'elle sache tout, tous les détails sordides qu'il y avait à connaître, qu'il n'avait même pas été capable de préparer de la vraie meth, que tout ce qu'il lui avait raconté l'autre soir, tous ces beaux discours sur Mickey Dora et la vague… eh bien, ce n'était pas vraiment son problème. Son problème, c'était qu'il avait peur, peur de vieillir et peur d'échouer, peur de ce qu'il ne pouvait pas contrôler, peur d'y retourner.

— Tous les types que j'ai connus en prison sont morts ou y sont retournés.

Il rit, mais son rire n'était pas très joli à entendre. Un temps indéterminé s'écoula, avec juste le vacarme de la houle et les lumières de la salle qui se reflétaient sur les vitres.

— Je voulais tuer mon père, dit-il enfin. Je voulais vraiment le faire. Et puis je suis sorti de taule et je l'ai vu. Le temps s'en était déjà chargé. Mais vous savez quoi ? Il m'a laissé cette terre. Et c'est la terre qui a fait la différence, la différence entre ces types qui sont morts ou qui ont replongé et moi… parce que j'avais ce truc à quoi me raccrocher. Ce petit bout de terrain merdique au milieu de nulle part pour démarrer quelque chose et pouvoir regarder les vagues…

Il s'interrompit une dernière fois, le visage toujours tourné vers la fenêtre.

— Les vagues, murmura-t-il.

Puis il la regarda bien en face. Il était difficile d'en être absolument sûr dans la lumière ténue de la salle, mais elle eut l'impression qu'il s'était mis à pleurer.

— Et maintenant, elles sont là.

Elle se disait que c'était ce qu'elle avait demandé. Mais voilà qu'elle devait faire avec et se retrouvait muette comme une carpe dans sa robe rouge, dans ce restaurant au bout de la jetée, au milieu des fumets de cuisine et du bruit des vagues. Elle regretta de ne pas avoir été religieuse. Peut-être qu'alors elle aurait su quoi dire.

— Et la famille de la fille ?

Fahey parut se ressaisir.

— Elle vivait avec une tante, dit-il. Je ne la connaissais pas vraiment. J'ai pensé essayer de la retrouver pour lui dire ce qui s'était passé… mais, d'une certaine façon… j'ai toujours pensé qu'il valait mieux pour elle qu'elle ne sache pas…

Magdalena hocha la tête. Elle aurait aimé pouvoir le regarder dans les yeux, mais elle n'y arrivait pas. Elle commençait à se sentir un peu nauséeuse.

*
* *

Ils finirent leur bière en silence. Puis Fahey régla l'addition. Bob lui demanda de se faire moins rare. Magdalena trouva une autre photo de Fahey sur le mur du restaurant, celle-ci en noir et blanc et montrant un Fahey plus mince qu'elle ne l'avait jamais vu, les cheveux complètement décolorés par le soleil. Il se tenait à côté de Hoddy Younger. Les deux hommes avaient des planches de surf couchées sur le sable devant eux. Hoddy était plus vieux sur cette photo que sur celle où il surfait. Les cheveux noirs étaient un peu moins fournis et grisonnaient aux tempes. Les yeux sombres et enfoncés semblaient légèrement préoccupés sous des sourcils froncés. Elle fut tentée de dire que ce visage sombre lui était vaguement familier, dans la façon que l'homme avait de se tenir. Elle se rappela ce que Fahey lui avait dit : il croyait que Hoddy était encore en vie, quelque part. Elle préféra pourtant se taire. Il y avait une autre photo de Fahey en train de surfer. Celle-ci était en couleurs. Et ces couleurs étaient les mêmes que celles de la photo qui se trouvait chez Fahey, les couleurs du Mexique.

Ils quittèrent le restaurant en silence et remontèrent la jetée où les lumières hautes comme des lampadaires projetaient des ronds pâles sur l'eau blanche qui se fracassait contre les piliers puis tourbillonnait autour des colonnes tapissées de moules aux coquilles acérées comme des rasoirs, et d'un noir brillant dans l'écume bouillonnante. Loin de la jetée, on pouvait voir de grandes montagnes noires se déplacer au large – formes confuses et primordiales qui donnaient l'impression qu'on avait libéré de leur cage toute une ménagerie d'animaux fabuleux.

— Ce n'est pas une très belle histoire, finit par dire Fahey. Mais je voulais que vous l'entendiez.

Magdalena acquiesça d'un hochement de tête. Elle aurait pu faire un commentaire sur son sens de la litote, mais elle s'abstint. Elle lui toucha la main, mais ni l'un ni l'autre ne chercha à la retenir. Demain, elle lui demanderait de la conduire jusqu'à la frontière. Carlotta viendrait la chercher de l'autre côté. Elle emporterait ses dossiers. Les deux hommes emprisonnés à Tijuana seraient tatoués ou ne le seraient pas. Elle avait assez attendu. Le moment était venu de rentrer, de reprendre le combat. Elle regarda les lumières de Point Loma. Certains s'arrangeaient pour s'en sortir. Certains n'en avaient rien à faire. Fahey, au moins, avait souffert.

— Je crois que vous devriez essayer de retrouver la tante de cette fille, déclara Magdalena. Je crois qu'elle aimerait peut-être savoir.

Fahey ne répondit rien.

*
*   *

Ils reprirent la route dans un silence presque complet, à travers la ville puis dans la vallée au-delà. Curieusement, elle commençait à se sentir chez elle ici, même si, ce soir, elle savait que chez elle, c'était de l'autre côté de la barrière.

Le moment venu, ils arrivèrent au chemin sans nom qu'elle avait appris à reconnaître même de nuit et s'y engagèrent. Mais alors que le mobile home se rapprochait, elle s'aperçut à quel point elle redoutait d'y retourner. Ce n'était pas seulement le fait de devoir affronter tous les dossiers éparpillés sur le sol du living. Il y avait ce qui s'était produit là-bas, elle dans les bras de Fahey. Il y avait eu comme un sortilège à l'œuvre, mais la soirée l'avait dissipé, et c'était cette absence qu'elle n'avait pas envie d'affronter, pas maintenant.

Les arbres surgirent. À la lumière de ce qu'elle avait appris, ils lui apparurent comme autant de potences, et elle songea qu'il lui en avait dit plus qu'elle n'en aurait voulu savoir. Cependant, cette fois encore, elle estima qu'il avait eu raison, raison de tout lui dire, et elle ne pouvait nier qu'elle le respectait d'avoir agi ainsi car il devait bien se douter de ce que ces révélations allaient lui coûter. Mais les arbres approchaient, la clôture... Une nuit de solitude se dressait devant elle – Fahey dans l'appentis, elle, seule dans le vieux mobile home. Elle entendit les jappements enroués du terrier de Fahey, l'aboiement rauque du chien de chasse, et alors elle se rappela quel jour de la semaine ils étaient et ce qui allait avec. Elle se rappela le rodéo mexicain et l'invitation du cow-boy. Elle posa la main sur le bras de Fahey. Ils n'avaient pas prononcé un mot depuis qu'ils avaient quitté la ville.

— Ça vous dirait d'aller à un rodéo ? proposa-t-elle.

Elle sentit qu'il l'observait dans l'obscurité.

— Deek nous a invités. Il a dit que ça durait tout le week-end.

Fahey arrêta le pick-up devant le portail, la lumière des phares balayant les andains, les carcasses d'appareils ménagers, la clôture en planches de surf ternies. Magdalena s'imaginait qu'un grand navire s'était échoué ici et avait coulé, englouti par la terre, et que tout cela était en fait ce qui avait remonté. C'était ainsi qu'elle en était venue à considérer cet endroit comme un ensemble d'épaves réchappées d'un terrible naufrage.

— Vous ne pensez pas qu'il est un peu tard ?

Fahey n'appréciait pas plus Garage Door Tijuana qu'il n'appréciait le Mexique en général, et pour des raisons similaires.

— Il a dit que ça se déroulait non-stop du vendredi jusqu'à l'aube du lundi.

Fahey scruta les ruines de sa ferme.

— Deek n'est pas là-bas, vous savez, et sa caravane a brûlé.

— Quand ça ?

— Le lendemain, ou le surlendemain du jour où il est passé vous voir. Je suis tombé sur Jack Nance à la supérette d'Imperial Beach… On ne sait pas trop ce qui s'est passé. Il avait décapé des placards pour les repeindre, et on pense qu'il a peut-être laissé des chiffons à l'intérieur qui se seraient enflammés avec la chaleur. On n'a pas pu le trouver pour lui demander.

— Il n'a pas été blessé alors ?

— Pas pour autant qu'on le sache. Ce type est un solitaire, il va et vient en suivant ses envies, mais Jack est inquiet. Il trouve ça un peu bizarre, même pour Deek.

— Il va peut-être réapparaître, dit Magdalena. On est samedi soir. Il va peut-être revenir pour le rodéo.

Elle perçut un léger tremblement dans sa propre voix et se demanda si Fahey l'avait entendu. Elle étudia la ligne de sa mâchoire à la lueur diffuse du tableau de bord, ses mains sur le volant. Elle supposa qu'ils savaient tous les deux qu'elle insistait un peu trop. Elle supposa qu'ils savaient tous les deux pourquoi.

Fahey finit par faire marche arrière et recula sur le chemin par lequel ils étaient venus. Il ne prononça pas un mot. Elle se dit qu'ils allaient au rodéo, à Garage Door Tijuana. Cela lui paraissait assez approprié. Elle était très légèrement ivre et s'était mise à penser de nouveau à sa Quinceañera manquée. Peut-être cette association d'idées était-elle l'œuvre de la robe. Elle n'en avait jamais portée d'aussi jolie, même si la couleur ne convenait pas. Cette fête se faisait en l'honneur de la pureté. Elle exigeait du blanc. Mais la nuit s'avérait tout aussi exigeante, et Magdalena elle-même n'avait pas été à la hauteur. Elle aurait dû être comme une sorte de Sainte Mère envoyée pour entendre sa confession. Elle se dit qu'on ne pouvait pas trop en demander. Et puis ça lui ressemblait bien de retourner un peu la situation. S'il s'agissait bien de sa Quinceañera, le passage à l'église avait forcément eu lieu avant le dîner. Et après l'église, la danse. De toute évidence, leur *timing* n'était pas très au point. Mais, pensat-elle, la soirée n'était pas terminée, et la danse restait encore à venir.

— On ne sait jamais, assura-t-elle. Ça pourrait être amusant.

*Troisième partie*

## 26

Ils roulèrent dans un silence tendu chargé de non-dits. Fahey coupa à travers la vallée, suivant des pistes de terre et de graviers où la poussière de leur passage s'élevait en nuage chatoyant dans les branches des eucalyptus, des tamaris et des saules coyotes. Il avait pensé arriver à Garage Door Tijuana par la route pavée depuis Saturn Boulevard, mais trouva cette entrée bloquée par tout un tas de voitures et de camions – assez en tout cas pour indiquer qu'il devait y avoir une fête –, aussi fit-il le tour par le chemin de terre qui longeait l'enceinte de fortune par le sud.

Les masses combinées de Spooner's Mesa et des Border Highlands se dressaient devant eux, les lumières de la grande barrière suintant par-dessous leurs sommets obscurs pour s'enfoncer au sud dans les ténèbres de l'océan. La palissade de portes de garage se trouvait d'un côté du chemin, l'autre côté était occupé par des plantations de laitues italiennes gardées par des épouvantails fichés sur des piquets tels des mécréants empalés à la va-vite. Au-delà, les silhouettes squelettiques de quelques avocatiers indiquaient l'entrée de Smuggler's Gulch, vestiges d'une plantation condamnée par l'ouverture des vannes du barrage Rodríguez et ces mêmes inondations qui avaient emporté la mère de la femme assise à côté de lui, enveloppée dans un silence qu'il osait à peine effleurer sachant qu'il ne pourrait plus jamais revoir ces arbres sans penser à elle et, à ce moment, à ce qui s'était passé et à ce qui aurait pu se passer.

Il se gara sur la terre et sortit pour lui ouvrir la portière. Elle le laissa faire, comme s'il s'agissait encore d'un rendez-vous galant et non d'un triste ersatz. Elle paraissait lumineuse dans la nuit, et il sentit son cœur se serrer. Magdalena avait la peau cuivrée, et sa robe, lorsqu'elle descendit du pick-up, avait la couleur des flammes et semblait un mystère en soi, comme issue d'un monde de rêve. Cette robe avait fait partie des affaires de sa mère – cette femme dont lui-même, son premier-né, ne se rappelait pas même le nom. Et pourtant, le père de Fahey avait gardé secrets ces quelques effets, les cachant à son propre fils comme il lui avait caché le nom de sa mère, alors qu'il avait dû, au cours de sa longue déchéance, s'asseoir de temps en temps au milieu de tous ces souvenirs. Pourquoi sinon les aurait-il conservés, seul avec des pensées qu'il était à présent difficile d'imaginer ? Quoique en fait, Fahey se disait qu'il se les représentait très bien, et qu'au bout du compte ces pensées n'étaient rien de plus que ce qui venait à l'esprit de tous les hommes pris au piège qu'ils s'étaient eux-mêmes façonnés, prisonniers de leur monde mais aussi du monde plus vaste qui englobait tous les autres. Et de là à se représenter une vision future de lui-même, il n'y avait qu'un pas : lui dans une pièce plus sombre encore, seul devant sa propre collection de souvenirs et de talismans, cette fameuse robe en faisant partie, passée d'un ensemble de rêves déçus à un autre, et la portant à son visage de la même façon que le vieillard ratatiné avait dû le faire avant lui. Le diorama était trop sinistre pour être envisagé, aussi Fahey entreprit-il de conduire Magdalena par une ruelle étroite qui passait derrière des caravanes et longeait des piquets de clôture au milieu de l'odeur douceâtre des oignons en terre, de la puanteur fétide du fumier et des parfums plus lointains de fumée, de porc et de poulet aux épices grillés sur la flamme. Et il se mit à lui parler en marchant, à lui débiter tous les faits obscurs, toutes les bribes d'histoires qui lui venaient à l'esprit…

Il lui parla de Smuggler's Gulch, qui s'insinuait entre la mesa et les montagnes et avait été la route empruntée par le fameux père Serra lorsqu'il était venu fonder la mission de San Diego. Il ajouta avec une note poétique que, par une nuit telle que celle-ci, on pouvait encore imaginer le vacarme fantomatique des cavaliers en armure sous les yeux des Indiens kumeyaay, dont le destin tragique fut scellé par l'admiration avec laquelle les Espagnols découvraient ces beaux pâturages et leur agréable rivière, ainsi qu'il est noté dans le journal du vieux prêtre. Mais Fahey eut soudain l'impression que toutes ces rêveries sonnaient faux alors même qu'il se lançait dans leur évocation, que les événements récents étaient trop calamiteux, que le fléau qui s'était abattu sur cette terre était trop terrible pour que les esprits de ces figures mythiques n'aient pas été balayés par la multitude des âmes qui avaient suivi. Et il alla jusqu'à confier cette observation aussi à Magdalena tant il était déterminé à faire front contre le silence. Il aurait pu continuer ainsi encore longtemps si elle n'avait posé la main sur son bras, l'interrompant en pleine phrase, au milieu d'une autre déclaration inepte.

— Ça va, assura-t-elle. Vraiment. Vous êtes un homme bien.

Fahey en resta comme deux ronds de flan, aussi muet qu'un mannequin de cire en chemise hawaïenne. Puis ils reprirent leur marche. Ils longèrent en silence un grillage puis passèrent devant un enclos où des autruches mangeaient un tas de tortillas moisies. Les volatiles tournèrent vers eux leur tête chauve oscillant au bout d'un long cou pelé, l'œil terne, le bec stupidement ouvert, pendant que d'autres dormaient, la tête coincée sous l'aile, semblables dans l'obscurité à des rochers enfoncés dans la boue putride. Un vieux bœuf texan à longues cornes, présent d'aussi loin que remontait la mémoire de Fahey, suivit leur passage, la partie inférieure de sa tête blanchie coincée entre deux planches d'une pauvre barrière en bois tandis que ses cornes semblaient flotter au-dessus du bord supérieur de la clôture, l'animal paraissant ainsi constitué de parties mal assemblées et l'ensemble curieusement surélevé puisqu'il ne reposait pas sur la terre mais sur ce fumier dont le père de Fahey se plaignait déjà quand Sam était gosse, affirmant que le vieux propriétaire mexicain de l'enclos n'en avait jamais retiré une seule pelletée, et les choses n'avaient pas changé depuis. La vérité, c'était que la majeure partie de Garage Door Tijuana était construite sur ces couches de déjections – les caravanes s'étaient installées dessus, les animaux y perchaient et les piquets des clôtures s'y enfonçaient, penchés dans tous les sens… Ils arrivèrent ensuite aux plantations d'oignons dans leurs grands casiers de bois recouverts de feuilles de plastique, qui exhalaient une odeur douceâtre et écœurante, puis à des murs de vieux pneus empilés comme des briques les uns sur les autres sur trois mètres de hauteur et qui se rapprochaient en un dernier passage étroit débouchant enfin sur l'événement qu'ils étaient venus voir, cette *charreada* secrète à l'abri des palmiers et des eucalyptus, éclairée par une douzaine de torches de jardin incongrues.

*
* *

Ils tombèrent d'abord sur la partie renflée de la piste en forme de guitare, où deux ivrognes tournaient en rond avec un taureau fatigué, de telle sorte qu'il était difficile de déterminer qui courait après qui. Le taureau avait perdu sa queue et ses flancs ensanglantés luisaient encore au clair de lune. L'un des ivrognes courait torse nu, la main serrée sur le col d'une bouteille, l'autre marchait pieds nus et brandissait ce qui, dans l'esprit de Fahey, ne pouvait être que la queue de l'animal, en poussant, tel un gagnant au bingo, des cris d'allégresse avinée.

Ce qui revenait à dire que le rodéo proprement dit était terminé pour la journée et que la fête se poursuivait ailleurs que sur la guitare, dans un espace découvert devant une vieille hacienda d'où l'on pouvait voir les ruines à moitié consumées de la caravane de Deek, les pneus fondus par les flammes, le châssis se conformant à présent aux normes de cette terre dont il ne tarderait sans doute pas à faire partie puisqu'il était peu vraisemblable que quelqu'un pensât jamais à en déblayer l'épave. Celle-ci resterait sur place et, comme le fumier, les vieux appareils ménagers et les innombrables objets mis au rebut, grossirait le sol sur lequel vivait la communauté.

Un petit orchestre sévissait devant la maison, revêtu du costume de cow-boy typique des *mariachis*. Il y avait une guitare, un guitarrón, une trompette, un accordéon et un chanteur dont la voix aiguë et nasillarde était amplifiée par une sono sommairement installée.

Une centaine de fêtards épuisés occupaient le terrain. Le rodéo était terminé, de même que les courses de chevaux, les courses à pied et les combats à mains nues qui n'avaient pas manqué de suivre, aussi ne restait-il plus qu'à continuer de manger – et de fait, les femmes faisaient encore griller des choses ici et là sur la braise – et surtout à danser et à boire. Mais comme la beuverie durait déjà depuis deux jours, Fahey et Magdalena avaient pas mal de retard à rattraper s'ils voulaient entrer dans l'esprit de la fête à laquelle ils étaient venus participer.

Fahey acheta deux bières pêchées dans un tonneau de glace, et ils déambulèrent en serrant le verre froid des bouteilles dans leurs mains. Quand elles furent vidées, ils en burent deux autres. Fahey se tint à l'écart pendant que Magdalena demandait à une habitante du coin si quelqu'un avait vu Deek, le propriétaire de la caravane qui avait brûlé. Elle traduisit ensuite la réponse de la femme à l'intention de Fahey, ne lui apprenant en fait pas grand-chose qu'il ne sût déjà, à savoir que personne n'avait vu Deek au rodéo.

Fahey avait conscience du regard des hommes sur Magdalena, la belle Indienne accompagnée d'un gringo tête nue et en chemise à fleurs, et il se demanda si quelqu'un allait l'inviter à danser, et si oui, si elle allait accepter. Mais les rares fois où cela sembla sur le point de se produire, elle prit le bras de Fahey comme s'ils étaient ensemble.

Fahey avala subrepticement un comprimé et but encore un peu de bière. Ils marchaient sans but, pour tuer le temps. La fête tournoyait autour d'eux, s'insinuait, montait et descendait, semblable à l'eau qui cherche son chemin parmi les obstacles, conformément aux principes qui déterminent ce chemin à l'exclusion de tous les autres. Mais soudain, l'orchestre trouva sa cadence et un sursaut d'énergie parcourut la foule, ces paysans d'Oaxaca qui ne dépassaient guère un mètre soixante... Les hommes soit bâtis comme des tonneaux, soit maigres comme des araignées, les femmes *idem*, une marée de jeans, de bottes et de chapeaux de cow-boy qui faisaient des taches blanches dans la pénombre, et les femmes en robe blanche brodée au bas et à l'encolure, la taille prise par de larges ceintures, leurs cheveux noirs flottant sur leurs étoles...

L'accordéon passa au centre pour entamer un rythme de polka digne des fêtes de la bière bavaroises, et les danseurs y répondirent – un pas à droite et un petit saut, un pas à gauche et un petit saut, les jambes des femmes apparaissant sous les jupes vire-voltantes. Pendant un moment, les danseurs restèrent en couple, mais, à mesure que la musique prenait de la vitesse et du volume, ils commencèrent à former une chaîne, chacun posant les mains sur les hanches de la personne qui se trouvait devant lui, sinuant entre les foyers des cuisinières et les chiens endor-mis sur la terre battue, entraînant tous ceux qui tenaient encore debout dans une danse collective qui ne tarda pas à se diriger vers Fahey et Magdalena, lesquels buvaient dans l'ombre.

Fahey vit la chaîne approcher et sut qu'ils allaient être engloutis, happés par le mouvement. Il fallait prendre les devants. Il avait conscience du regard de Magdalena levé vers lui, de ses cheveux rejetés en arrière, retenus par les peignes d'ivoire trouvés dans la malle, et il lut l'hésitation dans ses yeux. Il réagit en lui prenant sa bière et en la posant de côté avec la sienne, puis en plaçant la jeune femme devant lui afin que ce soient ses mains à lui et non celles d'un inconnu qui se posent sur ses hanches.

— Qu'est-ce qu'il faut faire ? questionna Magdalena.

Fahey sourit.

— Qui est mexicain, ici ? demanda-t-il.

Elle lui répondit par un regard.

— Laissez-vous porter par le rythme, conseilla-t-il alors que, soudain, les danseurs fondaient sur eux et qu'ils ne faisaient plus qu'un avec la foule. Un pas à droite et secouez la hanche. Un pas à gauche et secouez la hanche.

Et c'est ce qu'ils firent, avançant en un lent mouvement balancé qui leur donnait l'impression d'aller à dos d'éléphant jusqu'au goulot de la guitare et autour de la piste où s'étaient déroulées les principales attractions de la journée, avant de revenir vers l'hacienda, le chanteur et son orchestre, avec les gens qui riaient et chantaient aussi, avec Fahey et Magdalena qui se balançaient avec les autres. Puis, ayant ramené les danseurs à leur point de départ, les musiciens changèrent de nouveau de tempo et passèrent à un rythme plus lent, plus romantique…

Fahey et Magdalena se retrouvèrent face à face. Elle avait le front mouillé de sueur et il sentait que le sien était tout aussi trempé et que sa chemise lui collait au dos. Il vit qu'elle souriait après la danse et cela lui parut de bon augure pour ce qui allait suivre. Il prit sa main dans la sienne et posa l'autre sur sa hanche, et ils se remirent à danser, Fahey la dirigeant, Magdalena s'excusant presque.

— C'est un peu embarrassant, dit-elle. Je crois que je n'ai jamais pris le temps…

Mais Fahey la fit taire et la danse n'était pas très difficile. Deux pas vers la gauche, un petit tour puis deux pas vers la droite tout en glissant sur la terre battue qui leur servait de piste. Il osait à peine respirer et encore moins l'attirer contre lui. Elle avait la main chaude dans la sienne et, pendant un moment, elle garda les yeux baissés, mais elle finit tout de même par le regarder et lui demanda où il avait appris à danser car elle ne se serait pas attendue à cela de lui, seul dans sa ferme. Puis elle lut la réponse dans ses yeux car tout avait déjà été dit dans l'histoire qu'il lui avait racontée, et elle détourna la tête, sa question restant en suspens.

*
*   *

Tout en dansant, il la conduisit dans un coin où ils s'arrêtèrent pour s'appuyer contre une barrière et se rafraîchir dans l'air nocturne.

— Pardon, dit-il, sans raison précise.

Elle s'appuya contre son épaule puis remarqua qu'un homme la surveillait depuis l'autre côté de l'ancien corral.

Elle éprouva un instant de vertige, un sentiment d'effroi. Elle n'aurait pas su dire pourquoi. Elle se dit que l'homme lui était peut-être familier, ou qu'il y avait quelque chose dans sa contenance qui exprimait une malveillance certaine. Pourtant, elle n'aurait pu affirmer qu'elle le reconnaissait vraiment, et finit par se détourner.

— Vous savez ce qu'ils chantent ? demanda-t-elle.

— La marijuana, la police des frontières... Je saisis un mot par-ci par-là...

— Chaque chanson raconte toute une histoire, expliqua-t-elle avant d'entreprendre une traduction de la chanson en cours, le récit de deux passeurs de drogue, un homme et une femme. L'homme est un sans-papiers et la femme une Chicana du Texas. Ils passent de la drogue entre Tijuana et Los Angeles. Une fois la vente conclue, l'homme annonce à sa partenaire qu'il prend sa part de l'argent pour aller voir sa petite amie à San Francisco, mais sa partenaire a eu le temps de tomber amoureuse de lui. Dans une crise de jalousie, elle le tue dans une ruelle sombre de Hollywood et part avec tout l'argent.

— Il doit y avoir une morale, dit Fahey.

Magdalena sourit. Elle vérifia si l'homme était toujours en train de la regarder et découvrit qu'il n'était plus là. Elle ne sut pas si elle devait éprouver de la crainte ou du soulagement. Fahey lui demanda si quelque chose n'allait pas.

— Il y avait un homme. Il est parti maintenant.

— Quel genre d'homme ?

— Je ne sais pas. L'un des cow-boys ? Je n'ai pas aimé sa façon de nous regarder.

Fahey jeta un coup d'œil par-dessus son épaule, mais ne vit rien. Lorsqu'il se retourna vers Magdalena, il eut tout juste le temps de la voir se raccrocher à la barrière.

— On devrait peut-être y aller, proposa-t-il.

— Je suppose. Je me sens un peu étourdie tout d'un coup.

— Eh, fit-il. On a vu tout ce qu'on était venus voir. Il est tard et vous avez eu une journée chargée. Vous devriez dormir maintenant. C'est l'heure.

Magdalena acquiesça. Apparemment, il veillait toujours sur elle. Le lendemain à la même heure, elle serait seule de nouveau, seule de son côté de la barrière.

Ils repartirent par où ils étaient venus, franchissant le goulot de la guitare, au-delà du cercle où le taureau, qui semblait s'être évanoui à l'arrivée des danseurs, avait réapparu, sans sa queue et ses persécuteurs. L'animal était immobile. Il souffla doucement à leur passage, comme pour faire un commentaire sur les humiliations de la journée. Ils poursuivirent entre les caravanes posées sur les tas de fumier et le trou dans la clôture par lequel le bœuf à longues cornes les avait regardés passer, cherchèrent cette tête blanche et fantomatique suspendue dans la nuit mais ne purent la trouver et arrivèrent à la route et à l'ancienne plantation d'avocatiers, à l'entrée de Smuggler's Gulch où un brouillard rasant avait commencé à apparaître sous les arbres – une bénédiction pour les clandestins arrivés à la faveur de la nuit, une malédiction pour la patrouille des frontières chargée d'enrayer leur marée même si cette tâche, accomplie maintenant au nom de la défense de la patrie, ne lui offrirait pas grand-chose d'autre à se mettre sous la dent que de pauvres hères n'ayant à se reprocher que de vouloir gagner de quoi manger ou un petit quelque chose à envoyer chez eux, pour ceux qui patientaient...

Fahey enregistra tout cela et en fit part à Magdalena, qui attendait sur le chemin de terre qu'il déverrouille les portières du vieux Toyota, puis il la fit monter et contourna le camion pour prendre place derrière le volant, à côté d'elle. Il exécuta un demi-tour en trois manœuvres sur la piste étroite. Les phares du camion éclairèrent les vestiges d'arbres cadavériques morts depuis plus de vingt ans, mais il n'en parla pas et ils s'engagèrent dans la nuit et dans la vallée qui, d'une manière ou d'une autre, les avait engendrés tous les deux. L'un et l'autre étaient seuls à présent, plongés dans leurs pensées, sans savoir que quelqu'un les regardait s'éloigner, un homme primitif accoutumé à l'ombre, chaussé de bottes d'autruche dont le propriétaire légitime gisait, encore chaud, mort sur le sol. L'homme était équipé d'un dentier bon marché fabriqué à Tijuana et d'une tenue occidentale criarde, la chemise sortie du pantalon et seulement à moitié boutonnée, les deux pans s'écartant lorsqu'il monta sur un piquet de clôture pour voir quelle direction empruntait le camion, juste assez pour laisser apparaître le grand soleil aztèque tatoué sur son abdomen – en hommage aux féroces ancêtres qu'il lui plaisait d'imaginer, ravisseurs de jeunes vierges, avec un goût prononcé pour les cœurs encore palpitants… Si seulement Magdalena avait pu voir cet emblème, elle n'aurait pas manqué de le reconnaître et Fahey et elle auraient alors choisi une route fort différente de celle qu'ils avaient prise. Car celle-ci ne menait pas vers les lumières de la ville mais s'enfonçait dans le cœur noir de la vallée, vers la vieille ferme vermicole de Fahey, soit un site connu pour attirer les événements les plus sinistres, même ici, dans cette contrée déjà tellement ancrée dans la malfaisance.

## 27

Le premier des Pickering était mort rapidement, plus ou moins décapité par le coup de Nacho. Ils avaient essayé de torturer la seconde dans l'espoir d'obtenir des informations sur le grand type avec un asticot sur la casquette, mais la femme s'était révélée moins loquace en espagnol que l'homme et semblait avoir subi une sorte d'attaque avant même le début de l'interrogatoire. Le tout s'était mal terminé, leurs pieds baignant dans le sang, et Armando lui-même avait hâte de chasser les détails de son esprit. Un placard à alcools bien garni dans la cuisine des Pickering l'avait aidé à satisfaire en partie ce désir, et, au bout du compte, les trois bandits avaient quitté la propriété en titubant, à peine capables de retrouver leur voiture dans l'obscurité qui tombait.

Une fois à bord, il fut décidé, pour autant que quoi que ce soit fût jamais décidé parmi les rangs du gang d'Armando, de retourner au rodéo. La lumière avait fini par leur faire défaut. Armando était saoul comme un âne, Chico adorait la danse et demain serait un autre jour. Armando avait donc emmené son équipe loin de la scène du crime, sans savoir que sa Madone était passée tout près ni que, en remontant la piste pleine d'ornières vers l'entrée de Smuggler's Gulch, il la talonnait de près, ni que, deux heures plus tard, il la croiserait de nouveau, dans l'enceinte même de Garage Door Tijuana où Armando cuvait son alcool, œuvrant dans des usines sorties à moitié de ses souvenirs, à moitié de ses rêves. Le cercle de leurs orbites respectives se resserrait sans cesse, comme si les lois de la pesanteur elles-mêmes participaient à l'opération.

\*

\* \*

Il était allongé dans les oignons et fixait la gaine de cuir sur un volant déjà enduit de colle. Le tissu de sa chemise était trempé de sueur. Ses yeux le brûlaient, même dans son sommeil, ou ce qui en faisait office, la musique d'une centaine de ghetto-blasters faisait vibrer l'air même qu'il respirait. Le volant se révélait récalcitrant et se déformait entre ses mains alors que la colle séchait déjà. Soudain, il prenait conscience de la présence des femmes dans l'atelier de couture. Il sentait leur sexe, humide sous les minijupes en cuir et les blouses bleues alors qu'elles le contemplaient de leurs yeux maquillés mais lointains, tandis que tous les regards de l'usine semblaient soudain tournés vers lui, comme si tout son fonctionnement dépendait de lui seul… quand une main commença à le secouer doucement contre le sol.

Ses yeux s'ouvrirent lentement. Il avait l'impression d'avoir le crâne fendu en deux. Mais même alors, il s'attendait à voir sa Reina, encadrée d'étoiles par la porte ouverte de leur cabane en carton… ou peut-être son visage, inquiet, dans les couloirs rutilants de l'hôpital de Reynosa… Mais, à la place, il découvrit Chico, toutes paillettes scintillantes au bout des petites flèches qui formaient les poches de sa chemise, éclairé par une ampoule nue quelque part en hauteur. Il se vit couché dans un casier à oignons, la tête sur un bout de pneu, le corps recouvert d'une feuille de plastique qui, lorsqu'il se redressa dans la puanteur des oignons et de la bouse de vache, glissa comme pour fuir, s'évanouissant dans l'obscurité au-delà de ses bottes. Il la regarda disparaître avec stupéfaction avant de se tourner vers la silhouette maintenant accroupie devant lui tel un baudet devant une fenêtre, sans plus de substance, probablement, que les fantômes qui l'avaient précédé car telle était la frontière entre ses deux mondes. Mais alors la silhouette l'appela par son nom. Du feu éclaira le fourreau d'une pipe en verre. La pipe atterrit entre ses mains. Il en prit une bouffée. Une voix chuchotait à son oreille, lui disait qu'il était temps de se relever. C'était la voix du cow-boy à la décapotable rouge, son partenaire d'un jour.

— *Es tu Madona*, lui dit la voix. *Está aquí.*

Fahey coupa la vallée par l'ouest, une cassette de Chet Baker dans le lecteur, une faible lueur jaune émanant du cadran illuminé d'une radio antique, les chiffres gravés dans le plastique usés à en être illisibles…

— Je croyais que les surfeurs écoutaient un autre genre de musique, commenta Magdalena. Vous savez… « Wipe out[1] »…

Elle essayait de rendre les choses légères, de finir sur un sourire.

Fahey se contenta de la regarder.

— Pour rien au monde, finit-il par dire.

Ils étaient arrivés à la ferme, et Fahey arrêta le pick-up pour sortir. Magdalena lui toucha le bras.

— Je pensais ce que j'ai dit au rodéo.

Fahey ne put se résoudre à la regarder dans les yeux. Il devinait ce qu'il y trouverait et il n'avait pas envie de le voir. Il regarda les chiens de l'autre côté de la clôture, puis hocha la tête et descendit du camion. Il ouvrit grand le portail sur ses gonds

---

1. Célèbre tube du groupe The Surfaris. *(N.d.T.)*

rouillés puis rentra le Toyota et se gara avant de retourner fermer le portail à clé.

Elle était sortie du pick-up et l'attendait près du mobile home lorsque Fahey revint vers elle. Il l'avait presque rattrapée quand il entendit quelque chose dans l'obscurité, près de la clôture. Les chiens, qui couraient sur ses talons, l'entendirent aussi et Jack partit à fond de train, Wrinkles le suivant sur ses pattes raides. Il faisait trop sombre pour distinguer autre chose qu'un mouvement dans la nuit, mais Fahey, avec une sorte d'instinct latent, prit Magdalena par le bras et l'attira dans l'ombre car elle se tenait dans la flaque de lumière au bas des marches. À peine venait-il de l'écarter qu'une balle heurta la porte du mobile home – le claquement du coup de feu ne faisant qu'un avec l'apparition d'un trou noir et plissé. Il repéra l'éclair du canon à la seconde détonation, et le vieux chien de chasse s'écroula comme un sac de farine. D'autres détonations et le terrier fut projeté de côté, tombant dans la poussière misérable tel un sac en papier éventré emporté par le vent, blanc contre le noir du terrain. Les balles mitraillèrent le mobile home à hauteur de tête. Il y eut des bruits de verre brisé.

Fahey courut jusqu'au coin de la véranda qu'il avait construite contre le mobile home. Magdalena l'imita. Le mobile home dépassait la véranda d'au moins trois mètres cinquante et était surélevé sur des parpaings, ce qui laissait un espace entre la terre et le plancher.

— Roulez dessous, commanda Fahey.

Ils avaient contourné la véranda et se trouvaient agenouillés contre le mobile home.

— Rampez jusqu'à l'autre côté.

Elle obéit et Fahey la suivit. Ils émergèrent dans l'obscurité, hors d'atteinte des balles. Fahey se dirigea vers les bouteilles de butane, à l'extrémité du mobile home, couché à plat ventre dans l'herbe sèche, scrutant la nuit pour discerner quelque chose – une forme massive, là-bas, dans le noir. Il perçut un son de cisailles à l'œuvre sur la clôture, et le bruit du fil d'acier qui cède. Ils ne mettraient pas long-temps à entrer, et le fusil de Fahey était resté derrière le siège du pick-up, de l'autre côté du mobile home, à mi-chemin du grillage par lequel les hommes allaient entrer.

Il avait conscience de Magdalena près de lui, de son souffle tel un sanglot étouffé. Seul, il aurait pris le risque insensé de foncer vers le camion, d'en finir d'une façon ou d'une autre, d'un seul coup. Puis il lui vint à l'esprit qu'il ne se rappelait pas s'il avait rechargé ou non son fusil après avoir tué les chiens. Dans le doute, le choix ne se posait plus, et même s'il avait su avec certitude que l'arme était chargée, les chances étaient contre lui. De toute façon, il fallait qu'il pense à elle maintenant – 23 ans, toute de beauté et de vie non vécue. Un seul faux mouvement de la part de Samuel Fahey et c'en serait fini d'elle, ici et maintenant, aux mains des monstres qui per-çaient déjà sa première ligne de défense.

Fahey fit rapidement l'inventaire de ses options. Il n'y avait que deux issues dans la clôture qui les entourait – le portail, déjà perdu pour eux, et la vieille dépendance qui avait été fournie avec le ter-rain, quatre mètres sur huit, disposée en long au bord du terrain de sorte qu'il n'y avait pas eu de place pour faire passer le grillage derrière. Celui-ci s'arrê-tait donc à chaque extrémité, le bâtiment faisant par-tie intégrante de la clôture, mais, déjà à l'époque, il était très vétuste – de simples murs de bardeaux pour la plupart gauchis et fendus par les années de soleil et d'embruns. L'intérieur servait de remise à de vieux outils agricoles rougis par la rouille mais qui pourraient servir, se dit Fahey, à pratiquer un passage dans les planches par lesquelles ils pourraient fuir, ce qui paraissait une meilleure solution que de tenter d'escalader le grillage devant des hommes armés, ou de les affronter à mains nues au milieu des andains de sa ferme.

Il ne voyait aucune raison d'espérer que les hommes qui étaient venus les chercher ne les verraient pas entrer dans la remise ou ne les entendraient pas défoncer le mur de bardeaux. Cependant, Fahey se disait aussi que s'ils parvenaient à quitter la propriété, ils pourraient avoir une chance de s'en sortir en faisant ce que tous les migrants, passeurs de drogue et fugitifs de tout poil avaient fait avant lui : rejoindre la rivière et tenter de semer ses poursuivants. Il gagnerait l'embouchure par des sentiers couverts parce que c'était là que la Tijuana était la plus périlleuse et que, une fois à la plage, la marée jouerait en leur faveur. Il pouvait remercier Jack Nance pour ça, ou du moins pour avoir attiré son attention là-dessus. En suivant l'évolution de la houle, il avait en effet repéré les horaires des marées, et il lui adressa un remerciement silencieux avant de sentir dans sa poche la boîte d'allumettes du Woody's at the Pier. Un plan grossier se dessina alors, qui pourrait, supposa-t-il, tout juste leur permettre de partir en tête dans cette course vers la mer. Il venait à peine d'opter pour ce plan quand il sentit la main de Magdalena se poser sur son bras. Une fois son objectif fixé, il s'écarta des bouteilles de gaz et se tourna vers la jeune femme. Elle soutint son regard, mais toutes les questions qu'elle aurait pu poser se trouvaient déjà dans ses yeux, de même que toutes les réponses étaient dans ceux de Fahey. Aucun mot ne fut échangé.

Pour le moment, le vieux mobile home se dressait encore entre eux et leurs assaillants. À quelques mètres du mobile home, il y avait aussi un petit hangar métallique, plus proche de la clôture avec, empilé juste devant, du purin de ver stocké dans des bidons métalliques qui luisaient faiblement dans les rayons de lune filtrant à travers les branches des arbres. Fahey dit à Magdalena d'aller l'attendre dans l'ombre, entre le hangar et la clôture, puis il retourna en rampant jusqu'à l'avant du mobile home, où il coupa un tuyau à l'aide de son canif. Aussitôt, le sifflement du butane se fit entendre sur l'herbe desséchée. Fahey roula sur lui-même pour s'éloigner, craqua une allumette, enflamma la boîte et la lança au pied des bouteilles de gaz, puis il courut rejoindre Magdalena.

Le feu se propagea rapidement. Il entendit des voix à l'autre bout du mobile home, des exclamations inquiètes qui s'élevaient dehors. Il crut entendre la portière de son pick-up, le grincement des charnières de la portière côté conducteur, et il se dit que c'était mauvais signe car ils avaient sûrement trouvé le fusil qu'il n'avait pas pu récupérer.

— Il y a une demi-bouteille de butane là-bas, glissa-t-il à Magdalena. Si le feu chauffe suffisamment, je pense que ça va exploser. Avec un peu de chance, il y aura au moins un de ces salopards à côté. Sinon, ça leur fera peut-être peur. En tout cas, ça détournera sûrement leur attention.

— Ou ça fera venir la police des frontières ?

— Un jour. Mais on ne va pas attendre pour le savoir. Ce truc explose et on court à la grange.

Il désigna la dépendance à une trentaine de mètres de là, ces trente mètres en partie envahis par des herbes folles et des cactus de près de deux mètres, et en partie découverts. Magdalena hocha la tête.

Ils attendirent dans l'obscurité. Fahey comptait les secondes, se demandant ce qui viendrait en premier : l'explosion ou les hommes. La bouteille explosa. Des flammes montèrent à quinze mètres et mirent le feu aux branches d'un peuplier de Virginie. Fahey plaqua sa main au creux des reins de Magdalena et la propulsa vers la grange.

Ils coururent à travers les herbes, arrivèrent en terrain découvert et franchirent à fond ces quinze derniers mètres, sans rien d'autre que des andains entre eux et le feu, et Fahey qui prévoyait déjà de quel outil il allait se servir : le soc rouge sang d'une vieille charrue qu'il avait toujours vue là… Puis ce furent les planches, aussi sèches que de vieux ossements, qui cédèrent sous les assauts du soc rouillé et se fracassèrent dans une gerbe de poussière et de petit bois. Fahey plongea dans l'ouverture, la fille avec lui.

Ils traversèrent au pas de course un champ de broussailles desséchées par la fin de l'été, les brindilles craquant sous leurs pieds tel du petit bois enflammé. Ils trébuchèrent sur le sol inégal, les extrémités acérées des tiges cassées s'accrochant à eux comme des pensionnaires de maison de retraite cherchant à échapper à leur sénilité recluse, n'ayant plus toute leur tête et les retenant de leurs doigts crochus jusqu'au moment où ils purent se libérer et arrivèrent à la petite éminence formée par une ancienne digue dressée par des fermiers pour lutter contre les inondations à venir. Ils se retrouvèrent alors brièvement exposés à la lumière de la lune et profitèrent de ce poste d'observation pour regarder derrière eux, découvrant pour la première fois clairement les hommes qui les pourchassaient. Ils étaient trois et bondissaient, pareils à des lycanthropes, dans les buissons qui leur arrivaient à la taille. L'un d'eux leva les yeux et vit Fahey et la fille. Il poussa un cri et fut imité par au moins l'un de ses compagnons, puis un coup de feu retentit, mais Fahey n'aurait su dire où la balle atterrit. Moins de cinquante mètres séparaient Fahey et Magdalena de leurs poursuivants. Il la tira sous les arbres et ils descendirent la rive boueuse où la puanteur du liquide toxique, aussi puissante qu'il était possible, monta pour les accueillir. La sueur lui coulait dans les yeux et il s'essuya du revers de la main.

— C'est ça, tirez, dit Fahey, appelez la patrouille…

Mais il doutait que les flics viennent jusque-là, et il choisit un chemin dans les ténèbres écœurantes. Il avait à l'époque emprunté ces sentiers maintes fois pour échapper à des ennemis en trimballant de la drogue, et ils n'avaient pas beaucoup changé. C'était l'enjeu qui n'était plus le même, et Fahey conduisit Magdalena aussi près de la rivière qu'il l'osa, jusqu'à ce que la boue noirâtre engluât leurs chaussures, puis il tourna vers l'ouest, arrivant presque aussitôt dans une petite clairière où les arbres s'écartaient pour laisser l'eau surgir dans la nuit, émergeant comme eux-mêmes de l'ombre, sa surface caressée par le vent scintillant d'innombrables points lumineux comme si elle aspirait vers ses profondeurs huileuses un tiers des étoiles de la voûte céleste. Car telle était la beauté empoisonnée de la rivière Tijuana avant qu'elle ne se jette dans la mer.

## 29

Arrivé à la rivière, Fahey envisagea une dernière fois ses options. Il y en avait deux. La première était de gagner l'embouchure, comme c'était son intention au départ. La seconde était de se cacher. Chacune avait ses avantages et ses inconvénients. Ils pouvaient essayer de se dissimuler dans les buissons. Leurs poursuivants pourraient alors les dépasser sans les voir. Il y avait des capteurs de mouvements éparpillés dans la vallée, et, quelque part sur les mesas, la patrouille des frontières pourrait bien détecter leur passage, ou l'avait peut-être déjà fait, était peut-être même déjà en chemin, avec ses espèces de motos tout-terrain à quatre roues appelées quads, ou à cheval, telle la cavalerie légendaire. Cependant, Fahey savait par expérience que les patrouilles des frontières ressemblaient assez à n'importe laquelle de ces instances gouvernementales pesantes, à savoir qu'elles étaient au mieux imprévisibles. Quand on n'en voulait pas, elles arrivaient en masse. Mais quand on avait besoin d'elles, on pouvait poireauter pendant des heures avant de les voir débarquer. Bref, mieux valait ne pas s'en remettre à la police des frontières, et si Magdalena et lui tentaient de se cacher et étaient débusqués, ils étaient fichus. Et puis il y avait aussi le fait qu'il avait vu ces hommes tuer ses chiens et envahir son territoire. Il n'y avait pas que la peur qui le motivait. La colère le poussait aussi, et une partie de lui voulait attirer ces hommes à l'embouchure de la rivière, sur les plages de Tijuana Straits, où une certaine justice pourrait être rendue. En tout cas, il se disait que cela lui ferait du bien d'essayer. Et aussi, pour être tout à fait honnête, il ne se croyait pas vraiment capable de tenir physiquement très longtemps immobile à un même endroit, de rester tapi dans cette boue fétide pendant ce qui pourrait durer des heures tandis que des types armés fouilleraient les fourrés, tirant peut-être au hasard. Non, conclut-il, il avait eu raison à la ferme. C'était la course tête baissée qui convenait le mieux, la charge insensée vers un ultime règlement de comptes… Alors il prit la même option maintenant que précédemment. Il choisit de courir, de pouvoir tabler, à l'embouchure de la Tijuana, sur les atouts dont il saurait disposer si les choses en arrivaient là, parce que, en réalité, il essayerait de combiner les deux en même temps, courir et se cacher. Ils avancèrent donc, traversant la petite clairière ou des chauves-souris tournoyaient à présent comme des mites dans un rai de lumière au-dessus de la rivière noire pailletée de lune.

Il entraîna Magdalena parmi les saules avant de s'arrêter pour la regarder en face et lui faire part de son plan. Il avait du mal à respirer dans ce petit espace, et elle aussi, il pouvait entendre son souffle court et précipité… Leurs visages n'étaient qu'à quelques centimètres l'un de l'autre, et il parvenait à discerner ses traits dans la pénombre. C'est à toi, se dit-il, c'est à toi de la perdre ou de la sauver, et ce n'était pas la première fois de sa vie que ces pensées lui venaient.

*

* *

Deux sortes de pistes sillonnaient la vallée, certaines partant de la frontière en direction du nord, les autres allant vers l'ouest pour rejoindre la mer. Les sentiers nord-sud, sinueux et étroits, servaient surtout aux clandestins et aux trafiquants. Les chemins est-ouest, plus larges et plus rectilignes, avaient été tracés par la police des frontières dans le but de couper les précédents et d'être praticables à cheval ou en quad dans la mesure où les patrouilles se mettaient rarement en chasse à pied. Et c'étaient ces pistes-là que Fahey avait l'intention d'emprunter. Il suivrait les chemins des patrouilles pour prendre de la vitesse, et ceux des clandestins pour brouiller les pistes, mais, d'une façon générale, il suivrait les méandres de la rivière, et c'est ce qu'il lui expliqua...

— Nous allons faire vite, lui dit-il. En zigzaguant du sud vers le nord puis d'est en ouest et en alternant sans arrêt les deux directions... Suivez-moi exactement. Marchez là où je marche. Tournez quand je tourne. Ne restez pas en arrière, courez sur mes talons jusqu'à la plage. On traversera la rivière par l'océan...

— L'océan... répéta-t-elle.

Mais Fahey l'interrompit, la main sur son épaule.

— Ça n'aura rien à voir avec la dernière fois, assura-t-il. Je serai là. Si on arrive à mettre la rivière entre eux et nous, il leur sera très difficile de nous suivre. Faites-moi confiance pour vous faire traverser.

Elle ne pouvait pas faire grand-chose d'autre que d'acquiescer plus ou moins d'un hochement de tête, puis ils se remirent en route et elle s'efforça de suivre ses recommandations... de rester juste derrière lui, les fleurs de la chemise hawaïenne ne cessant d'entrer et de sortir de l'ombre, la boue collant à ses sandales, surtout lorsqu'elle faisait un faux pas, et elle ne tarda pas à comprendre qu'il s'agissait d'un exercice qu'il avait déjà pratiqué. Il suivait les touffes de végétation qu'il pouvait trouver sur la rive boueuse, salicornes et spartines, et elle découvrit que, en marchant dans ses pas, le sol était plus ferme sous ses pieds et qu'elle allait plus vite, or, la vitesse était leur alliée...

Il ne faisait jamais assez sombre dans la vallée pour que Magdalena ne puisse voir où elle mettait les pieds. Il y avait trop de lumière sur les hauteurs tout autour. La grande zone urbaine de San Diego ne faisait qu'un avec la catastrophe qu'était devenue Tijuana au sud, et la lune était si pleine que la vallée semblait saupoudrée de lumière. La clarté nappait les feuilles des arbres et chaque brin d'herbe tel un manteau de givre. Elle s'infiltrait entre les branches et tombait en rais lumineux sur les sentiers abrités, et quand il leur arrivait de déboucher dans une clairière, ils découvraient un réseau d'affluents qui évoquaient des cordes d'argent tressées ou encore les tentacules d'une créature vivante venue des profondeurs pour fouiller les marais de ces zones humides. Même à l'abri des saules, la nuit n'était jamais dense au point de ne pas voir sa main devant son visage ou le sol sous ses pieds, et si cette absence d'obscurité les aidait à aller vite, Magdalena savait que cela aidait aussi leurs poursuivants.

Ils continuèrent donc ainsi, Fahey s'en tenant à son plan et naviguant sur ces deux réseaux de sentiers. Les pistes des clandestins n'en étaient parfois pas vraiment, simples sentes qui sillonnaient entre les branches des saules, les plants de ricin et les joncs géants pareils à des bambous poussant en bosquets serrés. À un moment, alors qu'ils quittaient une de ces sentes pour emprunter une voie plus large, ils tombèrent sur toute une famille de clandestins, une dizaine de personnes peut-être, qui avançaient dans un silence complet. Ils couraient pieds nus dans ce lieu immonde, portant sur leurs épaules, dans des sacs en plastique, leurs chaussures et autres effets. Fahey et Magdalena passèrent juste au milieu de leur procession et eurent l'impression de traverser une réunion d'âmes perdues en errance. Aucun mot ne fut prononcé ni par les uns ni par les autres. Quelques secondes plus tard, les clandestins s'étaient évanouis dans les joncs et Fahey et Magdalena se retrouvèrent seuls de nouveau, sur un chemin allant vers l'ouest illuminé par la lune qu'ils suivirent aussi longtemps qu'il parut sage à Fahey de le faire avant de tourner de nouveau vers les relents de la rivière et l'ombre dense des saules.

Quant à Magdalena, elle préférait nettement les chemins des patrouilles et, chaque fois qu'ils tombaient sur l'un d'eux, elle espérait voir surgir des gardes-frontières. Mais le chemin restait désert et ils ne le suivaient que brièvement avant de se diriger de nouveau vers l'eau détestable.

Plus de deux kilomètres séparaient la ferme de la mer, et ils parcoururent cette distance par à-coups tantôt courant à perdre haleine sur la terre ferme, tantôt avançant au pas dans les fourrés et les branchages qui déchiraient leurs vêtements et la peau en dessous, sur les bords de la rivière où les chauves-souris venaient chasser les insectes et où l'ombre plus noire empêchait de voir où ils posaient les pieds. De temps à autre, Fahey s'arrêtait pour regarder en arrière, et il lui semblait bien que les hommes les suivaient, mus par un instinct de la traque commun à toutes les bêtes de proie. À un moment, il entendit même leurs voix dominer le bruissement de l'eau, et, à un autre, il les vit clairement, cent mètres derrière eux, sur un chemin des patrouilles frontalières. Et découvrit avec consternation que deux d'entre eux avaient des lanternes. Il jura tout bas, car ces lumières leur facilitaient indubitablement la tâche, et il jura encore devant tant de culot, en cet endroit où aucun clandestin ou passeur digne de ce nom n'aurait jamais risqué de s'exposer ainsi, puis il se dit qu'il n'y avait de la chance que pour la racaille. À moins qu'il ne se passât autre chose dans une autre partie de la vallée qui réclamât l'attention de la police des frontières.

Ils continuèrent d'avancer. Par endroits, l'exubérance de la végétation aux abords de l'eau rendait l'atmosphère moite et douceâtre, à d'autres, c'étaient les émanations des marais pollués qui prenaient le pas, mais, toujours, le firmament défilait au-dessus d'eux tel le fond étoilé de canyons que les arbres vivants auraient découpé dans le ciel d'un monde inversé, mais ils n'avaient guère le temps de faire ce genre de remarque. La plupart du temps, ils marchaient en silence, l'un derrière l'autre, puis, soudain, le cri de Magdalena transperça l'air. Fahey se figea et la vit dévaler la rive, la robe rouge glissant dans la boue et la jeune femme avec elle. Magdalena, déjà épuisée avant le début de la traque, n'avait pu empêcher son pied de déraper sur la touffe d'herbe sur laquelle elle s'appuyait et s'était enfoncée dans la boue, ce qui l'avait fait basculer aussi sûrement que si elle avait posé le pied sur de la glace…

Elle atterrit sur la hanche et dévala le reste de la berge comme sur un toboggan, les pieds arrivant en premier dans une sorte de bourbier dont elle n'aurait su dire si c'était encore la terre ou déjà de l'eau. Elle s'enfonça presque aussitôt jusqu'à la taille dans ce cloaque puant et se trouva dans l'impossibilité de se libérer, s'enlisant même un peu plus à chaque nouvel effort.

Fahey la suivit. Sans se soucier maintenant du bruit qu'il pouvait produire, il l'appela pour lui dire de rester tranquille, que se débattre ne ferait qu'accélérer la descente, et il chercha désespérément un moyen de la sortir de là : s'il ne trouvait rien, elle serait bientôt trop enfoncée pour qu'il puisse la sauver. Les marais allaient l'engloutir complètement, et engloutiraient vraisemblablement Fahey avec car il était bien décidé à l'extirper de là ou à sombrer avec elle.

Il se laissa glisser sur la berge boueuse, une jambe lancée en avant tel un joueur de base-ball courant en seconde base, l'autre repliée sous lui pour tenter de contrôler sa vitesse, et saisit au dernier moment une branche basse qu'il avait repérée d'en haut, priant pour qu'elle tienne, et pour qu'elle soit assez longue afin d'aller jusqu'à Magdalena. La branche supporta son poids avec un grognement étouffé, et s'inclina de telle sorte que les jambes de Fahey arrivèrent à portée de main de la jeune femme. Fahey n'eut pas besoin de lui dire quoi faire.

Elle s'accrocha à ses chevilles et entreprit de s'arracher de la fange qui cherchait à la retenir. Magdalena tira de toutes ses forces, et Fahey tira aussi, remontant une main après l'autre le long de la branche, qui tint bon jusqu'à ce qu'ils se retrouvent enfin allongés sur le sol, le souffle court tels des amants épuisés, le corps tellement recouvert de boue qu'on les aurait dits façonnés de la terre sur laquelle ils reposaient – le couple primitif. C'est alors que de leur poste d'observation, l'un surélevé par rapport à l'autre, ils scrutèrent l'ombre et découvrirent le cheval. Et la vue de cet animal condamné, déjà enlisé presque jusqu'au garrot à l'autre bout de la mare saumâtre qui ne faisait qu'un avec le marécage dans lequel était tombée Magdalena, les laissa tous les deux sans voix. C'était une bête à la robe foncée, avec des taches blanches sur la tête, et ils virent qu'il les regardait, les yeux grands ouverts mais en silence, donnant l'impression que c'était déjà le fantôme de l'animal défunt qui les contemplait depuis les ténèbres.

— Mon Dieu, souffla Magdalena.

Fahey se demanda depuis combien de temps le cheval se trouvait là, et ce qu'il était advenu de son cavalier, pour autant qu'il y ait eu un cavalier vu qu'il n'y avait ni selle ni bride. Il se dit qu'à ce stade il faudrait au moins un treuil pour sauver l'animal, et celui-ci semblait en avoir conscience car il gardait un silence stoïque en face de sa propre fin. Lorsqu'il eut médité assez longtemps sur le sujet, Fahey prit Magdalena par la main et l'aida à se relever en lui disant qu'ils devaient avancer.

Elle obéit mais garda les yeux rivés sur le cheval jusqu'à ce qu'il disparaisse dans l'ombre, puis continua de le regarder mentalement et se dit qu'elle le verrait encore souvent ainsi – cette créature qu'elle avait bien failli rejoindre si Fahey ne l'avait pas sauvée une fois de plus. Quoiqu'il eût été difficile de déterminer à quoi bon il s'était donné tout ce mal, parce que, entre ses cris à elle et les conseils qu'il lui avait lancés, ils avaient fait beaucoup de bruit. De plus, la boue avait gardé ses sandales, et elle se retrouvait pieds nus, comme n'importe quel clandestin. Alors Fahey s'assit par terre, retira ses propres souliers et lui tendit ses chaussettes. Il lui dit de les mettre, que c'était mieux que rien, et qu'il lui aurait bien donné ses souliers mais qu'ils étaient trop grands et que cela la ralentirait encore davantage. Elle s'approcha de lui, et à peine eut-elle ajouté les chaussettes à son costume qu'un nouveau prodige intervint, baignant soudain toute la rive d'une lumière vive.

Le rugissement des moteurs se fit entendre juste après. La première pensée de Fahey fut que la patrouille des frontières était enfin arrivée. Mais il préféra attendre d'en être certain et s'aplatit contre le sol, en chuchotant à Magdalena de faire de même. Ils étaient tous les deux couverts de boue, et il y avait peu de chance qu'ils se fassent repérer sur la terre de même couleur au premier coup d'œil.

Ce qui se révéla une très bonne chose vu que les moteurs en question n'étaient pas ceux de la patrouille des frontières mais ceux de motos tout-terrain décorées d'accessoires fluorescents. Leurs chauffeurs portaient des tenues de camouflage paramilitaires, des casques comme on n'en voyait qu'au cinéma, ornés de dessins de têtes de mort et de pin-up nues aux seins lourds, et des armes à feu fixées à la cuisse dans des fourreaux de plastique tape-à-l'œil ainsi que des couteaux de plongée fixés au mollet. Les moteurs rugissaient, les pneus projetaient de la boue comme des rafales de mitraillette, et devant un spectacle aussi grotesque, Fahey et Magdalena demeurèrent aussi silencieux que des poupées d'argile. Ils attendirent que les motards se soient éloignés pour oser bouger, s'insinuant telles des vipères d'eau sous le couvert des arbres pour tomber enfin sur un petit affluent qui sillonnait entre les joncs. Ils le suivirent sur une certaine distance puis guettèrent des signes de poursuite. Pendant un long moment, cela parut presque une possibilité dans la mesure où ils continuaient d'entendre les moteurs tourner à proximité, sans s'éloigner vraiment. Mais sans se rapprocher non plus de l'endroit où ils se trouvaient.

— Des vigiles, chuchota Fahey.

— Ils ne nous aideraient pas ?

— Impossible à dire.

On savait que des lycéens du coin participaient à ce genre d'activités extrascolaires, des étudiants des corps volontaires de formation d'officiers réservistes, les ROTC de San Ysidro, Chula Vista ou National City, relativement inoffensifs. Mais des trafiquants de drogue et fabricants de meth s'étaient mis aussi à sillonner la vallée, ainsi que des racistes en quête de proies fragiles. Fahey avait une femme avec lui, ravissante et à demi dévêtue après l'épisode de la boue. Qui aurait pu sonder l'esprit de ces hommes ? Comment compter sur leur aide ?

Devant une telle incertitude, Fahey décida de s'en tenir à lui-même et choisit de poursuivre son chemin. Ils avaient déjà une bonne partie de la vallée derrière eux et, après avoir suivi pendant quelques minutes le petit ruisseau boueux, ils arrivèrent à la lisière des arbres et à la fin de l'abri qu'offrait la végétation. Il n'y avait plus devant eux que les spartines du grand estuaire, qui cédait ensuite la place à des marais salants entourés d'autres graminées puis aux dunes blanches semblables à des monts enneigés et enfin à la plage où tout avait commencé, la plage et l'embouchure de la rivière. Fahey s'agenouilla dans la vase et contempla cette dernière étendue de terre qui les séparait encore de la mer, dans les huit cents mètres en tout.

Magdalena s'agenouilla près de lui, et il lui expliqua ce qu'il fallait faire pour gagner les dunes.

— Vous voyez ces dessins dans l'herbe, ces taches claires et ces taches plus sombres ? Le sol est plus ferme là où c'est sombre. Sur les taches claires, la vase est encore pire que celle dans laquelle vous êtes tombée.

Mais au moment où ils allaient repartir, une série de coups de feu se fit entendre derrière eux et ils se remirent à plat ventre en se demandant ce qu'un tel vacarme pouvait augurer. Il y eut deux rafales bien distinctes puis, après la seconde, le silence s'abattit de nouveau sur la vallée, troublé seulement par le bruit des vagues.

— Qu'est-ce que c'était ? questionna Magdalena.

Fahey supposait que les motards étaient tombés sur leurs poursuivants, mais il n'y avait aucun moyen de le vérifier, et il n'avait nullement l'intention de chercher à connaître l'issue de l'affrontement ni d'attendre assez longtemps pour voir qui allait sortir des bois, ni même si quelqu'un allait en sortir.

Se déplaçant aussi vite qu'ils le pouvaient, ils pénétrèrent dans l'herbe rase. Et même si la lumière de la lune leur tombait sur les épaules, la boue dont ils étaient recouverts les confondait avec la nuit. Ils avancèrent donc, guère plus que des ombres, vers le bout de la terre, vers l'embouchure de la rivière et les vagues au-delà.

## 30

Armando avait cru que la poursuite serait un jeu d'enfant. Mais en cela, il s'était trompé. La vallée était un labyrinthe, un trompe-l'œil réalisé à grands coups de miroirs. Il le comprit dès le début de la chasse, en voyant la stratégie déployée par l'éleveur d'asticots. Cela commença par l'explosion, qui était, il devait l'admettre, un coup de maître et le fit plonger à terre pour se protéger – atterrissage sur le ventre contre les roues du pick-up de Fahey. De là, il avait pu apercevoir sa Madone telle que Chico la lui avait décrite, une vision en rouge qui courait sur les talons de son compagnon pour se précipiter dans la gueule béante d'une vieille grange. Il avait pensé pouvoir les coincer à l'intérieur, mais s'était alors trouvé confronté à un nouveau tour de l'éleveur car, le temps qu'il arrive dans la grange, le mur extérieur avait été ouvert et les deux fuyards s'étaient envolés dans la nuit. Il s'était avancé sur une courte distance avant de les repérer, une cinquantaine de mètres plus loin, près des arbres, au sommet d'une petite éminence.

Armando avait alors envoyé Nacho récupérer dans la voiture les lanternes qu'ils avaient pensé à voler à Garage Door Tijuana pendant que Chico et lui cherchaient par où exactement les autres avaient disparu. Il avait d'abord cru qu'ils tenteraient simplement de se cacher parmi les arbres, mais, à la lueur des lanternes, il s'aperçut qu'une fois encore il avait sous-estimé le fermier. La lumière montra des empreintes de pas, des herbes écrasées, des brindilles cassées, et il se rendit compte qu'en fait sa Madone et son fermier avaient bien l'intention de courir dans ce qui semblait la direction générale de la mer. Il se fit alors le serment que c'était la dernière fois qu'il sous-estimait cet homme. Puis il jura à voix haute, proférant des imprécations tant pour lui-même que pour quiconque voulait entendre.

Pour Armando, il n'y avait aucun doute sur la façon de procéder. Il savait qu'elle était devant lui, sur ce terrain, en plein cœur de la nuit. Cette simple pensée accéléra son dégrisement. Il ne la perdrait pas de nouveau. Chico exprima son inquiétude à propos des patrouilles frontalières, mais Armando ne l'écoutait pas. Il était complètement remonté. La chasse était lancée et il irait jusqu'au bout. Et quoiqu'il eût préféré la conduire dans son repaire en plein désert, comme il l'avait prévu, le labyrinthe de la vallée de la Tijuana devrait faire l'affaire et il continua d'avancer comme un possédé, ce qu'il était d'une certaine façon, poussé par les démons que sa vie n'avait cessé d'engendrer… dans les buissons et les marécages, à un rythme effréné, ses acolytes dans son sillage, passant d'une piste à une autre sur un quadrillage infini de pas qui évoquaient vaguement pour lui les empreintes fluorescentes d'une attraction de foire suivies un jour, quand il était tout gosse… cet endroit obscur ne recelant pas moins de prodiges, parmi les puanteurs d'égout et les battements d'ailes de chauves-souris suspendues tels des cerfs-volants au bout de ficelles manipulées par des déments. Cependant, aucun de ces prodiges ne fut plus incongru que celui qui finit par s'offrir à eux sur les bords d'une mare d'eau stagnante, quelque part, d'après les estimations d'Armando, au milieu des marécages, à mi-chemin entre la ferme en feu et la mer en attente. Un trio de gringos attifés comme des soldats de Halloween s'efforçait en effet de tirer un cheval de la mare à l'aide de cordes fixées à des motos. Mais leurs roues n'arrivaient qu'à creuser des trous dans la terre boueuse, aspergeant la nuit d'énormes crachats bourbeux et fétides qui, lorsqu'il pénétra dans l'arène de ce carnaval de l'absurde, donnèrent à Armando l'impression de tomber au cœur même du merdier proverbial auquel il avait toujours espéré échapper. Il releva le canon du fusil.

C'était un superbe fusil à pompe, cette arme qui appartenait au fermier. Il y avait plein de cartouches dans le pick-up. Armando en avait bourré ses poches et il tirait à présent sans autre but que d'y voir plus clair car la chasse commençait à lui peser. Il ne s'arrêta que quand il eut abattu et tué pratiquement tout ce qui se trouvait dans la clairière, y compris le cheval, puis il s'arrêta pour contempler le carnage.

Il tenait à ce moment-là le fusil d'une main et le revolver de l'autre, car il s'était servi des deux. Le cheval, tel un bateau chaviré, gisait dans la vase, couché sur le flanc. L'un des soldats de Halloween flottait à côté, face dans l'eau. Un deuxième soldat avait été atteint en plein ventre et répandait ses viscères sur la boue immonde. L'une des motos tout-terrain était tombée dans la mare et s'était tue alors que son phare continuait de briller, éclairant une portion de la scène morbide par-dessous la surface de l'eau – lueur surnaturelle teintée d'un vert sinistre qui s'élevait jusque dans les saules vénérables dont les branches se dressaient tels les bras de suppliants devant une si terrible extermination. Une autre moto tournait encore, sa roue arrière continuant de proje-ter des gerbes de boue tandis que la machine tout entière, renversée sur le côté comme un insecte blessé, se débattait en dessinant des demi-cercles dans la vase. Armando rechargea le fusil et tira trois salves dessus avant que le moteur ne cesse son vacarme infernal, l'engin réduit à un tas de ruines fumantes et inertes s'enfonça lentement dans la terre.

Armando avait procédé à ce carnage en se disant qu'il avait besoin de silence pour rassembler ses pensées. De toute évidence, le fermier allait lui don-ner plus de fil à retordre qu'il ne l'aurait cru possi-ble, et il commençait à se demander s'il n'avait pas eu tort de se lancer dans une telle entreprise. Mais il venait à peine d'entamer cette interrogation et d'autres semblables quand il lui vint à l'esprit que quelque chose d'autre clochait dans ce silence si durement gagné. C'est alors qu'il vit Nacho, ou du moins ce qu'il en restait car le garçon massif s'était débrouillé pour tomber dans la même fange qui avait failli emporter Magdalena avant lui – bien qu'Armando ignorât tout de cette dernière péripétie.

Imaginez un trou de serrure comme celui qui reçoit des clés à l'ancienne – un trou rond en haut, avec une ouverture en triangle allongé au-dessous – et vous aurez en gros la topographie du lieu. La mare d'eau stagnante correspondait à la longue partie triangulaire. Le bourbier était plus petit et de forme circulaire, et les deux parties étaient jointes comme décrit ci-dessus au centre d'un très vieux bosquet de saules dont la moitié étaient morts ou recouverts d'une sorte de mousse parasite qui pendait comme des toiles d'araignées à leurs membres décrépits, à quelques mètres seulement de la rivière proprement dite.

Nacho avait glissé dans le bourbier, au tout début de la fusillade, semblait-il, car les détonations et les rugissements de moteur avaient dû couvrir les appels à l'aide qu'il n'avait pas manqué de lancer. Et l'occasion de se faire entendre était à présent passée puisqu'il ne pouvait même plus crier. Le marécage avait déjà englouti le grand tabernacle de sa poitrine et la majeure partie de son cou, et, lorsque les deux autres le découvrirent, il ne pouvait déjà plus faire grand-chose d'autre que pencher sa grosse tête en arrière dans un ultime effort pour aspirer l'air. Quand Armando et Chico arrivèrent au bord du bourbier, il ne restait effectivement plus de leur compagnon que son visage, donnant l'impression que cet appendice lui avait été arraché avant d'être étalé à la surface de la boue afin d'accomplir quelque épouvantable rituel. Ou peut-être ce visage couturé n'avait-il été qu'un masque de Halloween depuis le début, tombé maintenant que la rêverie était terminée. Cependant, le masque s'enfonça lui aussi alors même qu'ils regardaient, la boue se refermant sur lui jusqu'à ce qu'il ne reste plus que quelques bulles paresseuses. Puis celles-ci disparurent à leur tour, et tout ce qui avait été Nacho avec elles, emporté dans la terre comme les bulles étaient emportées dans les airs. Quant à savoir à quelle profondeur et à quel niveau de l'enfer il serait plongé, il n'y avait personne ici pour le dire avec certitude.

L'intégralité du spectacle sembla produire sur Chico un effet des plus désastreux. Le garçon s'accroupit et se mit à bafouiller au milieu du carnage, au bord du bourbier. Il était devenu difficile à comprendre, mais Armando finit par saisir qu'il demandait à rentrer chez lui.

Armando le gifla du plat de la main sur l'arrière du crâne.

— Comment veux-tu qu'on écrive des *corridos* sur toi si tu fais preuve de faiblesse maintenant ? demanda-t-il.

— Comment tu peux savoir qu'elle est encore là ? fit Chico.

La gifle semblait lui avoir quelque peu éclairci les idées.

— Où tu voudrais qu'elle soit, *cabrón* ?

Armando s'accroupit à côté de lui, puis remarqua quelque chose à la surface de la boue, non loin de l'endroit où Nacho avait disparu. Il se leva, chercha autour de lui pour trouver une branche morte avec quoi repêcher l'objet dans la vase, et, quand il l'eut récupéré, il s'aperçut qu'il s'agissait d'une sandale, trop petite pour appartenir à quelqu'un d'autre qu'à sa Madone.

Armando la brandit pour la montrer à Chico.

— C'est peut-être ça que Nacho a vu, dit-il. C'est peut-être ça qu'il essayait d'attraper.

C'était à la fois une bonne et une mauvaise nouvelle. Pour sa récompense, Nacho n'était plus, mais la fille était passée par là.

— Peut-être bien qu'elle est là-dedans, elle aussi, commenta Chico.

Par « là-dedans », il entendait le centre de la Terre.

— Et le fermier ?

— Tous dedans, dit-il avec un hochement de tête.

Mais Armando projeta sa lanterne parmi les ombres et finit par découvrir l'endroit où Fahey s'était étiré pour arriver jusqu'à elle, et il déchiffra tous les signes qu'il y avait à déchiffrer – la grande branche près du sol, chaque brindille brisée sur la terre, les empreintes brouillées près du tronc de l'arbre en question. Il les interpréta comme les hommes interprètent les Saintes Écritures, en accord avec les inclinations de leur cœur. Parce qu'il tenait toujours la sandale qui avait renfermé son pied entre ses mains. Le cuir qui avait touché la peau de sa Madone touchait à présent la sienne. Il se refusait à admettre sa disparition.

— Elle est tombée ici, annonça-t-il enfin. Elle est tombée et le fermier l'a sortie de la vase.

Il entreprit de fouiller frénétiquement les alentours et finit par trouver l'endroit où Fahey et Magdalena s'étaient jetés à plat ventre en entendant venir les motards avant de s'éloigner en rampant, laissant des traces de frottement et des salicornes écrasées sur leur passage. Il suivit celles-ci jusqu'au ruisseau, où toutes les traces disparurent, mais arriva bientôt aux joncs où il retrouva leur piste, qu'il reprit jusqu'à l'orée des bois. Là, il put contempler le bout de la vallée, les dunes juste derrière et les lumières d'Imperial Beach en continuant sur la plage vers le nord.

— Il va vers la ville, dit Armando.

Puis il poursuivit son raisonnement. Le fermier s'était servi des sentiers qui longeaient la rivière pour les ralentir, pour dissimuler sa véritable destination. Une fois sur la plage, il n'aurait plus qu'à aller directement chercher de l'aide.

Armando examina maintenant les dunes et les lumières clignotantes, et il évalua la distance entre les deux, puis entre lui et chacune de ces destinations, et il arriva à la conclusion que Magdalena et son fermier n'avaient pas tant d'avance pour que Chico et lui ne puissent pas les rattraper, ce qui lui procura un véritable soulagement dans la mesure où un tel scénario faisait renaître l'espoir. S'il pouvait se charger de l'éleveur sur la plage, ce serait un jeu d'enfant de revenir vers le Mexique par le front de mer et de passer la frontière par Yogurt Canyon, en emmenant éventuellement la Madone avec eux, peut-être même jusqu'au site qu'il avait déjà préparé pour elle, et laisser ainsi complètement la vallée derrière eux. Il fit part de ses réflexions à Chico, de celles-ci et d'autres encore, le harcela, le menaça, et, à la fin, ils partirent ensemble.

Cela ne plaisait pas vraiment à Chico. En vérité, il avait peur d'y aller et il avait peur de rester. Il avait peur aussi de retourner à Garage Door Tijuana où, malgré son sens très limité de l'observation, lui-même se rendait compte qu'ils ne seraient certainement plus les bienvenus. En fait, il n'arrivait pas à trouver de solution meilleure qu'une autre pour se sortir de toute cette confusion, alors, à la fin, il fit ce qu'Armando lui avait demandé, il prit son courage à deux mains et continua malgré tout. Il ne cessait d'alterner les pleurnicheries sur la perspective de sa mort prochaine et les déclarations comme quoi il n'avait jamais montré de faiblesse et qu'on ne manquerait pas d'écrire et de chanter ses *corridos* pour célébrer les femmes qu'il avait violées et tuées et toutes les autres atrocités réelles ou imaginaires qu'on lui attribuerait. Et tout cela sans jamais attirer l'attention d'Armando qui s'était remis en route, du speed dans une poche, des calmants dans l'autre, et le mélange qui en résultait transformant la vallée en couleurs jamais imaginées jusqu'alors sinon dans des *raves* en plein désert. Armando aurait tout aussi bien pu explorer des canaux à la surface de la planète rouge. Des insectes lui couraient sur les bras en cortèges éphémères. Il les considérait comme de vieux habitués de ce genre de misère et cherchait en même temps à s'en débarrasser à coups de griffe, sous l'œil de plus en plus inquiet de Chico, qui ne voyait rien sur son compagnon pour expliquer pareilles contorsions et ressentait avec de plus en plus d'acuité la prémonition qu'il allait de toute évidence mourir ici, du mauvais côté de la frontière, en compagnie d'un fou – ce en quoi il n'avait pas complètement tort.

Comme pour répondre à la paranoïa de Chico, un hélicoptère surgit dans la nuit, survolant apparemment les ruines de la ferme vermicole, mais il ne se rapprocha pas de l'endroit où ils se tenaient et finit par s'éloigner dans l'obscurité.

*
* *

Ils ne firent aucun effort pour retrouver la piste des fuyards. Il suffisait d'aller jusqu'à la plage. Le clair de lune rendait leurs lanternes superflues, et ils les abandonnèrent au profit de la vitesse, suivant le lit principal de la rivière, se dépêchant de gagner les dunes et la plage derrière. Ils avaient compris où poser les pieds pour éviter de s'enfoncer dans la vase, et les spartines ondulaient et se couchaient sur leur passage. Armando se mit à courir, Chico lui emboîta le pas tout en jurant, et c'est ainsi qu'ils tombèrent sur la troisième et dernière des motos tout-terrain qu'ils avaient repérée parmi les arbres mais avaient complètement oubliée en découvrant Nacho et son funeste destin. Mais voilà qu'elle se retrouvait devant eux, plantée dans une rangée d'herbes sombres tel un aérodyne tombé du ciel, et, près d'elle, il y avait un motard.

L'homme se tenait assis très droit dans l'herbe, une jambe repliée sous lui formant un angle déraisonnable, le sang pissant par un trou aux contours déchiquetés juste sous la clavicule. Mais il était encore en vie et tenait une arme entre ses mains, et, avant que Chico et Armando ne pussent faire autre chose que s'apercevoir de sa présence, il avait tiré. Chico vacilla en arrière en étreignant son visage. Ses mains se couvrirent d'une substance bleutée qu'Armando voulut alors prendre pour le sang de Chico, plus empoisonné encore que le sien. Aveuglé, Chico s'enfuit de la scène de sa propre exécution. Il courut un bref instant en réclamant à grands cris miséricorde et clémence puis bascula tête la première dans la rivière, où il fut aussitôt englouti par ses eaux viciées.

Armando n'était pas encore à l'abri d'un coup quand un jet de flamme jaillit à proximité de son propre sternum, lui donnant à entendre que lui aussi avait été touché. Il tira à son tour. Le motard fantôme s'écroula dans l'herbe, et Armando se regarda avec stupéfaction. Il avait la poitrine aussi bleue que la figure de Chico. Il se baissa pour examiner l'arme qui avait produit un tel prodige. Ce n'était, conclut-il, pas du tout une arme à feu mais un paintball. Et le motard assassiné n'était même pas assez vieux pour qu'on puisse le qualifier d'homme. Il avait les yeux soulignés de fard de théâtre, pour faire comme les commandos à la télévision et portait, légèrement posé de travers, un casque en plastique noir qu'on aurait pu trouver au rayon des produits dérivés de *Star Wars* d'un magasin de jouets pour les riches. En fait, le casque était sorti d'une boîte qu'Armando ne verrait jamais et qui portait la mention *made in Mexico*. Il en allait de même pour pratiquement tout le reste de sa panoplie, dont un fourreau en plastique, une ceinture fantaisie et une montre fluo. C'était autant de produits des *maquiladoras*, comme on aurait pu le dire d'Armando lui-même.

Il prit le casque sur la tête du garçon, qui était à moitié arrachée du reste du corps car, au lieu d'être touché en plein cœur, la rafale avait emporté une partie de sa gorge, le tuant tout aussi sûrement. Armando évalua qu'il ne devait pas avoir plus de 17 ans. Il s'agissait en fait d'un aspirant officier, élève d'un lycée du coin et dont les circonstances de la mort mèneraient à la fermeture du programme ROTC dans cette institution, mais, de même que l'étiquette sur la boîte du casque, Armando ne le saurait jamais et, pour lui, le garçon et son accoutrement ne pouvaient que rester une énigme de plus portée par la nuit américaine.

Un côté du casque était couvert de sang et de petits fragments de chair et d'os, aussi Armando s'agenouilla-t-il au bord de la rivière pour le rincer avant de le mettre, encore tout dégoulinant, sur sa propre tête. Il prit aussi la ceinture et le fourreau de plastique du garçon qui y était fixé. Il coinça ensuite l'arme de l'éleveur d'asticots dans le fourreau et attacha la ceinture en travers de sa poitrine, l'arme et le fourreau se retrouvant dans son dos. Le pistolet qu'il avait rapporté du Mexique toujours glissé dans la ceinture de son jean, il se remit en route à petites foulées, un peu comme lorsqu'il parcourait les rues du vieux quartier chaud, au temps où il s'entraînait pour devenir boxeur au-dessus d'El As Negro, mais cette fois en suivant la rivière.

# 31

Fahey trouva que les dunes n'avaient jamais été si loin des derniers saules, et les marais salants jamais aussi plats ni si brillamment éclairés par ce qui n'était tout au plus qu'une demi-lune. Ils avaient parcouru une centaine de mètres à l'intérieur de l'estuaire quand ils entendirent de nouveaux coups de feu. Entourés par une végétation qui ne dépassait pas leurs mollets, ils craignirent de devenir des cibles trop faciles et gagnèrent donc le sable à genoux tandis que d'autres détonations se faisaient entendre dans l'obscurité derrière eux.

Ils perçurent la plainte lointaine d'une sirène, le battement des pales d'un hélicoptère, et ressentirent à chaque fois une bouffée d'espoir, mais ces bruits ne se rapprochèrent pas de l'endroit où ils se trouvaient et finirent par se dissiper complètement. Lorsqu'ils n'entendirent plus rien, ils se relevèrent et franchirent les dernières dunes, qui faisaient maintenant figure de remparts contre les assauts de la mer. Ils trouvèrent la plage jonchée de plaques de mousse et de varech déraciné, disposées comme autant de corps des victimes d'un massacre. Une grosse houle s'abattait sur le sable, et des éclairs de lumières bleues et vertes, couleurs de fête foraine d'une fragile luminescence cueillies dans les profondeurs mystérieuses, parcouraient la surface noire des vagues.

Des lignes d'eau blanche étaient visibles sur plus de cent mètres, ce qui donnait des indications tant sur la direction de la houle que sur le genre de vagues qu'elle faisait naître. Ces vagues se brisaient, invisibles, dans un vacarme d'artillerie lourde, et Fahey avait hâte de mettre l'embouchure de la rivière entre eux et ceux qui les poursuivaient encore. Car même si la plage semblait secouée jusqu'au tréfonds, la marée était telle qu'il l'avait souhaitée, encore assez basse pour qu'il fût possible de traverser. Alors il prit Magdalena par la main et lui expliqua ce qu'ils allaient faire.

Il l'avait ramenée sur la plage qui avait failli l'emporter, et il put lire la peur dans ses yeux. Il mit sa main dans la sienne et sentit les doigts de Magdalena se crisper sur les siens.

— Il faut que vous me fassiez confiance, lui dit-il. Je l'ai déjà fait. Je sais comment ça fonctionne.

Magdalena ne put guère qu'acquiescer d'un signe de tête, mais elle savait qu'en cet instant, s'il y avait quelqu'un en qui elle pouvait avoir confiance, c'était Sam la Mouette, et elle se releva car elle était tombée à genoux sur le flanc d'une dune. Fahey se releva avec elle et la conduisit sur la grève.

La plage qui bordait la vallée formait dans l'ensemble une pente abrupte et plongeait presque aussitôt dans une profonde dépression où régnait un courant puissant, la direction de ce courant variant avec la marée. Fahey énonça tout cela en marchant. Il dit aussi que, derrière la dépression, il y avait une série de bancs de sable qui couraient tout le long de la plage, mais qu'à l'embouchure ces hauts-fonds se faisaient plus nombreux et remontaient plus loin vers la barre, ce qui remplissait la dépression de sable et la rendait beaucoup moins profonde à cet endroit, permettant de la franchir à pied. Une fois de l'autre côté, ils devraient trouver de nouveau des bancs de sable orientés nord-sud qui leur permettraient de contourner l'embouchure de la rivière et de regagner la plage. Il lui expliqua tout cela en l'entraînant vers la mer et ne s'arrêta que lorsqu'ils arrivèrent à l'écume blanche. Là, il retira ses chaussures, et Magdalena les chaussettes qu'elle avait portées. Elle les garda dans une main, et tenait dans l'autre la main de Fahey. L'eau lui arriva à la taille. Le courant tirait sur ses jambes. Les souvenirs de Las Playas s'insinuèrent, comme le froid, jusqu'au plus profond d'elle-même. Mais Fahey montait déjà sur un banc de sable. Il la hissa et elle se retrouva près de lui, l'eau n'atteignant plus soudain que ses chevilles.

Ils parcoururent une vingtaine de mètres avant de virer vers le sud. Ils s'en tinrent aux bancs de sable, certains plus hauts que d'autres, mais l'eau n'arrivant plus jamais au-dessus des genoux de Magdalena. Ce n'était pas difficile. Il suffisait de connaître les bancs, et pourtant, beaucoup s'étaient noyés ici pour ne pas l'avoir su.

— Vous voyez comment ça marche, lui dit Fahey, qui criait en fait pour se faire entendre par-dessus le fracas des vagues. Si vous tombez, si vous lâchez ma main, si vous vous enfoncez dans un creux, nagez vers le sud. Les vagues vous ramèneront. Surtout n'essayez pas de lutter contre elles.

Mais Magdalena n'avait aucunement l'intention de lui lâcher la main. Il lui fit faire un grand arc de cercle, toujours vers le sud, lui faisant franchir des lignes d'eau blanche rendues inoffensives par les hauts-fonds, et ils revinrent sur la plage du côté sud

de la rivière sans même s'être débarrassés complètement de la boue qui les maculait.

— Mon Dieu ! s'exclama Magdalena.

Elle ne pouvait s'arrêter de sourire.

— Qu'est-ce que je vous avais dit ? répliqua
Fahey.

Magdalena éclata de rire. Elle se laissa tomber sur
le sable, mais Fahey la pressa. Ils traversèrent un territoire proche de l'endroit où ils s'étaient vus pour la
première fois, n'accordant cette fois guère de pensées aux nids des pluviers.

Les dunes s'effaçaient à l'embouchure de la
rivière puis reprenaient de la hauteur un peu plus
loin, et Fahey semblait pressé de les atteindre. Il ne
cessait de regarder par-dessus son épaule tout en
marchant, suivant le fil argenté de la rivière qui
sinuait parmi les cuvettes de sel et les marécages
pour s'enfoncer dans le bosquet d'arbres où il avait
rejoint Magdalena ce premier jour, et tué les chiens.
Mais il n'y avait guère de hauteur et ils ne voyaient
pas grand-chose d'autre que les ténèbres.

Lorsqu'ils arrivèrent aux premières dunes méri-
dionales, ils grimpèrent pour obtenir un meilleur
poste d'observation. Ils eurent une meilleure vue
mais ne purent détecter le moindre mouvement entre
eux et les arbres.

— On a réussi, constata Magdalena.

Ils montèrent encore de quelques pas. Une tache
rouge apparut à l'est, la crête de quelques arbres se
profilant juste devant.

Ils restèrent un instant silencieux.

— Votre ferme, murmura enfin Magdalena d'une
voix douce.

Elle posa la main sur son bras.

— Ce n'est peut-être que le mobile home. Si
jamais la maison flambait... il y aurait davantage...

Il s'interrompit, comme si quelque chose venait tout juste de lui venir à l'esprit.

— Vos dossiers étaient dans la caravane, dit-il.

— Vous avez fait ce qu'il fallait.

— Peut-être qu'ils étaient plus importants que vous ne le pensiez. Peut-être qu'ils vous auraient dit qui est là-bas.

Il désigna la vallée d'un signe de tête.

Magdalena pensa au cow-boy de la *charreada*, vaguement familier. Était-il important de savoir si son nom figurait parmi ceux des ouvriers de Reciclaje Integral ? Indubitablement. Mais les dossiers étaient partis en fumée.

— Et maintenant ? demanda-t-elle.

Fahey mit un peu de temps à répondre, car, en traversant la rivière, il s'était dit que le plus simple serait tout bêtement de continuer à marcher. Ils seraient à la frontière en vingt minutes. La femme pour qui travaillait Magdalena était rentrée. L'*amparo* serait remplacé et la bataille reprendrait de l'autre côté. Il confia ces pensées à Magdalena et la regarda porter le revers de sa main à son front.

— Alors, ça y est, lâcha-t-elle.

Il se refusa à tout commentaire. Magdalena attendit.

— Sinon, dit-il enfin, on peut aussi attendre ici et voir qui va débarquer.

— Ils sont armés.

— Il faudrait faire attention. On pourrait les attirer par là.

Il désigna la rive vaseuse à moins de cinquante mètres, là où la rivière se rétrécissait en formant une courbe étirée, l'eau semblable à du verre fumé.

— On dirait que c'est un bon endroit pour traverser, dit-il, mais c'est le pire de toute la vallée. Il y a près de cinq mètres de profondeur et ça vous aspire comme un rien. Avec les grandes marées, les berges s'écroulent. C'est un sacré piège, quand on sait s'en servir.

Magdalena allait répondre quand elle aperçut quelque chose qui bougeait au fond de la vallée – une silhouette solitaire qui bondissait d'entre les arbres. Elle avait conscience de la présence de Fahey à ses côtés, et elle le sentit se raidir.

— Il n'y en a qu'un seul, dit-elle.

— Peut-être.

Il y eut entre eux une longue plage de silence.

— Vous devriez rester ici, reprit enfin Fahey.

Magdalena le dévisagea.

— Mais on ne craint rien. Il ne pourra jamais traverser.

C'était à moitié une constatation, à moitié une question.

— Il pourrait essayer.

— Mais si c'est impossible.

— Sauf si on sait comment utiliser les bancs de sable.

Magdalena regarda l'homme qui se déplaçait maintenant parmi les spartines et les salicornes. Elle se dit que rien de bon ne pourrait en résulter. L'homme était armé. Rien ne pourrait l'arrêter. Il avait eu le temps de le prouver. Fahey avait cependant déjà dévalé plusieurs mètres sur le flanc de la dune.

— Vous disiez que nous pourrions marcher, lui dit Magdalena.

Fahey se figea et se retourna vers elle.

— Vous le pouvez toujours, rétorqua-t-il. Si les choses tournent mal, allez-y.

Ces paroles ne firent qu'attiser les mauvais pressentiments de la jeune femme. Un silence s'écoula.

— Nous étions à l'abri, insista-t-elle.

Fahey se tenait juste au-dessous d'elle, l'inclinaison de la dune les mettant pratiquement à la même hauteur.

— Ils ont tué mes chiens, objecta-t-il.

*
* *

Il quitta les dunes et courut, pieds nus, vers le terrain sableux qu'il avait montré à Magdalena. Des cuvettes de sel trouaient la rive sud, certaines bordées de touffes de joncs et de roseaux. Ces cuvettes semblaient des cratères superficiels creusés en d'autres temps par une pluie de météores, et Fahey avait l'intention de s'en servir pour se dissimuler.

L'autre homme courait vers lui, apparemment inconscient de la présence de Fahey – effigie de boue assez semblable à Fahey lui-même, qui arrivait au petit trot de l'autre côté de la rivière en suivant sa berge, franchissant les marais blancs comme neige. Une grosse ceinture passée en travers de la poitrine, comme une caricature de *bandido* mexicain, il avait la tête prise dans une sorte de casque extravagant, dont Fahey distinguait les pans noirs et luisants qui formaient des angles acérés et brillaient sous la lune. En d'autres circonstances, l'accoutrement de l'homme aurait pu paraître comique. Dans la situation présente, elle suggérait la démence et autres joyeusetés. Fahey regarda l'homme interrompre sa course et tirer quelque chose de derrière son dos. Un rayon de lune tomba sur le canon scié de ce que Fahey ne pouvait voir que comme un fusil à pompe Mossberg, pris sans aucun doute derrière le siège de son propre pick-up garé dans la cour de sa ferme, encore rougeoyante dans le puits obscur de la vallée.

Il scruta les ténèbres d'où l'homme était sorti, mais personne d'autre ne suivait, et il se dit que leurs poursuivants avaient certainement croisé le chemin des motards et qu'une fusillade avait dû s'ensuivre. Si tel était effectivement le cas, cela signifiait que le plan de Fahey avait fonctionné et qu'il ne lui restait plus qu'à se montrer pour le parachever.

Et, bien que Fahey fût arrivé à la destination qu'il s'était fixée et que son piège fût pratiquement tendu, ses pensées se tournèrent vers Magdalena dans les dunes et vers la marche qu'ils avaient prévu de faire, vers leur séparation à la frontière. Il imagina ces choses comme si elles s'étaient déjà produites pour mieux s'y préparer, puis entreprit de jouer son petit sketch – simuler la panique et crier à Magdalena de fuir alors qu'elle était déjà à l'abri de toute ligne de tir.

Il regarda l'homme s'immobiliser brusquement, arracher le casque extravagant de sa tête comme s'il était soudain devenu gênant pour voir, puis se rapprocher de la partie étroite de la rivière et de l'endroit où lui-même se tenait, à moins d'une trentaine de mètres, tout en levant le fusil.

Fahey se montra encore un peu, surpris par sa propre audace, avant de se jeter à couvert. Mais il avait tardé un instant de trop car la détonation déchira la nuit alors qu'il plongeait, et les chevrotines lui éraflèrent l'épaule. En fait, il avait réussi à se faire tirer dessus.

Il gisait, face contre terre au fond d'un cratère tapissé de sel. Il attendit une nouvelle détonation, mais il n'y en eut pas d'autre. Il tâta ses blessures – deux plombs qu'il sentait sur la partie extérieure de l'épaule, petites billes dures sous ses doigts. Son cœur cognait contre le sol. Le martellement de la mer y répondait. Maudissant son inconscience, il resta allongé à plat ventre pour lancer une bordée d'insultes dans le peu d'espagnol qu'il avait réussi à retenir de sa jeunesse et de l'Island Express. Seul le silence lui répondit. Il rampa jusqu'à l'extrémité du cratère, dissimulé par une touffe de roseaux. La végétation le protégeait, et il roula dans un deuxième cratère avant de risquer un coup d'œil. L'homme était arrivé tout au bord de l'eau et scrutait l'ombre. Fahey le vit clairement pour la première fois.

Sans le casque, Fahey put voir la lune se refléter sur un crâne dégarni et, sous ce dôme pâle, une physionomie hagarde d'une telle intensité que le saisissement le poussa à se redresser, ne fût-ce que fugitivement, comme quelqu'un qui se retrouverait soudain face à des choses primitives, à une époque d'avant le langage, et qui éprouverait cependant devant elles le choc de la reconnaissance.

Les minutes s'écoulèrent. Les deux hommes n'étaient séparés que par quelques mètres. Armando se dressait en pleine vue, baigné par le clair de lune au bord de la rivière. Fahey resta dans l'ombre, où, une fois dissipé le choc initial provoqué par l'expression même d'Armando, il s'interrogea de nouveau sur les motifs qui avaient poussé cet homme à franchir la frontière. Parce que, faute de mieux, il voulait croire que ce personnage faisait partie des tueurs qui s'en étaient pris à Magdalena à Tijuana, et qu'elle avait été bien mal conseillée quand on lui avait assuré qu'ils ne constituaient plus une menace. S'il s'agissait bien des mêmes, il fallait aussi envisager, comme Magdalena l'avait au départ supposé, que cet homme n'agissait pas pour son propre compte mais travaillait au service de quelqu'un d'autre pour qui l'échec n'était pas envisageable. Il était néanmoins difficile pour Fahey d'imaginer en cet instant que le personnage doté du visage qui apparaissait devant lui, comme né de l'obscurité même, pût être sous contrat avec qui que ce soit d'autre que ses propres démons. En tout cas, quelles que fussent ses raisons – celles-ci étaient assez superflues pour le moment et pourraient être considérées plus tard –, l'homme était venu et sentait à présent sa proie toute proche, entretenant des pensées aussi limpides que celles d'un enfant. Il examinait la rivière devant lui et, sous les yeux de Fahey, l'homme tendit la jambe pour tâter la surface lisse du bout de son pied chaussé, prêt à faire le premier pas. Puis l'attention de Fahey fut attirée par un mouvement dans les cuvettes salines, à l'est de l'endroit où il se tenait, et de son propre côté de la rivière.

Il se retourna contraint et forcé car il ne pouvait s'agir de quoi que ce soit de bon. Et de fait, un deuxième homme s'était dressé des puits de sel et des spartines, et arrivait au pas de course, une forme plus sale encore que Fahey lui-même mais qui portait toujours une chemise de cow-boy criarde assez visible sous la lune pour que Fahey puisse deviner qu'il s'agissait de l'homme dont la présence avait effrayé Magdalena au rodéo. En fait, Fahey n'eut guère le loisir de se demander s'il s'agissait bien du même cow-boy et par quelle machination il pouvait se retrouver ici, car l'homme l'avait déjà repéré et criait une rafale de mots en espagnol. L'autre Mexicain posté sur l'autre rive lui répondit sur le même ton – échange auquel Fahey ne comprit pas un mot et au terme duquel le nouvel arrivant poussa un cri rauque et se précipita dans les marais, brandissant une machette rouillée à deux mains au-dessus de sa tête tel un grenadier de l'armée des fous.

Son plan magistral réduit à néant, il ne restait plus guère de temps à Fahey pour l'improvisation. En s'efforçant de piéger l'homme sur la berge opposée, il n'avait réussi qu'à se piéger lui-même, et Magdalena aussi, et il ne pouvait plus espérer que gagner du temps pour elle. Le premier assaillant était retenu par la rivière. Si Fahey parvenait à l'emporter sur le second ou, du moins, à le ralentir, Magdalena pourrait encore gagner la frontière avant lui.

Telles étaient les réflexions de Fahey quand le cow-boy franchit d'un bond le bord du cratère et atterrit sur un pied botté et un pied nu. Le blanc de ses yeux était visible au-dessus de sa grimace édentée, et la boue laissait apparaître des fragments de peau couleur de mer tropicale, comme si, au lieu d'avoir déboulé du rodéo de Garage Door Tijuana, il sortait d'un rituel ancestral et obscur, d'une cérémonie imprégnée de débauche et d'innocents sacrifiés. Il leva la machette, et la lame rouillée fondit vers le crâne de Fahey.

Fahey roula sur lui-même à la toute dernière seconde, et la lame heurta le sol à l'endroit où s'était trouvée sa tête. Des cristaux de sel et des éclats de terre projetés comme des débris de vaisselle lui piquèrent la peau. Il pivota sur une hanche, balayant le sel avec son autre jambe pour faucher l'homme derrière les genoux. Celui-ci poussa un cri guttural en accord avec son aspect, et atterrit sur les fesses avec assez de force pour soulever de petits geysers de vase puante par-dessous la croûte de sel. Fahey chercha sa gorge, conscient du fusil braqué depuis l'autre bord de la rivière et bien décidé à se battre au ras du sol. Mais l'homme fut rapide. Fahey sentit la morsure de la vieille lame sur l'intérieur de son bras levé alors qu'elle allait attaquer la chair juste au-dessus de la clavicule. Il la repoussa du plat de la main. Ils s'étaient redressés en position agenouillée. Fahey pesa de tout son poids sur son adversaire. Le mouvement les propulsa par-dessus le bord du petit cratère, dans le sable compacté qui partait vers la rivière. Il n'y avait rien d'autre à faire que de continuer à se battre. Fahey appuya le pouce contre la trachée du sauvage. Il était presque aveuglé par la boue et le sel. L'autre tenait toujours la machette, munie d'un manche en bois terminé par une sorte de pommeau comme on en trouve au bout de la poignée d'une batte de base-ball. C'était le vieux Pickering qui l'avait façonné ainsi, en noyer, dans son atelier, des années auparavant, lorsque le manche d'origine avait cassé, et l'on ne pouvait que maudire son superbe travail car ce fut ce même manche qui entra en contact avec la tête de Fahey, le cueillant en plein sur la tempe. Le moins qu'on puisse dire, c'est que Fahey ne le vit pas venir. Il tomba, figure la première sur la croûte sableuse durcie par le soleil et se déchaussa une dent. Sa bouche se remplit de sang et de sable grossier. Des lumières dansèrent dans l'obscurité de son crâne, puis tout devint noir. Il s'évanouit avec le nom de Magdalena sur les lèvres. Il pria pour qu'elle s'en sorte.

## 32

Armando était donc arrivé tout au bord de la rivière. Et il avait donc vu Chico surgir d'entre les morts en brandissant la machette qu'ils avaient prise dans la ferme des deux vieux. Ce fut un acte de bravoure digne des chansons que Chico avait l'habitude d'imaginer, et Armando se demanda brièvement s'ils ne méritaient pas tous d'être célébrés dans une chanson, lui et ses compagnons. Il alla même jusqu'à essayer de se représenter ce que pourrait être un de ces *corridos* relatant leurs exploits glorieux au nord de la frontière. Mais alors Chico avait tout gâché en demandant à Armando de tirer sur le fermier. Jusque-là, Armando avait cru que si Chico se servait de la machette au lieu du revolver, c'était pour affirmer une virilité triomphante, mais son appel lui fit comprendre que cet imbécile avait tout simplement perdu son arme dans l'eau, et il le traita de connard et de bouffon. Néanmoins, il rengaina le fusil et prit le pistolet, estimant que le fusil ne serait pas assez précis pour toucher un seul des deux combattants s'il fallait en arriver là, et l'exhorta à se servir de sa putain de machette, bordel ! En réalité, il voulait voir comment Chico se débrouillait dans une vraie bagarre. Il voulait le savoir parce qu'il se disait qu'un jour il pourrait bien être amené à se battre lui-même contre Chico et préférait connaître son style.

Malheureusement, la lutte fut de courte durée. Chico fut rapidement renversé mais parvint à assommer le fermier avec le manche de la machette, après quoi le grand type ne bougea plus et Chico se redressa au-dessus de lui, apparition livide recouverte de sel, lequel adhérait à la gangue de boue et d'eau en provenance de la rivière qui l'avait ramené ainsi du royaume des morts. La machette pendait au bras de Chico. Il chercha sa respiration, la main posée sur sa gorge. Il semblait rassembler ses forces pour asséner le coup final quand une pierre le frappa en pleine poitrine. Chico poussa un juron et appela. Une voix dans les dunes lui répondit.

Aussi inexplicable que cela lui parût, la voix appela Armando Santoya par son nom et lui parla dans sa propre langue. Il regarda vers la mer et vit une Madone descendre des dunes. Sa robe était rouge contre le sable blanc. Ses cheveux emmêlés lui descendaient aux épaules, et la lune éclairait son visage. Elle avait bourré une poche de sa robe de cailloux qu'elle lançait sur Chico tout en appelant Armando pour lui réclamer son aide. Ses paroles, mais aussi le spectacle qu'elle présentait, laissèrent Armando muet de stupéfaction. Elle lançait ses pierres avec une force considérable. Il n'était pas si facile de les esquiver dans la pénombre et en prendre une sur la tête ne pouvait pas être très bon pour la santé. Le cow-boy finit sans doute par arriver à cette conclusion car il demanda de nouveau à Armando de tirer. Voyant que rien ne se passait, il choisit de remettre l'exécution de Fahey à plus tard pour s'en prendre à son assaillante. Un plongeon, suivi d'un roulé-boulé, l'amena tout près d'elle. La manœuvre la prit au dépourvu et il l'attrapa par le bras. C'est ainsi qu'il l'avait tenue au bord de la route, au-dessus des plages mexicaines de Las Playas de Tijuana.

Elle se débattit comme elle l'avait fait alors, et, pendant un bref instant, ils tournoyèrent sur le sable, pareils à des danseurs. Mais elle ne le surprendrait pas cette fois. Il était de loin le plus fort des deux, et, sous les yeux d'Armando, le cow-boy relâcha son bras pour lui saisir les cheveux. Il lui rejeta la tête en arrière de sorte à présenter sa gorge à la lune, puis repoussa du genou la robe entre les cuisses de la fille et frappa sa jambe nue du plat de la machette. En fait, il avait commencé à s'amuser avec elle.

— Tu la vois, ta Madone, dit le cow-boy. Profites-en pendant que ça dure.

Il se pencha vers la gorge découverte à la façon d'un vampire.

Fasciné, Armando l'observait, en proie à des sentiments d'une immense complexité. Chico semblait prêt à prendre sa Madone, ici et maintenant, ou peut-être à la pousser en direction des dunes pour la soustraire complètement à son regard. Mais, grâce aux mouvements qu'elle faisait pour se débattre, ou peut-être par choix délibéré, Chico releva la tête, ses épaules pivotant fugitivement vers la rivière, son visage peint tourné vers Armando. Celui-ci y lut une expression de lubricité si vile et manifeste qu'il décida de ne même pas perdre de temps à traverser le cours d'eau et l'abattit sur place, gardant ainsi sa Madone sous ses yeux, sans parler du fait qu'il la protégeait à des fins qui ne regardaient que lui.

La décharge pénétra dans le flanc de Chico, juste sous la cage thoracique, et ressortit par-devant, où un morceau d'os fracassé transperçait sa peau. Le cow-boy le contempla un instant avant de lâcher la fille et de partir en vacillant vers l'eau. Il marchait le visage levé vers le ciel, et cette simple physionomie se crispait autour d'interrogations qui ne seraient jamais posées et ne trouveraient jamais de réponses car un nouveau coup partit du canon du fusil à pompe de Fahey, qui prit le cow-boy par le haut de la tête. Il s'écroula avec la moitié de la boîte crânienne emportée et son contenu répandu dans la vase. La danse cessa.

— Le cow-boy avait l'esprit mal tourné, commenta Armando.

Il avait dû changer d'arme de nouveau, ayant apparemment tiré davantage avec le pistolet qu'il ne l'aurait imaginé, sans doute pendant le carnage autour du marécage où avait sombré Nacho. Quoi qu'il en soit, le pistolet gisait à présent dans la boue, à ses pieds, et c'est avec le fusil qu'il visa Magdalena.

Donc, malgré les petits contretemps déjà énumérés, les choses semblaient ne pas trop mal se présenter en fin de compte. Il passa en revue non seulement son succès mais les options qui s'offraient à lui. Il pouvait abattre la fille tout de suite. Il pouvait aussi traverser le cours d'eau. Elle était à sa merci. Dans le désert, non loin de Tijuana, le puits de mine attendait.

— *En la casa de mi Padre*, prononça Armando, *muchas moradas hay.*

Il était bien placé pour le savoir. C'est lui-même qui avait préparé l'endroit. Il la conduirait chez lui.

Sur la rive opposée, Magdalena entendit ces paroles, qui ne s'adressaient apparemment à personne en particulier sinon à la nuit elle-même. Elles lui firent l'effet d'un vent glacé dans une pièce vide, une pièce où elle se retrouvait toute seule. Elle chancela mais resta debout. Elle se redressa et le regarda au-dessus des cinq mètres d'eau souillée, le fusil braqué sur sa poitrine.

— *En nombre de su esposa, Reina,* dit-elle.

Elle aurait pu dire « *En nombre de tu esposa...* » mais c'eût été une façon moins solennelle d'invoquer le nom de sa femme.

— *En nombre de su hijo, Immanuel...*

Elle ne pouvait qu'espérer avoir bien retenu le nom de son fils, ne pas se tromper.

— *En nombre de todo lo que ha perdido. Por Dios ¡ Piense ! ¡ Piense lo que está haciendo !*

Ce n'était pas la première fois qu'elle s'adressait aux gens de la campagne pour les exhorter à se servir du cerveau dont Dieu les avait pourvus. La raison avait toujours été son alliée, ou du moins l'avait-elle toujours pensé. Mais, cette nuit-là, elle n'était pas tout à fait certaine que la raison seule suffirait et elle chercha dans les recoins les plus reculés de sa mémoire, parmi les bruissements de vieille mousseline, aussi raidie par le temps que la mort elle-même, et l'odeur de roussi du vieux métal, dans les sacristies obscures, les versets à demi oubliés... Et toujours la ville qui se dressait à la frange de cette obscurité, Mexicali, lazaret calfeutré pour une humanité malade...

— *Te pongo delante de la vida o de la muerte*, dit-elle enfin, *o bendición o maldición.*

Les mots lui venaient d'entre les pages de l'Ancien Testament – ces labyrinthes sanglants lui apparaissant soudain parfaitement appropriés, en temps et en lieu. Lui-même n'avait-il pas invoqué les Écritures en premier ? Elle venait de citer un fragment du texte, mais l'ensemble n'allait pas tarder à lui revenir : « J'en prends aujourd'hui à témoin contre vous le ciel et la terre : j'ai mis devant toi la vie et la mort, la bénédiction et la malédiction. Choisis la vie, afin que tu vives, toi et ta postérité. » Ce choix lui avait toujours paru l'évidence même.

## 33

On avance que certaines toxines, une fois inha-
lées, ingérées ou absorbées de quelque autre façon,
sont stockées dans les tissus adipeux du corps et
relâchées dans le système sanguin pendant les pério-
des d'activité intense. Il peut s'ensuivre toute une
variété de troubles psychotiques, dont des hallucinations visuelles et auditives. On citera parmi ces toxines le benzène, le toluène, le xylène et le Varsol,
connus par les ouvriers d'Accessories de Mexico
comme étant de la colle bleue. Les amphétamines
pourraient évidemment avoir leur place dans cette
liste, de même que l'alcool et la cocaïne ainsi que
certains opioïdes, sédatifs et anxiolytiques qui
entraient tous dans l'arsenal personnel impression-
nant d'Armando.

On considère également, ou du moins cela a-t-il
été proclamé, que chaque homme en ce monde porte
un fardeau qui lui est propre, de même que Jésus est
censé avoir porté les iniquités de tous. Dans le cas
d'Armando Santoya, les iniquités venaient principalement de lui, même si l'on peut dire à sa décharge
que le monde ne l'avait pas particulièrement aidé et
que le fardeau qui lui avait été assigné par le démiurge

qui voudrait bien se reconnaître comme tel devait à présent s'élever jusqu'au ciel. Mais qui aurait pu quantifier un tel fardeau, ou sinon imaginer les spectres et calamités qui assaillaient en cet instant le paysan de Sinaloa, debout au bord de la rivière qui charriait en ses eaux les mêmes toxines dont il était déjà porteur comme s'ils étaient désormais unis par un lien de fraternité et donc liés par le sang ? La sueur lui piquait les yeux. La vallée séculaire était animée de formes géométriques jamais imaginées jusqu'alors, avec des images rémanentes et des couleurs incompatibles avec l'heure et le lieu et, au milieu, se dressait sa Madone, sur l'autre bord de la rivière, belle et intrépide face au canon de son fusil, capable, semblait-il, de marcher sur l'eau. La pensée de l'abattre et d'en finir avec tout cela n'était jamais très loin, cependant, les paroles qu'elle lui adressait lui arrivaient comme l'invocation du vicaire de quelque ordre mystérieux dont il serait le seul et unique paroissien car c'étaient là des paroles secrètes qui portaient en elles les échos d'autres voix, de temps, de lieux et de choses qui avaient été ou qui auraient pu être, et qui ne parlaient de nulle autre histoire que de la sienne. Elle lui dit qu'elle partageait sa peine pour son fils, mais pas pour celui qui était mort avant de naître, pour l'autre, celui dont elle avait cité le nom, ce premier né tragique emporté par un poison présent au moment même de sa conception, dans le sang de ses parents contaminé comme l'eau qui coulait à leurs pieds. Puis elle lui parla des usines et les présenta comme faisant partie d'un grand monstre venu aspirer la substance vitale du pays qui se trouvait de l'autre côté de la barrière, leur pays à tous les deux. Elle lui dit qu'il avait eu une vie tragique, que Reina avait eu une vie tragique aussi, et prononça des noms qu'il n'avait pas entendu prononcer par d'autres depuis si longtemps qu'il en était venu à croire qu'il les avait inventés. Et ce furent, en fin de compte, ces mêmes noms qui le poussèrent à parler à son tour, pour lui demander des comptes, à cette prêtresse des sciences occultes. Mais elle tint bon sous l'attaque comme sous les autres accusations qu'il porta contre elle, lui expliquant qu'il s'était trompé au point d'avoir imaginé ce second fils, que celui-ci n'avait jamais existé ailleurs que dans sa tête et que c'était lui, Armando, que sa femme avait fui et qu'elle n'avait eu peur que pour sa vie. Magdalena lui parla ensuite de sa propre mère, morte toute jeune, et de l'inondation qui l'avait emportée dans cette vallée où elle gisait, inconnue et sans sépulture, comptant au nombre des disparus… Voilà, dit-elle, quel était son combat, pour donner un sens à la vie d'une femme qu'elle n'avait pratiquement pas connue, pas plus qu'Armando n'avait pu connaître son propre fils. L'un et l'autre avaient pourtant, assura-t-elle, été emportés par les mêmes suppôts de l'avarice et de la cupidité, et c'était contre ces serviteurs du mal qu'elle avait pris les armes et l'invitait à la rejoindre dans la lutte, parce que c'était sa lutte à lui aussi et que, devant une telle cause, tout le reste paraissait artificiel et futile.

\*
\*  \*

Elle avait en réalité déjà tenu ce genre de discours, à de nombreuses reprises, ou du moins des variantes à chaque fois adaptées à leur auditoire, ou parfois juste pour elle-même car telle était la force de ses convictions. Mais elle ne l'avait jamais prononcé avec un fusil pointé sur elle, et les mots se précipitaient à une telle cadence qu'elle avait du mal à les comprendre.

Pour Armando, en revanche, ce rythme touchait une corde sensible, le hissait à des hauteurs vertigineuses d'où le monde pouvait être vu sous des angles jusque-là soupçonnés mais jamais vérifiés, et l'y maintenait comme par magie. Il en restait sans voix, bouche bée de stupéfaction alors même que le sol se mettait à bouger devant les pieds de la Madone et que sa première pensée fut qu'une sorte de jugement dernier arrivait enfin et que la terre elle-même était sommée de délivrer ses morts. Mais l'instant d'après, il se rendit compte qu'il s'agissait en fait de l'éleveur d'asticots. Celui-ci revenait à lui et tentait de se relever.

Magdalena posa une main sur l'épaule du grand type et lui parla en anglais. Elle le priait en fait de rester couché, mais il ne voulait rien entendre. Il se leva en faisant un effort de volonté, ou simplement parce qu'il était complètement perdu, et tituba sur la berge en essayant vraisemblablement d'écarter Magdalena de l'eau, peut-être pour l'emmener vers les dunes, comme l'avait déjà fait le cow-boy de Tijuana un peu plus tôt. Pour Armando, le charme fut rompu. Il laissa le canon de son arme dériver vers Fahey.

Magdalena s'en aperçut et s'avança pour le protéger, mais Fahey ne la laissa pas faire. Il bougea avec elle, de sorte qu'ils se retrouvèrent côte à côte, face à l'homme armé sur la rive opposée, et Armando fut alors confronté à un choix. Car s'il s'était retrouvé dans le récit de Magdalena, il se retrouvait également dans les *corridos* qui étaient chantés à sa gloire sur la Mesa de Otay et qu'il avait entendus de ses propres oreilles, et dans les mausolées auxquels il n'avait cessé de rêver au plus profond de son cœur. Pourtant il voyait un antagonisme dans ces récits, comme il peut y en avoir dans les arrangements contraires de l'histoire. Mais qui pourrait nier qu'il faudrait en assumer un et rejeter l'autre, ou que ce choix n'aurait pas de conséquences sur ce qui viendrait ensuite ? Car, dans l'un de ces récits, il marchait la tête haute et se conduisait en homme, alors que, dans l'autre, il n'était plus qu'une épave, une victime destinée à souffrir, un concentré de douleur. Il se demanda cependant si ces histoires ne se valaient pas en fin de compte, et si la disparition de l'une n'entraînerait pas un vide dans son cœur. Alors il se concentra pour écouter cet organe affolé, pour écouter ce que son cœur pouvait exprimer car il avait entendu dire que la connaissance ne venait pas toujours de la tête. En vérité, il n'entendit pas grand-chose d'autre que le bruit de la mer. Il s'aperçut tout de même qu'il arrivait à entendre les battements de son sang et que ceux-ci paraissaient concentrés tout au bout du doigt posé sur la détente du fusil, comme si son cœur avait l'intention de transmettre ses ordres directement à cet appendice, par une sorte de code.

Pendant qu'il s'interrogeait ainsi, les secondes s'égrenaient, et le canon passait sans cesse de l'un à l'autre, de l'homme à la femme et inversement. Il n'entendit pas si elle se remit ou non à parler. Toute son attention était fixée sur cette énigme encore à décrypter, et il attendait de découvrir ce que son appendice allait faire, même s'il faisait partie de lui et n'était donc pas censé agir de sa propre initiative. C'est alors que la confluence inévitable de la marée montante et d'une houle venue du large fit enfin déborder la rivière par-dessus ses berges fragiles, emportant le sable sous les pieds d'Armando. Celui-ci bascula tête la première dans l'eau, coula au fond et fut emporté jusqu'à la mer, comme Fahey l'avait prévu.

## 34

Il partit en serrant toujours le fusil entre ses mains, et aucun cri ne franchit ses lèvres tandis que le sable commençait à s'effondrer sur la rive sud du cours d'eau. Magdalena et Fahey marchèrent à reculons pour éviter d'être entraînés, sans quitter des yeux l'endroit où Armando avait disparu. Ils se tournèrent vers l'embouchure de la rivière afin de voir s'il émergeait quelque part en aval, mais rien ne vint troubler la surface de l'eau et ils ne trouvèrent plus trace de lui, ni alors, ni sur les plages bordant la vallée de la Tijuana River, ni sur celles du pays où tout avait commencé.

Magdalena reporta alors son attention sur Fahey pour faire l'inventaire de ses blessures. Il avait une entaille en travers du bras, là où la machette l'avait touché, et une autre blessure superficielle tout près de la clavicule. Il s'agissait davantage d'égratignures profondes que de véritables coupures, et le sang avait déjà commencé à sécher tout autour. Il avait aussi pris deux plombs dans la même épaule, qu'il faudrait bien entendu extraire, et il arborait une bosse près de la tempe ainsi que des hématomes sur un côté du visage.

— Vous êtes dans le même état que moi à mon arrivée, dit-elle. Nous avons échangé nos rôles.

— C'est vrai, convint-il. Vous m'avez sauvé la mise.

Chico gisait non loin d'eux, bouche ouverte, ses yeux aveugles fixés sur la nuit sans personne pour chanter ses exploits. Fahey détourna le regard, mais Magdalena l'examina assez longtemps pour repérer le soleil aztèque tatoué sur son ventre nu, là où la chemise de cow-boy s'était écartée.

— C'est lui, dit-elle. C'est l'homme qui était sur la route…

Elle contempla l'embouchure de la rivière, les lignes infinies d'écume blanche qui se croisaient dans la nuit.

— Ce devait être l'autre type, ajouta-t-elle. Armando. Celui dont je n'ai pas pu voir la figure.

— Vous le connaissiez ?

— Il est venu au centre. Il croyait que nous avions fait avorter sa femme.

— C'est pour ça qu'il vous a suivie aussi loin ? C'est pour ça qu'il est venu ?

Magdalena mit du temps à lui répondre.

— C'est une triste histoire, dit-elle enfin.

Fahey ne put que hocher la tête. Puis il se demanda à voix haute si, à la fin, il n'aurait pas dû essayer de le sauver. Mais Magdalena lui posa un doigt sur les lèvres et refusa d'en entendre davantage.

— Vous êtes blessé, dit-elle.

— Pas vraiment.

— Et l'eau ? La boue ?

— Quand on vit ici, on reste à jour côté vaccinations. Je vais rentrer et prendre un peu de Cipro.

— Et votre tête ?

— J'arrive encore à compter jusqu'à dix, lui assura-t-il avec un haussement d'épaules.

Il suivit la berge en examinant la surface de l'eau. Magdalena l'accompagna, devinant qu'il devait chercher des traces d'Armando.

— Il n'était plus possible de l'aider, assura-t-elle. Ni vous ni qui que ce soit d'autre n'aurait rien pu faire. Il y a trop longtemps que les choses avaient dérapé pour lui, je crois. Je connaissais sa femme. Je connais un peu son histoire. Il n'aurait pas duré longtemps de toute façon. Croyez-moi. La fin qui aurait été la sienne si vous l'aviez sauvé aurait été bien pire que celle qu'il a endurée.

Fahey continua à marcher. Il ne demanda pas à entendre l'histoire de cet homme ni quelle fin il aurait pu subir, ni sur le moment ni plus tard, et lui-même descendrait dans la tombe sans en savoir plus car son expérience lui disait que le monde était composé d'histoires tristes et il ne voyait aucune raison d'en écouter une autre.

Ils longeaient toujours la rive quand une forme sombre, assez grosse pour être un corps, dériva devant eux et fila vers la mer. Ils ne firent que l'entrevoir, mais, en regardant derrière eux, ils s'aperçurent que les berges continuaient de s'effondrer et que Chico n'était plus là. On aurait dit qu'il poursuivait l'homme qui l'avait tué, chasseur sans tête lancé dans une longue traque, et Fahey imagina que la mer était assez vaste et assez profonde pour faire durer la poursuite.

— On doit avancer, dit-il, et ce furent les seules paroles qui accompagnèrent la dernière apparition de Chico dans le monde des vivants.

Ils se tenaient à présent sur la plage, à l'embouchure même de la Tijuana, plus près de la frontière que de la ferme, ou ce qui pouvait en rester, et Fahey essayait de décider quelle destination serait la plus sensée et ce qu'ils risquaient d'y trouver, quand les phares d'une voiture en provenance des dunes surgirent soudain sur la plage.

Au-dessus de ces phares, il y avait une rampe d'ampoules halogènes plus lumineuses que la lune. Les lumières venaient vers eux. Fahey leva une main pour s'abriter les yeux et vit qu'un nouveau point lumineux venait de s'ajouter aux autres. Ce nouveau projecteur s'avéra tenu par des mains humaines et fut braqué sur la mer, cherchant sans doute un nouveau drame qui se déroulait là-bas, dans l'obscurité de l'eau.

Magdalena s'apprêtait à battre en retraite, mais Fahey lui assura que ces phares ne pouvaient appartenir qu'à une voiture de patrouille.

— La cavalerie, dit-il, pile à l'heure.

*
* *

N'ayant plus rien à craindre d'une telle rencontre, Fahey et Magdalena marchèrent en direction du 4 × 4. Celui-ci s'était immobilisé lorsqu'ils arrivèrent à sa hauteur, et un jeune homme en était descendu, un Mexico-Américain en uniforme de la patrouille des frontières, qui tenait effectivement un projecteur à la main pour scruter l'océan.

Fahey et Magdalena étaient presque arrivés à sa hauteur quand il les remarqua, et il porta aussitôt la main à l'arme fixée à sa hanche. Fahey leva les bras, mains grandes ouvertes.

— Tout va bien, assura-t-il. Je vis ici.

L'homme ne parut pas instantanément rassuré.

— Vraiment, insista Fahey. Qu'est-ce que vous voyez ?

L'agent les examina encore un moment puis esquissa un mouvement de tête en direction de son projecteur. Ils suivirent du regard le faisceau lumineux qui n'effleura tout d'abord que les embruns d'une mer agitée, tourbillonnant dans cette prison de lumière telles les prémices d'une tempête de neige. Mais ils ne tardèrent pas à apercevoir autre chose et découvrirent alors ce que le faisceau avait épinglé : un canot qui oscillait furieusement parmi les creux énormes à moins d'un quart de mille de la côte ; un canot que chacun avait identifié comme étant celui d'un passeur transportant des migrants qu'ils ne se représentaient que trop bien, malheureux clandestins de tous âges qui serraient leurs biens dans des sacs en plastique et tremblaient de peur devant cette nuit qui les dépassait.

— La prochaine grosse vague va les engloutir, commenta Fahey.

L'agent jura à mi-voix en espagnol avant de passer à l'anglais.

— Qu'est-ce qu'ils ont dans la tête ? demanda-t-il. Par une nuit pareille ?

Il regarda Magdalena, puis Fahey et inversement, comme si l'un ou l'autre était susceptible de lui fournir une réponse. Voyant que rien ne venait, il secoua la tête avec un mélange de dégoût et de tristesse.

— *Loco*, commenta-t-il. Ils ne réfléchissent pas.

Il alla jusqu'à agiter une main dans leur direction, comme pour les prévenir de ne pas s'aventurer plus loin – mouvement inutile de pure frustration car la situation était allée bien trop loin pour que quiconque puisse y remédier. Alors même qu'il parlait, un bruit retentissant se fit entendre par-dessus le fracas général des vagues. La déferlante blanche survint en quelques secondes tel un mur d'écume de plus de trois mètres de haut sur un quart de mille de longueur. L'embarcation heurtée par le travers parut se fracasser sous leurs yeux. L'agent poussa un grognement. Magdalena porta son poing serré à sa bouche. À la lumière du projecteur que tenait le policier, ils virent de petites silhouettes tomber du canot et disparaître dans l'obscurité.

L'agent abaissa sa lumière et se tourna vers son 4 × 4. Il allait prendre quelque chose dans la cabine quand il vit Fahey près du pare-chocs arrière, revêtu de son seul caleçon, en train de desserrer la courroie qui retenait des bidons métalliques. Sa chemise et son pantalon gisaient sur le sable, à côté. L'agent faillit trébucher dessus en se précipitant vers l'arrière de son véhicule.

— Qu'est-ce que vous foutez ? cria-t-il.

Fahey avait dénoué la courroie. Il semblait en mesurer la longueur.

— J'ai besoin de quelque chose qui puisse servir de flotteur, dit-il. Bouteilles d'eau, bidons d'antigel… n'importe quoi du moment que ça flotte.

L'agent secoua la tête.

— Je ne suis pas sûr de savoir ce que vous voulez faire, mais si vous croyez que je vais vous laisser aller là-dedans, vous êtes dingue…

— Vous devez bien avoir de l'eau…

— N'y pensez pas. Et j'ai appelé des renforts. Les gardes-côtes sont censés avoir envoyé un hélicoptère…

— Il n'est pas là, rétorqua Fahey.

L'agent le dévisagea sans rien dire.

— Écoutez-moi, reprit Fahey, j'ai été maître-nageur secouriste et je surfe sur ces plages depuis plus de trente ans. Ces gens vont mourir pendant votre service, et sous mes yeux.

Les deux hommes étaient à présent face à face.

— Je peux y arriver, insista Fahey. Si l'hélico se pointe, c'est parfait : ce sera plus facile pour tout le monde. Mais ces gens n'ont pas beaucoup de temps, pas cette nuit et pas avec cette mer.

Puis il se tut et ce fut Magdalena qui brisa le silence.

— J'ai trouvé ça, dit-elle.

Elle se tenait près de la cabine et portait un bidon en plastique de trois litres et demi d'eau minérale à la main.

— C'était derrière le siège, précisa-t-elle.

*
* *

Quelques secondes plus tard, il y avait aussi un bidon en plastique d'antigel de taille et de forme comparable au bidon d'eau. Les flacons furent vidés de leur contenu puis solidement refermés, la courroie en toile de l'arrière du 4 × 4 passée dans les poignées avant d'être enroulée autour de la poitrine de Fahey, juste sous les aisselles.

L'agent regardait, et il n'arrivait visiblement pas à chasser l'idée que, au bout du compte, il s'était quand même fait avoir. Il se dit que c'était à cause de l'inconnue, une fille superbe comme il n'en avait jamais vue, et il ne savait même pas encore ce qu'elle faisait là, en pleine nuit, sa robe trempée et en lambeaux, en compagnie de cet homme qui s'apprêtait à se jeter à l'eau. Mais avec le naufrage du bateau, le temps jouait contre lui, et sa seule certitude était que rien ne pourrait dissuader l'homme de se jeter à la mer. Or il y avait des vies en jeu. Il y avait aussi l'assurance affichée de cet homme, alliée à son aspect physique. Débarrassé de ce qui restait de ses vêtements, il avait l'air assez solide pour laisser penser qu'il pouvait au moins essayer de sauver ces gens, même s'il n'était pas évident qu'il puisse y arriver – vu les conditions, il aurait été de toute façon difficile de prétendre que qui que ce soit d'autre aurait pu y arriver. Mais la fille avait tout de même décidé de soutenir ce type. Et comme l'agent ne voyait pas vraiment comment intervenir dans cette aventure sinon en se servant de sa matraque ou de ses menottes, il préféra s'occuper avec le téléphone de sa voiture pour rappeler les gardes-côtes, demander où en était l'hélicoptère qui n'arrivait pas et réclamer des renforts, le tout sans quitter des yeux Fahey sur la plage, qui s'apprêtait à entrer dans l'eau.

Magdalena se tenait à côté, raide comme un piquet, une main crispée sur la portière ouverte du 4 × 4. C'était pour elle une précaution nécessaire, pour rester debout parce qu'elle avait l'impression de ne plus avoir de jambes, et c'était cette dernière péripétie qui les lui avait coupées. Ils étaient allés si loin ensemble, Fahey et elle. Ils avaient vaincu les hommes qui les poursuivaient. Ils étaient devenus si proches. Mais elle n'arrivait pas à en dire plus que ce qu'elle avait déjà dit en lui présentant la bouteille en plastique, en lui accordant sa bénédiction, parce qu'elle avait été assaillie par les doutes aussitôt après. Elle en savait à la fois trop et pas assez, trop sur son passé et pas assez sur les chances qu'il avait de pouvoir réussir cette opération de sauvetage. Elle se dit que, peut-être, si elle pouvait voir son visage… elle pourrait trouver moyen de le jauger, mais il ne tourna les yeux vers elle que le temps d'un battement de cœur, et encore il était en train de demander au policier de déplacer son 4 × 4 pour braquer ses halogènes sur tous ceux qu'il pourrait détecter, ou à défaut sur les restes du canot, puis il était parti. Elle le regarda descendre la plage en courant, continuer de courir dans l'eau peu profonde puis plonger sous la ligne d'écume et disparaître.

*
*  *

Fahey estimait que le canot avait dessalé quelque part dans le voisinage de la Troisième Barre. C'était le Mystic Peak qui les avait emportés. Il se reconnaissait au fracas qu'il faisait. Son seul espoir était d'arriver jusqu'à eux avant que la vague ne déferle de nouveau – événement difficile à prédire à ce stade de la houle. Fahey eut vaguement conscience de quelqu'un qui criait dans un haut-parleur au moment où il entrait dans l'eau en courant. Il se dit qu'il s'agissait de l'agent. Peut-être essayait-il de parler aux clandestins. Peut-être essayait-il de le raisonner. Fahey n'en sut pas plus. Il plongea. La mer se referma sur lui, plus froide qu'elle ne l'avait été au cours de ces dernières semaines du fait du vent qui avait amené la houle, et, bien qu'il ne l'eût pas mentionné, c'était une carte supplémentaire dans le jeu qui s'accumulait contre les gens qu'il voulait essayer de secourir. La puissance de la première vague le fit plonger plus profondément qu'il n'en avait eu l'intention. Il sentit un banc de sable lui érafler la poitrine puis se dégagea des remous et, la tête bourdonnante, remonta à la surface. Il se mit à nager.

Les blessures par balles de son épaule le firent souffrir un moment, comme le coup qu'il avait reçu sur la tête, mais, très vite, épaule et tête furent engourdies et il put nager et plonger jusqu'à ce que le *shore break* soit derrière lui. Il se retrouva dans un grand chaudron, dans l'obscurité et les éclats de lune, nageant sur l'un des courants contraires que Hoddy lui avait appris à utiliser. Avec toute l'eau qui affluait par ici, il y avait évidemment des endroits où elle refluait, et la science des surfeurs consistait en partie à savoir utiliser ces courants.

Il se trouvait à peu près derrière la crête de la Deuxième Barre quand un grand faisceau de lumière surgit du rivage – les halogènes de la voiture de patrouille – et il semblait que le policier avait dû poster son 4 × 4 dans les dunes car la lumière provenait visiblement d'un point plus élevé et balayait l'eau sur une centaine de mètres plus au large. Fahey se dirigea vers ce faisceau, quittant le contre-courant pour nager en direction des vagues de la Troisième Barre.

Un trio de vagues déferla devant lui alors qu'il avançait, l'une après l'autre. C'étaient de grosses vagues ouvertes qu'il valait mieux ne pas prendre de front. Il avait beau se trouver assez loin sur l'épaule de ces vagues, chacune sembla le faire plonger plus profondément que la précédente. Ces plongeons l'entraînèrent vers le froid, l'obscurité complète, et chaque descente s'accompagna d'un besoin étrange, presque irrésistible, de s'enfoncer toujours plus loin dans le néant, comme si les ténèbres étaient quelque chose qu'il pouvait oblitérer. C'était un jeu dangereux, mais chaque fois qu'il remontait, il se trouvait plus loin du rivage, avec une mer apaisée qui lui permettait de se hisser sur ses bouées de fortune pour se repérer dans la lumière venue de la plage. Il se retrouva enfin parmi les débris du naufrage et finit par trouver le premier clandestin, un homme d'une trentaine d'années qui crachait déjà du sang.

L'homme s'accrochait à un coussin étanche orange et Fahey en fut soulagé dans la mesure où il avait compté sur au moins deux choses : il connaissait suffisamment ce genre d'équipée pour savoir que, à un moment, il devait être prévu que les clandestins nagent jusqu'au rivage, et qu'ils devaient donc avoir au moins quelques notions de natation ; et il comptait aussi sur le fait qu'ils avaient dû trouver de quoi les aider à flotter, ne fût-ce que des débris du bateau. En vérité, il avait joué sa vie sur ces deux suppositions parce que s'il s'était trompé, il n'aurait guère de chance de réussir à sauver ces gens et aurait en revanche toutes les chances de se noyer en essayant. Les bidons de plastique ne feraient pas en soi des bouées suffisantes. Mais il avait estimé indispensable de les prendre pour répondre à la théorie que, dans tout sauvetage, le sauveteur devait convaincre la victime que les secours étaient arrivés afin d'obtenir un avantage psychologique. Fahey espérait donc pouvoir se servir de ce qu'il avait apporté. Il se disait que non seulement, ces bouées improvisées donneraient l'impression qu'il savait ce qu'il faisait, mais qu'elles serviraient aussi de point de ralliement car son intention était de rassembler tous les survivants qu'il pourrait trouver en un seul groupe. C'était l'idée qu'il avait en tête depuis le début, et ce n'était pas maintenant qu'il allait y renoncer. Il poussa les bidons de plastique vers l'homme au coussin puis le rejoignit à la nage.

L'homme le regarda avec des yeux affolés.

— Maître-nageur, annonça Fahey, étonné de constater qu'il ne retrouvait pas le mot en espagnol.

L'homme faisait des mouvements désordonnés et Fahey glissa les bidons sous ses bras, comme des flotteurs de natation.

— *¿Cuántos compañeros ?*

L'homme vomit.

— *¿Cuántos compañeros ?* réessaya Fahey.

— *Seis*, répondit l'homme entre ses dents qui s'entrechoquaient. *Seis.*

Fahey hocha la tête. Il y avait déjà deux autres naufragés, un homme et une femme, qui pataugeaient

355

dans sa direction. Il les colla contre l'homme qui avait le coussin et les bouteilles. Puis il trouva un autre homme non loin de là, qui essayait de se maintenir à flot à l'aide d'un bout de bois trop petit pour le soutenir. Fahey vit sa tête couler. Il nagea rapidement jusqu'à l'endroit où il avait disparu, le remonta à la surface en le maintenant par la nuque et le ramena auprès des autres. Il était certain qu'ils se trouvaient derrière la Troisième Barre et il pria pour que sa chance tienne encore un peu et qu'il puisse rassembler tout le monde avant que le Mystic Peak ne revienne. Il avait déjà quatre naufragés et, quelques secondes plus tard, il trouva les deux restants, un garçon et une fille, la fille adolescente et le garçon un peu plus jeune. Ceux-là aussi avaient récupéré des coussins étanches, et il les colla contre les autres – tous rassemblés autour de l'homme soutenu par les bouteilles – avant de s'arrimer à eux avec sa courroie pour qu'ils forment tous comme une grosse boule d'humanité flottante que la déferlante pourrait pousser vers le rivage. À peine eut-il achevé de serrer la courroie qu'il entendit la vague arriver, grondement sourd venu du fond des ténèbres, puis, aussitôt après, il la vit, toute d'écume blanche, pareille aux contreforts d'une montagne éboulée. Quoi qu'il en soit, les dés étaient jetés, ils étaient liés pour le meilleur ou pour le pire, soudés par la chair, la courroie de toile et le désir de survivre, et c'est ainsi que la déferlante les heurta.

L'impact fut colossal. Ils furent entraînés vers le fond et frappés avec violence, puis tournoyèrent sur eux-mêmes. Fahey sentait leur poids combiné cingler furieusement son cou d'où jaillissaient toutes sortes de petits bruits secs et de craquements curieux qui lui firent se demander si cette extrémité allait tenir ou céder complètement. Mais il s'accrocha à deux mains à ces gens qu'il ne pouvait plus voir, et réciproquement, chacun se maintenant comme Fahey le leur avait recommandé juste avant que l'eau blanche ne se brise sur eux. C'était au prix de tels efforts qu'ils pourraient remonter à la surface, et c'est effectivement ce qui se passa, leurs sept têtes, dont celle de Fahey réapparaissant bientôt dans la lumière. Après cette vague, il y en eut d'autres, quoique de moindre puissance, et les migrants finirent par comprendre ce que Fahey avait à l'esprit et à avancer comme il le voulait, se tenant toujours les uns aux autres pour franchir les bancs de sable et gagner enfin, transis jusqu'aux os et dégueulant tripes et boyaux, la plage d'Amérique où les attendait l'agent de la police des frontières.

Magdalena les vit arriver comme les acrobates d'un numéro de cirque sous-marin, ou peut-être une créature inconnue jusqu'alors, tellement saugrenue dans sa composition qu'elle défiait toute description et ne pouvait se mouvoir que d'une façon conforme à son apparence car, en fait, les naufragés continuaient de s'accrocher les uns aux autres, toujours reliés par la courroie de Fahey – une demi-douzaine de personnes, sans compter l'homme qui les avait sauvés, cinq d'entre eux faisant partie de la même famille, la mère, le père, un oncle et les deux enfants. Tous les sept s'échouèrent donc, commotionnés et à moitié noyés, sur la grève illuminée par les projecteurs halogènes. Le faisceau aveuglant, qui partait à présent des dunes en surplomb, enfermait également les gerbes d'écume de formidables déferlantes, qui, s'élevant dans les airs en un tourbillon, donnaient l'impression que les naufragés avaient dû lutter contre une averse tropicale alors que le ciel au-dessus restait parfaitement dégagé, peuplé par la lune, les deux Ourses et la ceinture d'Orion...

## 35

La question qui se posait à présent était de déterminer comment s'occuper au mieux des clandestins.
La procédure aurait exigé qu'ils soient arrêtés avant
d'être soignés, mais c'eût été une option risquée
compte tenu du fait qu'ils frôlaient presque tous
l'hypothermie, s'ils ne l'avaient pas déjà atteinte, et
qu'au moins deux d'entre eux souffraient de blessures graves. Il y avait d'abord l'homme que Fahey
avait secouru en premier, celui qui crachait du sang,
sans doute à cause d'une côte cassée. L'autre était
l'adolescente, qui semblait avoir pris un coup sur la
tête au cours du sauvetage. Elle gémissait, avait la
nausée et ne pouvait fixer son regard sur un point. Il
fut donc enfin décidé qu'ils pourraient recevoir des
soins plus rapides si Magdalena pouvait faire venir
une ambulance sur la plage de Las Playas, à quelques minutes seulement de là où ils se trouvaient.

Elle appela depuis le 4 × 4 de la police des frontières. L'agent reconnut que c'était illégal, mais il
était mexicain tout autant qu'américain et avait
même grandi à Tijuana, et il assura qu'il prenait la
responsabilité de cette décision pour sauver la vie
des gens qui se tenaient serrés à l'arrière de son

véhicule, enveloppés dans les couvertures, les serviettes et tous les vêtements qu'on put trouver. Fahey assura qu'il connaissait un lieu de passage, et l'agent ne vit aucune raison de douter de lui. L'homme, se dit-il, savait ce qu'il faisait.

*
* *

La jeune blessée monta devant, allongée sur les genoux de Magdalena et de Fahey, qui avaient pris place à côté de l'agent, Magdalena au milieu, entourant la tête et les épaules de l'adolescente.

— Ça a été une nuit infernale, commenta l'agent tout en conduisant. Vous ne pouvez pas savoir. Il y a eu un meurtre au couteau à Garage Door Tijuana. Et puis il y a un dingue qui a essayé de faire passer tout un troupeau de chevaux par un trou, du côté de Smuggler's Gulch. Ils se sont tirés dans toute la vallée et on a dû leur courir après. En plus de ça, il y a eu un incendie dans cette espèce de ferme vermicole, là… comment elle s'appelle… la ferme de Fahey… mais là, je crois que ce sera pas une perte. D'après ce que j'ai entendu dire, personne ne la regrettera.

Ils ne firent aucun commentaire et roulèrent ensuite en silence, s'approchant de la barrière et de sa guirlande apparemment infinie de lumières qui se déroulait devant eux comme une constellation sur le déclin. Seul l'agent jetait parfois un coup d'œil impressionné en direction de Fahey et lui demandait s'il était sûr que ça allait, à quoi Fahey lui répondait que oui.

— J'imagine que vous allez nous dire que vous pouvez encore compter jusqu'à dix, commenta Magdalena.

Elle serrait d'un bras l'enfant sur ses genoux et tenait de l'autre la main de Fahey.

— Non, mais j'arrive à siffler, lui répondit Fahey.

C'était l'un des tests pour vérifier l'hypothermie que Hoddy avait enseignés à ses maîtres-nageurs, à l'époque, lorsqu'ils opéraient le long de ces mêmes plages. Fahey ne fit cependant aucun effort pour prouver ses dires et se contenta de garder la main de Magdalena dans la sienne en repensant au fulgurant âge d'or que ces plages faisaient à présent resurgir dans sa mémoire. Il lui semblait en effet s'en souvenir de nouveau après un long hiatus – de ces jours de vents de terre et de feux de joie sur la plage, à la flamme desquels ils faisaient cuire les homards des casiers de Hoddy, la bière gardée au frais dans son vieux tout-terrain. Et lorsqu'il ne restait plus de bière ni de homard et qu'assez d'histoires avaient été racontées pour la soirée, venait enfin la longue route à l'arrière de ce même tout-terrain, le vieux 4 × 4 Mercedes du Chien dont on avait retiré les sièges, supprimé le coffre et aussi le toit avant de souder des arceaux d'acier à la carcasse pour y fixer un nouveau toit, mais en bambou cette fois, et en frondes de palmier, le tout perché sur les pneus d'avion que Hoddy avait réussi à soutirer à un ingénieur de Lockheed qui avait un faible pour le surf dans la passe. Ils repartaient alors avec les lumières d'Imperial Beach éparpillées devant eux, comme les bougies d'anniversaire d'un enfant, par-dessus la végétation du grand estuaire, et les lumières du Mexique derrière eux…

Telles étaient les images qui défilaient dans la tête de Fahey. Il entendit Magdalena échanger quelques mots en espagnol avec le policier et reconnut à un moment son nom dans la bouche de la jeune femme. Il avait aussi conscience que ni l'un ni l'autre ne pouvait s'empêcher de tourner les yeux vers lui, le regardant comme on ne l'avait plus regardé depuis très longtemps, voire jamais sinon le vieil Indien des Badlands lui-même, à une époque immémoriale.

*

* *

Au bout de quelques minutes, ils se retrouvèrent à proximité de la barrière, et Fahey leur indiqua le chemin. Ils roulèrent vers l'intérieur des terres sur une piste non goudronnée, puis hors piste sur une courte distance, jusqu'au pied d'une mesa, au milieu des herbes, des buissons et de quelques peupliers de Virginie rabougris parmi lesquels les phares du 4 × 4 éclairèrent l'ouverture du vieux conduit, presque invisible sous les lianes qui trouvaient assez d'humidité sur la paroi de la falaise pour pendre devant l'entrée.

— Putain de merde, souffla le policier.

Ils se garèrent et descendirent de voiture.

Fahey les avait amenés à l'endroit qu'il cherchait à tout prix à éviter, même en pensée, depuis plus d'années qu'il n'en avait fait le compte mais les événements – une rencontre fortuite et tout ce qui en avait découlé jusqu'à cette fin avec deux bidons en plastique et une grande courroie sur une plage polluée qu'il connaissait depuis l'enfance – en avaient décidé autrement. Tout en se disant qu'il n'en fallait pas plus pour faire renaître un homme, Fahey regarda, debout près du 4 × 4 où se tenaient les clandestins, l'agent et Magdalena s'avancer à la rencontre d'un petit groupe qui émergeait du tunnel – un garde-frontières accompagné de deux auxiliaires médicaux, dont l'un tenait un brancard sous son bras.

Il n'y avait guère de temps pour les adieux. Pourtant, Magdalena s'approcha de lui pendant qu'on reconduisait les clandestins vers la frontière. On emporta la jeune fille en premier, sur le brancard. Les autres marchèrent tout seuls, même l'homme qui avait une côte cassée et se tenait plié en deux. Chacun d'eux s'arrêta au pied de la falaise assez longtemps pour chercher Fahey du regard et le saluer d'un signe de main en partant. Fahey leva le bras pour leur répondre. Il avait conscience de la présence de Magdalena, restée en arrière pour être près de lui.

— Je connais un endroit, lui dit-elle.

Elle précisa que c'était au sud d'Ensenada, côté Pacifique, et donc qu'il y avait des vagues, et un petit hôtel qui donnait sur la plage, rarement bondé et dont les propriétaires étaient des amis à elle. Elle pensait s'y rendre quelque temps. Elle se disait que cela lui ferait du bien de se reposer et de se détendre un peu.

— Ce serait bien, ajouta-t-elle, si vous pouviez venir aussi.

Fahey ne sut pas trop quoi dire. Il finit par marmonner quelque chose au sujet de sa ferme et de la nécessité de s'occuper des bestioles, ou de ce qu'il en restait bien que, en vérité, le rougeoiement des braises pût encore se voir de là où ils se trouvaient, comme une tache rouge sur le ciel.

Magdalena le vit aussi bien que lui.

— Je vous l'ai dit, assura-t-elle, vous êtes comme moi. Nous avons tous les deux besoin de repartir de zéro.

Et s'il était vrai que, dans le cas de Magdalena, elle reprendrait une fois encore la croix, il était tout aussi vrai qu'elle le ferait en ignorant qu'elle avait déjà, au cours de cette nuit, accompli ce à quoi elle avait toujours aspiré, à savoir sauver une vie humaine. En réalité, elle avait même fait davantage puisque, en causant la perte d'Armando, elle avait très certainement sauvé la vie de plusieurs personnes et que, par la mort de Chico, elle avait débarrassé la mesa de son cow-boy à la décapotable rouge, celui-là même qui avait déjà tué et aurait sans nul doute tué encore. Elle ne savait rien de tout cela tandis qu'elle se tenait avec Fahey à la frontière. Toutes ses pensées étaient tournées vers le petit village de pêche sur son croissant de sable, vers son petit hôtel et ses vagues étincelantes. Elle ne voyait pas plus loin que ça et n'aurait rien promis d'autre. Mais là, ça allait, du moins à ses yeux. Elle était en vie, Fahey l'était aussi, et elle ne voyait pas pourquoi ils ne se poseraient pas un petit peu pour partager un peu de temps ensemble, rien qu'eux deux. Et en fait, quand on y réfléchissait, elle ne voyait pas pourquoi ils n'auraient pas continué ensemble tout de suite, en profitant de leur lancée, et c'était ce qu'elle défendait, là, sur cette plage, la vallée dans leur dos, le Mexique devant eux…

— Il y a ce cow-boy, dit-elle, l'ami de Deek… le vôtre aussi… Je parie qu'il accepterait de jeter un œil sur vos lombrics. Je parie qu'il voudrait bien s'occuper de tout ça, du moins jusqu'à votre retour…

Fahey sourit et se tourna vers le 4 × 4 du policier. Il y trouva un stylo et un bloc-notes qu'il tendit à Magdalena.

— Dites-moi où vous trouver… demanda-t-il.

Magdalena le regarda sans rien dire mais écrivit sur le bloc de papier – le nom de l'hôtel et deux numéros de téléphone. Les autres l'attendaient maintenant, et elle n'avait pas le temps, mais elle dut reconnaître qu'elle fut surprise par l'hésitation de Fahey à tout lâcher pour répondre à une spontanéité si fébrile. N'était-ce pas ce qu'il avait lui-même prôné, à l'intérieur de son tout petit mobile home, en insistant sur la nécessité de vivre l'instant présent ? Elle aurait certainement insisté davantage si le temps n'avait pas joué contre elle et si elle n'avait pas dû faire tout ce qui était en son pouvoir pour s'occuper des clandestins.

Elle finit donc par mettre le bout de papier dans la main de Fahey.

— C'est là que je serai, dit-elle.

Elle se dirigea vers le passage puis s'arrêta net et regarda en arrière, comme si elle venait d'avoir une révélation.

— Ce n'est pas à cause de la ferme, dit-elle. C'est à cause des vagues.

Fahey sourit de nouveau.

— Ça ne se représentera peut-être plus jamais.

— Il y a d'autres vagues, d'autres lieux.

Mais ses paroles sonnaient faux, même à ses propres oreilles.

— J'ai peur, avoua-t-elle enfin.

Fahey plongea le regard vers la bouche sombre du tunnel où les autres avaient disparu à l'exception du garde-frontières qui attendait Magdalena.

— Ce n'est pas nécessaire, assura-t-il.

Elle revint vers lui. Elle posa les deux mains sur ses bras, se hissa sur la pointe des pieds et déposa un baiser sur sa bouche. Puis elle disparut, de retour dans le monde d'où elle était venue.

*
* *

Fahey et l'agent de la patrouille des frontières attendirent la clameur des sirènes de l'autre côté de la barrière. Des hurlements de coyotes y firent écho dans la vallée et au-delà, car, pour ces créatures, l'un ou l'autre côté de la barrière se valaient, puis à leurs cris s'ajoutèrent aussitôt ceux des meutes de chiens de Tijuana.

Ils remontaient dans le 4 × 4 du policier quand Fahey aperçut quelque chose en haut d'une des mesas de la vallée, du côté américain : ce qui semblait être un homme nu occupé à exécuter une sorte de danse.

— Qu'est-ce que c'est que ça, encore ?

Le policier se mit à rire.

— Vous ne l'aviez jamais vu ?

— Je crois que je m'en souviendrais.

— On le voit de temps en temps, quand on est en patrouille. On l'appelle le Coureur à poil. Personne n'a réussi à s'approcher assez près pour entendre son histoire, mais j'imagine qu'il y aurait de quoi raconter.

Fahey répliqua que c'était sûrement le cas, et quand il releva la tête, l'homme s'était évanoui dans les airs.

— J'ai l'impression qu'il fait ce truc, là, vous savez : du taï-chi, dit l'agent, qui se remit à rire et secoua la tête.

Il ne tarda pas à faire démarrer son moteur.

— J'imagine que vous voulez aller jeter un coup d'œil sur votre ferme.

Fahey le dévisagea sans rien dire.

— Elle m'a dit qui vous étiez, expliqua l'agent.

*
*  *

Le policier le conduisit jusqu'à l'intersection de Hollister et de la piste qui menait à la ferme, après quoi Fahey lui assura qu'il préférait marcher.

— Vous êtes sûr ? Vous êtes sûr que ça va aller ?

Fahey hocha la tête.

— Je vais bien, dit-il, et c'était ce qu'il ressentait. J'ai des antibiotiques. Je vais en prendre pendant deux ou trois jours. Et puis j'irai montrer mon épaule.

Il ouvrit la portière.

— C'est un sacré truc que vous avez fait cette nuit.

Fahey haussa les épaules.

— C'est vrai, mec… c'est le truc le plus énorme que j'aie jamais vu.

— Je n'ai fait que mon travail, comme on disait dans le temps, conclut Fahey en descendant du 4 × 4.

— Je regrette ce que j'ai dit, lui dit encore l'agent. Tout à l'heure, quand j'ai parlé de votre ferme, je ne savais pas…

— C'est rien.

— Je vais faire une demande pour que vous soyez récompensé… Pour ce que vous avez fait…

Mais Fahey se contenta de sourire, leva la main et s'éloigna dans la nuit, arrivant enfin au chemin qui conduisait à sa ferme où il avait hâte d'enterrer ses chiens et de voir ce qu'il restait.

Il la découvrit d'abord par le trou pratiqué par Nacho dans la clôture, et fut surpris de voir qu'elle n'avait pas trop souffert. Il n'avait en fait perdu que le mobile home et quelques arbres, ainsi que la palissade en fibre de verre qui avait été son jeu de planches de surf et ne ressemblait plus à présent qu'aux chicots d'un vieil édenté.

Ce ne fut que lorsqu'il eut pénétré dans la propriété qu'il remarqua quelque chose posé contre la vieille maison, comme un trait blanc dans la pénombre. Il se rapprocha et vit que c'était le *gun* qu'il avait fabriqué et enduit de résine pour Jack Nance.

Il semblait donc qu'un inconnu, à moins qu'ils n'aient été plusieurs, avait pris la peine de récupérer la planche, au cas où le feu se serait propagé, au cas où quelqu'un aurait eu envie de pouvoir s'en servir, l'avait récupérée pour la mettre à l'abri ici, sous la véranda de la maison, là où Fahey ne manquerait pas de la trouver.

Il demeura là un moment, à réfléchir à ce qu'un tel événement pouvait signifier, à considérer la planche à ses pieds, quand les premières lueurs de l'aube jaillirent du sommet du Cerro Colorado, du côté mexicain de la barrière qui divise la vallée en deux. Puis, tout aussi soudainement et venu du fond de la nuit, un tremblement secoua la terre sous ses pieds juste avant qu'il ne voie les chevaux. Il songea qu'il devait s'agir des chevaux amenés par Smuggler's Gulch, ceux-là mêmes dont lui avait parlé l'agent de la patrouille des frontières. Ils étaient une demi-douzaine et suivaient au grand galop la piste sans nom qui longeait sa propriété, les naseaux dilatés, la tête rejetée en arrière. Il y avait un rouan, un autre qui présentait un losange blanc sous l'encolure et le reste de sa robe marron et blanc. Ils couraient, les yeux fous, les flancs trempés d'écume et le poitrail palpitant, pareils à une bourrasque venue du Mexique, puis ils disparurent.

## 36

Comme on pouvait s'y attendre, Fahey n'était pas le seul surfeur à traquer cette grosse houle. D'autres avaient suivi sa progression et, à l'aube du premier jour, ils étaient un certain nombre rassemblés à l'entrée de la jetée d'Imperial Beach, non loin du mémorial de Surfhenge, même si la plupart ne s'intéressaient guère aux arches de Plexiglas ni aux noms des anciens gravés sur les plaques de bronze insérées dans le béton, dont la moitié était maculée de déjections de pigeons et de mouettes. Ces surfeurs, venus avec des bateaux et des Jet-Skis, faisaient partie d'un groupe de professionnels qui s'affrontaient chaque année dans une compétition intitulée le Riders on the Storm Big Wave Challenge, visant à désigner le Rider de la tempête qui avait surfé la plus grosse vague de l'année dans n'importe quel coin de la planète, avec un prix d'un demi-million de dollars à la clé.

Ils se rendaient en fait à Todos Santos, une île au large de Baja, à une centaine de kilomètres au sud de la frontière, mais ils avaient entendu parler de Tijuana Straits et de la tradition qui entourait la passe, et ils s'étaient dit qu'ils allaient prendre la matinée pour faire une petite séance de surf tracté sur ce que les anciens appelaient le Mystic Peak, bien qu'ils ne le connussent que par ouï-dire. C'étaient des athlètes qui avaient l'expérience des grosses vagues sur les trois océans, et ils pensaient qu'une séance dans la passe serait un bon échauffement pour les vagues censément plus grosses de Todos Santos – ils s'imaginaient en outre que les vagues seraient de plus en plus grosses car la météo prédisait un renforcement de la houle au cours des quarante-huit heures à venir. Ils quittèrent donc la jetée ce matin-là sur des Jet-Skis à moteur turbo dernier cri Honda Water Trax 1 200 cm$^3$, à trois de front. L'un des Jet-Skis transportait un pilote et un photographe, les deux autres transportaient chacun un pilote et un surfeur avec sa planche, un thruster de six pieds à trois ailerons et au nez effilé, lesté au milieu pour faire tenir la planche sur les vagues. Ces champions n'avaient en effet nullement l'intention de nager jusqu'aux vagues géantes mais comptaient se faire tracter jusqu'au *take-off* pour surfer ces vagues comme elles ne l'avaient jamais été auparavant, avec des courbes en *carving* et des glisses *down-the-line* rendues possibles uniquement par ces planches courtes et manœuvrables à l'extrême.

Leur départ ne fut pas des plus discrets et se fit devant toute une assistance de maîtres-nageurs secouristes et de surfeurs locaux, flanqués de leurs copines en tenues légères et qui connaissaient à fond la population du coin. Tous étaient venus mater et saluer la grâce fatiguée de ces riders de la tempête dont la plupart arboraient des tatouages et des piercings, un crâne rasé et le nom de leur sponsor écrit en gros sur les flancs rutilants de leur Jet-Ski et le dessus de leur planche. Ils effectuèrent quelques demi-tours larges en filant sur la crête des vagues qui fouettaient la jetée, moteur pleins gaz et gerbes d'écume projetées sur la jetée pour le plus grand plaisir de la foule en délire, puis filèrent vers le sud, en quête du Mystic Peak.

*
* *

Jack Nance lui aussi se leva tôt ce jour-là, mais le départ des surfeurs de la jetée ne l'intéressait guère, et il se rendit directement en haut de Spooner's Mesa. Il comptait bien rester là-haut tout le temps qu'il faudrait, et il emportait avec lui deux joints tout juste roulés, un burrito bien garni, de la bière et des jumelles puissantes.

Son seul regret ce matin-là était que son vieux complice, Deek Waltzer, ne soit pas là pour l'accompagner. En fait, on ne savait toujours pas ce qu'était devenu le vieux cow-boy, et cela resterait encore un mystère pendant les six mois à venir, jusqu'au jour où une équipe de manœuvres chargés par la région de creuser des trous pour des piquets de clôture découvriraient sa tombe non loin de Garage Door Tijuana.

Jack avait attaqué le burrito quand les Jet-Skis firent leur apparition. Il les vit foncer sur le dos des vagues entre la Deuxième et la Troisième Barre, laissant des traînées de mousse blanche dans leur sillage et des fumées de pot d'échappement montant jusqu'au plateau de Spooner's Mesa sur lequel il était posté. Le ciel était encore assez sombre et le brouillard rasant formait des taches sur le fond de la vallée tandis qu'une nappe plus importante flottait au-delà de la Troisième Barre, masquant les îles Coronado.

Les vagues de la Troisième Barre dépassaient déjà allègrement les huit mètres, et Nance regarda le premier surfeur se faire tracter jusque-là. C'étaient des vagues classiques – de grandes vagues du large, parfaitement formées sur une marée basse avec un petit vent de terre qui leur caressait la figure – et le surfeur les prit en effectuant de longs virages appuyés, du bas vers le haut. Puis la seconde équipe arriva, et le surfeur une fois lâché fit un parcours copie conforme au premier. Les surfeurs furent ensuite récupérés par les Jet-Skis pour être ramenés sur la crête de la vague, et ce manège dura un moment avant que Nance ne se rende compte que quelque chose ne collait pas. Quand il comprit ce qui se passait, il éclata de rire.

— Ils croient que ça s'arrête là, commenta-t-il pour lui seul.

Pendant une seconde, il se demanda s'il ne se trompait pas, mais les deux équipes continuèrent de tournoyer au niveau de la Troisième Barre et il sut que c'était bien ça. Sans vraiment connaître les alignements, les équipes croyaient surfer le Mystic Peak alors qu'ils se trompaient complètement. Ils se trouvaient encore trop au nord et trop près du rivage, même à trois quarts de mille de la plage.

Jack sortit de son tout-terrain et monta s'asseoir sur le toit, les bottes sur le pare-brise, les genoux relevés pour soutenir ses coudes et stabiliser les jumelles, son grand chapeau de cow-boy relevé en arrière au-dessus de son visage buriné, souriant comme l'acolyte fou d'un héros de western devant l'accomplissement de ce qu'il avait tout récemment annoncé, même s'il en était l'unique témoin…

Les choses commencèrent par une chute dans une grosse vague à la Troisième Barre, le Jet-Ski se précipitant à la rescousse du surfeur tandis que la deuxième équipe et le troisième Jet-Ski du photographe et du pilote contournaient le premier par-derrière, tous si concentrés sur ce qu'ils faisaient qu'ils ne perçurent pas les signes annonciateurs plus subtils qui n'auraient pas manqué autrement de leur mettre la puce à l'oreille – par exemple les sifflements inquiétants qui provenaient, disait-on, du fond même de l'océan, attribués aux mouvements parmi les grands rochers que le temps avait charriés jusqu'à l'embouchure de la rivière, ou peut-être la soudaine disparition des îles Coronado, indiquant que la mer grossissait et qu'une vague gigantesque avait déjà commencé à se former. Mais il est vrai que le vacarme des moteurs devait sans aucun doute avoir noyé le chant sublime des pierres, et que ces hommes ne voyaient déjà plus les îles en raison du brouillard. Ce qu'ils allaient connaître, c'était la passe dans tout ce qu'elle avait de plus mystique, mais il aurait fallu un Hoddy Younger pour prévoir leur fuite. Or il y avait longtemps que Hoddy Younger ne faisait plus partie du paysage. Les riders de la tempête étaient seuls avec le rugissement de leurs engins, et cela suffit à masquer la rumeur lointaine qui, même s'ils avaient raté tout le reste, les aurait au moins prévenus, quoiqu'un peu tard, de ce qui allait se passer. Là, les deux équipes tournoyaient encore, cherchant à trouver prise dans l'océan de mousse qui recouvrait la surface de l'eau en couche épaisse après la déferlante de la Troisième Barre, quand la fureur du Mystic Peak leur tomba dessus – un mur bouillonnant d'écume blanche de cinq mètres de haut qui jaillit du brouillard, dévorant tout sur son passage. À ce moment de la partie, la vague allait les engloutir aussi, surfeurs comme Jet-Skis, sans qu'ils puissent faire grand-chose d'autre que plonger vers les profondeurs en espérant s'éloigner le plus possible de leurs grosses machines qui seraient de toute façon bousillées et rendues inutilisables pour le reste de leur équipée – il faudrait en faire venir de nouvelles, ce qui leur ferait manquer une bonne partie de la houle qui arrivait plus tôt que prévu, ainsi que le démontrait l'avalanche qui s'abattait sur eux.

Mais ce n'était là qu'un fragment de l'histoire, tout comme l'eau blanche n'était qu'une partie de la vague qui se brisait déjà. La partie qui n'avait pas encore déferlé courait encore sur une centaine de mètres, deux fois plus grosse que tout ce qu'ils avaient jamais surfé. Ils ne purent cependant qu'entrevoir l'ampleur du prodige. Certains même ne le virent pas du tout puisqu'ils se trouvaient complètement sous l'eau. Mais pour ceux qui restaient encore à la surface, ce fut une vision qu'ils emporteraient avec eux jusqu'à la fin de leurs jours car telle était la vie qu'ils avaient choisie et telle était l'immensité qui les attendait. La vague gigantesque était tournée vers le soleil levant et, malgré le brouillard qui commençait à se dissiper comme s'il n'était venu que pour dissimuler son approche, formait à elle seule une surface assez vaste pour capturer ses rayons et renvoyer sa lumière, imprégnant l'air matinal d'un éclat ambiant d'où l'on vit soudain surgir un surfeur solitaire. L'homme, en parfaite condition physique, arrivait d'Au-delà des Arènes et suivait une trajectoire impeccable, faisant preuve d'une telle maîtrise que c'était un régal tant pour le spécialiste que pour le néophyte – chose devenue rare aujourd'hui, même sur les rivages du monde où de tels exploits ne passent pas inaperçus. Et il surfait à certains moments les bras le long du corps, comme si cela ne lui demandait aucun effort, et à d'autres moments ces mêmes bras déployés un peu à la façon d'une mouette en plein vol. Perché sur les hauteurs de Spooner's Mesa, Jack Nance exécuta une petite danse sur le capot de son tout-terrain, ce qui l'obligerait à travailler sur la carrosserie pendant les six semaines suivantes pour en effacer les creux. En même temps, parmi les buissons et les pins rabougris qui surplombaient Yogurt Canyon, un deuxième personnage observait le surfeur en silence, silhouette spectrale vêtue de haillons, le bras tendu en guise de salut.

## 37

Magdalena passa plusieurs jours seule à l'hôtel de Baja, à observer les vagues depuis le balcon de sa chambre. Aux vagues succédèrent des pluies anachroniques. L'eau gouttait dans sa chambre et on lui en donna une autre. Elle s'y assit un soir à la lueur des bougies et se coiffa comme elle l'avait fait le soir du rodéo, retenant ses cheveux avec les peignes que Fahey lui avait offerts. Mais Fahey ne vint pas.

Le lendemain matin, elle rangea les peignes et partit, une semaine entière plus tôt que prévu, pour rentrer à Tijuana au volant de la voiture qu'elle avait louée, passant par l'endroit même où elle avait percuté la falaise de Las Playas. On aurait pu penser qu'il subsisterait des traces évoquant la violence de ce qui s'était produit là, des traînées de caoutchouc brûlé ou des empreintes sur le bitume, mais le revêtement semblait intact et la paroi rocheuse qu'elle avait heurtée ne paraissait en rien différente de ce qu'elle était à présent. Magdalena alla jusqu'à faire demi-tour pour revenir en arrière et repasser une fois de plus devant, juste pour être sûre, mais rien ne suggérait que quoi que ce soit sortant de l'ordinaire ait pu avoir lieu. Une poignée de petites fleurs violettes fleurissait au bord de l'asphalte, le soleil venait d'émerger des nuages et la mer était bleue en dessous.

*
* *

Moins d'une semaine plus tard, elle était au travail, assise derrière son bureau dans le cabinet de Carlotta, le visage presque cicatrisé. Elle avait repris ses cours du soir et le monde avait retrouvé sa forme familière. En quittant l'hôtel, elle avait prévenu les propriétaires qu'il y avait une toute petite chance pour qu'un homme vienne la demander. Mais elle n'avait pas eu de nouvelles de lui, ni par ce biais ni par aucun autre. Elle regardait par la fenêtre d'un air vacant quand Carlotta apparut dans l'embrasure de la porte.

— Vous tenez le coup ? lui demanda la femme plus âgée.

Magdalena répondit que ça allait très bien.

— Vous savez que Luis Cardona a été nommé à PROFTA ?

Magdalena savait. Luis Cardona était un universitaire, un écologiste militant, et il venait d'être nommé au service politique du ministère mexicain de l'Environnement.

— C'est une petite victoire.

— Tout est bon à prendre, camarade.

Magdalena sourit. Elle se dit que, à long terme, c'était ainsi que les choses progresseraient, si jamais elles devaient progresser.

Carlotta se tenait toujours à la porte, puis elle finit par s'avancer jusqu'au bureau de Magdalena.

— Et puis il y a ça, ajouta-t-elle. Je me demandais si vous l'aviez vu.

Elle avait un journal de San Diego à la main. Elle l'ouvrit à un article qui traitait d'un surfeur de grosses vagues d'Imperial Beach. L'homme avait succombé à une mystérieuse infection. Le titre disait : LA MORT DU SURFEUR ATTRIBUÉE À UN EMPOISONNEMENT PAR L'EAU. Magdalena mit un moment à prendre le journal. Elle gardait les yeux fixés sur le titre. Carlotta resta à côté d'elle.

— Il m'avait semblé reconnaître le nom, dit-elle.

*
\* \*

Magdalena traversa la frontière en voiture, le lundi de la semaine suivante, pour assister à la petite cérémonie qui devait avoir lieu à Imperial Beach, sur le site connu sous le nom de Surfhenge. Elle s'y rendit seule.

Le jour se leva sous une brume côtière mais, à midi, un vent soutenu avait dispersé les nuages, et, en suivant la rive orientale de la vallée de la Tijuana River, Magdalena pouvait voir l'océan, d'un bleu intense et agité par un puissant clapot. Elle quitta l'autoroute sur Dairy Mart Road afin de mieux voir la vallée et arriva donc sur des routes goudronnées, passa devant l'enclave des Indiens d'Oaxaca connue sous le nom de Garage Door Tijuana et suivit le chemin emprunté par le père Serra pour arriver enfin en ville, où une douzaine de personnes s'étaient rassemblées sous les arches de Plexiglas, près de l'entrée de la vieille jetée. Elle gara sa voiture et s'aperçut qu'un tiers de l'assistance était en fait des ouvriers municipaux venus percer un trou dans le trottoir afin d'y insérer une toute nouvelle plaque de bronze.

Jack Nance, puisqu'il s'agissait de toute évidence de l'un des cow-boys, était là, ainsi que l'agent de la patrouille qui les avait conduits jusqu'à la frontière. Magdalena les rejoignit et ils échangèrent quelques mots. Jack leur parla du matin qui avait suivi cette fameuse nuit dans la vallée. Il leur dit avoir observé la vague du haut de Spooner's Mesa. Il leur raconta aussi qu'il était allé voir Fahey à l'hôpital. Fahey lui avait paru de particulièrement bonne humeur et il semblait aller mieux. Et puis la fièvre avait soudain remonté pour des raisons que les médecins ne s'expliquaient toujours pas, et il était mort la nuit même, seul dans sa chambre.

À peine Jack Nance eut-il terminé son récit qu'une femme entre deux âges, replète et aux cheveux grisonnants, s'approcha de Magdalena pour tenter visiblement d'attirer son attention. Magdalena posa la main sur le bras de Jack et s'écarta un peu pour entendre ce que l'inconnue lui voulait.

La femme se présenta presque aussitôt comme étant la propriétaire de la ferme vermicole de Perris, à qui Fahey avait acheté la moissonneuse mécanique dont il était si fier. Il semblait que son mari et elle avaient reçu un e-mail de M. Fahey peu de temps avant qu'il... heu... décède, pour leur proposer de reprendre l'intégralité de sa ferme parce qu'il avait l'intention de quitter la vallée. Comme leur propre ferme avait coulé, ce qui expliquait pourquoi ils lui avaient vendu la moissonneuse, ils se retrouvaient plus ou moins sans domicile et vivaient pour le moment dans le mobile home d'un cousin, dans la vallée de Coachella. Fahey était bien entendu au courant de leur situation. C'était peu après son offre miraculeuse qu'ils avaient appris son décès prématuré et, encore après, qu'il devait y avoir cette cérémonie en son honneur, quoiqu'on puisse difficilement appeler cela une cérémonie, conclut la femme aux lombrics.

— On dirait plutôt des travaux de voirie, dit-elle encore.

Cependant, ils étaient là, la femme replète aux yeux écarquillés parmi les baguettes de couleurs vives, et l'homme que Magdalena identifia comme étant son mari, au volant d'un vieux pick-up garé à proximité. Malgré la distance, Magdalena lui trouva l'air mal à l'aise, comme si la pauvreté de la cérémonie et le lieu même où elle se déroulait le déprimaient.

— Alors il ne voulait pas rester, murmura Magdalena d'une voix à peine audible.

— M. Fahey ? questionna la femme.

— Oui, M. Fahey.

— Oh non, je ne crois pas. Il a dit qu'il partait au Mexique et qu'il nous enverrait son adresse, pour qu'on puisse le joindre et convenir d'un petit prix pour la vente de ses terres…

Magdalena détourna les yeux.

La femme continua de parler, la voix incertaine :

— On ne sait pas trop comment faire maintenant, avec tout ça… Il ne semble pas qu'il y ait d'héritiers…

— Non, répliqua Magdalena. Pas d'héritiers.

La femme accueillit la nouvelle en silence, puis ajouta que ça ne l'étonnait pas.

— Je suppose qu'on va devoir aller voir un notaire, dit-elle enfin, quelqu'un qui s'y connaisse dans ce genre de chose…

Magdalena hocha la tête. Elle pensait qu'ils devraient.

La femme soupira et croisa les bras sur sa poitrine.

— Oui, bon… Roy, mon mari… Il est très fort pour ce genre de chose. Les trucs juridiques… dit-elle.

Magdalena supposa qu'elle parlait de l'homme assis dans le pick-up. Elle essayait de s'imaginer

Roy en spécialiste du droit quand elle aperçut un autre spectateur venu assister à cette obscure cérémonie, un homme de peut-être 80 ans, vêtu d'un costume en lambeaux. Il se tenait raide comme une effigie de bois, le vent ébouriffant ses cheveux gris sombre, visiblement encore épais et rebelles. Il avait la peau ridée et profondément burinée, à la façon d'un bois traité à cœur pour résister aux intempéries. Magdalena se tourna une dernière fois vers la femme.

— Eh bien, dit-elle, c'est vous qu'il a contactés. J'espère que tout va fonctionner. Je vous souhaite de réussir.

La femme secoua la tête. Elle repartait sur Roy et tout ce qu'il savait faire quand Magdalena s'écarta. Elle ne voulait pas se montrer grossière, mais elle craignait que le vieil homme ne s'en aille et elle voulait absolument lui parler parce que, en fait... il ne pouvait s'agir que d'une seule personne.

Il regardait par terre quand elle arriva près de lui. Il avait les yeux bleus, légèrement embués, peut-être baignés de larmes. Magdalena lui toucha le bras et il leva la tête, visiblement surpris.

— Pardon... commença-t-elle avant de s'interrompre. Je voudrais vous remercier de m'avoir sauvé la vie, reprit-elle.

Le vieil homme l'examina, puis hocha la tête et commença à s'éloigner. Les ouvriers s'apprêtaient à descendre la plaque dans le ciment frais. Il y avait un représentant de la Surfrider Foundation qui avait commencé à lire quelques mots. Magdalena hésita puis se dépêcha de rattraper le vieil homme. Elle l'appela par son nom. Il s'arrêta et regarda en arrière.

— Je me demandais si nous pourrions faire quelques pas ensemble, proposa-t-elle.

L'homme acquiesça d'un signe de tête. Il le fit d'une manière assez cérémonieuse, mais elle se rappela alors que Fahey lui avait parlé de Hoddy Younger comme de quelqu'un qui pouvait passer des jours entiers sans prononcer un mot. Elle se souvenait aussi que d'après lui, quand vous lui plaisiez, il vous aurait donné sa chemise. Quand vous ne lui reveniez pas, il vous aurait laissé crever la gueule ouverte.

— Il allait venir, dit enfin Magdalena. Il allait vendre sa ferme.

Le vieil homme leva les yeux vers la mer, ou du moins vers la partie visible au-delà du sable, vers la bande de bleu scintillante de lumière.

— Je suppose qu'il était temps, répliqua-t-il.

Il regarda une formation de pélicans passer au-dessus de la jetée puis se retourna et se remit en marche.

Magdalena lui emboîta le pas. Il paraissait content de sa présence et elle voulut y voir un signe positif. Elle s'imagina Fahey en train de les observer… Ils remontèrent Ocean Boulevard en direction de Tijuana Straits pendant que derrière eux, dans le rai de lumière vive qui tombait au milieu des arches colorées, la nouvelle plaque de bronze était insérée dans le ciment frais, au pied d'un banc ridicule sur lequel peu de gens prendraient la peine de s'asseoir, porteuse d'un nom qu'encore moins de gens se pencheraient pour lire. Surfhenge n'a pas grand-chose d'un haut lieu touristique. Ce n'est en fait guère plus qu'une abomination dans un paysage déjà imprégné d'horreur, à trois kilomètres de la frontière mexicaine, là où les égouts rencontrent la mer. Pourtant des noms immortels sont gravés ici, dont maintenant celui de Sam la Mouette Fahey. Et autant dire que c'était tout ce qu'il recherchait.

# REMERCIEMENTS

Je dois beaucoup à pas mal de monde, des deux côtés de la frontière. J'aimerais remercier tout particulièrement Greg Abbott, Bill Spencer, Gene Muldany et Brian Bonesteel, de la vallée de la Tijuana River ; Serge Dedina, de Wildcoast ; Mike « Duck » Richardson, Big Tony McCormick, Jeff Knox, Carla Garcia et les femmes courageuses de Factor X. Je voudrais aussi remercier Colin Harrison pour ses lectures approfondies.

10/18, une marque d'Univers Poche,
est un éditeur qui s'engage pour
la préservation de son environnement
et qui utilise du papier fabriqué à partir
de bois provenant de forêts gérées
de manière responsable.

*Impression réalisée par*

BRODARD & TAUPIN

La Flèche (Sarthe), 69872
Dépôt légal : mars 2012
Nouveau tirage : juillet 2012

*Imprimé en France*